U0917897

| 修订版 | 第二辑 |

蒋勋说红楼梦

蒋勋 著

中信出版集团 · 北京

目录

第十一回　庆寿辰宁府排家宴　见熙凤贾瑞起淫心

第十二回　王熙凤毒设相思局　贾天祥正照风月鉴

第十四回　林如海捐馆扬州城　贾宝玉路谒北静王

第十五回　王凤姐弄权铁槛寺　秦鲸卿得趣馒头庵

第十六回　贾元春才选凤藻宫　秦鲸卿夭逝黄泉路

第十七回　大观园试才题对额　怡红院迷路探深幽

第十八回 庆元宵贾元春归省 助情人林黛玉传诗

第十九回 情切切良宵花解语 意绵绵静日玉生香

第十一回

庆寿辰宁府排家宴
见熙凤贾瑞起淫心

贾敬的寿宴

在第十回的结尾处，医生为秦可卿开了药方，读者都很想知道她的病到底会怎么样，可是《红楼梦》的写作结构非常特别，你最想知道的内容，它偏偏一下子略过不谈。所以第十一回并没有谈秦可卿的病，而是改谈别的方面。

在第十回里提到过一个旁枝末节：贾珍的父亲贾敬要过生日了。古代大户人家的长辈过生日是一件大事，做晚辈的在这之前很久就要开始张罗。这跟我们今天的礼数不太一样。我们去买个蛋糕准备唱个生日歌就算了，可是那个年代长辈的生日寿辰是家族里面非常重大的事件。

晚年的贾敬一直在修行，一直在道观里跟道士住在一起，他觉得自己是一个修行之人。从佛、道的观点来讲，人世间的悲喜对修行之人没有意义，因为不管是成佛还是成仙，都表示人世间的爱、恨、喜、悲只不过是一个假象而已。

父亲不回家过寿，可这个家族照样以父亲生日的名义请很多人来吃饭，请戏班子来演戏，就像一个大派对，热热闹闹地弄了一整天。

第十一回一开始就描绘了贾敬生日这一天发生的事情，描写一个宴会的景象和整个过程，第一批到了哪些客人，第二批到了哪些客人，第三批到了哪些客人。这跟第十回中秦可卿生病的这条主线好像无关了，可是后来又回到主线——第二批的客人中有王熙凤，王熙凤很关心秦可卿，就询问蓉哥儿媳妇身体怎么样，又带出了秦可卿的病，这就有点交织相错的感觉了。任何一个文学或者戏剧，一定是很丰富的，不会仅用一条主线单一地写下去，因为如果只有一条线索的话就不能编织，要有好几条线同时进行，编织才会成功。可是这种编织很困难，在文学、戏剧的创作中，最难拿捏的是在什么时候让这一条线索再适当地出现，或者在什么时候再让这一条线索又适当地隐藏。如果你多读几遍，就会感受到《红楼梦》最精彩的是它的结构，即线索的交错。它在十一回和十二回中基本上略写秦可卿的病，秦可卿的病只变成一个背景，而以贾敬的生日和贾瑞调戏王熙凤这两段故事作为主线，然后到第十三回的时候才跳回来，写秦可卿死了。这就好像我们家里有一个大事要发生，可是在大事发生的同时，其他事情也在发生，这么大一个家族，大大小小的事情都在发生着。

这一回我希望大家在阅读时能感觉到它的线索是特别精彩的，这很像现代的电影，比如侯孝贤导演的电影常常有这种场景。人听到门铃响了，这个人就离开了画面去开门，画面没有动，可是你听到他开门了，然后说谁谁谁来了。这就叫画外音。意思是说，除了我们在视觉上看到电影里面这个画面以外，在外边还发生了其他的事情。这个其实就是层次，在文学或者戏剧里面，有了这些丰富的层次，便不显得那么单调。大家可以注意一下，我们如果翻一下自己小学、中学写的作文，就会发现旅行就是旅行，不会有旁枝或其他的东西。

可是其实在旅行当中，可能你在路边碰到一个什么人，或者你想到什么事情，是可以有旁枝出去的。《红楼梦》的层次很丰富，它就像一棵树，有主干，也有旁枝。它的旁枝非常多，构成了这一棵大树的枝繁叶茂，非常丰富。

贾瑞为情而死

在第十一回、十二回里，我们要特别注意主线跟旁枝之间的某些关系。如果我们看电影版的《红楼梦》，就会发现电影始终围绕着贾宝玉、林黛玉、薛宝钗这几个人物，可是在这几回里，这几个人物都不见了。为什么主角不见了，而是去谈秦可卿、谈贾瑞，谈一些不是最重要的人物？作为长篇小说，不可能总写那几个主要人物，可电影会把旁枝都去掉，这就是为什么喜欢《红楼梦》的读者在看电影的时候都不会满意的原因，因为阅读时的满足感在电影里是体会不到的。《红楼梦》改编起来非常困难，因为它太丰富了，里面人物众多，关系庞杂。我觉得从连续剧的角度来看，其实每一段都可以作为一个主题，比如这一段就把贾瑞作为一个主角拍成一个短短的单元剧，可能会比较容易。在《红楼梦》各种不同的电影版本中，大部分根本没有贾瑞这个人，可是贾瑞在这部小说当中绝对是一个重要的人。

贾瑞这个人物，我在第一次、第二次，甚至第三次读《红楼梦》时，都觉得他是最讨厌的一个人，觉得他好下流。但是在最近几次读《红楼梦》时，看到贾瑞这一节，我才忽然感觉贾瑞其实很让人感动。贾瑞本来是一个非常不堪的人。大家肯定记得在第九回，学生大闹学堂，他作为助教，管不住学生，自己还有私心。他的父母双亡，是很严厉的祖父把他养大的，每天叫他跪着背书。可忽然有一天他的情欲一发不可收拾，爱上了一个绝对不应该爱的人——王熙凤。一方面，王熙凤是他的嫂嫂，另一方面，他们的家世完全不般配，而王熙凤又十分厉害。王熙凤每一次故意戏弄他，他总是一而再再而三地上当，你会觉得贾瑞是一个笨蛋。但从另外一个角度看，贾瑞其实又体现了我谈《红楼梦》时最常用的一个字——“痴”。他其实很痴，他被王熙凤骗了一个晚上，寒冬腊月蹲在地上冻了一夜，回去又被他祖父打了一顿。第二天他去找王熙凤的时候，王熙凤立刻抱怨他，说你昨晚怎么没有来，他马上觉得是自己错了，赶快跟王熙凤再约。在这种过程中他自己把自己整死了。王熙凤当然厉害，她在利用别人对她的喜欢来玩弄人，每次都给他一个机会，给他一点希望，也给他一点幻想，把对方玩得神魂颠倒，以至肝脑涂地，这就是王熙凤。

其实，贾瑞这个呆瓜被骗的过程是作者刻意要表现的。曹雪芹有一种悲悯之心，他让我们想到贾瑞这种傻傻的、完全没有能力去恋爱的人在我们的身边也不少。到最后贾瑞躺在病床上的时候，来了一个跛足道士要度化他，给他一面“风月宝鉴”镜子，说这面镜子是警幻仙姑所制，告诉你一切情欲都是假的，让他不可以看正面，只可以看反面。这里的正与反，其实是在讲情欲的本质有正面与反面，它的反面是一个骷髅，告诉你生命到最后也不过是死亡。可是贾瑞觉得骷髅不好看，这就体现了人性中共同的东西：我们每个人都不愿意面对死亡。他翻过镜子的正面一看，王熙凤在里面向他招手，他便“荡悠悠”进镜子里跟她做爱，一次又一次，最后“纵欲”而死。实际上贾瑞是被欲望的魔力招走了魂魄。

这两回很象征地谈贾瑞这个角色，但并不是单讲贾瑞，同时还有很多旁枝在交错。

贾家伦理细节的讲究

大家看第十一回的结构，大概有几件事情：第一是贾敬的生日，第二是秦可卿的病，第三是贾瑞调戏王熙凤。我们来看一下这三条线是怎么穿插、怎么编成一个整体的。

先看生日这段："话说是日贾敬的寿辰，贾珍先将上等可吃的东西、稀奇些的果品，装了六大捧盒。"捧盒，是古代的礼盒，一种圆圆的盒子，上面有个盖子，底下一个衬底，通常是用红色雕漆做的，也有黑色雕漆的，上面镶很多贝壳，送礼的时候要一盒一盒地捧着去。这种大户人家的捧盒非常讲究。雕漆的工艺可以做到非常非常细，大家如果有机会在台北"故宫博物院"也可以看到清朝皇室的捧盒，那个可能就更讲究了。照理讲，父亲过生日，人在道观里，做儿子的应该亲自把礼盒送上门，可是贾珍不敢去，派了自己的儿子贾蓉去。在第十回里讲到，贾珍去请他父亲回来过生日，曾被父亲骂了一顿，虽然他父亲特别叮嘱过说生日那天你不要来了，可是做儿子的其实很难拿捏其中的分寸。在传统的伦理关系里，父子关系一般非常紧张，因为父亲代表权威，是专管教训的，可是祖孙的关系非常好，祖父一般都很疼爱孙子。作者让你感受彼此隔了一代以后，有种疼爱的感觉，宽容的心境。所以贾珍就命令贾蓉领着家里的下人，带了六大捧盒的礼物给贾敬送去，并特别交代贾蓉跟太爷解释："我父亲遵太爷的话不敢来，在家里率领合家都朝上行了礼了。"这都是礼数，透露出伦理中细节上的讲究。

古代大户人家严格的家教里，礼数特多。《红楼梦》里面讲的就是这种家室里的人际关系。

寿宴的“玩意儿”

贾蓉走了，大家要注意一下这个地方，如果是一个电视连续剧的改编的话，它就是一个分镜表。贾蓉去了，带了一些人走了，镜头没有动，因为这个镜头是爸爸在门口交代儿子，儿子走了，可是有人渐渐来了。它是一个分镜，一个转场，就是电影里面叫作蒙太奇的剪接手法。贾蓉一走，“这里渐渐就有人来了”，这是非常好的句子。那么最早到的是谁？是贾琏、贾蔷两个。贾琏、贾蔷是第一批客人，他俩并不完全是客人，因为他们是很亲的亲戚，玉字辈的贾琏，草字辈的贾蔷，他们是来做帮手的。贾琏大概二十岁刚出头，贾蔷就是十六七岁，算是家族里年轻一代的男人，所以这两个人先到了。贾琏、贾蔷到了以后“先看了各处的座位”，就是看看谁应该坐哪里，等一下客人都到了之后应该怎么分席次与座位，有负责招呼客人的意思。

他们看了各处的座位就问：“有什么玩意儿没有？”这一句话大概不太容易懂，贾琏、贾蔷都是二十岁上下的男孩子，所以他们一方面要做接待，另一方面也关心今天这里有什么好玩的。家里人就回答说：“我们爷原算计请太爷今日来家，所以并不敢预备玩意儿。”因为寿宴比较正经，过生日的人是老太爷贾敬，原来以为老太爷要回来，而且老太爷又是修行之人，所以就没敢准备玩意儿。可见，这个玩意儿一定是年轻人喜欢的东西，不是老人喜欢的。因为是年轻人喜欢的东西，老太爷要回来他们就不敢预备。可能是电子花车或者钢管秀这类东西，因为你要真的办得像一个寿宴的感觉，要比较正派，可是你会发现借着贾敬的生日，男孩子们也想凑凑热闹，好好玩一玩。

《红楼梦》中当年看的戏

“前日听见太爷又不来了，现叫奴才们找了一班小戏儿，并一档子打十番的，都在园子里戏台上预备着呢。”临时准备玩意儿大概来不及了，家人说，今天除了寿宴以外，还会有唱戏的和“打十番”的。“打十番”是一种音乐表演，有点像西方的室内乐，它里面有十种乐器，又分成粗十番、细十番。粗十番里面有很多打击的、敲击的乐器，像锣、鼓、铃、钹等；细十番通常就是由箫、笛、管、弦、提琴、云锣、汤锣、木鱼、檀板、大鼓十种乐器组成。另外有唱小戏的，后面就讲到王熙凤来看戏的时候，别人说你晚到了，我们已经看了很多“出”了，那你来点两出戏。过去富贵人家在庆寿或者有别的庆典的时候，会请戏班子到家里来唱，戏目是由坐在底下的客人点的，有点像我们今天的点唱。王熙凤就点了几出戏，一个是《牡丹亭》里的《还魂》，一个是《长生殿》里的《弹词》。

《红楼梦》中当年看的是什么戏？是昆曲，就是明代以来在江苏和浙江一带流传的昆腔。昆曲跟评剧、京剧不太一样，评剧比较接近现实生活，念白口语多；昆曲一动就是唱，而且唱的时候一定要配合身段，这对演员来讲是高难度的挑战。很著名的《牡丹亭》中的《游园惊梦》就是昆曲，在舞台上杜丽娘和春香这两个角色一直在动，不断有唱腔，不断有身段。

比如有“卧鱼儿”的动作，这是高难度的戏剧做派，还要一直唱，不是功底特别深厚的演员根本不敢演。很多人认为昆曲没落的原因，就是因为难度太大，嗓音和身段的功力要兼备才能演。

我们现在看评剧、京剧的唱功和身段已经分开，你会觉得会唱的人不一定要会身段，如青衣（正旦）的戏就唱得很好，像《二进宫》，可以一直唱一直唱，可是他身体动作不太能做；那可能有一些花旦、武旦身体动作很漂亮，可是他的唱功也许不行。这几年在整个华人世界里昆曲逐渐兴盛，这是很奇特的一个现象，大家知道，《牡丹亭》现在在全世界演出，一个明朝汤显祖的戏，变成全世界最重视的一个古代戏剧，其实它在时间上跟莎士比亚的戏剧差不多。

因为戏是为贾敬准备的，很优雅，老人家喜欢看，可是年轻人就不太能接受。昆曲的字本来就深奥，唱的时候就更不容易懂了，他们觉得这种戏看着连文辞都很难懂，不是他们想要的玩意儿。所以，贾琏和贾蔷大概觉得看戏很没意思，就溜去赌博。这里就带出了清朝富贵人家宴会时的另外一些情况。

大户人家的礼数与心思

当时贾家还请外面的戏班子来家唱戏，后来就不用请了，因为元春要回家省亲，家里盖了大观园，之后家里就养了一个戏班子，就是芳官、文官这一批十二三岁的小女孩，每个人学不同的戏码。戏剧在旧时人们的生活中担当着很重要的教化作用，像王熙凤没有读过书，她大部分的历史文化知识都来自戏台。有人专门写论文，谈戏剧对《红楼梦》中家族的影响。其实不只是贵族生活，民间更是如此，看戏是非常重要的文化活动。我到现在觉得那些历史人物，什么吕布、貂蝉都是小时候歌仔戏里看到的印象，等到大了以后真正去读《三国演义》的时候，那个印象仍然很难改变，因为戏剧已经给你一个根深蒂固的概念。

第二批客人到了。“次后又有邢夫人、王夫人、凤姐儿、宝玉都来了。”大家发现没有，宝玉永远跟女眷在一起。他是一个男孩子，通常应该跟男客在一起，当时在这方面分得很清楚。他应该跟贾琏、贾蔷来，或者跟下一批男客来，可是宝玉在家里特别受宠，所以他便总是跟女眷们混在一起。贾珍和尤氏出去迎客，这个时候男主人贾珍、女主人尤氏必须出面，是因为第二批客人比第一批重要。贾琏和贾蔷基本上是平辈和晚辈，所以主人贾珍和尤氏不必迎接，可是邢夫人、王夫人是婶婶，是长辈，而且他们以为贾母也会来，所以就出来迎接。

如果贾母来了，她就是这一天最重要的客人，因为她是这个家族里辈分最高的人。可是贾母没有来，这里就要交代一下原因。贾珍和尤氏亲自给客人递了茶，然后笑着说：“老太太原是老祖宗，我父亲又是侄儿，这样日子，原不敢请他老人家；但是这个时候，天气正凉爽，满园的菊花又盛开，请老祖宗过来散散闷，看着众儿女热闹热闹，是这个意思，谁知老祖宗又不肯赏脸。”他们看贾母没来，又不好意思直接问，就以一种非常小心和礼貌的方式来询问。贾敬是侄子辈，按理贾敬过生日，请老太太过来是失礼的，因此贾珍解释说我们本来不敢请老太太过来，可是看天气这么好，秋天菊花在开，觉得老太太又爱热闹，跟儿孙在一起会比较高兴，所以才请她来。可是没有想到老太太竟然没有来。短短两句话表达了三层意思：一个是为什么要请贾母来；一个是为什么贾母没有来，他要问，可是问得非常小心；最后一个意思是询问贾母是不是觉得他们失礼了，所以不赏脸。这样的问话放到今天，我们根本听不懂。

回答也很有趣，照理讲应该是王夫人回答，因为王夫人是贾母的儿媳妇，可王熙凤是个嘴快的人，她马上回答说："老太太昨日原要来着呢，因为晚上忽看见宝兄弟他们吃桃儿，老人家又嘴馋，吃了有大半个。五更天明时候就一连起来了两次，今日早晨略觉身子倦些。因叫我回大爷，今日断不能来了，说有好吃的要几样，还要很烂的。"意思是贾母其实很愿意来，所以你们不要多心。王熙凤很聪明，她立刻知道贾珍在担心请老太太来是不是失礼了，所以她赶紧表明说老太太真的很想来，只是身体不好才没来。怕贾珍不相信，还特别说老太太交代了，有好吃的要几样，而且要很烂的。

从这里我们可以看到他们说话时的礼数。单从这个角度来看，也能明白秦可卿的死是必然的。因为她出身寒门，寒门没有那么多礼数，而到了贾家，上上下下她都要用豪门的礼数来应付，每天都在思虑，处处都要得体，这个孙媳妇做得实在是够累的。一句问答包含了很多层次，不着痕迹地带出了这个家族，甚至那个时代的很多世故人情。

不知不觉季节的更换

贾珍这才放心了，所以他就笑着说："我说老祖宗是爱热闹，今日不来，必定有个原故。若是这么着，就是了。"本来他担心是自己有所得罪，话讲得很有分寸，《红楼梦》里有很多这样的小细节。

第二批客人的到来串出了另外一条线索，就是秦可卿的病。王夫人来是为了贾敬过生日，本来不适合谈悲哀的事情，可是王夫人还是问了："前日听见你大妹妹说，蓉儿媳妇身上有些不大好，到底是怎么样？"那尤氏就回答："他这个病也奇，上月中秋还跟着老太太、太太玩了半夜，回家来好好的。"可见，秦可卿是特别受宠爱的一个孙辈媳妇，贾母出去玩儿常常要带着她，王夫人也喜欢找她。本来不是一个府里的，可是她们都喜欢秦可卿，因为她非常懂事。可是如果从另外的角度想，这么懂事其实是很累的。有时候看到一个小孩太懂事，很小就在大人面前讲话讲得很小心，你会很心疼。因为你知道他不是一个那么快乐的小孩，因为他已经开始懂得跟大人的对答。想想看贾母带着她出去，贾母的辈分那么高，以她的身份和心性，她要多小心地在旁边伺候贾母，肯定是心力交瘁，其实这些表象都暗含着秦可卿的病因。不知内情的人都觉得她好受宠，可集三千宠爱于一身其实要付出很大的代价，并不好受。

尤氏的话里提到了季节，说秦可卿陪贾母是在中秋。《红楼梦》里有个很精彩的东西，就是时间或者季节。林黛玉进贾府是正月过年的时候，现在春天过了，夏天过了，中秋也过了，深秋时节，满园的菊花盛开，不知不觉中季节在变。可作者从来不直接讲，但是读者能看到时间的流逝。

《红楼梦》里经常会提到植物，有人考证大约提到了一百多种植物，这些植物都穿插在季节里。现在据有人考察这些植物大部分是江南的，不是北方的。很多人认为从植物上就可以看出，大观园并不在北京，而是在扬州或南京一带。《红楼梦》里提到的很多植物、果品都是江南的，所以过了中秋以后菊花盛开，大概也是江南风景。

尤氏说，上个月中秋的时候秦可卿身体还很好，跟着贾母、王夫人玩了半夜。"到了二十后，一日比一日觉懒，也懒怠吃东西。这将近有半个多月了。经期又有两个月没来。”来做客的邢夫人立刻就说：“别是喜罢？”这绝对是古时候人的对话情节，这种讲话的方式是遇事一定要讲好的地方，不要往坏的地方去讲，她肯定不会说：“那是不是要死了？”大户人家里的人讲话都很小心，邢夫人就说大概不是病吧，或许是怀孕了，因为怀孕是好事。小时候我记得家教里面最重要的就是这个东西，讲话不要伤人。而且不是说有意的伤人，无意的伤人你都要小心，因为很可能你不知道的情况下别人就不舒服了。

正谈着，外头人回道：“大老爷、二老爷并一家子的爷们都来了，在厅上呢。”

秦可卿病重

贾家的宴会，第一批是负责招待的贾琏、贾蔷，第二批是女眷，第三批是贾政、贾赦这些男客。此时重要的客人来了，贾珍立刻赶出去迎接。为什么只是贾珍迎出去？因为尤氏是女主人，要招待女眷，不方便出去。这里的界限很分明，女眷进来的时候，贾珍和尤氏接待，可是男客只能在外面，贾珍要出去接待。

然后尤氏又接着邢夫人的话回到秦可卿的病上，这里又是文学的编织。尤氏就回答邢夫人说：“从前大夫也有说是喜的。昨日冯紫英荐了他从过学的一个先生，医道很好，瞧了说不是喜，竟是很大的一个症候。昨日开了方子，吃了一剂药，今日头眩的略好些，别的仍不见怎么样大见效。”尤氏在王夫人和邢夫人面前必须如实禀报，因为王夫人、邢夫人是她的长辈。通过她的话，你能感觉到秦可卿的病真的已经很重了，重到非常好的医生也有点无力回天了。

这时候凤姐就讲了一句话，说："我说他不是十分支持不住，今日这样的日子，他再也不肯不扎挣着上来。"秦可卿跟王熙凤本来不是同辈，可是两个人的感情特别好，因为年龄很接近，又都是做媳妇的，而且都在当家。王熙凤在荣国府管上上下下三百口人，秦可卿在宁国府管上上下下三百口人，她们在一起会有很多共同感受。比如她们都容易遭人抱怨，王熙凤狠心、厉害，被人背后骂得要死；可是秦可卿能做到连底下的人都说她好，所以秦可卿内心的委屈比王熙凤多。她们在一起会说起很多理家的辛酸。王熙凤的父亲是九省统制，她是从豪门嫁进豪门，从不忍受秦可卿那样的委屈。但王熙凤特别疼秦可卿，她知道秦可卿做媳妇的难处，从王熙凤的话里可以看出，秦可卿实际上是自己把自己给累死的。王熙凤猜得到，秦可卿知道自己是最小一辈的媳妇，应该来招呼客人的，今天这样重要的时刻不来肯定是不礼貌的。见她没来，王熙凤就知道秦可卿的病真的很厉害了。

凤姐讲完以后，尤氏就回答说："你是初三日在这里见他的，还强扎挣了半天，也是因你们娘儿两个好的上头，他才恋恋不舍得去。"意思说其实那时秦可卿已经病得很重了，如果换作是别人，她大概也不会起来的。这里也有很多细节，王熙凤跟秦可卿对话的时候感觉很亲，其实有很大一部分是同病相怜。两个人都是晚辈媳妇管家，管家的难处也只有她们两个人可以懂。管家要得罪人，发现有一个用人贪污，怎么办？王熙凤是绝对要惩罚的，她是大户人家出来的，比较有经验，处事也利落；可是秦可卿这个女强人做得就非常勉强，背后又没有靠山，怕得罪人，很可能还要帮这个用人去遮掩，她得把上上下下都打点好，所以特别难。

“凤姐儿听了，眼圈儿红了半天。”要注意，王熙凤是一个不轻易感伤的人，她出场时永远是阳光灿烂、欢声笑语的，可是此刻，凤姐眼圈红了半日，这里有某种自怜的成分，她从对方的悲哀里看到了自己的悲哀，王熙凤也有自己的难处。然后，王熙凤半日方说道：“真是‘天有不测的风云，人有旦夕的祸福’。”王熙凤不太容易安静，喜欢风风火火，用“半日”这个词形容她的时候，其实是表明王熙凤状态异常。“天有不测风云，人有旦夕祸福”也不太像王熙凤的语言，王熙凤一开口常常不是命令就是骂人，眼下忽然从她的嘴里蹦出来一句诗，说明王熙凤这个时候有了心事，所以这部分不完全在写秦可卿，也是在借秦可卿讲王熙凤内心的一种感伤，她忽然意识到人生的无常。

整部《红楼梦》都在讲无常，贾宝玉是最容易感觉到无常的，他在宴会上常常会忽然哭起来，意识到繁华过去以后的幻灭。而王熙凤很少有这种感觉，她永远觉得眼前的繁华就是繁华，可是在这一刹那间，她忽然有一种无常之感，这不是王熙凤的个性，这时的她显得有些深沉。“这个年纪，倘或就因这个病上怎么样了，人还活着有甚趣儿？”她没有讲秦可卿会死或者有什么三长两短的话，是要避讳，不能够讲“死”这个字。

正说话当中，贾蓉进来了。

悲喜的穿插与编织

贾蓉进来以后就给邢夫人、王夫人、凤姐请了安，贾蓉进来是因为他送完寿礼后一定要跟母亲汇报。可是看到已经有客人来了，客人比他母亲辈分还高，所以他赶紧给她们请安，然后才回答尤氏说：“方才我去给太爷送吃食去，并回说我父亲在家中伺候老爷们，款待一家子，遵太爷的话，并不敢来。太爷听了甚喜欢，说：'这个才是。'”这一计果然奏效，孙子去了，爷爷很开心。“叫告诉父亲、母亲，好生伺候太爷、太太们；叫我们好生伺候叔叔、婶子并哥哥们。”这里还是辈分关系。父亲、母亲要伺候的是太爷、太太们，即邢夫人、王夫人这一辈，贾蓉要伺候的是叔叔、婶婶、哥哥们，也就是贾琏、王熙凤这些人，所以这里面文字辈、玉字辈、草字辈分得清清楚楚，绝对不能越礼。

贾敬还特别交代说，要把文昌帝君的关于怎么积阴功、怎么积阴德的《阴骘文》，赶快刻印出一万张，去散给穷人，就等于做善事了。在他看来，修行人生日可以不过，但是要积德。贾蓉说，他进来的时候先见到父亲，已经跟父亲回报了。又说“我如今得快出去打发太爷们并爷们吃饭去呢”，可见，这个宴会的内容很丰富，迎来送往，它让这个家庭里所有的主人都非常忙。

此时凤姐就讲话了，又有一个编织穿插进来。凤姐儿说：“蓉哥儿，你且站住！你媳妇的病，到底是怎么着？”这是凤姐的标准语言，快人快语，说话从来都是命令式的。贾蓉皱了皱眉头，这是个很简短的表情描绘，表明他太太的情况不好，可是正在替祖父做寿，情况不好让他有一点为难，就说：“不好么！婶子回来，瞧瞧去，就知道了。”

这里描写得很细微，贾敬的生日、秦可卿的病、贾瑞爱上王熙凤三条线一直互相穿插着。《红楼梦》中的这种穿插特别精彩，能同时照顾到很多面。十一回里用生日的喜庆去衬托秦可卿的孤单：这边过生日热闹繁华，那边一个病人躺在床上，有很多心事上的纠结。读者会看到人生竟如此丰富，有悲也有喜，有爱也有恨，并不只是一种单向的发展。

此时作者的笔锋又转回宴会，尤氏请示长辈太太们在屋里吃饭还是在园子里吃。因为一会儿要看戏，如果在园子里面吃，就不需要再转移了。但是这样就要去布置桌椅，把厨具与饭菜搬到花园里去。主人想的是，到园子吃既能赏花，空气又好，比较舒服。可是客人看到这边已经准备了饭食，要搬到园子去会很麻烦，王夫人就对邢夫人说："我们索性吃了饭再过去罢，也省好些事。"这明显是客人在替主人着想，邢夫人也说好，所以尤氏就赶快吩咐媳妇婆子们送饭来。"门外一齐答应了一声，都各人端各人的去了。不多一时，摆上了饭。尤氏让邢夫人、王夫人并他母亲都上坐了，他与凤姐儿、宝玉侧坐了。"尤氏的母亲尤老娘，她还生了两个跟尤氏同父异母的女儿：尤二姐、尤三姐，这二位要到第六十几回才出现，可是这里已经埋下一个伏笔，告诉我们尤氏有一个妈妈。她的妈妈跟王夫人、邢夫人是长辈，所以她们是正坐，尤氏跟凤姐、宝玉侧坐。

吃着，王夫人和邢夫人就说："我们来，原为给大老爷拜寿，这不竟是我们来过生日么？"她们的意思是寿星没在场，我们却坐在这里大吃大喝，觉得很不安——做客的人要讲客气的话。王熙凤非常聪明，她讲了一句话，让在座的人皆大欢喜。她说："大老爷原是好养静的，已经修炼的成了，也算得是神仙了。太太们这么一说，这就叫作'心到神知'了。"意思是贾敬根本就是神仙了，不必专程给他拜寿，这边讲到"拜寿"，他自然心领神会了。一句话讲出来，大家都笑了。大户人家的素养，使王熙凤在所有的大场面讲出来的话都很漂亮。说贾敬是神仙，这是一个奉承；同时大家也很高兴，贾敬没有回来，我们还是可以安心地吃喝。这是王熙凤了不起的地方，做人可以做到这样妥帖、周到。

贵族文化中的人际关系

王夫人、邢夫人、凤姐这些女眷们在内房吃了饭后，最小一辈的男主人贾蓉进来向尤氏汇报，他的汇报透露出外面的热闹。他说："老爷们并众位叔叔、哥哥、兄弟们都吃了饭了。大老爷说家里有事，二老爷是不爱听戏、又怕人闹的慌，都才去了。别的一家子的爷们，都被琏二叔并蔷兄弟让过去听戏去了。"这里的大老爷是贾赦，二老爷是贾政。贾赦说有事，走了；贾政不喜欢看戏，又怕热闹，也走了。贾赦、贾政是贾敬的堂兄弟，他们来拜寿是个礼数，不想多待。他们都是朝廷里的大官，一方面有公务在身，另一方面如果他们在场，子侄辈们都不能玩得尽兴，尤其是宝玉。他们也很有分寸，到场表示一下就走了。

贾琏和贾蔷是招待男客人的，所以他们就负责把这些吃完饭的男客让到花园去，大家分别坐好，等着敲锣开戏。

贾敬过生日，所有的王府都有礼送来，贾蓉负责接礼，他汇报说："方才南安郡王、东平郡王、西宁郡王、北静郡王四家王爷，并镇国公牛府等六家，忠靖侯史府等八家，都着人持了名帖送寿礼来。"这些是人不到礼到的。在当时，收礼是一个大学问，名帖收下来以后要登记，然后全部上档。我们现在也用档案资料这个名词。以前是用木牌，收到某家什么礼就写一个木牌，账房把这个档收好，收完以后要写谢帖让送礼的人带回去，还要拿赏银给送礼来的人。贾蓉说，他已经都回了父亲了，把礼先收在账房里面，礼单都上了档了。你要知道哪一家送了什么，以便日后回礼的时候，礼数能相当，不能人家送多了你送少了，人家送少了你送多了，这是做官人家最重要的一个档案，是礼尚往来的关系。贾蓉今天很忙，他一早起来就赶去道观给祖父磕头送礼，回来又忙着接待所有的男客，然后还要收礼，可见这种大家族办一个宴会多不容易，从中我们能看到当时贵族家庭之间的关系，因为很多人都会计较礼数周到不周到。所有送礼的人也都要留下吃了饭再走，这也是礼貌，当然这些人吃的饭和前面的女眷、男客不一样，要另外安排。

贾蓉交代完了，女主人尤氏就问女眷们，要不要到花园看戏？这个时候凤姐说了："我回太太，我先瞧瞧蓉哥儿媳妇，我再过去。"王熙凤要走了，王夫人就交代她说，你去去就赶快来，不要去太久，那是侄儿媳妇。意思是说你是长辈，所以你们再亲，这里是有礼数的，通常长辈不太会特别探晚辈病的。

第十一回里，作者用编织的艺术手法特别安排了贾敬生日的热闹与秦可卿重病的对比。就在这样一个繁华、热闹、富贵的场面中，有个人正在孤独、冷清、哀伤地一步步走向死亡。

秦可卿的委屈

《红楼梦》里面每一回都在写人生，让你看到生命的两面：热闹与凄凉，这才是真正的人生。王熙凤要去看秦可卿，有个人一定要跟了去，那就是宝玉。宝玉去看秦可卿是非常重要的。第五回中，宝玉第一次性幻想，就发生在秦可卿的卧房。当他第二次走进这个卧房时，卧房的主人将要离世了，这又是一个对比。第十一回呼应第五回：第五回的时候，这个卧房的主人尚处于生命的全盛时期；第十一回里，她已经危在旦夕了。《红楼梦》一直在让你看人生。宝玉的眼泪马上就流下来了，他忽然觉得人生竟如此虚幻，他曾经在这里梦到的那个美丽世界真似春梦随云散了。

“进了房门，悄悄的走到里间房门口。秦氏见了，就要站起来。”秦可卿病都那么重了，但她还是要站起来，因为贾宝玉是她的叔叔，王熙凤是她的婶婶，长辈来了。凤姐儿说：“快别起来，看起猛了头晕。”凤姐紧走了两步，拉住秦氏的手，说道：“我的奶奶！怎么几日不见，就瘦的这么着了！”于是就坐在秦氏的褥子上。从很多的细节读者都能看出来，王熙凤跟秦可卿非常亲，这个长辈就坐在秦可卿的床边了。宝玉是不能坐在床边的，他虽然还是一个小孩，可他是一个男性长辈，宝玉问了好，就坐在对面椅子上。

贾蓉是陪着进来的，他就吩咐赶快倒茶，婶子跟二叔在上房还没有喝茶呢。他们的习惯是饭后先用比较差的茶漱口，然后再喝最好的茶。他们赶着来看望秦可卿，没有喝茶，所以贾蓉就特别交代，赶快沏好茶过来。

秦可卿拉着凤姐的手讲了一大段话，这是秦可卿最后一次讲自己的心事。从这一段话中，我们可以看到这个好强的、长得极美的女人心里的委屈。秦氏强笑道：“这都是我没福。这样人家，公公婆婆当自己女孩儿似的待。婶娘的侄儿虽说年轻，却彼此相敬，从来没有红过脸儿。就是一家子的长辈之中，除了婶子倒不用说了，别人也从没不疼我的，也无不和我好的。这如今得了这个病，把我要强的心，一分也没了。公婆跟前未得孝顺一天；就是婶娘这样疼我，我就有十分孝顺的心，如今也不能够了。我自想着，未必熬的过年去呢。”

过去决定一个女性命运好坏的第一个要素就是嫁得好不好，她命很好，嫁到这么好的人家。第二个就是公公婆婆待你好不好，因为婆婆要虐待你就惨了，她说公公婆婆待她当亲生女儿一样，所以她觉得自己命很好。

每一个人都是疼爱她的，又特别指出王熙凤对她的好。秦可卿嫁到这个家族来，还没有生孩子，几年当中做媳妇非常周到，受到全家上上下下的疼爱，她觉得自己很幸运，可是忽然生了这种病，她一方面很感伤，同时也觉得很抱歉，不能孝顺公婆了。王熙凤这样疼她，本来觉得一定要报答这个婶婶，可是也不能够了。这等于是告别的话。其中有女性味十足的情感，这些话大概也只有王熙凤会懂，她不能跟公公婆婆讲，也不会跟丈夫讲，而是对很亲的闺房密友讲了她最细密的心事。秦可卿病得这么重，最后心里想的还是别人，觉得自己还没有尽到职责就要走了。她认为自己“未必熬得过年去”，而眼下已经是秋末冬初了。

可这个时候你看宝玉在干什么？他根本没有听进去，一直在看墙上的画《海棠春睡图》，看到“嫩寒锁梦因春冷，芳气袭人是酒香”的对联，想到自己以前在这里午睡时做的太虚幻境的梦，然后就开始发呆。宝玉永远能看到人生的两面，这个卧房是他第一次领悟“性”这个奇妙事物的地方，而今天，曾经的繁华春梦不再，一个美丽的生命正在被死神渐渐地夺去光彩。《红楼梦》非常善于用同一个场景让读者看到繁华和幻灭。宝玉“正自出神，听了秦氏说了这些话，如万箭攒心，那眼泪不知不觉就流下来了”。宝玉真性情流露的时候自己完全没有办法控制。通常我们去看一个病人，大概都懂得自制，可是宝玉就哭得一塌糊涂。

凤姐听到秦可卿讲这样的话也非常难过，可她是一个比较理性的人，所以表现就完全不一样。“凤姐儿虽心中十分难过，但只怕病人见了众人这个样子反添心酸，倒不是来开导劝解的意思了。见宝玉这个样子，因说道：‘宝兄弟，你忒婆婆妈妈的了。他病人不过是这么说，那里就到得这田地了？况且能多大年纪的人，略病一病儿，就这么想、那么想的，这不是自己倒给自己添病么？'" 这是很标准的王熙凤语言，她一方面指责宝玉，另一方面也是在劝秦可卿，劝她凡事要往好的方向想。

繁华与幻灭

这个时候贾蓉开口说这个病其实也不用别的，能够吃饭就好了。第十回里，中医给秦可卿把脉，就讲到她的脾胃受克了，所以没有胃口。这时，凤姐做了一个决定，她非常有魄力，说："宝兄弟，太太叫你快过去呢。你别在这里只管这么着，倒招的媳妇也心里不好。太太那里又惦着你。"然后又跟贾蓉说："你先同你宝叔过去罢，我略坐一坐儿。"她把两个男性都支开了，因为她要留下一段时间单独跟秦可卿讲一些女性的心事。从文学的角度，宝玉一定要进这个卧房，因为这个卧房会让他有人生的幻灭之感，可是又不能待得太久。

接下来是秦可卿跟王熙凤的对话，这都是作者的安排。这时对王熙凤和秦可卿的描写会让人产生一种荒凉感，因为园子里的戏已经开场了，热闹繁华，而这边是这么凄凉的一个临终病人交代后事的感觉。

"这里凤姐儿又劝了秦氏一番，又低低说了许多衷肠话儿。"贾蓉和宝玉走了，这两个性情相投的女子坐在床边谈了很多。作者没有讲内容，可是最贴心的话只有这时才会讲。

然而，尤氏三次两次地打发了人来请王熙凤过去看戏，这一方面是女主人怕因为自己的儿媳妇生病，让客人玩得不痛快而心里不安，是主人的礼貌。另一方面也说明王熙凤在秦可卿这里待了很久，她来看病人绝对不只是为了表面的礼貌。《红楼梦》时间处理得非常精彩，通过这个时间让人感觉到王熙凤此时用情很深，也很真切。王熙凤平常是不太容易表现出深情，可她是真的疼秦可卿，她其实也很喜欢看戏，不过此时她宁愿在病房里陪着秦可卿。“尤氏打发人请了两三遍，凤姐儿才望秦氏说道：‘你好生养着罢，我再来看你。合该你这病要好，所以前日就有人荐了个好大夫来，再也是不怕的了。’”

秦氏笑道：“任凭是神仙，也能治得病，治不得命。婶子，你道我这病，不过是挨日子。”秦可卿也是个聪明人，对自己的病情很清楚，她知道自己的病因是性格所致。一个出身寒门的女孩子嫁入豪门，她承受了太多的压抑、委屈，其实是把自己累死了。她的弟弟秦钟在学校里闹了点事儿，她就几天吃不下饭、睡不好觉。因为她生性好强，她觉得弟弟给她丢脸了，没有让秦家给贾家留下一个完美的印象，这是她这个病根。如果是命该如此，大概这个病是治不好的。

凤姐儿说道：“你只管这么想，病那里能好呢？总要想开了才是。况且听得大夫说，若是不治，怕的是春天不好。如今才九月半，还有四五个月的工夫，什么病治不好呢？”医生曾经开了一个药方，其中每天要吃二钱的人参。大家都知道当时人参这东西很昂贵，王熙凤就安慰她说：“咱们若是不能吃人参的人家，这也难说了；你公公婆婆听见治得好你，别说一日二钱人参，就是二斤也能够吃的起。”此时我们就能发现，王家跟秦家的家世背景真的太悬殊了。王熙凤的父亲，做的官比贾家还要大，在她看来吃人参根本不算什么事，但她担心秦可卿有顾虑，因为秦可卿来自寒门，对于很多事情非常小心。这里其实是在对比：两个人都是媳妇，可是两个人的家世背景不同，考虑问题的方式也不一样。

王熙凤临走时说：“好生养着罢，我过园子里去了。”秦氏又道：“婶子，恕我不能跟过去了。闲了的时候，还求婶子常过来瞧瞧我，咱们娘儿们坐坐，多说遭话儿。”秦可卿已经病成这样了，还不忘照顾礼貌，她的话中含有一种悲哀了，她知道自己的时间不多了，所以求王熙凤有空就过来看看她。她的内心其实一直很孤独，很多话不能跟别人讲，只能跟这一个知己讲。“凤姐儿听了，不觉又眼圈儿一红。”在小说里王熙凤没有几个真朋友，她对丈夫都是骂来骂去的，很少动真情，而秦可卿大概是她的友情世界里非常重要的一个人，她会为她流泪，为她心酸。听秦可卿那样讲，她就说道：“我得了闲儿，必常来看你。”然后带了婆子、丫头，绕进园子来。

关于心情的空镜头

接下来的一段文字很有趣，作者用“但见”引出来的。这个“但见”是王熙凤看见呢，还是读者看见，作者并没有明讲，只是让读者觉得，王熙凤走进花园就见到这样的景象：

> 黄花满地，绿柳横坡。小桥通若耶之溪，曲径接天台之路。石中清流激湍，篱落飘香；树头红叶翩翻，疏林如画。西风乍紧，初罢莺啼；暖日当暄，又添蛩语。遥望东南，建几处依山之榭；纵观西北，结数间临水之轩。笙簧盈耳，别有幽情；罗绮穿林，倍添韵致。

这段文字是什么意思？王熙凤是一个节奏很快的人，但因为这一次是刚刚离开秦可卿的病房，内心所有的哀伤还在，眼前的风景跟她平常看到的风景不一样。她平常看到的风景都是姹紫嫣红的热闹，现在她看到的是满目凄凉，这是在讲她的心情。她走得非常慢，她看到了河流，看到了山脉，看到了小桥，这些句子都在暗示王熙凤内心的节奏在慢下来。她刚刚离开了一个病人，要去看一场很热闹的戏，可是一下子很难转过来，生病的孤独和看戏的热闹中间需要一个节奏的调整。如果她马上就过去看戏，然后开始在那边讲笑话，读者会觉得有点奇怪，这是一个场景与心情的转换。

一般的朋友读《红楼梦》时不太容易理解，尤其是年轻的朋友读《红楼梦》，这种地方就跳过了。其实这些是在讲人物的心情，有点像电影里的空镜头。侯孝贤的电影里常常用到很多空镜头，如《恋恋风尘》里讲一个男孩子在金门当兵，他的女朋友每天接他的来信，最后就跟邮差好起来了。他回来的时候女朋友已经嫁给邮差了，他有点难过，就走到后园，然后就看到老爷爷在整理番薯田。他就问今年番薯收成怎么样，老爷爷跟他讲今年的收成，可是镜头就开始拍天上的云，拍远处的山，大概一两分钟长，没有任何画面。其实这是在表达他的心情——无法言说的心情，变成了空镜头。

王熙凤看到满地都是黄色的菊花，看到小山坡上有绿色的柳树，然后有小桥通若耶之溪。“若耶溪”（今名平水江）是绍兴城外的一条河流，传说中西施浣纱的地方。王熙凤走过那座桥，看到流水，她的心情跟很多古典的东西有关联。然后走到一条弯弯曲曲的小路，“曲径接天台之路”。“天台”是在讲汉朝时候阮肇与刘晨进山采药，碰到了仙女，后来被仙女留在山上住了下来。“若耶溪”、“天台山”都是在形容仙境，这么美的风景，是属于仙人的风景。然后她又看水在石头上跳跃碰撞，竹篱上的花掉了下来，满地香味；秋末时节，树叶都变红了，有些已经掉落，已经没有叶子的树林像一幅画一样；秋风越吹越紧，春天已经有点远了，春天鸣叫的黄莺不再唱了，秋天的蟋蟀叫起来了。王熙凤在心情落寞时看到了花，看到了小路，看到了流水，看到了红叶，听到了虫鸣。这些王熙凤平常感觉不到的东西，在这一刻她全部感觉到了。作者在此处加入的这一段文字非常重要，它是王熙凤心情的写照。就像《牡丹亭》里的杜丽娘游园，游的是自己心事的花园，是她自己荒凉感伤的内心的衬托。很多人学西方文学评论家说《红楼梦》没有心理描写，其实《红楼梦》的很多心理描写是借诗文在传达的。作者常常很刻意地跳出故事的叙述，忽然写出一段诗文，此刻人物的心情就被描绘出来了。请大家特别注意，《红楼梦》里凡有诗词歌赋出现的时候，都是在描写心情。

“笙簧盈耳，别有幽情”，隐约有音乐在演奏，王熙凤的心事要终结了。毕竟，她是要去看戏的，那里有一大堆的宾客，她得把眼泪擦干。“罗绮穿林，倍添韵致”，已经能看到穿着漂亮衣服的人在前面树林里穿来走去，她马上就要回到热闹之中了。这个时候，另外一条主线出来了。

“猛然从假山石后走过一个人来。”读到此处有点悬疑，这个人到底是谁？小说读到这里，你会很紧张，是不是歹徒？因为王熙凤有一点出神了，她在想秦可卿的病，冷不防假山后面出来一个人的时候，她吓了一大跳。这个人走到凤姐前面说：“请嫂子安。”

王熙凤挑逗贾瑞

“凤姐猛然见了，将身往后一退。”这个动作描写很到位，如果平常王熙凤走路时有人出来请安，她是不会被吓到的，但这时她有一点出神了，完全忘记了自己身在何处，忽然出来一个人，她的第一个反应就是后退。待她看了一下，认出了来人，就说："这是瑞大爷不是？"作者在此点出了王熙凤的精明——贾瑞是这个家族里不入流的子侄辈的兄弟，他人没什么出息，家世也不怎么好。贾家上下三四百口人，她不见得每个人都认得，贾瑞这样的人跟她绝对没有什么关联。在应酬场合她可能远远看到过贾瑞，但她不见得会记得，所以她不敢确定，就问是不是瑞大爷。那贾瑞就说："嫂子连我也不认得了？不是我是谁！"这里面有搭讪和调戏的意味。在古代，一个无关紧要的亲戚要说你连我都不认得，其实是在调情，意思是我们是什么样的关系，你怎么会不认得。在古代的伦理中，男客跟女客不会轻易见面的，如果碰到了也是请个安就要赶快回避的，不能扯这些闲话。贾瑞这些话明显是在调情。

凤姐儿道："不是不认得，猛然一见，不想是大爷到这里来。"王熙凤还是很礼貌地称呼他为大爷，表示彼此身份上的尊重。贾瑞说道："也是合该与嫂子有缘。我方才偷出了席，在这个清净地方散一散，不想就遇见嫂子也从这里来。这不是有缘么？"这是更明显的调戏。他说自己是偶然碰到王熙凤，其实肯定不是偶然。贾瑞可能暗恋王熙凤很久了，在宴会上没看到王熙凤，打听到她去探望秦可卿了，知道她会走这条路，所以假装偶然碰到，在这里等着王熙凤。他的语言当中已经有明显的挑逗。更重要的是眼神，贾瑞"一面说，一面拿眼睛不住觑着凤姐儿"。我常常觉得"骚扰"这个行为，语言的骚扰远远比不上眼神儿。在过去的礼教里面，男人的眼睛是不能随便在一个女孩子身上看来看去的，而他却在上上下下地打量凤姐儿。

"凤姐儿是个聪明人，见他这个光景，如何不猜透八九分呢？"心想，好家伙，这只癞蛤蟆想吃天鹅肉了。"因向贾瑞假意含笑道：'怨不得你哥哥常提起，说你很好。今日见了，听你说这几句话儿，就知道你是个聪明和气的人了。这会子我要到太太那里去，不得和你说话儿，等闲了，咱们再说话儿罢。'"王熙凤厉害的地方就在这里，实际上她对这个人一点意思都没有，打心眼里看不起他，可是她还假意含笑，让他感觉自己有希望。后来贾瑞一步步掉进这个陷阱，就是因为王熙凤一直在引诱他。

别人说贾瑞在调戏王熙凤，其实我觉得要反过来，真正调戏的是王熙凤，因为她是强势的。在恋爱关系中，一个人爱你，你不爱对方的时候，你一定是强势的；你爱一个人，爱得比对方多，你就是弱势的。王熙凤对贾瑞一点兴趣都没有，所以她是强势的，她的假意含笑就已经很残忍了。她说贾琏常常提到贾瑞，这绝对是假话，因为在贾家，贾瑞根本上不了台面。对于王熙凤这样背景的女人来说，贾瑞真的是癞蛤蟆，想要攀高了。贾瑞听了说他很好的话，心里都酥了，王熙凤已经在下诱饵了，引诱着贾瑞一步步靠近。"今日见了，听你说这几句话儿，就知道你是个聪明和气的人了。"贾瑞本来觉得自己一点希望都没有，听到这种赞美马上就觉得自己还真不错，她很看得起他。如果要追责任，王熙凤的责任要大很多，她又说："这会子我要到太太那里去，不得和你说话儿，等闲了，咱们再说话儿罢。"这是一个伏笔，这话一讲，就表示还有下一次，他当然会再来。王熙凤已经打定主意要害他了，她认为你竟然敢斗胆追我，我是何等人物，你又是什么货色，我一定好好整整你。王熙凤根本看不起贾瑞，就好像把他当作玩物一样好好地要一顿。

贾瑞当然很高兴，他以前根本不敢去王熙凤家的，现在有这一句话，他赶紧说："我要到嫂子家里请安，又恐怕嫂子年轻、不见人。"过去这种大户人家刚刚嫁进来的媳妇，年纪轻，要避很多嫌的。除了自己的丈夫，连自己亲戚里面的男性，都要尽量避开。而凤姐儿却假意含笑道："一家骨肉，说什么年轻不年轻的话。"这个挑逗就太明显了，八竿子打不着的亲戚，她竟然说一家骨肉，明显就是要贾瑞去了。后来贾瑞每天在王熙凤家绕来绕去，全是因为王熙凤这一句话。

这让我想到很多自己在成长过程中同学的那种关系，你会发现一个大家觉得这么傻、这么笨的人，爱上一个那么漂亮的、班上大家都追不到的女生，那个女生如果慈悲一点的话就会严词拒绝。如果不慈悲，他就惨了，有时候可以搞个一两年，把他整得一塌糊涂。

这里面可以看到一种很特殊的关系，王熙凤和贾瑞上辈子一定有非常奇特的因果，这辈子他真的要死在她的手里了。这是完全不平等的感情，王熙凤要开始整贾瑞了。

情既相逢必主淫

"贾瑞听了这话，再想不到今日得这个奇遇，那神情光景益发不堪难看了。"因为王熙凤给了他这样的机会，他看王熙凤的眼神和身体姿态都越来越难堪了，根本就是骚扰了。这个刚刚二十岁出头的小伙子，情欲燃烧到难以抑制的程度，可能很下流的、难堪的动作都做出来了。贾瑞一直生活在一个家教很严的家庭里，是被爷爷打大的，他从来没有过非分之想，可是情欲一旦爆发，就会像火山一样恐怖。

在我做老师的过程中，常常看到很好的孩子，平常规规矩矩的，可一旦出事会出很大的事。但那种每天在讲黄色笑话，调皮得要命的孩子，反倒不怎么出事，出了事也能很快处理好。人的欲望大概像那个堤防的口，你稍微放一点，就不那么容易溃坝。贾瑞其实是一个老实人，如果他有一点坏心眼，就能看出王熙凤在玩他，可是他竟然从头到尾都看不出。看到这里，你会对贾瑞有某种程度的同情，不是他应该不应该做这个事情的问题，而是觉得他其实是一个傻蛋。

“凤姐儿说道：‘你快去入席去罢，看他们拿住，罚你酒！’贾瑞听了，身上已木了半边。”贾瑞原以为，不被王熙凤打一巴掌或者骂一顿就万幸了，没想到她竟然这么关心他、这么疼他，那真是半边身子都木了，可见他真是个老实人。所以我一直同情贾瑞，我觉得贾瑞很呆、很傻，别人一眼就看得出来根本不可能的事，他却一往情深。

秦可卿在走向死亡，贾瑞也在走向死亡。其实十一回、十二回这两个人是写在一起的。秦可卿优雅、美丽、高贵，贾瑞下流、低级、卑微，但是两个人都是因情而死。还记得警幻仙姑跟贾宝玉讲过“情既相逢必主淫”，作者一直相信情与淫是分不开的，我们既然看到秦可卿“情”的部分，也要能看到贾瑞“淫”的部分。作者认为情与淫根本是同一件事，“情”是精神已经升华到干净高贵的境地，“淫”是肉体上没有办法克制的欲望。过去在儒家的礼教里，认为“万恶淫为首”。可是《红楼梦》的作者却提供了非常有颠覆意义的视角，告诉读者肉体上燃烧自己情欲的痛苦其实也不好受。

现代人能够对情欲有所同情，可在古代是不可能的。现代人会为潘金莲讲话，可是古代人就认为她是淫妇。她的结局就是要让武松挖出心脏来祭武大郎。《红楼梦》里借贾瑞讲情欲，对情欲有一定的悲悯，其实就是一种包容。在作者眼里，情欲有不可抑制的悲惨在其中。秦可卿的死和贾瑞的死，共同特点就是“情”没办法有完整的寄托。如果回到原来的版本，秦可卿是因为公公爱她，逼奸而死，淫丧天香楼，也是个“淫”字，就更能明白贾瑞之死跟秦可卿之死，从十一回、十二回到十三回其实是在讲同一件事情。

这个“木了半边身子”的贾瑞慢慢地一面走，一面回头看凤姐，实在是恋恋不舍。凤姐也故意地把脚步放慢。凤姐真是坏，她是聪明人，聪明人的坏是最不可原谅的，此时她完全在利用贾瑞的痴情，她一生眼里从不揉沙子。她后来的下场很惨，这是一种人性上的因果。看到这些我们会意识到，就算是你不能够接受的一份爱，也起码应该尊重。“凤姐儿故意的把脚步放迟了些，见他去远了，心里暗忖道：‘这才是“知人知面不知心”呢，那里有这样禽兽样的人呢！他如果如此，几时叫他死在我手里，他才知道我的手段！’”贾瑞最后果真死在她手里。

《红楼梦》中的戏曲

王熙凤转过了山坡，有三两个婆子慌慌张张地走来，见到凤姐就说：“我们奶奶见二奶奶只是不来，急的了不得，叫奴才们又来请奶奶来了。”她们还是尤氏派来请凤姐儿的。王熙凤说：“你们奶奶就是这样急脚鬼似的。”凤姐开口永远是批判的、尖刻的、命令的语气。刚才那首诗是凤姐出神时的内心独白，现在她的状态又回来了。

凤姐慢慢地走着，随便地问：“戏唱了有几出了？”中国古代戏剧的“出”，就是通常说的“折子戏”，跟长篇小说的章回一样，有点像现在连续剧中的一个单元。我们看戏很少看到完整的全本，比如《玉堂春》是全本，可是我们往往只看到《苏三起解》或者《三堂会审》之类的折子戏。我们也很少看全本的《白蛇传》，大多看的是《游湖借伞》、《水漫金山》等折子戏。一折就只是其中的一个片断。点戏的时候大家边吃边聊，戏都不会太长，二十分钟左右，是夹在宴会当中的。婆子说："有八九出了。"这样大概可以算出，已经唱了快两个小时了。

"说话之间，已来到了天香楼的后门。""天香楼"这几个字出来，你会吓一跳，因为《红楼梦》现在留下的另一个版本就是"淫丧天香楼"。如果没有改的话，大家就能明显看到贾瑞的"淫"与秦可卿的"淫丧天香楼"是同一类事件，都是情欲不可自制的乱伦，结局都是死亡。如果小说不作修改的话，这种感觉会比较强烈。

她们到了天香楼的后门，看到宝玉跟一群丫头在那里玩儿。宝玉刚刚哭过，现在又在跟丫头们玩儿，说明他毕竟是个十几岁的孩子，情绪转换得非常快。凤姐儿说道："宝兄弟，别忒淘气了。"有一个丫头说道："太太们都在楼上坐着呢，请奶奶就从这边上去罢！"看戏的时候，楼上是女眷，楼下是男客，是分开的，有非常清楚的伦理关系。

"凤姐儿听了，款步提衣上了楼来。"《红楼梦》里面的女性是穿旗装的，脚下是高跟的鞋子，那个跟儿不是放在鞋后面，而是放在鞋的中间，所以她上楼的时候，一定得提起衣服，然后上楼。这从侧面证明当时的贾家是旗人贵族，也就是满清贵族，穿的是旗装。

尤氏在楼梯口等着她呢，笑着说："你娘儿两个忒好了，见了面，总舍不得来了。你明日搬来和他住着罢。"这里再一次强调秦可卿跟王熙凤的关系。然后尤氏就让王熙凤喝酒，凤姐就在邢夫人、王夫人前面告了坐，然后跟尤氏的母亲也打了招呼，行了礼，便跟尤氏坐在一个桌上吃酒听戏。尤氏就拿戏单来让凤姐点戏，凤姐儿说道："太太们在这里，我如何敢点？"今天的主客是这些夫人们，她是晚辈，所以不敢点。那尤氏就跟她说，她们都点过好几出了，希望她来点，因为不同人点的戏有时候会不一样。戏曲在《红楼梦》里发挥着重要的作用，点戏能反映出人物的个性，比如林黛玉和薛宝钗点的戏永远不一样。

《还魂》与《弹词》

王熙凤看了戏单，点了《还魂》、《弹词》。王熙凤平常绝不会点这种戏，因为《还魂》、《弹词》都是很哀伤的戏。《还魂》讲的是杜丽娘梦到跟柳梦梅前世姻缘未了，云雨一番，醒来后怅然若失，说这个人如果不在人间，我宁可死去，跟他再相会。于是杜丽娘从此不吃不睡，最后便病死了。病死之前她画了一张自己的画像，卷起来丢在花园里，说是不管来世或者今生，只要这个男的来到这个花园，还会找到她。几世几劫后，柳梦梅真的来了，他捡到了这张画，就把画挂起来，他惊诧世间竟有这么美的女子，就不断地说："你出来。"最后杜丽娘真的借这张画"还魂"了。

现在我们不太容易懂，可是在明朝的时候真的有人看了这出戏然后自杀的，完全像《少年维特之烦恼》。因为那个时候礼教非常严，感情完全被压抑的人非常容易被这出戏感动，让人相信在死后可以追求到爱情，相信真情所至，是可以还魂的，相爱的人还可以相遇。

《弹词》是《长生殿》快到结尾部分的一折，一个在繁华盛世时曾为唐玄宗演奏的音乐家李龟年，年老时流落江南，行乞街头，他用一个弦子弹拨，唱起了当年的繁华故事，叫作《弹词》。这两出戏都是对繁华的回忆，都是哀伤的戏。这里仿佛是在呼应秦可卿之死，或者贾瑞之死也在里面，让人感觉到这些人热闹的时候，还有两个人以不同的形式走向死亡。王熙凤鬼使神差地就点了《还魂》和《弹词》。

台上正在唱的是《双官诰》。《双官诰》这个完整的戏我们现在看不到了，能看到的《三娘教子》是《双官诰》的一部分。它讲的是善于教育丈夫和孩子的一个贤良女子，后来她的丈夫和儿子都做了大官，她因此得到了两个凤冠霞帔，它是结局大团圆的喜剧。别人都点《双官诰》一类的戏，因为过生日，想图个喜庆，不会点《还魂》、《弹词》这类哀伤的戏。这里凤姐点的戏其实是在呼应后面的情节，预示着繁华背后的凄凉。

两种不同的死亡形式

王熙凤说，他们唱完这两出也差不多是时候回家了。王夫人道："可不是呢，也该趁早叫你哥哥、嫂子歇歇，他们又心里不静。"意思说家里还有病人，又要招待客人，很为难他们。尤氏说道："太太们又不常过来，娘儿们多坐会子去，才有趣儿，天还早着呢。"客人要走，说怕打扰了，主人就要留。凤姐儿立起身来望楼下一看，说："爷们都往那里去了？"所有的男客都坐在楼下，女客是不太敢看的，但王熙凤就站起来看了一眼。旁边一个婆子道："爷们才到凝曦轩，带了打十番的人吃酒去了。"贾琏跟贾蔷都不爱看戏，觉得怪无聊的，他们就带了"打十番"的自己去玩了。

然后凤姐说道："在这里不便宜，背地里又不知干什么去了！"这里讲的是谁？是她的丈夫贾琏。王熙凤看着戏又站起身来，她不是在看其他的男客，是关心丈夫又跑到哪里去了。王熙凤这一句话说得凶巴巴的，晚上回去大概要和贾琏算账了，她的丈夫怕她怕得要死。尤氏笑道："那都像你这正经人呢！"尤氏是一个非常软弱的女人，她纵容贾珍在外面为非作歹，这番对话很有趣，是两个女人的对比。

"于是说说笑笑，点的戏都唱完了，方才撤下酒席，摆上饭来。吃毕，大家才出园子来，到上房坐下，吃了茶，方才叫预备车，向尤氏的母亲告了辞。"尤氏、贾珍送客时就问邢夫人、王夫人说："二位婶婶明日还过来逛逛？"过这个生日还不只一天呢，第二天还要演戏，其实是好几天的宴会，所以要她们明日还过来逛逛。王夫人就说："罢了，我们今日整坐了一日，也乏了，明日歇歇罢。"可是年轻人就很会玩，贾琏、贾蔷可能第二天就请什么玩意儿来了。

这个时候贾瑞也在旁边，"犹不时拿眼觑着凤姐儿"，因为他身份很卑微，不敢靠近，就只远远地偷看凤姐。

"贾珍等进去后，李贵才拉过马来，宝玉骑上，随了王夫人去了。这里贾珍同一家子的兄弟、子侄吃过晚饭，方大家散了。次日，仍是众族人等闹了一日，不必细说。"宴会部分就告一段落了。从客人进来，一步一步地铺排到现在吃完饭、喝完茶，车子送客人回去，整个就是一个宴会，你再去看一下白先勇写的《游园惊梦》，也是写一个宴会，完全是《红楼梦》的结构。

在这一回的结尾部分，作者还要交代贾瑞和秦可卿的事情，将这几条线在最后做了一个结。"此后凤姐儿不时亲自来看秦氏。秦氏有几日好些，几日仍是那样。贾珍、尤氏、贾蓉好不心焦。”同时，“贾瑞到荣府来了几次，偏都遇着凤姐儿往宁府那边去了。”这两条线穿插在一起，秦可卿和贾瑞都在走向死亡，中间的关键人物——凤姐在穿针引线。你不留神，完全看不出来作者为什么会把秦可卿和贾瑞写在一起，后来人物结局的部分我们就看出来了。

“这年正是十一月三十日冬。到交节的那几日，贾母、王夫人、凤姐儿日日差人去看秦氏，回来的人都说：‘这几日也未见添病，也不见甚好’。”贾母就让王熙凤再去看看秦氏。

王熙凤“到了初二日，吃了早饭，来到宁府，看见秦氏的光景，虽未甚添病，但是那脸上身上的肉，全瘦干了。于是和秦氏坐了半日，说了些闲话儿，又将这病无妨的话开导了一番”。

这里把王熙凤看秦可卿的事带过，写凤姐跑去看了尤氏，她就跟尤氏提醒说，这个病好像老是不好，你要不要准备一下后事，这里已经在暗示秦可卿要走了。尤氏说，已经暗暗地叫人预备了，“就是那件东西，不得好木头，暂且慢慢的办罢”。“那件东西”指的是棺材，古代人很忌讳这个词，所以这样说。

凤姐回到家里，这回的结尾处又带出了贾瑞的事。凤姐坐下来后问家里有没有什么事，平儿端了茶递过来说：“没有什么事。就是那三百银子的利银，旺儿媳妇送进来，我收了。”大家发现没有，其实王熙凤一直在放高利贷，她把银子放高利贷给旺儿媳妇这样的仆人，每个月要收利息，可见王熙凤在理财方面也不得了。平儿接着又说：“瑞大爷使人来打听奶奶在家无有，他要来请安说话。”凤姐听了就“哼”了一声说：“这畜生合该求死，看他来怎么样！”平儿不太懂，就问她说：“这瑞大爷因为什么只管来？”凤姐就把九月里碰到他的事情告诉了她，平儿的反应是：“癞蛤蟆想天鹅肉吃，没人伦的混帐东西，起这个念头，叫他不得好死！”那凤姐就说道：“等他来了，我自有道理。”

第十二回

王熙凤毒设相思局
贾天祥正照风月鉴

王熙凤毒设相思局

《红楼梦》里有非常丰富的不同人物的个性，随着时间的流逝，三百年过去了，大家仍然会觉得里面的人物活在现代。像贾瑞这样的角色，在现代生活中仍然常见，他们陷溺于不可自制的情欲世界，把自己的生活搞得一塌糊涂。

很多朋友会嘲笑贾瑞，觉得他可笑、可怜，被人如此玩弄，可是在现实生活里，如果你的某一个朋友被情欲纠缠，处于这种无奈状态，你就能感受到贾瑞这个角色的动人。作者没有用很草率的方法写他，相反，他几乎是用很残酷的笔触写了贾瑞一再被捉弄、一再受骗、一再被侮辱的过程。

凤姐回到家，跟她最得力的助手平儿聊天，这时有人回说："瑞大爷来了。"贾瑞大概是三天两头地往荣府跑的。王熙凤就赶快说："快请进来！"照理讲，她现在很忙，完全可以叫平儿出去打发了他，可她刻意地请贾瑞进来，是存心要捉弄他。王熙凤其实是以捉弄贾瑞为乐的。

在十一回的后半部分，王熙凤给贾瑞留下了很多幻想，总让他抱有希望，一次一次往她家里跑。谁都能看出王熙凤存心刻意设置陷阱，是在害贾瑞。以王熙凤的聪明，也许想不到有人会笨到这种程度，这其实是一个有趣的对比。贾瑞完全进入“痴”态，完全没有了理智，当他爱一个人爱到这种地步时，王熙凤讲的任何一句话他都相信。明眼人能看出这完全是在戏弄他，可他完全不知情，更无法自制。

这一个章回当中呈现的是绝对理性的王熙凤和糊里糊涂沦陷感情旋涡的贾瑞之间的关系。当然，我们也可以互换过来，假如贾瑞是一个女性，王熙凤是一个男性，这样的事情也照样会发生，“痴情”与性别无关。

贾瑞碰到王熙凤，他觉得有缘，很兴奋，殊不知自己已经在死亡的边缘。如果说缘分的话，这两人之间的缘分绝对是一个恶缘，是一个人硬生生地把另一个人整死的一个缘。我们每个人一生中都会和不同的人有不同的缘，有时是善缘，有时是恶缘。善与恶取决于我们如何平衡理智与感性，使有可能发展成恶缘的事转成善缘。

读这一段时我常常会感到毛骨悚然，因为我觉得王熙凤结了好大一个恶缘，王熙凤真是用最毒的方法设了一个相思局，如果世间真有因果，不知道她下一世要遭遇什么样的报应，一定很恐怖吧？所以我常常跟朋友讲，人生中最容易玩弄的人也一定不要玩弄，因为真有因果。

贾瑞、王熙凤的调情

贾瑞已经来了好几次，都扑空了，他不知道王熙凤是不是真的不在家。人一旦陷入“痴情”，所有的绝望都变成了考验自己的过程，他的这种自虐也证明了他的用情之深。王熙凤多次不在，他却一来再来，从来没想过放弃。

“贾瑞见往里让，心中喜出望外，急忙进来，见了凤姐，满面赔笑，连连问好。凤姐也假意殷勤，让茶让坐。”

以王熙凤这样的身份，平常的人见她，大概只能站着，事情交代完就走了，如今她让茶让座，让贾瑞觉得受到了特别的恩宠。因为贾瑞之前肯定听到过家族中的很多人谈论王熙凤，说她像阎罗王一样凶。现在看到王熙凤对他的好，就喜出望外，开始飘飘然。

“见凤姐如此打扮，亦发酥倒。”小说里常常有对王熙凤很细的描绘，可是在这里作者却没有一点点细节描写，只说“如此打扮”。为什么这样？在理性的状况下看到的美，是很客观的。可是贾瑞已经昏了头，他眼中的王熙凤已经美若天仙了，这是贾瑞的主观感受，所以作者只用这四个字交代。如果这时说王熙凤头上戴了什么，身上穿了什么，就说明贾瑞还不够陶醉。真正的陶醉就像你跟男朋友去看了一场电影，回来都记不住他穿了什么衣服。只一个“如此打扮”，贾瑞已然“酥倒”。“酥倒”这个词用得极好，大家肯定吃过很酥的饼，一咬就全碎了。他已经根本没有任何理智可以支撑了，整个人都软掉了。

看到王熙凤就在他的面前，而且还刻意倒茶给他喝，让他坐，贾瑞已经昏了，眼睛迷迷糊糊地，看不清的感觉，“因饧了眼问道：‘二哥哥怎么还不回来？’”二哥哥是谁？就是贾琏，王熙凤的丈夫。一个男人去跟女人调情，心里面还是很害怕的，所以他上来就问，你的丈夫在不在？要是贾琏回来撞见了，不知道该怎么交代。

可是你看王熙凤很大胆，只回答说：“不知什么原故。”凤姐这个回答其实比较自然，而贾瑞接的话就非常不正经了，他说：“别是在路上有人绊住了脚，不得来？”这当然是极不正经的话。照理讲，女人如果碰到一个男人没有分寸地讲这种话，一定会给他脸色看。可是王熙凤的回答却是更厉害的调情，她说：“未可知。男人家，见一个，爱一个，也是有的。”她在顺着贾瑞的话茬儿添油加醋，作为一个女性，跟一个不是很熟络的男性忽然讲起这种话来，显然是有失分寸了，很明显，王熙凤是在故意整贾瑞，给他设置陷阱。

贾瑞笑道：“嫂子这话说错了，我就不这样。”男人在调情的时候总说自己是最正经的人。不过，从《红楼梦》里看，这回之前作者从来没有描绘过贾瑞的情爱生活，贾蔷、贾琏、贾蓉都风流成性，而贾瑞从来没有。他只是有点窝囊，学校管不好，书也读不好，老被祖父打。他对王熙凤说的这一句话也许是真的，可能他真的这一生一世就是只爱过这一个女人，而这个女人却注定要把他整死。这大概是他的初恋，没想到自己会死在初恋上。

凤姐笑道：“像你这样的人，能有几个呢，十个里也挑不出一个来。”这绝对是调情。如果我们要责备贾瑞的调戏女人，那凤姐的调戏则是变本加厉的，她一直用调情的方法勾引贾瑞，让他进到幻想的世界里去。

贾瑞的山盟海誓

“贾瑞听了，喜的抓耳挠腮。”贾瑞听到这么聪明、漂亮的女人竟然在赞美他，他简直不知道如何是好，抓耳挠腮的那副呆相全出来了。从头到尾，贾瑞就是一个笨蛋、呆瓜，根本不是王熙凤的对手，这才是最让人觉得悲哀的地方，哪怕稍稍有一点聪明都不至于如此。

贾瑞又道："嫂嫂，天天也闷的很？"这是调情常用的话，《水浒传》、《金瓶梅》里描写的调情常常是从这类话开始的，因为男女之间的调戏常常是从生活寂寞，需要解闷开始。凤姐就回答："正是呢，只盼个人来说话，解解闷儿。"这又是一个暗示，让人觉得她天天巴望着有人来给她解闷。贾瑞很高兴，觉得自己的话说到了王熙凤的心里，就说："我倒天天闲着，天天过来，替嫂子解解闲闷，可好不好？"调情已经越来越明显。凤姐笑道："你哄我呢，那里肯往我这里来。"强势的人，故意以弱势的样子示人，在弱势的一方看来，对方是在向自己撒娇了，这是最聪明的人的做派。

那贾瑞就说："我在嫂子跟前，若有一点谎话，天打雷劈！"这绝对是真心话。这是贾瑞的初恋，也是最深的爱，他第一次堕入情网，碰到的是王熙凤这样一个厉害的角色，悲剧已经是注定的了。如果细看《红楼梦》的这些地方，你会对贾瑞产生极大的悲悯。他根本不能自制，他的每一句话都是真话。

"只因素日闻得人说，嫂子是个利害人，在你跟前一点错不得，所以唬住了。我如今见嫂子，最是有说有笑，极疼人的，我怎么不来？——死了我也愿意！"他所有的话都是真的。贾瑞其实暗恋王熙凤很久了，之前他只是远远地看着那么美的一个人，可是他根本不敢碰，不敢招惹，因为他知道这个人的厉害。可没想到他鼓起最大的勇气表达之后，发现事情并不像想象中那样难，现在看到王熙凤对他这么好，就觉得王熙凤已经在疼爱他了，对他一定有特别的意思。

贾瑞的悲剧是自己不够聪明，没有办法判断真相，不知道王熙凤在演戏，而王熙凤的戏又演得极好，可他完全被弄懵了。等读到最后，你再回头看，王熙凤说“哪一天叫他死在我手里”，贾瑞说“死了也愿意”时，你就会发现这是两个人之间的宿命。贾瑞从来没有跟别人讲过这种话，这是第一次讲出来，他真的是必死无疑了。因为对他来讲，生命是第一次如此托付。如果贾瑞这一次没有死，他又开始第二次、第三次恋爱的话，他再讲这种话就不真了。可是贾瑞就死在这第一次，他自己一语成谶了。

贾瑞无法自制的情欲

凤姐笑道：“果然你是明白人，比贾蓉、贾蔷两个强远了。”贾蓉、贾蔷是跟王熙凤很亲的。刘姥姥来的那一天，王熙凤正在忙，贾蓉进来要借玻璃炕屏，王熙凤就有点故意戏弄他，明白地表现出王熙凤很爱贾蓉。然后她说蓉儿回来，但贾蓉回来等了半天，王熙凤也没有话讲，说你走吧，我现在没有空，晚上再来找我。很多人会猜想王熙凤跟贾蓉的关系有点暧昧，可是作者没有明写。王熙凤可能是风月场上的老手了，玩这些她总是处于主控的状态，而这时她却装成很干净的样子，反而特别批评贾蓉。整个贾府其实有很多是非。大家肯定记得那次焦大喝醉了酒，骂说“养小叔子的养小叔子”，指的就是王熙凤。王熙凤当然也知道贾瑞可能在外面听人说过贾蓉跟她很亲的事情，所以她说：“我看他那样清秀，只当他们心里明白，谁知竟是两个胡涂虫，一点不知人事。”

听到王熙凤骂贾蔷和贾蓉，贾瑞觉得自己真是不得了。他在学校里是一个懦弱无能的人，既不会判断是非，也不会处理事情。可这样一个在社会上比较卑微的人，一旦受到赞美，忽然就觉得自己是一个很强的人，他觉得自己可以和贾蓉、贾蔷比了，而平常他跟那些人是根本无法相提并论的，他不晓得这是凤姐在耍他。

这时的贾瑞很惨，他以为这一切是真的，他甚至也愿意相信这种玩弄是真的，因为他有生以来从没有得到过这样的赞美。这是一个卑微者的哀伤，或者他宁愿死在这个事情上，似乎这件事是他临终前一个华丽的梦想。他的一生根本没有梦想，不可能有美丽的爱情，不可能功课做得很好，不可能在任何事情上成功。日常生活中，周围这样的人常常是我们容易忽略的，这样的人如果有一天忽然能感觉自己也可以跟别人一样，去爱一个美丽的女子，结局就会很惨。我完全是从悲剧的角度看贾瑞，可是作者很厉害，他用闹剧的方式写了一个悲剧。

“贾瑞听了这话，越发撞在心坎上，由不得又往前凑了一凑，觑着眼，看凤姐带着荷包，然后又问戴着什么戒指。”本来已经坐得很靠近了，他得寸进尺又往前移动，可见他的情欲真的无法自制了。眯着眼开始看凤姐的荷包，以前女孩子、男孩子腰带上都会挂几个荷包，女孩子会在里面放一些饰品、香粉、胭脂等小东西，男孩子会放鼻烟壶之类的。荷包是非常私密的物件，我记得以前有个民歌就叫《绣荷包》，女性常常会把荷包送给心爱的男子作为定情之物，她们的荷包不会轻易让男子去碰。贾瑞竟然去看王熙凤腰上挂的荷包，很不礼貌，然后又问她戴着什么戒指，越来越接近她的身体，他当然不是在看她的戒指，而是在看她的手。从这些地方读者都能看到，贾瑞已经昏了头。一旦王熙凤给他一些暗示，他觉得可以得寸进尺的时候，他本能的欲望就爆发出来，再不阻止的话，他可能就要去摸人家的手了。

这时王熙凤当然要阻止他，就悄悄说：“放尊重着，别叫丫头们看见笑话。”这才是王熙凤应该讲的话，很有威严。凤姐是何等人物，她当然不会让贾瑞这样的人碰她，她觉得这个男人真是太不像样了。贾瑞本来就是这样一个人，他在贾家根本是没有人看得起的一个小人物，他平常也总被人家侮辱，大家记不记得打架那一回是谁在骂他，是帮贾宝玉拉车的李贵在骂他。

“贾瑞如听纶音佛语一般，忙往后退。”可见贾瑞是非常听话的人，问题出在凤姐身上，凤姐此时如果好好教训他一顿，他也就不敢来了。可是凤姐却像猫玩老鼠一样，抓一抓、放一放，贾瑞就真的完蛋了。凤姐笑道：“你该去了。”贾瑞说：“我再坐一坐儿——好狠心的嫂子！”两个人的关系发展到这里，王熙凤已主宰了全局，贾瑞则完全昏了头，毫无判断力。情欲到了最无奈的时候，多坐一会儿都是好的，其实就是赖皮了。

贾瑞至死不悟的深情

凤姐又悄悄地道：“大天白日，人来人往，你就在这里也不方便。”这句话其实很恐怖，他们好像要做什么，大白天里不方便。“你且去着，晚上起了更你来，悄悄的在西边穿堂儿等我。”这是不是调戏？凤姐对这件事要负很大的责任。贾瑞的爱完全是糊里糊涂的，他根本不敢安排下一步要做什么，反而是凤姐儿在安排整他了。

“贾瑞听了，如得珍宝，忙问道：‘你别哄我。但只那里人过的多，怎么好躲的？’”他还是有一点害怕，个性卑微的人，一旦美梦成真，一定不太敢相信。再说，穿堂是人走来走去的地方，怎么会约在那里？凤姐就说：“你只放心。我把上夜的小厮们都放了假，两边门一关，再没别人了。”其实王熙凤在设一个狠毒的计，两面门一关，这个贾瑞就跑不掉了。

“贾瑞听了，喜之不尽，忙忙的告辞而去，心内以为得手。盼到晚上，果然黑地里摸入荣府。”这是非常危险的事情，因为荣国府是官府，像衙门一样，门禁森严，外人根本不能随便进去。贾瑞是外面子侄辈的远亲，不住在荣府里，所以他摸入荣府就冒了很大的风险。此时的他色迷心窍，已经到了完全不顾后果的状态。“趁掩门时，钻入穿堂，果见漆黑无一人。”他发现王熙凤没有骗他，这个地方真的没有人。“往贾母那边去的门户已锁，倒只有向东的门未关。”现在门一关，穿堂就变成口袋了，贾瑞就傻乎乎地钻进了这个口袋。

“贾瑞侧耳听着。”读者大概可以想象，贾瑞此时心跳有多快，人有多么紧张，兴奋地等着人来，又怕被别人发现，心里七上八下的。“半日不见人来，忽听‘咯噔’一声，东边的门也都关了。”东边的门一关，贾瑞就再也出不来了。什么叫穿堂？是两个高房子中间的那个巷道，两边是高房子的墙壁，爬都爬不上去。对此，贾瑞糊里糊涂，然而王熙凤是知道的。

“贾瑞急的也不敢作声，只得悄悄出来，将门撼了撼，关的铁桶一般。此时要求出去，亦不能够，南北皆是大房墙，要跳又无攀援。”他希望门没锁好，还能逃走，可是那大户人家的门一旦关上了，丝毫撼不动。想要跳墙，又不可能，除非他有电影《卧虎藏龙》里面人物的功夫。“这屋内又是过门风，空落落；现是腊月天气，夜又长，朔风凛凛，侵肌裂骨，一夜几乎不曾冻死。”大家肯定听说过“过堂风”，小时候我们在穿堂里睡觉，母亲就会说那里风大。此时正值腊月天，他是去幽会，衣服一定会穿得漂亮一些，不会穿得太厚重，就在这样一个寒冷的夜里，他被关在穿堂里面，一直等到黎明。可以想见，蹲在那里发抖的贾瑞内心的煎熬和他在寒风中挨冻的痛苦。

王熙凤根本忘了这件事，因为她只是想给他一个教训，整整他。可是有趣的是，这样的教训竟然无法奏效——在贾瑞看来，这简直是个恩赐，至少王熙凤给了他这样的机会，我认为这才是悲剧。我们看这部小说，大概会设想，如果我是贾瑞，我上了这次当，冻了一夜，第二天会觉得王熙凤是个坏蛋，会彻悟了，可是贾瑞没有。然而正因为如此，我们才看到贾瑞的痴情。如果从另外的角度看的话，很容易彻悟的其实都不是痴情，真正的痴情一定是至死不悟。很少读者能明白作者讲的“情既相逢必主淫”到底是什么意思，其实是说痴情到这种程度是对自己生命的一种消耗。

贾瑞的身世

“好容易盼到早晨，只见一个老婆子先将东门开了，去叫西门。贾瑞瞅他背着脸，一溜烟抱着肩竟跑了，幸而天气尚早，人都未起，从后门一径跑回家去。”

前面根本没有交代贾瑞的家世，下面才开始讲贾瑞的家世。我们看一部小说对其中的某个人物感到讨厌时，如果作者在此时告诉你，他为什么会变成这样一个人的时候，你就会开始同情他，这就是“转”。我以前在做行政工作的时候，有时候会觉得好讨厌某个人，不明白这个人怎么会讲话每次都让人这么难过、不舒服，这么低级趣味。然后我就用了一个方法，就是开始写小说，把他变成我小说的主角，写着写着我就想说明他为什么会这样，开始为他着想，想他长大的过程中碰到什么什么事，最后我会忽然很喜欢这个人，因为你为他找到了一个理由。如果作者只是要写贾瑞跟王熙凤的情爱生活，他不会写这一段。

作者以第一人称出来交代贾瑞的身世："贾瑞父母早亡，只有他祖父代儒教养。"贾代儒书读得很好，可是却屡试不第，没有办法做官，一辈子都很寒酸，最后只能在贾家的私塾里做了个教书先生。这样的人内心郁积着一种不平，他们总觉得自己是最正义的，教训也最严格。所以贾瑞很惨，在这样一个严格的、做老师的祖父跟前长大，贾代儒把他一生不得志的郁闷都发泄在孙子身上："那代儒素日教训最严，不许贾瑞多走一步，生怕他在外吃酒赌钱，有误学业。"然而，这个被严加监管的孙子一旦出事，就是大事，因为他根本没有人生经验，完全不知道外面的世界是什么样的。如果他从小就调皮捣蛋，也不会被王熙凤骗成这样。贾瑞的悲剧在于他完全是一个傻瓜，对于他的傻，他的祖父要负很大的责任。

"今忽见他一夜不归，只料定他在外非饮即赌，嫖娼宿妓，那里想到这段公案。"贾瑞其实蛮乖的，他竟然到二十岁才第一次逃家。而作为权威的祖父，根本不问孙子一夜不归做什么去了，只是想到最坏的情况。可见所谓权威的父权，是从来不问小孩子在外面做什么的，反正你一夜不回来非饮即赌，要不然就是嫖娼宿妓。我现在常常会看到父权里面对孩子的猜测，他总是往坏的地方去想的，不会说坐下来，问问孩子晚上到底去了哪里，这才是真正的对话关系。亲子教育里面最悲惨的事情是根本不能沟通。

贾代儒根本不知道贾瑞被王熙凤调戏这件事情，更不会想到孙子已经二十岁了，他有情欲，会爱上女人，会因为情欲遭人算计。贾代儒的脑子里面没有这些，他是典型的又酸又臭的冬烘先生，由此，读者也就明白了贾瑞为什么会变成这样。

在这种情形下，贾瑞哪里敢说我爱上了王熙凤，那还不被打死？肯定要说谎，就说他到舅舅家睡了一夜。可他竟然连说谎都说得很糟糕，因为这个事情是很容易查证的。代儒道："自来出门，非禀我不敢擅出，如何昨日私自去了？据此亦该打，况且撒谎。"从这一段可以看出，贾瑞绝对不是坏孩子，每次出门都会跟祖父说，从来不敢在外耽搁。贾代儒气愤贾瑞擅自离家，而且撒谎，当面戳穿了他。"因此发狠，到底打了三四十板，还不许吃饭，令他跪在院内读文章，定要补出十天的工课来方罢。"古代的三四十板不是那么好受的，而贾瑞刚刚冻了一个晚上，现在又不让吃饭，罚跪背文章，真是苦不堪言。

这样的教育，会使贾瑞改变吗？会克制他的情欲，从此改邪归正吗？当然没用。接下来我们会看到贾瑞竟然变本加厉了。

在如今的社会里，贾瑞这样的男孩子其实不少，社会开放后，发育中的男孩子在网络上什么都能接触到，他的情欲生活非常混乱。而这是父母和老师最不容易理解的苦处，大人们都忘了自己的青少年时期是怎么过来的，尤其是父亲。他绝对拉不下脸来跟儿子讲自己年轻时的情欲，所以亲子之间无法沟通。

贾瑞的痴情悲剧

下面的一段让人看了真的会很心痛。情欲自我燃烧的那种煎熬，不是礼教、教训可以改变的。我们也以为贾瑞遭了苦打，饿着肚子，跪在风里背书，其苦万状，一定会长记性吧，可是绝对没有。那种本能的欲望驱使得他已经像个动物一样，他变得更渴望追求到那个东西。我们会觉得他笨、他傻、他痴，可是他至死不悔，就是要走向那条死路。

“此时贾瑞前心犹未改，再想不到是凤姐捉弄他。”我们都会觉得奇怪，你被关了一个晚上，王熙凤也没来，这不摆明了是捉弄吗？可是当局者迷，他永远要给自己一个希望。他会想，对方一定还爱我，她不是不来，她一定是有别的事。处在这样状态里的人，是自己愿意去受这个苦。此时如果你告诉他，人家根本不爱你，你就死了心吧，这才是对他最大的伤害，是他平生最大的绝望。

他觉得还有希望，“过后两日空闲，仍来找寻凤姐”。贾瑞还没有讲话，没说自己怎么挨冻、怎么被打，王熙凤却先抱怨说你怎么那天没有来？这就是王熙凤厉害的地方。可以看到，在这个关系中，强势一方与弱势一方之间的落差有多大。贾瑞一听这话，觉得他爱的人竟然抱怨他失信，当即发誓说我那天真的去了，最后也搞不清楚为什么两个人没有见到面。这个贾瑞竟然糊涂到这种程度，他明明被捉弄冻了一个晚上，可是当对方责备他时，他立刻觉得可能是误会了，一定是有别的原因。其实他是自己在骗自己，已经不需要别人骗他了。

“凤姐因见他自投罗网，少不得再寻别计，令他知改过。”凤姐觉得，你这个人上次没死心，还要再来，这是你自找的，王熙凤此时对贾瑞没有任何悲悯。当然，自作孽，不可活。贾瑞不一定是死在王熙凤手中，他是死在自己情欲的纠缠与不可自制中。凤姐这个强势的人要为自己找一个台阶，说害他是要他知道领悟，知道改过，可是贾瑞已经不可能改过了，他必然死在他自己情欲的火焰当中，也可以说，他在用另外一种方式自我完成。

死于自我情欲的火焰中

王熙凤就说:“今日晚上,你别在那里了。你在我这房后小过道子里那间空屋里等我,可别冒撞了。”贾瑞受了那么大的苦,可如今对方给他一点点机会,立刻又兴奋起来了。他说:“果真?”凤姐说:“谁可哄你?你不信,就别来。”他当然相信了。读到这里,你不得不说,贾瑞的悲哀其实是人性的悲哀,他愿意相信,他觉得王熙凤如果不给他这个机会才是悲惨的事。所以他立刻就说:“来,来!死也要来!”他又讲了一次“死也要来”,他一步一步因情欲的推动走向生命的尽头。

真正好的文学家会看到人性底层的无奈,我对贾瑞一直不敢有丝毫的轻蔑,因为“无奈”本身也是人性的尊严。张爱玲曾经写过这样一个故事:街头,一个丈夫一直在打自己的太太,打得路人都看不过去了,就叫来了警察。警察要以妨害罪把丈夫抓到警察局去,那个太太却把警察推开,跟她丈夫说,回家再给你打。这是张爱玲笔下最迷人的地方。人性当中有一种东西你无法解释,情爱中的悲哀其实是人性中最无奈的部分,你从合理的角度是看不明白,也解释不清楚的,真正的好作家就会写到这个东西,会让你看到人性的迷失。当局者迷,他完全无法自觉。可能每一个人都在某一种“迷”中,那个“迷”是解不开的。别人都看得很清楚,只有你自己看不清。如果有一天你知道自己也在某种“迷”中,你就一定会同情贾瑞。

下面一段很惨,用了非常可笑的闹剧的方式写出了贾瑞最大的悲剧,贾瑞粗话连篇,可是里面隐藏的悲剧恰恰就是前面提到的那种无奈的状态。

最苦的情欲煎熬

“凤姐道：‘这会子你先去罢。’贾瑞料定晚间必妥，此时先去了。凤姐在这里便点兵派将，设下圈套。”王熙凤这一次不只是要冻他一晚上了，她还要调兵遣将协助她来整贾瑞。

“那贾瑞只盼不到晚上，偏生家里亲戚又来了，直等吃了晚饭才去。”其实中间没有多长时间，贾瑞大概一直走来走去，什么事都不能做了，就想晚上跟凤姐要怎么样。那真的是情欲难耐，人生最苦的就是这个东西，他先给自己一个希望，然后在那个希望里面一直受苦。家里来了亲戚，他又必须招呼客人，简直快急死了。

“那天已有掌灯时分，又等他祖父安歇了，方才进荣府，直往那夹道中屋子里来等着。”到了那里，贾瑞像“热锅上蚂蚁一般，只是干转。左等不见人影，右等不见声响”。这里的时间是贾瑞心理的时间，实际上并没有多长时间，当一个人盼望另一个人来的时候，就会觉得时间变得漫长，其实是等的人自己的焦虑。

贾瑞又想：“别是又不来了，又冻我一夜不成？”他在那边胡思乱想，是自己扮演了两个角色，一个说，要不要走呢，一个说，还是多等一等吧。结果永远是多等一等的那个“我”战胜要走的那个“我”。心理学讲，人有理性的我和非理性的我，稍微有一点理性的那个我，会说自己上当了，是人家骗我；而另外一个我就会说，她可能会来的，我要等她。当非理性的我更强的时候，就是人处于最无奈状况的时候。你的理性分析完之后，非理性会告诉你说，还是多等一等吧，她万一来了呢，这个“万一”就带着他一直陷下去。

“正自胡猜，只见黑魆魆的来了一个人，贾瑞便意定是凤姐。”这时的贾瑞完全处于焦急的等待、期盼、幻想状态中，根本没想到要看那个人是谁，其实他爱恋的是他心里挥之不去的一个影子，大概连凤姐也不是，而是他自己情欲的痛苦，他要解决自己的情欲问题。黑灯瞎火地来了一个人，他便“不管皂白，饿虎一般，等那人刚至门前，便如猫捕鼠的一般，抱住叫道：‘亲嫂子，等死我了！’说着，抱到屋里炕上，就亲嘴、扯裤子，满口里‘亲娘’、‘亲爹’的乱叫起来”。

看到这里，我们会觉得贾瑞是一个很下流、很低级的人，底下的场景简直像A片了。可是作者如果不这样写，就看不到“情既相逢必主淫”——他一直在提醒这句话。贾瑞对王熙凤可能是一种爱，这种爱可以往精神上升华，也可以在肉体上发泄，人性本来就存在着这两面。小说写秦可卿的死，告诉你情都是空幻的；写贾瑞的死，告诉你肉体上的沉溺也是空幻的，情与淫在这里合写。

到现在为止，很少人从这个角度谈《红楼梦》，因为《红楼梦》的读者都太高贵了，大家都在看情的部分，可是《红楼梦》对肉欲部分的描写一点也不放松。这里写贾瑞“亲嘴扯裤子”，这是贾瑞最悲哀的部分——一个二十岁男子的情欲，完全没有地方可以发泄的时候，他根本不管那是不是王熙凤，也许即使是一个动物，他也会照样发泄的。

现在是一个情欲开放的年代，很多人主张情欲自主，其实这种自主导致的是一种很混乱的状态，像贾瑞这样的人很多。比如，好多小孩子看了网上的色情图片、电影里赤裸裸的影像以后，情欲被勾引了起来，整夜都睡不着觉，什么事情都有可能发生。在这样的状况里，对象是谁变得不重要。这一段里，王熙凤根本没有来，贾瑞糊里糊涂地就抱了对方亲嘴扯裤子。通常人们都把《红楼梦》当古典文学来读，可是它绝对不只是古典文学，同时也是现代文学，里面对于人性的描写是深沉的，对情欲的描写也是真实的。曹雪芹能把贾瑞这个角色写到这种地步，写他的情欲这么直接，不经任何包装。我一直认为《红楼梦》在某种意义上绝对是非常精彩的现代小说。

如果你喜欢一个人，这个人到你家里，你点一支蜡烛，插一束玫瑰，这是情。可是曹雪芹要告诉你的是“情既相逢必主淫”，这个“淫”急迫到根本不要鲜花，也不要烛光，什么都不需要，就是赶快上床。这其实是在写一体两面，只是过程慢一点或者快一点而已。我们希望爱情是比较浪漫的，总是希望把它美化一下，可是作者认为这些不过都是过程。在这一点上，作者的透彻也是一种残酷。“情既相逢必主淫”，“淫”如果是肉体，“情”是精神的话，他认为它们是合在一起的。

“那人只不作声。”刚读的时候还以为真的是王熙凤来了，读到这里你就觉得这个人好像不是王熙凤。“贾瑞扯了自己裤子，硬帮帮就将顶入。”这完全是对性的直接描写，《红楼梦》里面这种描绘非常少。写宝玉见到警幻仙姑，警幻仙姑说你是“天下第一淫人”，宝玉吓了一跳，说我从来不知男女之事，怎么当得起“淫”这个字。可是警幻仙姑却说，“情既相逢必主淫”，情跟淫其实是一样的。宝玉有很多的包装，他喜欢林黛玉，可他从来也不敢讲。他一直在各种纠缠当中，那里面都在讲“情”。可是现在对贾瑞完全是写“淫”，直接写性。

“忽见灯光一闪，只见贾蔷举着捻子照道：‘谁在屋里？’”看到这里我们吓了一大跳，王熙凤真是够狠，竟然安排别的男孩子来，而且这个男孩子就是贾瑞班上的学生贾蔷。这下惨了，助教被学生抓到了。

风月宝鉴

很多人看这一段时，总觉得贾瑞是一个很下流的人，但我想提醒大家要从不同的角度去看贾瑞。这其中的意思是，当一个创作者的心到了最悲悯的时候，就会对人世间人性的各种状态都有一种担待和包容。贾瑞身上所呈现的可能是我们最不容易担待和包容的一种人性的状态。我们在看情色片的时候，发现人被处理得像动物一样，往往会不喜欢。可是贾瑞这个角色让我们深深地体会到，人的动物性的的确确并没有完全消失。作者在刻画人性中的这种动物性的时候，用心是特别深的。他最后写到贾瑞染病在床，有道士送他风月宝鉴，才让我们真正看到，如果风月宝鉴真是一面镜子，那贾瑞其实刚好就是那面人性的镜子，是他让我们看到了人性中我们最不愿意看到的一面。

我们在看镜子的时候，都希望在镜子里看到美好的东西。贾瑞在看镜子时见到他喜欢的人，就进去跟她做爱。当他把镜子反过来，看到的是一个骷髅，他讨厌这个骷髅，因为它代表死亡。同样，如果第十二回是一面镜子，我们在镜子里看到贾瑞这样一个人，我们一定不高兴，可是贾瑞这种人生状态其实就是人性的一部分。《红楼梦》这部小说的名字曾经就叫《风月宝鉴》，它就是一面镜子，让大家真正认识到情的空幻。作者对于人精神上的痛苦和肉体上的痛苦，向来是一视同仁的。

从这个角度来看贾瑞的悲剧，何尝不是一种肉体上的痛苦？刚刚发育的青少年，他们对于身体不可自制的状态，一般人是很难理解的。在贾瑞的情欲世界中，我们看到这一段不堪入目的描写，王熙凤、贾蓉、贾蔷在骗他，可最重要的是，贾瑞自己过不了情欲那一关，所以他会一再上当。

等到灯火一亮，贾瑞看到炕上的人竟是贾蓉，贾蔷跟贾蓉的出现让贾瑞简直羞到无地自容，因为他俩都是他的晚辈。在情欲的黑暗世界里，人所具有的面貌跟在青天白日里是不同的。当灯光亮起来的时候，他回到了白天的自我，恢复了他在伦理中的辈分，他是学堂里的助教，又是叔叔辈，他根本没有办法接受这突如其来的现实。

对人性的深层领悟

他想赶快跑，却被贾蔷一把揪住。可见这帮人都够坏的，当然这也是王熙凤的安排。王熙凤要整贾瑞，帮着整他的人也是一定会有好处的，所以贾蔷就一把抓住了贾瑞，说："别走！如今琏二婶婶已经告到太太跟前，说你无故调戏他。他暂用了个脱身计，哄你在这边等着，太太气死过去，因此叫我来拿你。刚才你又认作他，没的说，跟我去见太太！"贾瑞听了，魂不附体，当然吓坏了，因为他从来没有想过滥情的后果。

情欲令贾瑞一步步堕落，直至违反道德、违反法律的大事件爆发。有时候我们打开报纸，看到很多荒诞不经的新闻，各式各样的犯罪与事件，常会在心里说怎么会有这样禽兽不如的人。可是看了《红楼梦》中关于贾瑞这一章，我们就能体会到人的脆弱与无奈。平常我们有很多道德、法律、礼教的学习，我们也很认真地用这些法则来禁止自己做违法的、不道德的事情。但我要说的是，我也许也有那个犯罪的欲望，只是我的理性控制了我的感性，获得了内心的平衡。正是因为如此，你会对那个控制不住感性冲动的人有一种悲悯。

我一直不太相信平常给一个人灌输很多的法律规则、道德教训，他就不会做有违理性的事情，贾瑞就是最明显的例子。平常教训太严，反而让他一碰到这样的事情就一发不可收拾。所以我一直觉得，美的教育可能是最重要的事物，美的熏陶不是道德，不是法律，可是如果你多看电影、多看戏曲、多读小说，你对人性有所了解以后，会有一种人性上的开放与活泼。在严格的教育里，当一切都变成了道德、法律的时候，一个孩子在认识人性的时候，其实是很难把握的。可是如果他读了很多小说，他对小说里的人性和各方面的事情有了解后，他在整个成长的过程中就不会孤独，因为他看到小说里的人也遇到或发生过同样的问题。我读了贾瑞，知道贾瑞有情欲，那对自己的情欲问题也就不觉得那么恐怖了。

也是这样的原因，我觉得像《红楼梦》这样的小说，或者描写人性的电影，对人的一生有重要的影响。一个社会里如果只有道德和法律，是管束不住人性的。人性最好的管束方法不是教训、处罚，而是了解、知情，当你对人性本身有一个全面认知以后，你会会心一笑。

在这一回里，你看到了贾瑞的真实状况，你对人性有了深层的领悟。也许贾瑞是用一种赎罪的方式，把他的情欲带到了死亡，可是因为贾瑞这个个案，让很多读《红楼梦》的人，可以渡过类似贾瑞所经历过的难关。这就是文学与艺术中真正的救赎意义。

贾瑞对自己的污辱

贾瑞吓得魂不附体，只好说："好侄儿，只说没有见我，明日我重重谢你。"他在求饶。一个叔叔辈，被侄子抓住了把柄，自己都要羞死了。

这件事还不只是他被抓到本身，其中还存在严格的礼教问题。在我们的社会中，长辈在晚辈面前是需要尊严和体面的，何况他还是学堂里的助教，此刻便成了贾瑞面临的人性中的一种严峻考验。

贾瑞拜托贾蔷放了他，并承诺要重重地谢他。他一讲这句话，贾蔷立刻接话说："你谢我，放你不值什么，只不知你谢我多少？况且口说无凭，写一文契来。"就跟他谈价钱、讲条件。贾瑞这个时候绝对有方法脱身的，可是他竟笨到这个程度，说道："这如何落纸？"他还是很老实的一个人。贾蔷道："这也不妨，写一个赌钱输了外人账目，借头家银若干两。"显然是早已经安排好的圈套，不但要让他得不到人，还要让他破财。贾瑞道："这也容易。只是此时无纸笔。"贾蔷道："这也容易。"贾瑞很呆，还没想到人家是在设计害他，贾蔷是有准备而来。"说毕，翻身出来，纸笔现成，拿来命贾瑞写。他两个作好作歹，只写了五十两，然后画了押，贾蔷收起来。"

你看，他们半夜三更大老远地跑来，身上竟然备了纸笔，贾瑞完全掉在了他们设下的圈套中。"作好作歹"就是两个人在讨价还价，最后写了五十两，画了押，算是有一个证明。这个文契在法律上有什么依据，我们也不知道，可是后来这一纸文契成为贾瑞走向绝路的一个原因。因为他根本没有钱，可他不赔钱，人家就要声张出来。其实借据上并没有写明是他调戏王熙凤，只说欠赌债多少银两，可见贾瑞这个人多没脑子。

贾瑞写了借据，画了押，觉得总可以走了吧，可是还有一个人等着找他算账呢。"贾蓉先咬定牙不依，只说：'明日告诉族中人，评评理。'贾瑞急的至于叩头。贾蔷作好作歹的，也写了一张五十两欠契才罢。"一个叔叔给侄子磕头，可见他所有的身份、脸面都不顾了。

贾蔷又道："如今要放你，我就担着不是。"意思是说王熙凤已经到太太、老太太那边去告状了，如果放了贾瑞，他们就有责任。其实王熙凤根本就不可能去告，这种事情闹出来王熙凤本身就要担很大的责任，所以这话根本就是骗人的。贾蔷骗贾瑞说已经声张出去了，你即使要逃的话也要很小心。"老太太那边的门早已关了，老爷正在厅上看南京的东西，那一条路定难过去，如今只好走后门。"他说这两条路都不能走，只能走后门，他们说是放他，最后他们还要再害他一道，而且这些人早就把一切设计好了。

贾蔷对贾瑞说："等我先去哨探了，再来领你。这屋里你还藏不得，少刻就来堆东西。等我寻个地方。"贾蔷就把贾瑞带到了一个地方，叫他蹲在那里，然后他们两个假借一个理由走了。他们故意躲起来，贾瑞就蹲在那边傻呆呆地等，他完全相信了他们。贾瑞每一次中圈套都是因为他完全相信对方。贾瑞一步一步被作者放到一个最难堪、被侮辱的状态，可是也正因为这个样子，细心的读者会感觉到于心不忍，这么无奈的情欲最后被人如此摆布、利用、侮辱的时候，其实是非常悲惨的。

"贾瑞此时身不由己，只得蹲在那里。心下正盘算，只听头顶上一声响，'嗗拉拉'一净桶尿粪从上面直泼下来，可巧浇了他一头一身。贾瑞掌不住，'哎哟'一声，忙又掩住口，不敢声张。"他本来要叫出来了，可是马上觉得一叫会被别人发现，又把嘴巴捂住。贾瑞"满头满脸浑身皆是尿屎，冰冷打颤"。他的处境到了最不堪的地步，却连一声都不敢吭。这时，只见贾蔷跑来叫："快走，快走！"可以猜出，贾蔷是倒了尿粪以后才到这里来的。

看到这里所有读者都会觉得王熙凤真是很过分，贾瑞都到了如此地步竟然还要再整他一下。可是对作者来讲，他一定要写到这种程度，满身大小便的结局其实就是贾瑞对自己的污辱，他必然要遭遇到一个最脏臭不堪的境况，因为人性的情欲不可自制的时候，结局必然不堪。

情欲的本质

贾瑞满身屎尿，狼狈不堪，三脚两步从后门跑回家里时，已经三更天了，只得叫门。家里人开门看到他这样的境况，当然吓了一跳，问他怎么回事。他“少不得撒谎，说：‘黑了，失了脚，掉在毛厕里。’一面到了自己房中更衣洗濯，心下方想是凤姐玩他”。这个时候他好像才醒悟。可是，他虽然已经明白过来王熙凤是在玩弄他，却还是没有办法不爱王熙凤，惨就惨在这里。贾瑞“心下方想是凤姐玩他，因此发了一回根；再想一想那凤姐的模样儿，又恨不得一时搂在怀内，一夜竟不曾合眼”。其实一直到死，情欲的煎熬贾瑞都没有办法摆平。最深的恨里面，常常就是最深的爱。那种情欲纠缠，他根本无法解开。

“自此满心想凤姐，只不敢往荣府去了。”仿佛事情到此就该完结了。可实际上却不会完，因为情欲煎熬并不在于人去还是不去。他去，是因为有一个幻想，觉得真的可以跟凤姐怎么怎么样；他不去，那个幻想还在。所以作者要讲的是情欲根本是一个幻象，这个幻象是由人的心造出来的，即使凤姐不在，她的幻象还一直在他的脑海里，每天晚上都睡不着。

“贾蓉两个常常来索银子，他又怕祖父知道，正是相思尚且难禁，更又添了债务；日间工课又紧，他二十来岁人，尚未娶过亲，迩来想着凤姐，未免有那‘指头儿告了消乏’等事。”贾瑞欠了贾蓉、贾蔷两人各五十两银子，他哪里有这么多银钱？一百两银子可不是个小数目，记得刘姥姥从贾府借了二十两银子就回家做了一个小本生意呢。这种时候，祖父还要逼他每天做功课。而他呢，还在时刻想着凤姐。贾瑞领悟了吗？没有，他想得更厉害了。这里用了当时的一个俗语，“指头儿告了消乏”，就是现在所说的自慰或者手淫，是男孩子性的自我发泄与解决的方法。在这样的状况下，贾瑞的身体越来越差了。

作者此处写的是少年遭遇情欲时最难堪的情状，不要说古典小说，现代小说直接写这种难堪的也不多。对贾瑞来讲，重要的不是凤姐在不在眼前，而是他自己的情欲无法宣泄。而在他祖父的世界里，根本就没有情欲。儒家总是讲克己复礼，所以他每天都在跟贾瑞讲礼教。可是二十岁的男孩子，他就是要有情欲，这是人身上动物性的本能。他一直处在他的性幻想里，而对凤姐的性幻想是他自己营造出来的，如果真的让他跟凤姐发生关系，他可能就好了，没事了。而幻想里面的情欲煎熬是最痛苦的，因为根本不可能发生。到这里我们可以看到，贾瑞最后走向情欲的死亡，跟凤姐已经无关了，那只是他的一个幻象。

贾瑞的死亡

“更兼两回冻恼奔波，因此，三五下里夹攻，不觉就得了一病：心内发膨涨，口中无滋味，脚下如绵，眼中似醋，黑夜作烧，白昼常倦，下溺连精，嗽痰带血。”这些病征其实表示他的身体已经完全虚了。贾瑞半夜会梦到凤姐，自己常常自慰，结果白天精疲力倦。“下溺连精”是征兆，小便的时候精液也流出来了，贾瑞已经得了重病，而病源是他自己的纵欲无度。病情越来越严重，咳嗽的时候痰里有血，“诸如此症，不上一年，都添全了”。纵观我们的文学史，尤其是现代小说里，有很多对恋爱、爱情、性的描绘，但是对情欲、对欲望的描写非常少。这种欲望很多时候不一定要有对象，它是自己身体里的动物性的一面，作者写贾瑞的这个部分其实是在谈人自身的生理问题了。“于是不能支持，一头睡倒，合上眼还只梦魂颠倒，满口胡说乱话，惊怖异常。百般请医疗治，诸如肉桂、附子、鳖甲、麦冬、玉竹等药，吃了有几十斤下去，也不见个动静。”

接下来时间转了，“倏忽又腊尽春回”，冬天过完了，春天来了。贾代儒也忙起来，各处请医疗治，都没有效果。我们在这里又看到秦可卿的命运在重演，不是讲“病就是命”吗？治得好病，治不了命。他的情欲是一个性格悲剧，是治不好的。后来贾瑞就吃“独参汤”，就是独一味中药——人参。古时候人相信病到最厉害的时候，就要喝参汤，认为人参是最补元气的。当然这也是说，贾瑞已经不行了。贾代儒是一个私塾里面教书的穷教师，他哪里有这个能力？下面作者特别安排了一段，又把贾瑞的问题带到凤姐那里去了。

贾瑞是至死不悔，凤姐是至死不悟，凤姐就是不给他人参。其实所有的人参都控制在凤姐手上，她不是跟秦可卿说过，别说一天二两，你就是要吃两斤也有啊，可是等到贾瑞家来要的时候，她就说没有。贾瑞和秦可卿之所以一定要写在一起，因为中间有一个关键人物，就是王熙凤。

凤姐发狠不给贾瑞人参，硬要把他往死里整，她觉得贾瑞得病是活该，她从来不认为自己对他的病也有责任。这里就可以看到所谓的因果，或者说这是一个恶缘，这个恶缘如果还有下一世，凤姐大概会很惨。读

《红楼梦》的时候，你会觉悟，就算一个人自己再有理，都应该待人宽厚。王熙凤觉得自己很有理，她得理不饶人，可不饶人是有报应的。

人性的各种悲剧

贾代儒往荣府来，希望讨一点人参，王夫人命凤姐称二两给他，凤姐回答说："前儿新近都替老太太配了药，那整的，太太又说留着送杨提督的太太配药，偏生昨儿我已送了去了。"这当然是敷衍，事实上她是嫌恶贾瑞，恨不得他早点死了算了。王夫人道："就是咱们这边没了，你打发个人往你婆婆那边问问，或是你珍大哥哥那府里再寻些来，凑着给人家。吃好了，救人一命，也是你的好处。"王夫人是念佛的人，心存慈悲，她知道王熙凤平常也蛮大方的，不知道怎么这一次这么小气，但是她相信了王熙凤的话，提醒她去凑一凑，在王夫人看来，贾家这样的人家，怎么会凑不出二两人参来呢。可是王熙凤心里有一个结——她恨贾瑞。因为她心高气傲，她觉得我是何等门楣的人，你凭什么来追我？

如果说贾瑞有一个当局者迷的"迷"的话，王熙凤也有自己难悟的"迷"。贾瑞是那种父母早亡、家势卑微、一生受侮辱的人的悲哀；王熙凤则是千金小姐、富贵太太，永远是高高在上，去整别人的，身上永远带着傲慢之气的"迷"。这个时候她就不能稍微厚道一点吗？在她的心理上，她觉得自己的身份跟这个人如此不同，连喜欢她都是侮辱她，所以她心里非常恨贾瑞。

《红楼梦》的精彩在于，让我们看到人性的各种悲剧，王熙凤绝对不知道自己有一个悲剧根源——她骨子里高人一等的傲气。人参一定可以救贾瑞吗？肯定救不了，他的悲剧命运是势必要走向死亡。可是在王熙凤看来，人参可以救贾瑞，她不给，是存心想要他死。

凤姐也不在意王夫人的劝，“也不遣人去寻，只得将些渣末泡须凑了几钱，命人送去，只说：‘太太送来的，再也没了。’”她说是太太送来的，绝不说是她送来的，她根本不想跟这个癞蛤蟆有一点关联。

人世间每一个生命，都自有其贵贱贫富，可在曹雪芹的眼中，已经毫无差别了。每个人在受他自己的命运的苦。不同命运的苦，都是不自知的，同贾瑞的不自知一样，王熙凤也不自知。

贾瑞的冤孽之症

然后王熙凤回复了王夫人，只说：“都寻了来，共凑了有二两送去。”王熙凤在说谎，可她仍然会在王夫人面前做得很周到。与贾瑞从头到尾都在讲实话对比，王熙凤是一直在说谎。从这里我们可以知道，作者在十二回是要我们同情贾瑞的，贾瑞虽然活得这么难堪，但其实是一个值得同情与悲悯的角色。

那“贾瑞此时要命心胜，无药不吃，只是白花钱，不见效”。他才二十岁，要他死，他当然不甘心。对于一个强烈渴望活下去的年轻人，临终时会很苦很苦，因为他还有那么多梦想，那么多没有实现的愿望，那么多没有做过的事情。如果一个人没有那么多欲望的话，走的时候应该会比较平静一点、安心一点的。

“忽然这日有个跛足道人来化斋，口称专治冤孽之症。”《红楼梦》里每当某个角色的人生处于最迷茫的时刻，就会有道士或者和尚出来。《红楼梦》

其实是一部非常不支持儒家立场的书，作者相信真正可以救助人的是道家与佛家，因为它们可以让人大彻大悟。书中来点化世人的人不是癞头和尚，就是跛足道人，他们总有一部分是残缺的。那残缺代表什么？代表他经过人世间的沧桑，受过人世间的磨难，所以他修道成功了，只有他才知道什么叫作宽容。太过顺利的生命，其实不容易有领悟。他的意思是说当你有身体上的痛苦，才知道什么是真正的悲悯。这都是佛、道的一些思想。

这个跛足道人说能治冤孽之症，而贾瑞和王熙凤之间就是冤孽之症。东方世界，讲到冤和孽的时候，大半是说不可解。贾瑞得的不是普通病，是一种冤孽，不晓得前世造过什么样的孽，这一世要还债。

林黛玉要还债，因为贾宝玉当年灌溉过她，所以这一世她一直哭，用眼泪来还，这是一个比较美的善缘。贾瑞的冤孽就是要用一摊摊的精液去还王熙凤，他们之间是肮脏的恶缘。眼泪和精液有什么不同？都是人体的一部分。我们只是看到还泪的美，看不到还精的难受。注意，作者在写两个东西：情和淫。林黛玉还泪和贾瑞还精都是冤孽，只是形态不同，这是作者真正要讲的。

贾瑞在病床上听到了，直着声叫喊说："快请那位菩萨来救我！"贾瑞希望有最后一个机会。可是《红楼梦》告诉你，连菩萨也不能救人，人最终还是得自己救自己。跛足道人并未能救贾瑞，他跟贾瑞说镜子你只能看反面，不要看正面，可是贾瑞偏偏做相反的事，这个时候，我们可以看到被情欲折磨的人会痛苦到什么程度。读到这里，我们能感受到曹雪芹真的是大彻大悟了，他告诉你菩萨也救不了人，菩萨不过是来点化你的，能不能做到，是你自己的事情。

无法自救的贾瑞

跛足道人来了。“那道士叹道：‘你这病非药可医。我有个宝贝与你，你天天看时，此命可保矣。’说毕，从褡裢中取出一面镜子来——两面皆可照人，镜把上面錾着‘风月宝鉴’四字。”

如果这一段没有写“风月宝鉴”，只写贾瑞死在床上了，很多东西就没有办法领悟。作者其实是在借贾瑞告诉我们，《红楼梦》里面大大小小的人物，都在不同的情欲里纠缠，是他们自己一直以假为真，导致“假作真时真亦假”。第五回贾宝玉看到的太虚幻境里面就是这一句话。加上“风月宝鉴”这一段，说明贾瑞这个角色是作者刻意要写的，他要告诉我们人性里最难堪的一面，而这最难堪的一面是任何人都可能会经历的。

道士把风月宝鉴递给贾瑞，说：“这物出自太虚玄境空灵殿上，警幻仙子所制，专治邪思妄动之症，有济世保生之功。”秦可卿要死了，可是此时警幻仙姑做的镜子竟然到了贾瑞的手上，镜中又有王熙凤，作者在用神话与现实交织的方式写这些人之间的因果牵连。这个镜子专治“邪思妄动”之症，今天如果有这样的镜子，肯定大卖，因为到处是邪思妄动。

作者在这里开了一个玩笑，说有这么好一面镜子，可以治邪思妄动，有济世保生之功，“带他到世上，单与那些聪明杰俊、风雅王孙等照看”。因为那些聪明俊杰、风雅王孙常常会在情欲里纠缠，所以他要来为他们治这个病。然后叮嘱说：“千万不可照正面，只照他的背面，要紧，要紧！三日后我来收取，管叫你好了。”作者特别安排了这样一个道士，而且自救的方法也不难，只须照镜子的反面。贾瑞这个时候也不知道正面是什么，反面是什么，然后他就开始玩正和反这个游戏。三天的时间，照照镜子而已，不算难嘛，可是情欲的可怕就在于连三天都克制不了。作者在告诉我们，当所有该知道的事情都知道以后，你还做不到，大概是必死无疑了。

众人苦留不住，这个道士走了。贾瑞拿了镜子以后想："这道士倒有意思，我何不照一照试试。"他拿起风月宝鉴来，照道士的意思只看反面，结果他看到一个骷髅在里面。西方的美术史里面常常有骷髅，修行的时候旁边也有骷髅头，是要告诉你生命的终结就是这个，你每天看，就能提醒自己现在所拥有的一切东西都是假的。作者要借风月宝鉴度化贾瑞，告诉他你最后就是这个样子，现在有什么好邪思妄动的，你所拥有的东西不过是一个幻象。可这个骷髅却把贾瑞吓坏了，连忙掩了镜子，骂道："道士混帐。如何吓我！"正面的点化到他这里变成了"混帐"，所以他不要看这个。

他说："我倒再照照正面是什么。"他已经忘了道士跟他说的话，因为反面不好看，他就翻过来，看看正面是什么，"想着，又将正面一照，只见凤姐站在里面，招手叫他"。他看到了自己朝思暮想的幻象。所以，有没有镜子不重要了，是他没有办法忘掉凤姐，王熙凤变成了他的致命伤。"贾瑞心中一喜，荡悠悠的觉得进了镜子，与凤姐云雨一番。""荡悠悠"用得极好，其实贾瑞已经快死了，大概是他的精神进去了，跟凤姐发生了性关系。"凤姐仍送出来。到了床上，'哎哟'一声，一睁眼，镜子从里调过来，仍是反面立着一个骷髅。"这一段完全像神话，可是非常精彩，刚做完爱出来就发现骷髅又在面前，其实就是生死。我们看到人生的两面，繁华与幻灭、情欲的快乐与死亡的空虚在做对比。可是这么生动的提示都没有让贾瑞领悟，他大叫了一声，"自觉汗津津的，底下已遗了一滩精”。

贾瑞后来精尽而死，因为他一直在看镜子的正面，一直幻想跟凤姐做爱，一次又一次地耗尽精血。写情欲之悲伤，大概没有像《红楼梦》写得这么惨的。这个时候你忽然会回想起贾瑞之前讲的“死也要来”。现在他就是一次一次到镜子里面去赴死亡之约，这大概真的是他要还的冤孽之债。

何苦以假为真

“心中到底不足，又翻过正面来，只见凤姐还招手叫他，他又进去，如此三四次。”人无奈的时候就是这个样子，一次不够，两次、三次。他就是不要看那个骷髅，他永远不能面对生命的本质。那个跛足道人其实早已知道，贾瑞必须走，走之前给他照一照镜子，让他明白生命是怎么一回事。

“到了这次，刚要出镜子来，只见两个人走来，拿铁锁把他套住，拉了就走。”在中国古代小说里，拿着铁锁前来的都是阴间的差使，西方常常是一个拿镰刀的死神。“贾瑞道：‘让我拿了镜子再走。’——只说这句，再不能说话了。”他要拿镜子，还是因为凤姐在里面。

“旁边伏侍贾瑞的众人，只见他先还拿着镜子照，落下来，仍睁开眼拾在手内，末后镜子落下来，便不动了。”贾瑞死了，旁边的人只看到他在照镜子，贾瑞看到的幻象旁人是看不到的。我们每一个人心里的幻象与情欲别人都看不到，只有自己知道。所以大家就觉得是那个道士在作怪，这是什么妖镜，竟然让人照照就死掉了。这像是荒诞不经的神话，可又那么真实。

作者写贾瑞的部分写得非常深，我很希望从贾瑞的死亡中，大家能感受到作者深刻的悲悯之心，他特别安排了这个道士，好像要度化他。如果贾瑞没有被度化，读者会被度化吗？我们不敢肯定。即使不能度化，也一定会知道人有共同的悲哀或者无奈，这才是《红楼梦》真正要让人领悟的。很多人简单地认为，《红楼梦》就是让你最终领悟佛道的四大皆空，然后出家，像高鹗补的后四十回里贾宝玉最后出家了，我觉得这样说未免太简单了。作者对人生有很多经验和积淀，他也知道，就算到庙里也可能心不静，说不定还会把镜子带到庙里面去，所以作者让你觉得，到最后度化都有可能成空。因为如果你在度化里没有领悟的话，你还要一次次承受人生的折磨和煎熬。他讲得非常深刻，让人认识到，修行是要回到人间修，回到生活里修，甚至回到情欲里修的。如果真的是必须回到情欲里修，我们是不是可以说贾瑞也是在修行，被情欲所制很可能就是他修行的方法，他一生就是用这么难堪的方法来度化自己。

“众人上来看看，已没了气，身子底下，冰凉渍湿一大滩精。”贾瑞的死相很难看，很悲惨，这样的写法在文学里是非常不容易做到的。“这才忙着穿衣抬床。”古代有一个习惯，人死了以后要从卧房抬到正厅里入殓。此时，“代儒夫妇哭的死去活来”。可是这个时候哭又有什么用处？真正的爱应该是了解。如果在不了解的情况下一直责罚，当他身上所有的属于人性的东西都被严厉禁止的话，最后的下场就是这样。贾代儒还怪别人，大骂道士：“是何妖镜！若不早毁此物，遗害于世不小。”这是典型的贾代儒的语言，他永远在用道德来权衡世间万物。他就叫人把火架起来，烧这面镜子。“只听镜内哭道：‘谁叫你们瞧正面了！你们自己以假为真，何苦来烧我？’”这里用了神话的写法，这面镜子变成了人，说话了，镜子的哭声非常动人，它说人世间这么多假象，你自己要把假象当真，为什么要怪我？

“以假为真”，是《红楼梦》里非常深的格言。在人间行走，我们都在不同程度地以假为真，作者对人生最大的领悟与最大的悲悯也在于此。作者没讲明到底什么是真的，真的难道就是那个骷髅吗？那么在成为骷髅之前人的生命到底要怎么度过？如何自处？他也没有讲。这里作者只是提醒，让你觉得你眼下所眷恋、执着、放弃不了的东西，其实都是梦幻泡影。我不认为《红楼梦》是要你放弃对生的所有眷恋，只是在提醒你没必要对终成虚幻的东西过于执着。

人永远跨不过的门槛

“正哭着，只见那跛足道人从外跑来，喊道：‘谁毁“风月鉴”？吾来救也！’说着，直入中堂，抢入手内，飘然去了。”

道家或佛家的点悟跟儒家不同，可它只是另外的一种教育，也不见得就是唯一的真理。文学不是哲学，我不赞成把小说当成一个格言或真理奉行一世。很多人读《红楼梦》一定要说自己领悟了，如何如何。其实，对《红楼梦》的领悟永远在生活的过程当中，就是让你每一时每一刻都有新的感悟。永远是昨天看时觉得应该如此，今天看时又有所修正，今天看时以为真了，第二天看时又有点假。这就是为什么《红楼梦》会吸引你一直读的原因，它让我们觉得生命是一个不断修正的过程。

“当下，代儒料理丧事，各处去报丧。三日起经，七日发引，寄灵于铁槛寺，日后带回原籍。”贾家的原型如果是曹雪芹家的话，他们原来是北方人，后来曹雪芹的祖父到南方做巡盐御史，过去的习惯是灵柩要到原籍归葬。铁槛寺有点像贾家的家庙，“铁槛寺”的意思是，有一个门槛，你是永远跨不过去的，那就是死亡。贾瑞死了，寄灵于铁槛寺；秦可卿死了，也寄灵于铁槛寺，人最后去的地方是一样的。秦可卿高贵、优雅；贾瑞卑微、难堪，最后的终局是一样的。这里，贾瑞的死隐伏了秦可卿的死，还有林黛玉父亲的死。

“当下贾家众人齐来吊问，荣国府贾赦赠银二十两，贾政亦是二十两，宁国府贾珍亦有二十两，别者族中贫富不一，或三两或五两，不可胜数外，另有各同窗家分资，也凑了二三十两。代儒家道虽然淡薄，倒也丰丰富富完了此事。”贾瑞的故事到这里告一段落。我们不知道贾蔷、贾蓉各五十两银子后来到底要到没有，也不知道凤姐这个时候心里会不会有一丝丝不安，作者没有交代。贾瑞的故事结束了，他是《红楼梦》里最微不足道、最卑微的一个人，可是这一章在小说里却是非常重要的一章。

作者在收尾的部分又讲到林如海的死亡。“谁知这年冬底，林如海的书信寄来，却为身染重疾，写书特来接林黛玉回去。贾母听了，未免又加忧闷，只得忙忙的打点黛玉起身。宝玉大不自在，争奈父女之情，也不好拦劝。于是贾母定要贾琏送他去，仍叫带回来。一应土仪盘缠，不消烦说，自然妥帖。作速择了日期，贾琏与林黛玉辞别了众人，带了仆从，登舟往扬州去了。”

第十三回

秦可卿死封龙禁尉
王熙凤协理宁国府

秦可卿的死亡

我们的现实生活就像《红楼梦》里描写的一样，很多纷繁芜杂的事不断发生。如果在座的朋友是一个创作者，想用写小说的方法记录生活，可能会碰到一个困难，就是主线在哪里，怎么布局，旁枝出去以后怎么再拉回来？这就是我讲的结构或编织的意义。也许很多朋友说，我只是一个读者，我欣赏这本小说，自己并没有创作的野心或者欲望。可我认为不只是写小说的人是创作者，也许我们把一天当中自己生命里面的一些细节，稍微做一个反省跟回忆的时候，其中也要有一个纲架跟结构。我相信很多写日记的朋友都有这样的感觉：常常会觉得好琐碎，慢慢就觉得无趣了。在小学时写的日记很快就中断了，其实我觉得它也有一点像创作，就是把自己的生命理出一个头绪跟纲架来。

《红楼梦》从第一回一路看来，会发现好多人物在慢慢出场。在第十三回中，这个家族里最重要的女性之一秦可卿死了，秦可卿的死是小说里第一个重要的主线人物的死亡。《红楼梦》是一部感伤的书，它让人看到了繁华富贵的短暂和最后的幻灭。可是在十三回之前，基本上没有太多的虚幻之感，只在第二、第三回里借助于甄士隐的女儿被拐，家里又失了火有一点暗示，真正落到贾家，第一个重大事件就是秦可卿的死亡。

在秦可卿死亡之前是贾瑞的死亡。我一直很关心的是，这两个人物的死亡是交错在一起写的，中间的关键人物就是王熙凤。王熙凤对秦可卿有很多疼爱，给她治病，无论付出什么，都在所不惜；同时又遭遇贾瑞来追求她。贾瑞需要喝“独参汤”治病，家里人去求贾家给一点人参的时候，王熙凤就是不肯给。在这两个死亡事件里面，用人参带出了王熙凤的好恶，我们看到她对贾瑞的鄙视和不屑，对秦可卿的疼惜和关照。作者同时在写两个死亡，而这两个死亡里面，秦可卿的身份和贾瑞身份不同，带出了富贵人家与穷困人家在等级上的差距。

秦可卿到十三回的时候死了，整个一章都在讲秦可卿丧事的豪华。一个不到二十岁的女性的丧事，却豪华到了惊人的地步，送葬的队伍浩浩荡荡，四大郡王全部到场，用现在的话说，党政军要员都来了。从这里可以看出，在古代封建社会丧礼不是个别人、个别家庭的事，而是整个家族在社会里的社交跟门面。丧礼是一种很重要的社交应酬，大家都在关心谁到场了，谁没有到场，而不是对故去人的哀伤，所以秦可卿的死亡里隐藏着一种孤独。从寒门嫁过去的秦可卿，变成了这个大家族中花瓶里的一朵花，不过是用来装点门面而已。对秦可卿的死真心哀痛的大概只有宝玉，因为她是宝玉最早的性幻想对象，当宝玉知道她死了之后，一口鲜血喷了出来，宝玉对人有一种真情，其他人不过是走过场。

曹雪芹在家败人亡之后写这部小说时，回忆当年的繁华富贵，这其中包括丧礼的风光，他有一点茫然，感觉到人事的空幻，所以在他笔下，死亡这样的事件也好像一场戏一样。

淫丧天香楼

秦可卿这一段，用今天的眼光来读，我们不是很容易懂，因为其中有豪门家族另外的一面。当然第十三回还隐藏着一个秘密，即后来发现的一直没有在《红楼梦》刊印版本里出现的一回——“淫丧天香楼”。大家找到了曹雪芹最早的《红楼梦》版本，这个版本里的好多内容没有刊出过，尤其是“淫丧天香楼”这一部分。里面描写了秦可卿的死亡，她其实不是病死的，而是被她的公公贾珍逼奸，最后在天香楼上吊死的。大家在读十三回的时候要注意，作者在十年当中不断修改，把家族里这个不可告人的丑事掩盖掉了。脂砚斋的评语里面说：“雪芹真正厚道之人。”意思是说家里的丑事，还是不讲为妙。其实前面已经有隐喻了，王熙凤带着宝玉去看秦可卿的时候，喝醉酒的家仆焦大就在骂“你们家爬灰的爬灰”，“爬灰”是民间很粗俗的话，就是公公与儿媳妇偷情。这里隐藏了这个豪门家族的风光富贵里面某些污秽肮脏的事情。它有一点像忏悔录，因为贾家已经败落了，或者其原型曹家已经被抄家了，作者对这个家族的败落有很多反省。第一次写时就直接写出了家丑，可是后来想到这个东西会被传阅。就像你今天写一个日记，如果你确定没有人看，就会写得很大胆，可是当你有一点担心，想到或许有人会偷看，可能包括你最亲的父母或者丈夫、太太、孩子会看的时候，你下笔就会不一样。

曹雪芹刚开始写《红楼梦》时，是不太在意别人看的。他在人生最后的十年中回忆自己一生的悲哀，很大胆地写这部小说，原本是写给自己看的。可是小说写了一半以后，便陆续有人翻阅了，他忽然意识到有读者，下笔时多多少少会考虑到读者的反应。

在西方，比如萨特曾介绍过法国一个很有名的作家让·热内写的《鲜花圣母》，他是在监狱里用做手工的纸写成的，萨特看到后认为从没打算给别人看的作品才是最精彩的。可一旦想到你的作品会有人阅读，就会有所顾忌，所以他会修订。

《红楼梦》修改了十年，其中透露出作者从完全率真地要呈现家族历史，到最后用很多神话把真事隐去，借用假语村言，在真和假之间做了调整。现在大家都希望了解《红楼梦》最早的版本和后来修改的刊印版本之间的差距，其实，其中差距最大的就是第十三回“淫丧天香楼”。如果这是最初的版本，恐怕秦可卿的死是这个家族中最令人震惊的大事，因为所有人都知道她是上吊而死，以及上吊的原因。这个时候办这个丧事，即使再风光，也隐藏不住其中惊人的真相。

文学的场景描述

作者将秦可卿的死改成病死的时候，心里有另外一种痛。所以作者并没有直接去写秦可卿的死亡，而是很奇怪地写到王熙凤，说她睡了以后恍恍惚惚地看到秦可卿进来了。我认为《红楼梦》非常精彩的部分都是从真实入梦、从入梦到真实的过程。第五回也是如此，贾宝玉喝醉了酒，恍恍惚惚觉得秦可卿在跟他讲话，带他到了太虚幻境。他在太虚幻境经历那么多事，忽然醒过来。他由梦入真、由真入梦之间的关系非常自然。

我们先来看秦可卿托梦前的这一段，念起来就会感受到作者文字的精准漂亮："话说凤姐儿自贾琏送黛玉往扬州去后，心中实在无趣，每到晚间，不过和平儿说笑一回，就胡乱睡了。"

贾琏护送黛玉回扬州去探父亲的病，这里牵涉到地名。《红楼梦》一牵涉地名就非常暧昧，因为到目前为止，大家还不知道《红楼梦》中的大观园到底是在北京还是在南京。我们知道曹家三代曾经在扬州和南京做巡盐御史，大观园应该是在扬州或南京，而不在北京。北京是他们的原籍，他们是被抄家以后才回到北京的。现在有人考证，第一，林黛玉是从南方来的，她的很多口语是南方话，不是北方话；第二，从植物学上考证，《红楼梦》中所有的植物都是南方植物，不是北方植物，节气自然也是南方的节气。这里讲林黛玉回扬州去探病，也许林黛玉是回苏州，因为她的父亲在苏州做官。曹雪芹一般不愿意在小说中直接透露家族的背景，所以有时候会改写一下。

贾琏走了，王熙凤"心中实在无趣"，"无趣"代表的含意是什么？大概平常王熙凤没事就骂骂贾琏，现在她好像少了一个亲近的人。文字写得很精简，可是很委婉。我们常常会觉得，生命里面有一个人跟自己有切身的牵连，当这个人不在的时候，生活就会失去原有的秩序。"胡乱"的意思是没有日常秩序了。

"这日夜间，正和平儿灯下拥炉倦绣，早命浓熏绣被，二人睡下。"因为天气冷，所以房子里面生了炉子，王熙凤跟她的丫头平儿靠在炉火边绣花。古代的女人平常没事都是做女红的，可是此时，她们也不是那么认真地在绣花，所以用了"倦"这个字，好像随意在那里边绣花边聊天。在晚上睡觉之前，尤其冬天的时候，她们会烧一个炭炉，在炭炉里面放一点檀香或者沉香之类的香料，用一个竹子做的笼子罩住，把被子蒙在上面，被子在睡觉的时候是暖的，也是香的，这叫“浓熏绣被”。“早早的”意思是说本来还没有到睡觉的时间，可是因为无趣，就都睡了。

可是王熙凤并没有睡着，在屈指算行程。古代人出远门一去就是几个月，王熙凤在想丈夫贾琏现在应该到哪里了，其实这是牵挂。短短几行字，丈夫不在家时王熙凤的落寞已经写出来了。王熙凤平常不见得跟贾琏有多好，可是当这个人不在的时候，她还是有点空落落的感觉。

秦可卿托梦王熙凤

“不知不觉已交三鼓，平儿已睡熟了。凤姐方觉星眼微朦，恍惚只见秦氏从外面来。”王熙凤好像要睡着了，似乎又没有睡着，这时她看到秦可卿进来了。这是《红楼梦》写得最精彩的地方，一点也没有提王熙凤在做梦，就把读者带进了王熙凤的梦境。作者的精妙在于每一次真假的界限都是不分明的、懵懵懂懂的时候，你根本就搞不清楚到底是真还是假，可是梦不就是另外一种真实吗？

秦可卿的出现完全是用真实的，而不是用梦境的手法。在《红楼梦》里，梦从来不是跟现实无关的，梦常常是更真实的现实，所以秦可卿从外面走进来，王熙凤并没有大惊小怪，她好像觉得也很自然。秦可卿来了，含笑跟她说：“婶婶好睡啊！”这时我们才知道王熙凤其实睡得很沉，秦可卿是跑到她的梦里面来了。

一句“婶婶好睡啊”意思是都什么时候了，你还睡得这么好，其实有点抱怨的感觉。“我今日回去，你也不送我一程。因娘儿们素日相好，我不得不走过来别你一别。还有一件心愿未了，非告诉婶婶，别人未必中用。”

凤姐听了，恍惚问道：“有何心愿？你只管托我就是了。”秦氏道：“婶婶，你是个脂粉队里的英雄，连那些束带顶冠的男子也不能过你，你如何连两句俗语也不晓得？常言‘月满则亏，水满则溢’；又道是‘登高必跌重’。”这里有曹雪芹一贯的思想，他一向觉得男人没用，贾家的男人都是窝囊的，能干的一直都是女性。这可能从贾母那一代就开始了，因为贾母就是管家的。然后到王夫人，王夫人稍微柔弱些，可是很快就把管家的权力交给了王熙凤。宁国府这边是秦可卿，都是年轻女子在管家。所以你会感觉到曹雪芹在写这本书的时候，一直认为家族中的女性是非常精彩的，他在赞扬女性。

秦可卿说：“如今我们家赫赫扬扬，已将百载，一日倘或乐极悲生，若应了那句‘树倒猢狲散’的俗语，岂不虚称了一世的诗书旧族了！”贾家已富贵了百年，经过了三代，这是非常不容易的，不过贾家的上升之势已经到了极限，所以秦可卿提醒王熙凤说，月亮到了最圆的时候会慢慢变缺，水到了最满的时候会溢出来，爬得越高摔得越重，这是小说第一次暗示这个家族要出大事情了，秦可卿提醒王熙凤应该早做准备。

俗话说“富不过三代”，这是一个自然规律。第一代的富贵通常是白手起家，所以会很谨慎。第二代往往就不那么谨慎了，因为他们是在富贵中长大的，他们觉得富贵是理所当然的，挥霍跟奢侈很难收得住，到了第三代就更不要说了。王熙凤从豪门嫁入豪门，觉得富贵是理所当然的。她很天真：“听了此话，心胸大快，十分敬畏，忙问道：‘这话虑的极是，但有何法可以永保无虞？’”她的想法是，我们可不可以想想办法，让贾家永保富贵、永不败落？这是王熙凤的思维方式，可是秦可卿批评了王熙凤，说要想永保富贵是不可能的，我们必须想到，如果有一天做不成官了，不再富贵了，应该怎么办。

曹家在被抄家之后，家族落难到惊人的地步。据说，曹雪芹后来在今天北京的香山附近举家靠喝粥度日，穷到连饭都吃不饱。这个在十四五岁以前一直过着富贵荣华生活的公子哥儿，大概从来没有想到他有一天会落难到这个地步。他没有一技之长，也没有生财之道，结局非常惨。其实秦可卿讲的这些话，正是曹雪芹为家族当年繁华时没有为未来做准备而发的感慨。

否极泰来，周而复始

她问起如何能永保富贵。秦可卿就冷笑了，讽刺她说："婶婶好痴也。否极泰来。"她说你怎么会这样想，你觉得我们家族还可以做官吗，她用了《易经》里的一句话"否极泰来"。

《易经》里面有六十四卦，这六十四卦的卦象大部分都有起有落，坤在上、乾在下叫泰卦（䷊）。否卦（䷋）与泰卦正好相反，乾在上，坤在下，是六十四卦里不太好的一卦。《易经》认为可以转动的状况是好的，天在上，地在下是正常的、不会变化的状况，而"否卦"到了极限，就一定会转好。《易经》的思想是认为人世间没有什么事情是永远好或永远不好的，而是循环变动的，所以下面就说"荣辱自古周而复始"。荣华富贵跟屈辱败落是周而复始的，是循环的。未央宫是西汉帝国的大朝正殿，"未央"就是未尽，汉人喜以此命名就是追求没有灾难，没有殃祸，含有平安、长寿、长生等意义。反映了当时追求长生不老、延年益寿的社会思潮的盛行。“乐极生悲、否极泰来”，这里的“极”都是指太过了。秦可卿在这里说，贾家已经有一百年的繁华富贵，现在要走向衰落，要挽回是不可能的。

但是秦可卿建议：“但如今能于荣时筹划下将来衰时的世业。”说在今天荣华富贵还有能力的时候，你为什么不预先想到有一天败落的时候要到哪里去？她认为衰是必然了，所以至少在荣的时候先为衰的状况做准备，那时就不至于很惨。

《红楼梦》的八十回以后不是曹雪芹写的，所以到现在争议很多。现在找到的很多版本，认为贾家最后惨到不可思议的地步，贾家这些最富贵的女孩子，几乎都发落到军营里做妓女了，而不是高鹗所写的复兴的状况。曹雪芹并没有觉得家道可以复兴，反而写出了最悲惨的命运。所以如果从这个角度来看秦可卿的交代，是一种隐喻，隐含着作者对过去特别沉痛的感觉。

红楼梦的现代管理元素

秦可卿向王熙凤提了两点建议：“今日诸事都妥，只有两件未妥。”我们看一下她怎么交代，希望大家可以从现代管理学的角度看待。前面有一段我们讲到王熙凤看到秦钟，没有带礼物，丫头汇报给平儿，平儿立刻就判断王熙凤跟秦可卿关系的亲疏程度，包了几种礼物送去，王熙凤就有了送给秦钟的见面礼，这在如今就是了不得的公关，我们的现代企业里还没有公关可以做得如此的到位。

《红楼梦》里有很现代化的管理学，有企业的规划。她说：“若把此事如此一行，则后日可保永全了。”王熙凤就问什么事情，怎么样处理，秦可卿建议说：“目今祖茔虽四时祭祀，只是无一定钱粮；第二，家塾虽立，无一定的供给。依我想来，如今盛时固不缺祭祀供给，但将来败落之时，此二项有何出处？”她一直强调，今天是在极盛时代，有的是人来帮你做祭祀，义学也可以维持，但是一旦将来败落，你从哪里出这个钱来祭祀祖坟和办教育呢？

“莫若依我定见，趁今日富贵，将祖茔附近多置田庄、房舍、地亩，以备祭祀供给之费，皆出自此处。将家塾亦设于此。”这完全是现代的投资学，就是在祖坟四周买田地房屋。她讲的“田庄、房舍、地亩”这些东西是在做一个打算，如果不做官，把土地租给人家，你至少有生产收入。把这个列为祭祀祖坟的名目，将来就不会被动用了。

秦可卿所说的祖坟的修法是我们现代人不懂的。古代有一个规定，为了去原籍祭祖，可以在祖坟旁边购置田产，一旦有人犯罪，家产全部充公时，祖坟上的田产是不能充公的，因为孝道不可以伤害。秦可卿很聪明地想到，应该趁家里还有能力的时候，多买一些祖坟附近的田产房屋，将来好有一个退路。曹雪芹在人生最后没有退路的时候，忽然想到当年怎么没有做这件事，因为他后来住在北京香山，据说香山就是曹家原来发迹的地方。如果当初这个地方还有田产、房屋的话，他就不会惨到连日子都过不下去。

秦可卿毕竟出身寒门，生活的艰难她是知道的，所以她会想到退路。她还说要拨一些公款，这些公款是不能够私用的，一定要归于四时祭祀之用。这一笔钱可以很大，将来抄家的时候，这个钱也不会被充公，因为它是祭祀祖坟的钱，古代的孝道观念认为，不能断人家的祭祀与香火。

然后同时也要把家塾设在这个祖坟旁边，等于是把这个家族将来真正的根基打好，设一个真正的学校。

古时候人们有这样的观念，认为一个家族的长久与复兴，跟子弟所受的教育有关。如果族中子弟有机会读书，就有机会做官，家族就有复兴的可能。所以秦可卿第二个建议是办教育，她说义学现在是由做官的人每个月按俸利拨钱来办，这是不够的，她觉得应该有专款办义学，将来即使家族败落，还有这笔钱可以把学校继续办下去，贾家的子弟就有受教育的机会，将来也可以重新出头。

“和同族中长幼，大家定了则例，日后按房掌管这一年的地亩、钱粮、祭祀、供给之事。如此周流，又无争竞，亦没有典卖诸弊。”让族里的长幼按秩序定了则例，以后按照顺序，就是大房、二房、三房之类，每一年让不同的房来管，管的时候包括这个地方的地亩、钱粮、祭祀、供给诸事都由这些家族来周流。她用了“周流”，其实是希望贾家这么大的一个家族，每一房管一年，大家都有参与感，一旦将来败落的时候，到底家族有多少土地，有多少房子、田庄，大家能够心中有数。前面讲到过薛蟠家做官做久了，回到北京的时候他家房子被卖掉都不知道，因为太久没有人管，也太不在乎。各房轮流来管，为的是让他们了解家族的账目，将来对自己的家业有所掌控。

这一番话绝对是曹雪芹在家败人亡之后的感慨，因为他后悔当年家族兴旺的时候怎么没有人想到这一件事情，以致一朝落难根本没有地方可去了。曹雪芹把对自己家族的这份遗憾以托梦的方式补充在小说里。

曹雪芹抄家后的领悟

我们来看曹雪芹的家族，曹寅是和康熙皇帝一起读书长大的，因为他的妈妈是康熙的奶妈。康熙做了皇帝，江南有一个肥缺，当然要找和他一起长大的亲信去做，就让曹家去做了巡盐御史。这个巡盐御史表面是一个肥缺，可是私下更重要的，还兼具皇帝眼线的角色，所以一定要是皇帝的亲信。康熙在位时间很长，所以曹家可以受到上百年恩宠。曹寅过世前，康熙皇帝亲自派御医快马加鞭地送药到他家，可见曹家当时受宠幸的程度。从曹寅一代到曹雪芹一代，三四代下来，雍正五年（1727）时曹家被抄家，因为雍正要启用自己的亲信，老爸的奶妈不见得和他有那么亲，曹家在政治斗争当中被弃用了。

我们常听人说近代中国的一些政治人物最喜欢读的书是《红楼梦》，会觉得很奇怪，《红楼梦》不是谈林黛玉、贾宝玉的爱情的吗？《红楼梦》当然不仅仅是一个爱情故事，里面有很多权贵之间的关系，《红楼梦》对于人事关系、对于人世间的权势了解得太透彻了。这份透彻来自这个家族繁华过又败落过，只见过繁华，没见过败落，就不会如此透彻。曹雪芹在这里借秦可卿之口讲出家族的难题，有一部分可以跟作者的个人经验结合。

秦可卿交代完毕，还透露了一个神话式的预言："眼见不日又有一件非常喜事，真是烈火烹油、鲜花着锦之盛。"不久的将来又有一件很大的喜事，可是也不过是瞬息的繁华、一时的欢乐。这个喜事是什么？就是小说十六、十七、十八回中写到的"元春省亲"。贾家的富贵跟长女元春嫁到皇宫有关，而且元春深受皇帝宠爱。皇帝觉得女孩子嫁进皇宫以后，一辈子再也见不到亲人，其实是有违孝道的，所以就恩赐贾贵妃回家省亲。贵妃回家是了不得的大事，这个家族要做非常多的准备工作，十六、十七两回就在讲怎么盖大观园以及工程的耗费之巨。其实回来也不过几天，这个花园用后就要封起来，再也不能让人进去。因为皇室来过的地方，一般平民是不能够用的。可是后来元春特别下令，让贾宝玉、林黛玉等人搬进大观园去住，原来的省亲别墅后来改成了大观园。这件事情秦可卿在这里先透露了。

在清朝的历史里，很少有皇妃省亲这样的事情，所以这是作者编造出来的故事。可是他影射了一件真实的事情：康熙几次到江南巡视，都住在曹家。曹家至少接过四次驾，为此曹家花巨资盖了大花园，曹家的败落跟这个也有关。这里讲的是这个喜事，“烈火烹油”，好像很繁华，可是也因此而败落了。

三春去后诸芳尽

皇帝来住在你家，他可能赏赐银子给你，可是皇帝根本不知道民间的花费有多大，而且皇家赏赐的银子你还不能用，要把它供在供祖先的桌上，表示这是荣宠。那个花费全部是不可能收回的，所以曹家后来就入不敷出了。

凤姐很急，说到底有何喜事。秦氏道：“天机不可泄漏。”这是小说设置的悬疑，让人觉得好像还有故事，可是又不知道故事是什么。“只是我与婶婶好了一场，临别赠你两句话。”这个时候秦可卿真的是在生死之间，像活着，又像是鬼魂。她在讲一些现实的事，又在讲一些预言，真真假假交错着。秦氏说虽然天机不可泄漏，可是我念两句诗，你如果聪明，你会领悟的，她就念道："三春去后诸芳尽，各自须寻各自门。""三春"当然是指元春，春天过完，所有的花都会凋零，到那个时候就是树倒猢狲散，每个人要找自己的生路去了。这里面一方面在讲元春要回来，另一方面讲贾家势必败落。

这一段是秦可卿临终托孤，所以王熙凤觉得她还活着，两个人在谈家族里的一些问题。"凤姐欲还问时，只听二门上传事，云板连叩四下，将凤姐惊醒。人回：'东府蓉大奶奶没了。'"古代家族或者庙宇里面都有一个金属的板子，雕刻成像云朵的样子，俗话说"神三鬼四"，敲三下大概多是喜事，敲四下都是丧事。王熙凤听到四声云板响了，然后就有人传话说东府的蓉大奶奶没了，她才知道刚才是秦可卿给她托梦。这种写法非常动人，作者并没有直接写秦可卿死在病床上，而是写秦可卿的魂魄出了窍，跑来给王熙凤托梦。这一部分虽然很短，可文笔和结构的精彩全在其中了。

读到这一段，最大的悲哀还是说秦可卿这个寒门女子，生是贾家的人，死是贾家的鬼，临死了还要呕心沥血地为贾家着想，考虑退路。如果真的有这个角色的话，作者对她是抱有最大歉意的，因为秦可卿嫁到这个家族后受到的委屈最深、最难以言说。如果她是被公公逼奸而死的话，那她死后那个风光的丧礼，就变成了巨大的嘲讽。

秦可卿在第十三回就死了，可是一直到八十回，她还无时无刻不在出现。每次贾家有什么事发生，就会听到有人在叹气，那就是秦可卿。秦可卿是一个死而不去的幽魂，她成了贾家最大的一个感伤。从秦可卿死的这一段可以感觉到，秦可卿的死不只是一个肉体的死亡，她还变成了一缕幽魂，幻化在贾家，其实秦可卿本身就在警幻，告诉你一切都是假的，都是幻象，必须及早领悟。

"凤姐闻听，吓了一身冷汗，出了一回神。只得忙忙的穿衣，往王夫人处来。彼时合家皆知，无不纳叹，都有些伤心。那长一辈的想他素日孝顺，平一辈的想他素日和睦亲密，下一辈的想他素日慈爱，以及家中仆从老小想他素日怜贫恤贱、慈老爱幼之恩，莫不悲嚎痛哭者。"

秦可卿死了，年长的难过，平辈的难过，年幼的难过，连用人也难过。前面提到医生给秦可卿把脉时曾说，她这个病不是药可以医的，因为她心性太强，做人总想要做到完美，什么人都不得罪。从这几句话里，可以看出她做人真是做到了滴水不漏的地步，她活得也太小心了。虽然秦可卿是十二金钗里面第一个死的，可也是十二金钗里最完美的，好像没有一点缺陷。然而她没有缺陷是因为她一直在人前努力撑着，让人家觉得她是完美的，连最后死亡的时候还要托梦，把这个家族以后的事情做个交代。

贾珍的过度反应

接下来我们看丧礼，这个丧礼其实跟秦可卿无关，说的是贾家如何摆排场、显风光。这其中有难得的社会史第一手资料，如果你去读清代官修正史的话，肯定看不到《红楼梦》里描述的这些场景，真正的社会现实其实是在小说里透露出来的。

宝玉听到秦可卿死了很难过，立刻就要换衣服去祭吊。贾母很疼宝玉，说刚死的人，那边不干净，叫他等天亮以后再去。宝玉不肯，立刻备了车，到灵前痛哭。

此时的宝玉是非常真情的，然而他的真情祭拜却带出了一长串名字：贾代儒、贾代修、贾赦、贾效、贾敦、贾政，然后到玉字辈的贾璜、贾珩等人，一直到草字辈的贾蔷、贾菖、贾菱等。作者有意识地排列出一大串名字，让你感觉到丧礼已经变成了仪式，它已经跟个人的交情、真性情毫无关联。这时我们会强烈地感受到人在生死之间的孤独。

这当中最有趣的角色就是贾珍。由于后来“淫丧天香楼”这一章回的被发现，读者对贾珍逼奸儿媳妇这件事情有所了解。我们看到贾珍哭得泪人一般，已经逾越了公公对儿媳应该有的情感和礼数。当然儿媳妇死了，悲哀是应该的，可是哭成泪人，与一个公公应有的严肃及礼教并不相符，这里恐怕有作者的暗示。贾珍说：“这长房内绝灭无人了。”他觉得秦可卿是最能干的一个人，比他的儿子都能干，她走了，长房就绝灭无人了，说着又哭起来。大家劝他，说人都死了，你这样哭也没什么用，不如赶快商议怎么料理后事。大家要注意，此时贾珍的反应非常特别，拍手道：“如何料理？尽我所有罢了！”针对这句话，在老的善本书里有一个小小的夹注，其中有个批注就批评贾珍，说在儿媳妇死后他竟然说尽我所有，父母如果死了他又要怎么办？旧的礼教中对于丧事办理有很严格的辈分和礼数，贾珍对儿媳妇的死如此倾心倾力，透露出贾珍很多行为其实是逾越礼数了。如果我们不知道“淫丧天香楼”这一章节，就不太容易理解他这种过度的反应。即使作者把秦可卿之死改成病亡，小说里还是能看到蛛丝马迹。我想这些一定是红学家们特别重视的。

这个时候，秦可卿的爸爸秦业、弟弟秦钟来了，还有尤氏的几个眷属也来了。下面就是对丧礼的描述了。

秦可卿的丧礼

这里有一些是作者假写的，比如，“去请钦天监阴阳司，来择准停灵七七四十九日，三日后开丧送讣闻”。中国的丧礼受佛教的影响很大，佛教认为人在死亡之后会经过七七四十九天，再转世投胎，所以七七四十九天里的超度是非常重要的，可以让亡魂有一个比较好的超生机会。“钦天监”，是古代掌管天文和历法的官，地位非常高，地震、星象、日食、月食的探测都跟这个官有关。他可能有一点天文、地理的常识，同时还有一点巫术，因为他必须会解梦——皇帝做了梦，也会让钦天监来解释。钦天监是真有的，可阴阳司却没有，是作者杜撰的。作者写“钦天监阴阳司”，让你感觉到秦可卿这样一个少妇的死亡，竟然动用了国家官员钦天监来推算哪一天是停灵的吉日，甚是隆重。

“这四十九日，单请一百单八众禅僧，在大厅上拜大悲忏，超度前亡后化诸魂，以免亡者之罪。”这是佛教仪式。《大悲忏》，也叫《大悲咒》，是印度佛教的梵文经，叫《陀罗尼经》，唐朝时译成了汉文，是人死后超度用的一种咒语。“另设一坛于天香楼上，是九十九位全真道士，打四十九日解冤洗孽醮。”“淫丧天香楼”里讲秦可卿是吊死在天香楼上的，在天香楼设坛做法事，又是一个很特别的暗示。“醮”是佛道设坛祈祷的仪式，“作醮”是因为你有冤孽，所以叫作“解冤洗孽醮”。所谓的冤孽大概指不太正常的死亡，因为古代对冤死有很多的忌讳，所以会特别用这样的名称。“然后停灵于会芳园中，灵前另外五十众高僧、五十众高道，对坛按七作好事”，按照初七、二七、三七等来解冤超度亡魂。

清代大丧礼的细节

本来贾敬是这个家族里最长的一辈，如今长孙媳妇死了，可他却“因自为早晚就要飞升，如何肯又回家染了红尘，将前功尽弃呢？”他不肯回来，丧事就完全由贾珍负责料理，他变成了这个家族最重要的一个执行人。

“贾珍见父亲不管，亦发恣意奢华。”这个丧事就办得有点过分了，花钱竟花到那种程度。现在一般读者认为，贾珍其实是心里不安，因为他逼奸儿媳妇，造成秦可卿上吊而死，所以他在丧礼上有些想要弥补或者掩盖什么的意图，不只是表面奢华的问题。

且看他怎么选棺木。一般人帮他找了一些杉木，他都觉得不中用，这时薛蟠来吊祭了。薛家是皇商，专门帮皇家采买东西的，他说家里有一副板。古时候民间对棺材这两个字很忌讳，所以他只说有一副板，是樯木的。“樯”这个字是船的意思，暗示人死了以后可以像渡河一样到达彼岸，这是佛教的概念。“出在潢海铁网山上”，“铁网山”是作者杜撰出来的，在作者看来人无论怎么活最后都难逃铁网，这个网其实是死亡之网。薛蟠说，这个木头做了棺材可以万年不坏，是非常好的寿材。古时候实行土葬，很讲究棺木的材质。大户人家通常在人还年轻的时候就准备棺木，每年拿出来漆一次，总觉得这样棺木会不朽，尸体也会不朽。薛蟠说，这个棺木原来是义忠亲王老千岁要的，但因为他“坏了事”，“坏了事”就是犯了法了，家被抄了，用不上了，当然这也映照着后来贾家被抄家后也是如此下场。

薛蟠说：“现在还封在店内，也没有人出价敢买。你若要，就抬来使罢。”贾珍很高兴，立刻叫人把棺木抬过来。“只见帮底皆厚八寸，纹若槟榔，味若檀麝，以手叩之，玎珰如金玉。”这个棺木非常讲究，细细的木纹非常漂亮，闻起来味道像檀香木或者麝香，用手敲打时，声音不像木头之声，倒像叩击金玉一样响亮。“大家都奇异称赞。贾珍笑问：‘价值几何？’薛蟠笑道：‘拿一千两银子来，只怕也没处买去。什么价不价，赏他们几两工钱就是了。’”薛蟠是个纨袴子弟，家里非常有钱，讲话、出手一向都是大咧咧的，根本不把钱财当一回事，给人很阔绰的感觉。所以大家要注意《红楼梦》里面每一个人物出场，不管是不是主角，都不会违反他的个性。“贾珍听说，忙谢不尽，即命解锯糊漆。”

这时贾政就讲话了，他劝道：“此物恐非常人可享者，殓以上等杉木，也就是了。”古人觉得如果一个年轻人死亡，不是老年寿终，地位又不高，用太好的东西，即使对死者本身也不是一件好事。贾政就劝贾珍，用上等的杉木就可以了，不要用这么讲究的东西。可是，“此时贾珍恨不能代秦氏之死，这话如何肯听”。一个公公竟然在儿媳妇死后恨不能自己去死，这里又透露出里面有些事非同寻常。

秦可卿有一个丫头叫瑞珠，因为秦可卿死了，自己也撞柱而死，这等于是殉葬。秦可卿大概平常待人体贴、亲近到惊人的程度，会有一个丫头伤痛到触柱而亡，“贾珍遂以孙女之礼殓殡，一并停灵于会芳园中之发仙阁”。古代的女性嫁人以后，基本上没有自己的名字，死后必须由儿子名来称先妣，如果这个女性没有生儿子，就连祖坟都不能入，牌位上也没有名字。对于一个女性来讲，如果没有子嗣，就等于她的将来没有身份。因为秦可卿没有生孩子，瑞珠触柱而亡，这样她至少有了一个义女。“小丫环名宝珠者，因见秦氏身无所出，乃甘心愿为义女，誓任摔丧驾灵之任。”另外一个小丫鬟叫宝珠，看到秦氏没有女儿，愿为义女。“摔丧”，就是在起灵时摔碎瓦盆。在灵前摔瓦盆，是由孝子或孝女来做的。

捐官只为丧礼可以风光

第十三回里借秦可卿的死，我们看到了清代十七世纪丧礼的概况。一个女人的丧礼仪式是由她丈夫的官位来决定的，而古代的仪式规定非常严格，一品官、二品官、三品官，摆出的阵仗是不一样的，要用多少人员来举行这个仪式，是有规矩的，不同的官位有不同的排场。当时贾蓉没有官位，他只是黉门监。古代国家设立的学校叫“黉门”，此处指国子监，在国子监挂名等待考试做官的学生叫作监生，所以叫黉门监。贾蓉没有官位，丧礼就不能做出官家的气派。虽然贾蓉的父亲在做官，可是这都与秦可卿无关。一定是丈夫有官位，妻子才有诰命。“诰命”是皇家封给官员妻子的封号。丈夫是一品官的，称为夫人；丈夫是四品官的，叫作恭人；丈夫是五品官的，叫作宜人，都有一定的名称，不能够逾越。

贾珍考虑到贾蓉没有官位，排场不能做得太大，就想到去给他捐个官。清朝有一个制度，官可以用钱买，多少钱可以买什么官都有定数，这个钱是国家收入的一部分。当然这种官不太管事，只是一个虚衔，所以叫作捐官。

很快就有一个朝廷的太监来卖官了。如果你读清朝正史，是读不到这些的，你很难从正史中看到如此生动的朝廷太监的嘴脸。这时一个叫戴权的太监出现了。“贾珍因想着贾蓉不过是个黉门监，灵幡经榜上写时不好看，便是执事也不多，因此心下甚不自在。可巧这日正是首七第四日，早有大明宫掌宫内相戴权，先备了祭礼遣人来，次后坐了大轿，打伞鸣锣，亲来上祭。贾珍忙接着，让至逗蜂轩献茶。”“内相”是对太监的一个尊称，大明宫并不是明朝的，是唐朝的大明宫，作者在此假借，说管理皇家内部事务的最有权的大太监戴权来了。然后贾珍心中打定了主意，“趁便就说要与贾蓉捐个前程的话”。“前程”就是官位。戴权马上就懂了，会意笑道：“想是为丧礼上风光些。”可见这个家族并不关心秦可卿，他们一心想要借着丧礼摆排场，所以要为贾蓉捐官，只有官场才会有如此世故。贾珍忙笑道：“老内相所见不差。”

戴权道：“事倒凑巧，正有个美缺。如今三百员龙禁尉，短了两员。”“美缺”就是有花钱又少职位又好的空缺。清朝并没有“龙禁尉”这个官名，是作者杜撰的，“龙”是指皇帝，“禁尉”就是禁卫军，是五品官。贾家根本不在乎薪水，也不在乎这个官位，只想着有了这个官位，丧礼就可以按五品官的仪式来进行。

戴权说：“昨儿襄阳侯的兄弟老三来求我，现拿了一千五百两银子，送到我家里。你知道，咱们都是老相与，不拘怎么样，看着他爷爷的分上，胡乱应了。”太监叫官员都是老二、老三这样叫的，他们的语言很特别。有人做过研究，发现太监的用语跟一般人不同，他们身上有出身卑微但又掌管特权者的互相矛盾的特点。然后他说，对方拿了一千五百两的现银送到他的家里，这话显然是有用意的。清朝法律上捐官是由户部管的，现在却变成了太监在管，钱是直接送到他家里去的，而且他还变着法子告诉贾珍要送多少钱，因为他不好意思和贾珍明讲，这里先暗示了。可以看到，“胡乱应了”，刚才王熙凤是“胡乱睡了”，国家的官也就可以一千五百两银子“胡乱”地应了他。

“还剩了一个缺，谁知永平节度使冯胖子来求，要与他孩子捐，我就没工夫应他。既是咱们的要捐，快写个履历。”这个缺永平节度使冯胖子已经想要了。“节度使”这样的高官，可是戴权叫人家冯胖子，可见这些太监根本不把官员当回事。“老三”、“冯胖子”，多像黑道上的语言！他说冯胖子要为孩子捐官，没工夫应他，意思是说他和冯胖子的交情还没那么好。而自己跟贾家关系非同寻常，所以当即就承诺：赶快写个履历来吧。

“贾珍听说，忙吩咐：‘快命书房里人恭敬写了大爷的履历来。’小厮不敢怠慢，去了一刻，便拿了一张红纸来与贾珍。贾珍看了，忙送与戴权。戴权看时，上面写道：

> 江南江宁府江宁县监生贾蓉，年二十岁。曾祖，原任京营节度使世袭一等神威将军贾代化；祖，乙卯科进士贾敬；父，世袭三品爵威烈将军贾珍。

戴权看了，回手便递与一个贴身的小厮收了，说道：‘回来送与户部堂官老赵。’”户部是内政部，户部衙署的长官叫作堂官，是主管派官的。戴权是皇帝身边的一个用人，是伺候皇帝吐痰与小便的人，只是由于他跟皇帝近，他讲的话会对皇帝产生影响，大家都怕他，所以尊称他为内相。而他呢，竟然交代说，把这个条子交给户部的老赵，就说我要一张五品龙禁尉的票。什么叫“票”？就是做官的执照。可见当时的官位是可以用这样的方式买卖的。

读正史是读不到这些的，只有富贵过的人家有一天没落了，才会把其中的内幕全部写出来，我们才知道当时的政治是这样的。从这个意义上说，《红楼梦》的社会史价值是不容忽略的。我们现在也看不到中国民国时期历史的真相，大概也要等某一天有这样家世的人写，你才会知道真正的内幕。白先勇在《国葬》里写了一点点，用他父亲白崇禧的身份。可据说他父亲的自传有一天出来可能有更惊人的内幕。

丧礼的场景

作者这里轻描淡写，只借此写官的买卖勾当竟如此轻松。“小厮答应了，戴权也就告辞了。贾珍十分款留不住，只得送出府门。临上轿，贾珍因问：‘银子还是我到部兑，还是一并送入老相府中？’戴权道：‘若到部里，你又吃亏了。不如平准一千二百两银子，送到我家就完了。’”意思是说，要是把银子送到户部，中间大概又有好几层的剥削，当然，他不会明讲吃什么亏。他昨天卖的是一千五百两，现在向贾珍要一千二百两，少了三百两，意思是我们交情非比寻常，连利息都不要了。

明明是在写秦可卿的丧事，可是又让我们看到政治中不可思议的内幕，比任何史书都要真实。贾珍感谢不尽，只说：“待服满后，亲带小犬到府叩谢。”古代的“服”就是丧服的意思，通常，父母之丧是三年服满，媳妇的丧是一年，意思是一年之后去谢他。在古礼中，守丧的时候不能到别人家里，这是忌讳，必须服满后才能去别人家。

“接着，便又听喝道之声，原来忠靖侯史鼎的夫人来了。”史鼎的夫人就是贾母娘家的人来了。“那王夫人、邢夫人、凤姐等刚迎入上房，又见锦乡侯、川宁侯、寿山伯三家祭礼摆在灵前。”所以秦可卿的丧礼已经不是一个人的死亡事件，它变成了一个家族的政治应酬。忠靖侯、锦乡侯、川宁侯、寿山伯这些都是官位，这些做官的人家一家一家地来了。“少时，三人下轿，贾政等忙接上大厅。如此亲朋你来我去，也不能胜数。”“只这四十九日，宁国府街上一条白漫漫人来人往。”“白漫漫”形容所有人都穿着祭吊的服装，都是白色的。所以在秦可卿的死亡事件里，前面尽显哀伤，后面就变成了摆排场。

“贾珍命贾蓉次日换了吉服，领凭回来。”贾蓉已经得到了五品龙禁尉的官票，可也不能穿丧服去领朝廷的执照，所以换了吉服，领了凭证回来。因为他有了五品官位，所以“灵前供用执事等物，俱按五品职例。灵牌上皆写‘天朝诰授贾门秦氏宜人之灵位’。”“天朝”就是本朝。诰授有时候叫诰命，是由皇室颁封给女性的一个官位。贾门秦氏，就是贾蓉的太太秦氏，她的名字完全消失。“宜人”，是五品官位的夫人的封号。在有些版本里可能用的是“恭人”，为什么？一般认为，人只要死了，官位自动加一品，就是说，贾蓉是五品官，他的太太死后，加一品，就是恭人。

“会芳园临街大门洞开，旋在两边起了鼓乐厅，两班青衣按时奏乐，一对对执事摆的刀斩斧齐。”“执事”，古代官员出外时随员会拿一些武器，这些武器是假的，用来表示阵仗，显示官员的排场。“更有两面朱红销金大字牌位，竖在门外，上面大书：‘防护内庭紫禁道御前侍卫龙禁尉。’对面高起着宣坛，僧道对坛榜文，榜上大书：‘世袭宁国公冢孙妇、防护内廷御前侍卫龙禁尉贾门秦氏宜人之丧’。”朱红色涂金的大字牌位，上面写了完整的官名。秦可卿是宁国府的，所以是宁国公冢孙妇。“冢”是大的意思，意思她是嫡长孙的太太。我们看到，榜文上已经用了官位名称，如果不捐这个官的话，丧礼就不能办得如此风光、排场。他们要通过这个来证明贾家在社会上的地位。当然，这些行为与秦可卿托的梦刚好相反。秦可卿觉得这个家族已经豪盛到了奢华的地步，应该及时警醒，而她的丧事的奢华靡费，恰恰证实了秦可卿的忧虑实在不是杞人忧天。

王熙凤协理宁国府

丧礼上是佛、道的法事并用，其中有些专有名词。"'四大部洲至中之地、奉天承运太平之国，总理虚无寂静教门僧录司正堂万虚，总理元始三一教门道录司正堂叶生等，敬谨修斋，朝天叩佛！'以及'恭请诸伽蓝、揭谛、功曹等神，圣恩普锡，神威远镇，四十九日消灾洗孽平安水陆道场'等语，亦不烦记。"

"四大部洲"即佛教中的四大部洲，佛教一直相信整个宇宙分成东胜神洲、南赡部洲、西牛货洲、北俱卢洲。"万虚"是一个和尚，前面是他被分封的名字，司正就是统领的意思。"叶生"是一个道士，道士的名称也很长。"伽蓝"来自梵文，后来寺庙都称为伽蓝，这里指卫护园林、寺院的伽蓝神；"揭谛"也是一种护法猛神；"功曹"是道教中专门管某一时段吉凶的神。这是一个社会史的词表，这些词是我们现在很难理解的。不过现在仍有人搞这样的排场，把悼念死者当成一种社会应酬。

"只是贾珍虽然此时心意满足，但里面尤氏又犯了旧疾，不能料理事务。"尤氏这个时候生了怪病，不能出来见人。如果"淫丧天香楼"这个事件是真的，尤氏会很尴尬。尤氏是个非常软弱的女人，根本管不住丈夫。如果丈夫真的去逼奸儿媳妇，她这个婆婆确实很难做。大户人家的人生病常常跟政治有关，不过作者在这里讲得很隐晦。贾珍“惟恐各诰命来往，亏了礼数，怕人笑话，因此心中不自在”。因为秦可卿是一个女性，来祭吊的大多是贵族夫人，家里的女主人却不出来接待，这在礼数上是说不过去的。

“当下正忧虑时，因宝玉在侧问道：‘事事都算妥帖了，大哥哥还愁什么？’”宝玉和贾珍都是玉字辈，所以他叫贾珍哥哥。宝玉是那种蛮鸡婆的人，爱管闲事。“贾珍见问，便将里面无人的话说了出来。”就是他只能招待男客，女眷来没有人管。宝玉就说：“这有何难？我荐一个人与你，权理这一个月的事，管必妥当。”贾珍就问是谁，宝玉因为看到旁边有很多亲友，不方便直说，就走到贾珍身边耳语了两句，贾珍听了以后非常高兴，连忙起身说：“果然妥帖。”

宝玉向贾珍推荐的人是王熙凤，所以第十三回的后半部就出现了贾珍拜托王熙凤掌管宁国府。这一方面透露出王熙凤能干、爱管事、好揽权，当然这跟秦可卿临死前托梦有关，王熙凤觉得在情分上也要出面帮忙料理；另一方面也透露出这个家族已经开始没落，再不整顿马上就要完蛋了。

王熙凤的现代个性

贾珍听了宝玉的建议，就往上房里来请王熙凤。“可巧这日非正经日期，亲友来的少，里面不过几位近亲堂客。”正经日期就是丧事时头七、二七、三七等正日子，不是七天头上也要做法事，但不算正经日期。邢夫人、王夫人、凤姐，还有所有的内眷，都在里面陪坐。女人的活动空间跟男人完全不一样，大家忽然听说贾珍进来了，“唬的众婆娘‘忽’的一声，往后藏之不迭，独凤姐款款站了起来。”过去女性是不能随便见男人的，所以贾珍一进来，众婆娘都赶快跑了，只有凤姐没有走，大大方方地站了起来——王熙凤从来都不太觉得自己是女人。

王熙凤在《红楼梦》里是最重要的角色之一。我有个朋友现在在国外用英文、法文教《红楼梦》，每一次评鉴投票选最喜欢的《红楼梦》人物时，排在第一名的都是王熙凤。西方人绝对不选林黛玉，因为他们觉得王熙凤大方。可是王熙凤的大方常常被误解，一般人总觉得她是泼辣、粗野，其实不是，她是有大家风范，身上有一种自信。要把女人的这种自信和粗野、没有教养分别开是非常不容易的，所以通常会发现王熙凤是最容易在影视里被误解的角色。你看，就在别的女人们都纷纷躲避的时候，她却大大方方地站了起来，这就是王熙凤。

“贾珍此时也有些病症在身，二则过于悲痛了，因拄个拐踱了进来。邢夫人等因说道：‘你身上不好，又连日事多，该歇歇才是，又进来做什么？’”她们以为贾珍是进来跟王夫人、邢夫人请安的。“贾珍一面扶拐，扎挣着要蹲身跪下请安道乏。邢夫人等忙叫宝玉搀住，命人挪椅子来与他坐。”王夫人和邢夫人是贾珍的长辈，所以让宝玉搀住贾珍。“贾珍断不肯坐，因勉强赔笑道：‘侄儿进来有一件事要求二位婶婶，并大妹妹。’”因为他有事要求王夫人和邢夫人，所以不肯坐，他说的大妹妹就是指王熙凤。

邢夫人问是什么事情，贾珍忙笑道：“婶婶自然知道，如今孙子媳妇没了，侄儿媳妇偏又病倒，我看里头，着实不成个体统。怎么屈尊大妹妹一个月，在这里料理，我就放心了。”邢夫人笑道：“原来为这个。你大妹妹现在你二婶婶家，只和你二婶婶说就是了。”意思是说你要跟王夫人商量这件事。王夫人忙道：“他一个小孩子家，何曾经过这些事，倘或料理不清，反叫人笑话，倒是再烦别人好。”大家有没有注意到，王夫人是王熙凤的姑妈，一方面把权力都交给她，另一方面也尽可能地保护她。她其实有点担心，因为宁国府非常乱，她觉得王熙凤去蹚这个浑水大概会很麻烦，所以在替凤姐挡驾。

贾珍笑道：“婶婶的意思，侄儿猜着了，是怕大妹妹劳苦了。若说料理不开，我包管必料理的开，便是错一点儿，别人看着，还是不错的。从小儿大妹妹玩笑着，就有杀抹决断，如今出了阁，又在那府里办事，越发历练老成了。”贾珍夸奖王熙凤，说您如果说她不能干，我不相信，她绝对是可以办好的，就连王熙凤自己觉得没有做好的事，在别人看来已经很完美了。

“我想了这几日，除了大妹妹再无人了。婶婶不看侄儿、侄儿媳妇的分上，只看死了的分上罢！”这就是撒娇了。“说着，就滚下泪来。”

“王夫人心中，怕的是凤姐儿未经过丧事，怕他料理不清，惹人耻笑。今见贾珍苦苦的说到这步田地，心中已活了几分。”王夫人有点为难了，她觉得还是应该由王熙凤自己决定。王熙凤呢，向来喜欢抓权，喜欢管事，一方面因为她能干；另一方面她也喜欢揽一些困难的事去挑战自己，这里我们也看到王熙凤个性中非常现代的一面。因为中国古代的女性常常是退让的，即使有很大的才能也让人家觉得你是蠢笨的，薛宝钗就是这样，她聪明到极点，能力绝不亚于王熙凤，可是她绝对不轻易显露。古训崇尚“女子无才便是德”，要求女子最好是含蓄的、隐藏的。甚至在当今社会的很多地方女性的退化传统也还在，而王熙凤不是，她是喜欢表现的，这种个性在古代并不多见。

王熙凤的教养

“那凤姐素日最喜揽事办，好卖弄才干，虽然当家妥当，也因未办过婚丧大事，恐还不妥，巴不得遇见这事。今见贾珍如此一来，他心中早已欢喜。”她从来没有处理过婚丧大事，很想有机会表现一下。其实这种事情真不好办，只收礼、归档、回谢帖就是一门大学问，稍有疏忽就会出大乱子。刚开始凤姐看王夫人不太愿意，她也不敢立刻应承，后来看到贾珍说得恳切，都流泪了，王夫人的表情也松弛下来，心思有点活动，她就对王夫人说：“大哥哥说的这么恳切，太太就依了罢。”王夫人悄悄地道：“你可能么？”做姑妈的担心王熙凤万一出了错，害她一起丢脸。凤姐道：“有什么不能的！外面的大事，已经大哥哥料理清了，不过是里头管管，便是我有不知道的，问太太就是了。”王夫人见她说得有理就不作声了。

“贾珍见凤姐允了，又赔笑道：‘也管不得许多了，横竖要求大妹妹辛苦辛苦。我这里先与妹妹行礼，等事完了，我再到那府里去谢。’说着，就作揖下去，凤姐儿还礼不迭。”这里你可以看到凤姐绝不是那种大大咧咧、粗粗喇喇的，而是礼数周到，完全是大家风范，这种教养其实很不容易成就，一定是从小就见识过大场面。王熙凤在影视中是被扭曲得最厉害的人，其实绝对不是，她的身上有很周到、很体贴的部分。

“贾珍便忙向袖中取了宁国府对牌来，命宝玉送与凤姐。”“对牌”是管家的人用来下命令的，贾珍把这个代表权力的物品交给凤姐，又说：“要什么，只管拿这个取去，也不必问我。只求别存心替我省钱，只要好看为上。”他一心希望把这个丧礼办得风风光光，不丢贾家的脸就好了，所以特地嘱咐不要怕花钱。“二则也要同那府里一样待人才好，不要存心怕人抱怨。只这两件外，我再没不放心的了。”

凤姐还不敢立刻直接去拿这个牌子，只是看着王夫人。王夫人说你哥哥既然这么说，你就照看照看吧，只是别自作主意，有了事还要问你哥哥嫂嫂。这时，宝玉从贾珍手里接过对牌，“强递于凤姐”。有没有发现，凤姐还是没有自己拿，是宝玉塞到她手里的，这就是聪明的人。

所以，有时候我看《红楼梦》多了就看细节，觉得好好玩。就是对牌这一场戏，王夫人、凤姐、贾珍、宝玉几个人的关系，让你看到要如何做人做事。从这些极微小、极有趣的细节上看，王熙凤绝对不是那种放肆的人，她知道辈分、阶级、伦理，做事极有分寸。

王熙凤与现代管理学

拿了对牌就表示要管了，贾珍就问，你既然要管这个家了，要不要住在宁国府，你若过来住的话也很方便，我们收拾一个院落。王熙凤说不用了，那边也离不开我，还是天天来的好。贾珍听她这样说就只得罢了，又说了一会儿闲话才出去。

女眷散了，王夫人就问凤姐：“你今儿怎么样？”那凤姐说：“太太只管请回，我须得先理出一个头绪来，才回去得呢。”下面一段就是管理学了。王熙凤面对这样的状况，也是千头万绪，不晓得怎么管，她连宁国府有哪些人都不知道。就像一个职业经理人刚刚接手一个新企业，连这个企业里的员工都不认识，所以王熙凤说要坐下来好好想一想。

王夫人和邢夫人走了，凤姐来到一所三间的抱厦里坐着，开始思考自己到底该如何行事。你看王熙凤想到的是：“头一件，是人口混杂，遗失东西”，宁国府人多手杂，老是丢东西，而且还不知道是谁弄丢的，她觉得这是第一个要处理的问题；“第二件，事无专执，临期推委”，每件事情归谁管，没有分派好，等到事情发生的时候，大家互相推脱；“第三件，需用过费，滥支冒领”，报账都是浮报，没有真正去核销；“第四件，任无大小，苦乐不均”，责任没有大小之分，有人闲，有人累；“第五件，家人豪纵，有脸者不服约束，无脸者不能上进”，有些人太受宠，像老家人焦大，觉得有功于这个家族，每天不是喝酒，就是骂人，这种元老级的家人常常很难管。“此五件，实是宁国府中风俗。”王熙凤要掌理宁国府，这五件事情她必须处理好。王熙凤很快就要兴利除弊，进行改革了。

从这一回可以看到，《红楼梦》绝对不是一本不食人间烟火只谈儿女私情的书，而是一部对社会生活的方方面面都有很深入记述的百科全书。很多人喜欢读《红楼梦》是因为林黛玉和贾宝玉，可是大家注意到没有，他们两个已经很久没露面了。《红楼梦》根本不只是写他们，只是借着这一对小儿女的情爱，带出了人世间复杂的生活层次和社会层次。

我一直有个很大的愿望，希望现代人能够从现代的角度去诠释《红楼梦》。一部好的、伟大的文学作品，如果只在古代是伟大的，对现代人没有意义，就没有传世的必要。今天读《红楼梦》，你仍然可以从中学到管理学的知识，对于人的教养有所思考，对政治有所反省与觉悟，这才是《红楼梦》更有价值的部分。

在第十三回秦可卿托梦王熙凤，让人感觉到这个家族已经糜烂腐朽到不堪的地步。下一回我们将看到王熙凤怎么去执行她的改革措施。

第十四回

林如海捐馆扬州城
贾宝玉路谒北静王

对人世的透彻领悟

我常想《红楼梦》这样一部大书，可能每个人都有自己接近它的法门。我使用“法门”一词，意思是每个人在接近《红楼梦》时，都会从自己熟悉的主观背景、生长环境、人生经验等方面来寻找切入点和方向。过去人们把《红楼梦》定位得太狭窄了，总是围绕着宝玉、黛玉、宝钗的三角恋爱，有些人，特别是很多男性朋友，觉得《红楼梦》好像跟自己没关系，他宁可去看《三国演义》、《水浒传》。可是事实上，《红楼梦》的内容很复杂、很丰富，除了对情的描写，还有作者对人世的透彻领悟，在这些方面，它绝不低于《三国演义》或者《水浒传》。

《三国演义》里政治人物互斗心机，写的是政治上的权谋；《水浒传》写的是底层世界里面的各种关系，有点像土匪世界。在《红楼梦》里，虽然情是主线，但也有很多对社会现实的客观描述，像十三回中的太监戴权，他讲话的那种语气，使他贪婪的嘴脸呼之欲出。作者对于世事人情太了解了，他才能写出世间百态。《红楼梦》与其他文学作品不同的地方在于，作者既看透了人世，又有一种对真情的坚守与把握。因为作者很看重真情，所以才使我们觉得无论如何，宝玉、黛玉的爱情都是这部小说的重点，其实这部小说有很多的表现向度。

宁国府下人眼中的王熙凤

在十三回的结尾，王熙凤想到五个她要改革的方面，接下来，我们将看到她如何执行。这部分本来非常不好写，如果今天我们要把某一个企业兴利除弊的措施写出来，可能就会像公司报表一样，读起来蛮无聊的，可是作者在写这些事件时，用了很文学的手法，并不是说她如何一二三四五地改革，而是写她早上几点起来了，怎么梳头，怎么准备，卯正二刻怎么点名。她先是认识人，之后再组织，然后开始分工，每个组织里选出一个头儿负责。这些内容对现代企业的管理是非常有价值的，而作者是从很世俗的经验里懂得这些的。下面这一段，大家可以看看作者怎样用文学的方法描述王熙凤协理宁国府的过程。

“话说宁国府中都总管来升，闻得里面邀请了凤姐”，宁国府的总管名字叫来升，他底下好几个人都是“来”字辈的。以前的用人有时候跟主人姓，有时候会取一个特别的字，大家跟着取名字，他们就是“来”字辈的。来升听说凤姐要管家了，就紧张了，立刻把他底下所有人召集起来，跟他们说：“如今请了西府里琏二奶奶管理内事，倘或他来支取东西，或是说话，我们须比往日小心些。每日大家早来晚散，宁可辛苦这一个月，过后再歇着，不要把老脸面丢了。”这是提醒大家不能像以前那样混了，这个总经理比较厉害，说明王熙凤早已名声在外了。可见就像我们常常看到的那样，一个企业的成功，甚至一个政府的成功都跟用什么人有关。所以来升接着交代了几件事，从他的话中我们可以想知宁国府多么混乱。他特别指出：“那是个有名的烈货，脸酸心硬，一时恼了，不认人的。”说王熙凤非常泼辣，从来不给人家好脸色，心也狠，一旦恼火了就翻脸不认人，不管你是什么字辈的老仆人，她根本不留情面的。众人听了这话，都道：“有理。”

这是来升讲的，可是下面有人说出了另外一种看法：“论理，我们里面，也须得他来整治整治，都忒不像了。”这就是文学的写法，就像现在媒体报道中“平衡”的方法一样，这个人和来升的看法不一样，他从贾家需要整顿这个角度来看待王熙凤过来管理这件事情，这话也让人感觉到，王熙凤要整顿宁国府非常不容易，这是一个烂摊子。

此时王熙凤还没有来，可是声威已到，底下的人已经开始紧张了。

管理从造名册着手

“正说着，只见来旺媳妇拿了对牌来，领取呈文京榜纸札，票上批着数目。”“呈文纸”是一种古代记账的纸，比较粗糙，造名册一般用这种纸，领呈文纸就是要开始造册了。“京榜纸”是比较好一点的纸，用来写公告的。可以猜出，王熙凤第一件事是造名册，然后就要有公告出来。作者写王熙凤的管理是从领纸这样的小事开始的。照理讲，王熙凤在荣国府也是管家，如果要造名册可以用荣国府的纸，也没多少钱，可是这绝对不是王熙凤的行事风格，因为这是宁国府的事，她要分得清清楚楚，所以她让来旺媳妇到宁国府去领纸。领纸其实也是下马威，因为一造名册就开始有记录了，下人就害怕了。这也说明宁国府平常连最基本的管理都没有。“票上批着数目”，严格到连多少张纸都要批数目，可见所有出入都登记在册。

作者就是从一些这样的小细节开始一步一步深入，让人体会王熙凤一丝不苟的作风。如今，身边常有朋友在媒体做事，拿起电话打国际长途这类事情根本就不在意，据说一个副刊的主编每月的长途电话费是一百多万台币。最近他们跟我说现在不景气到连领一支圆珠笔都要登记了，可见以前根本就是想拿就拿的。

可王熙凤的管理却清楚明白。“众人连忙让坐倒茶，一面命人按数取纸来抱着。”这些人就很规矩、很谨慎，开始上轨道了。来旺媳妇是拿对牌来领纸的，照理讲应该交给她抱着纸回去，可是这些人很小心，跟着一起去。“同来旺媳妇一路行来，至仪门口，方交与来旺媳妇自己抱进去了。”

“凤姐即命彩明钉造簿册。”彩明是平儿底下的一个丫头。“即时传来升媳妇，兼要家口花名册来查看，又限于明日一早，传齐家人媳妇进来听差等语。”古代任何一个家族里，所有打杂的用人，该归谁管，各自该管什么事情，都登记在花名册上，王熙凤就让来升媳妇把这个花名册拿来查看，同时让家里的用人，包括他们的家眷，明天一起来听差。以前这种家族，如果男人在这里打杂，妻子大概也兼一点差的。

“大概点了一点数目单册，问了来升媳妇几句话，便坐车回家。一宿无话。”这是王熙凤第一天的作为。凤姐一上任就不一样，她做事的态度与方法，没有任何的懈怠和马虎，因为丧事正如火如荼地进行，第二天必须上轨道。名册造好了，第二天就要点名了。

点名

“至次日，卯正二刻便过来了。”早晨六点半，王熙凤就过来了。“那宁国府中婆娘、媳妇闻得到齐，只见凤姐正与来升媳妇分派，众人不敢擅入，只在窗外听觑。”因为等一下要点名、分派工作，王熙凤先要跟她的执行秘书来升媳妇商量商量哪些人做哪些事。大家都不敢进来，就在外面等着，“听觑”两个字很到位，说明一向杂乱无章的宁国府忽然一下子变得紧张起来了，大家都不知今天凤姐要给大家什么样的下马威。

我们要特别提到的是，凤姐这种嫁过来没几年的少奶奶，还不到二十岁，爱摆资格的老家人是最容易欺负这种少主人的，因为他会觉得你根本没有我懂得这个家族。从外面刚进入一个企业的人要一下子到位是很困难的，但王熙凤可不管那么多，她先要做充分的了解，然后造册点名，分派工作。

只听凤姐与来升媳妇道：“既托了我，我就说不得要讨你们嫌了。我可比不得你们奶奶好性儿，由着你们去。再不要说你们‘这府里原是这样’的话，如今可要依着我行。错我半点儿，管不得谁是有脸的，谁是没脸的，一例现清白处治。”这当然是讲给来升媳妇听的，可同时也让门口外面的人听到了，王熙凤知道外面的人在偷听。

她所说的“你们奶奶”是指贾珍的太太尤氏，她是一个软弱的人，什么都管不好。所以王熙凤第一个就说我跟你们奶奶不一样，你们也不要告诉我说这个府里以前是怎么样的，既然我来管，就要听我的，我说的才算数。这是王熙凤厉害的地方，因为她知道宁国府是一个烂摊子。“错我半点儿”，这话里她加了一个“我”字，强调她的命令和权威。“管不得谁是有脸的，谁是没脸的，一例现清白处治”，这个就是约法三章了，她向所有人表明，我既立了法，这法从上到下都要遵守。

“说着，便吩咐彩明念花名册，按名一个一个唤进来看视。”她自己不拿册子，就坐在那边，进来一个，她或者问几句话，或者不问，不问比问还要恐怖，这一招很厉害，一个个地到自己眼前，上上下下地打量，是要从心理上震慑她们，让这些用人产生敬畏的感觉。

人事管理，责任分配

点完了名，所有的人都认识了，接下来王熙凤便吩咐道：“这二十个，分作两班，一班十个，每日在里头单管人客来往倒茶，别的事不用他们管。”看起来她让这二十个人做的事并不复杂，可实际上，王熙凤是把事情理清了。这种大家族用人非常多，如果没有管理上的任务分配，有的事情就没人管。她很清楚地规定这二十个人专管倒茶，有了专门的分工，她就可以去追查这件事情。“这二十个，也分作两班，每日单管本家亲戚茶饭，别的事也不用他们管。”有些客人是祭吊完就走了，可是如果本家亲戚来了，是要吃饭的，甚至还有从远处来的客人要住下来，所以要安排人专门管他们的吃住茶饮。这样，就已经分配了四十个用人。

然后，她继续分配：“这四十个人，也分作两班，单在灵前上香添油，挂幔守灵，供饭供茶，随起举哀，别的事也不与他们相干。”这些是负责灵前事务的。灵前的灯要一直烧着，需要不时添油，还要有人上香，挂前来祭吊的人送的挽联和守灵的幔，按照一定的规矩更换祭品；“随起举哀”，就是有人来祭吊的时候，要有人跟着一起哭或者磕头并答礼。灵前事务当然是最重要的，因为每一个客人都会看到，不能够失礼，必须很周到。到目前为止，已经分配了八十个人。

下面她又分配道："这四个人，在内茶房收管杯碟茶器，若少一件，便叫他四个人赔。"大户人家的瓷器很珍贵，所以常常会丢失。因为客人很多，刚才已经分配了二十个人作为两班倒茶，而倒茶的茶杯、茶碟都是从里面拿出去的，再收进来的时候，有四个人专门收管、洗换，只要杯碟少了，就由这四个人来赔。这种分工真是严格，她不让倒茶的那些人同时管这些东西，因为二十个人太多，一旦东西少了，容易推诿，很难真正负起责来。管器物的人要越少越好，这就是管理。然后，"这四个人，单管酒饭器皿，少一件，也是他四个人赔"。刚才有二十个人是管茶饭的，这下又分配了四个人单管酒饭器皿。

看得出，有些事务分配的人多，有些事务分配的人少。在管理上，管内部的人很重要，他们可以保证物品不会少，责任比较重大，而外面其实是排场。接着，她又分配了八个人。"这八个，单管监收祭礼。这八个，单管各处灯油、蜡烛、纸札，我总支了来，交与你八个，然后按我的定数，再往各处去分派。"这八个人也是管理者。因为下人很有可能浮报，所以她要这八个人去管理。有具体操作的人，也有管理的人；操作的人比较多，管理的人比较少。

"这三十个，每日轮流各处上夜，照管门户，监察火烛，打扫地方。"这些人是专门负责安全的。丧礼中人员杂乱，晚上最容易出差错，所以特别安排三十个人负责上夜，照管门户、监察火烛。"这下剩的，按着房屋分开，某人守某处，某处所有桌椅古董起，至于痰盒扫帚，一草一苗，或丢或坏，就和守这处的人算帐补赔。"她按人头划分了责任制，每个人一旦有了专职后，就很小心。从管理学的角度来看，王熙凤真是很懂人事管理。

时间管理

把这些事情分配完了以后，她就交代："来升家的，每日揽总查看，或有偷懒的，赌钱吃酒的，打架拌嘴的，立刻来回我。你有徇情，经我查出，三四辈子的老脸就顾不成了。"她让大总管每天都要向她汇报情况，不允许她包庇。王熙凤明说了，我虽年轻，可是我不顾什么老人的情面，不要跟我讲这一套。"如今都有定规，以后那一行乱了，只和那一行说话。"只认规矩不认人。

然后她又说到时间的问题。"素日跟我的人，随身自有钟表，不论大小事，我是皆有一定的时辰。"王熙凤是一个很现代的女性，她的时间表排得很清楚。而且那个时候跟着她的人也都有钟表了，说明西方的机械表在当时已经很普遍，所以她要求大家一定要准时。"横竖你们上房里也有时辰钟"，她暗示说你们不要说没有钟表，你们家里也有钟，大家都知道时间。"卯正二刻我来点卯，巳正吃早饭，凡有领牌回事的，只在午初刻。"她定出几个重要的时刻，规定每天六点半点卯，十点的时候吃早饭，领牌回事的只在中午十一点，意思是说她不可能整天坐在那里等你来说事，她只在固定的时间听汇报，安排事情。"戌初烧过黄昏纸，我亲到各处查一遍，回来，上夜的交明钥匙。"每天傍晚，她会亲自到各处察看一遍。早、中、晚三班的时辰，她都定出来了，而且下面的人每天做了什么事她都要清楚，这样一天才算了结。王熙凤料理完这些后，还有时间和宝玉玩闹，很轻松的。这就是管理，只要你管理好了，就不会搞得自己很忙而事情又没有做好。王熙凤有清清楚楚的规划。

“说不得咱们大家辛苦这几日罢，事完了，你们家大爷自然赏你们。”她最后还要安慰大家一下。“说罢，又吩咐按数发与茶叶、油烛、鸡毛掸子、笤帚等物。一面又搬取家伙：桌围、椅搭、坐褥、毡席、痰盒、脚踏之类。一面交发，一面提笔登记，某人管某处，某人领某物，开得十分清楚。”王熙凤一声令下，底下人就开始做事了，从这些小细节上可以看出，王熙凤把事情安排得非常周到。

威重令行，秩序出现

“众人领了去，也都有了投奔，不似先时只拣便宜的做，剩下的苦差没个招揽。”用人们此时也都知道到哪里去，做什么事情了。其实，也不能完全怪宁国府的用人偷懒，以前没有明确的分工，他们也不知道该做什么，所以混乱。“各房中也不能趁乱失迷东西。便是人来客往，也都安静了，不比先前一个正摆茶，又去端饭，正陪举哀，又顾接客。如这些无头绪、慌乱、推托、偷闲、窃取等弊，次日一概都蠲了。”“蠲”就是免了，消失了。客人一批一批地来，现在因为有专属的人在管，就安安静静，不会乱成一团，秩序很快出现了。“凤姐儿见自己威重令行，心中十分得意。”

从管理的方面看，凤姐应该是一个治国的人才，难得这样一个不到二十岁的女子，具备这样的决断力，掌握大局，分配事务一清二楚。这些能力不见得是读书可以读出来的，多是历练的结果。当然，这与她的家世有关，王熙凤见识过大场面；另一方面和她的个性也有关，她自己能分析事务。凤姐在《红楼梦》里是一个突出的人物，在此处可以明显看到她的个性中令人着迷的部分。越到现代，我们越能体会到她的难能可贵，即使现在，她这样的人，还会有所作为，还会是被延揽的人才。

可大家不要忘记，凤姐只是个总经理，她的上面还有董事长呢，所以她把下面处理好后，还要让给她对牌的人也舒舒服服的。“因见尤氏犯病，贾珍又过于悲哀，不大进饮食。自己每日从那府中煎了各样细粥，精致小菜，命人送来劝食。”她知道贾珍这个时候乱成一团，贾珍的太太尤氏生了病不能出来见客，所以她特别精心调制一些好吃的小菜送到他们房里去。她很会做事，不但能把员工管好，还会去讨上面的人欢喜。总不能说一个合格的总经理，员工都喜欢，董事长不喜欢吧？通常写王熙凤的厉害只写她管理上的才能，可是这个细节你也不要忽略。这里不只是菜做得精致可口，同时对人也是一种安慰，上上下下她都处理得很好。她的能力和待人的周到是值得我们学的。

凤姐最忙的一天

“那凤姐不畏勤劳，天天于卯正二刻就过来点卯理事，独在抱厦内起坐，不与众妯娌合群，便有堂客来往，也不迎会。”这个家族有很多女眷，她们是在一起的。王熙凤真是鹤立鸡群，她不跟这些女眷混在一起，堂客也不迎会，自己单独在抱厦里面处理公事。

下面就是文学的写法了，让你感觉到有事情在发生。“这日乃五七正五日上，那应佛僧正开方破狱，传灯照亡，参阎君，拘都鬼，筵请地藏王，开金桥，引幢幡。”“五七”是很重要的七，通常认为头七和七七最重要，其次就是五七了。已经到了五七，亡魂的超度即将完成，可以破狱筵请地藏菩萨超度亡魂了。地藏王菩萨曾发宏愿：“地狱不空，誓不成佛！”是超度亡魂的菩萨。“金桥”是为善者铺的桥，通往死亡的路上，只有得到超度的善良灵魂才能通过金桥，所以叫“开金桥”。“幢幡”，“幢”是圆形的，有点像华盖；“幡”是长条的，用来引路，上面是宝珠和花，下面是布做的旗子。超度亡魂到极乐世界时，有专门引路的菩萨，他们手上拿的东西叫作幢幡。

“那道士们正伏章申表，朝三清，叩玉帝；禅僧们行香，放焰口，拜水忏；又有十三众尼僧，搭绣衣，靸红鞋，在灵前默诵接引诸咒，十分热闹。”“三清”指居于玉清、上清、太清三清胜境的三位尊神，即玉清元始天尊、上清灵宝天尊、太清道德天尊；“焰口”是佛教饿鬼道中鬼的名字，此饿鬼因喉细如管不能纳食而须由法师变化法食方得饱满，是放焰口这一法事的施食主要对象。“放焰口”就是超度饿鬼；“拜水忏”，就是通过和尚念《水忏经》来为死者祈求免除冤孽灾祸的活动。这些说明“五七”已经到了最热闹的时候，整个丧礼越来越繁忙了。

“那凤姐必知今日人客不少，在家中歇宿一夜，至寅正，平儿便请起来梳洗。及收拾完备，更衣盥手，吃了两口奶子糖、粳米粥，漱口已毕，已是卯正二刻了。”凤姐知道这一天是五七的正五日，特别忙。早上四点时她就起来了，梳头、洗脸、化妆、换衣服、吃了一点早餐。作者挑出凤姐最忙的一天，让读者看到凤姐具体的生活状况。短短几句，凤姐一个早上忙碌、有序又一丝不苟的情状便跃然纸上。

后面特别举了一个例子来说明凤姐如何处理事务。她到的时候，“来旺媳妇率领诸人伺候已久”。这个宁国府已经从杂乱无章转变到有一点秩序了，大家已经有了规矩。

凤姐哭灵的仪式

“凤姐出至厅前，上了车，前面打了一对明角灯，大书‘荣国府’三个大字，款款来至宁国府。大门上门灯朗挂，两边一色戳灯，照如白昼，白汪汪穿孝仆从，两边侍立。”“明角灯”是有点像玻璃做的半透明的灯，可以防风。因为天还没有亮，所以打了一对明角灯。“戳灯”是插在地上的一种立灯。也叫“抽灯”，就是随时可以从地上抽起来的，是可以移动的灯。凤姐到的时候，宁国府秩序井然。

“请车至正门上，小厮等退去，众媳妇上来揭起帘。”这是规矩，贵妇人到了，抬轿子的男人离开以后，才会由女性把帘子掀开，所以一般做粗活的男人永远看不到贵妇人的样子。这些都是在刻意描写王熙凤的排场，显示她的贵族身份与气度。“凤姐下了车，一手扶着丰儿，两个媳妇执着手把灯儿，簇拥着凤姐进来。宁府诸媳妇迎来请安接待。”

凤姐也要去灵前祭吊。这一天是五七的正日，凤姐是最早到的一个——一会儿有公事，所以要先来祭吊。“凤姐缓缓走入会芳园中发仙阁灵前，一见了棺材，那眼泪恰似断线之珠，滚将下来。院中许多小厮，垂手伺候烧纸。”王熙凤的很多表情是非常有趣的，她的笑与哭都收放自如，哭完可以马上办公事，她的情绪从不拖泥带水。她非常理性，几时该哭，几时该笑，分得很清楚。这个时候她是来祭吊的，看到棺材，想到秦可卿跟她素日的交情，眼泪就像断线的珍珠一样噼里啪啦往下掉。

“凤姐吩咐得一声：‘供茶烧纸。’只听一棒锣鸣，诸乐齐奏，早有人端过一张大圈椅来，放在灵前，凤姐坐了，放声大哭。于是里外男女上下，见凤姐出声，都忙忙接声嚎哭。”古代哭灵是很仪式化的，一定要有哭声，而且哭声里夹杂着讲话，好似在诉说一般。我们在戏剧里还看得到，就是祭吊的时候有一定的方式，叫哭灵。王熙凤坐在椅子上放声大哭，旁边的人也要跟着一起哭，这也是仪式的一部分。这种仪式我们今天看起来蛮好笑的，可能是防止万一哭不出来，至少旁边可以掩盖一下，不至于太难看。

嚎哭有一定的步骤，要哭到家族的人出来劝为止。所以，凤姐哭了一阵儿，“一时贾珍、尤氏遣人来劝，凤姐方才止住。”当然，不一定是贾珍他们亲自出来劝，但在这种场合至少要有人代表贾珍和尤氏向哭灵者说“不要哭了，要节哀”这类的话。

常人有什么情绪，往往会牵带到公事上，可是王熙凤的理性与感性分得清清楚楚。她并不是一个没有感情的人，可是她公私分明。哭完灵以后，“来旺媳妇献茶漱口毕，凤姐方起身，别过族中诸人，自入抱厦内来。”“抱厦”是她的办公厅，接下来凤姐要办公事了。

她到了抱厦，“按名查点，各项人数都已到齐，只有迎送亲客上的一人未到”。她现在又恢复了总经理的身份，开始点名，发现有一个人没有到。这就是文学的写法了，作者要让你看看王熙凤怎么处理这个事情。

王熙凤的管理能力

作者不说每一天有什么事情，他只挑出其中的一天，而这一天就有个人犯了错。这个人犯错其实情有可原，她是那种特别容易紧张的人，别人还没有起来，她就先起来了，因为起得太早觉得累，又睡下了，结果睡过头了。凤姐发现有人未到，当然会发怒，立刻传那个人，那个人慌慌张张地来了，已经吓得半死。凤姐就冷笑道："我说是谁误了，原来是你！你比他们有体面，所以才不听我的话。"这种话听了让人发抖，那个人好可怜，就说："小的天天都来得早，只有今儿，醒了觉得早些，因又睡迷了，来迟了一步，求奶奶饶过这次。"我非常同情这个人，她比别人都加倍小心，可是正因为如此却反而误了事。

王熙凤并没有立刻处理这件事情，而是处理了三四件事情后才回过头来发落这个人。这就是文学的厉害，当读者十分紧张，等待事件结果时，这边人发着抖，不知犯错的如何发落，王熙凤却像没事一样去处理别的事情了，这就是我们一再讲的文学的结构和编织。

"正说着，只见荣国府中的王兴媳妇来了，在前探头。"王熙凤协理宁国府，但她同时仍管着荣国府，荣国府的王兴媳妇到这边来找王熙凤，肯定是有什么事需要请示，但不知道她忙不忙，所以探头探脑不敢进来。王熙凤却不发落刚才迟到的人，只问："王兴媳妇作什么？"也可能这是王熙凤个性的一部分，你越急着想知道事情怎么处理，她越不处理。这就是厉害的主管的作风。此时，可能王熙凤也思忖到底要怎么处理这个人，可是她斟酌的时候，绝不能让别人看出来，而是要让人觉得她很忙，一直在处理别的事情。

王兴媳妇巴不得王熙凤先问她，所以赶快跑进来，汇报说："领牌取线，打车轿网络。"可能这个大家不太了解，过去的灵车、灵轿出丧时要罩上线网，就是用线编成像中国结一样的网罩在上面。有没有看过，戏剧里青衣、花旦身上也披这个。她要领线回去，找丫头们来穿珠打结做网。王兴媳妇说着，将帖儿递上去。“凤姐命彩明念道：‘大轿两顶，小轿四顶，车四辆，共用大小络子若干根，用珠儿线若干斤。’凤姐听了，数目相合，便命彩明登记，取荣国府对牌掷下。王兴家的去了。”表面上看，凤姐是在处理荣国府的事，但私下里她也有一点想让宁国府的人看看，荣国府是怎么理事的。就连线和珠子究竟用多少都是清清楚楚的，半点不得马虎。

那个迟到的人到底怎么办？“凤姐方欲说话时，只见荣国府的四个执事人进来，却都是要支取东西，领牌来的。凤姐命彩明要了帖念过，听了，一共四件，指两件说道：‘这两件开销错了，再算清了来取。’说着，掷下帖子来。”凤姐一点儿也不糊涂，她这样做也是让旁边的人知道，你们报错了，我是看得出来的，她当即指出，四样东西里面有两样是错的，且不说错在哪里，而是让她们自己回去看。

“凤姐因见张材家的在旁，因问：‘你有什么事？’”可以感觉到，时间在流逝，那个人还没有发落，而凤姐又在处理另外一件事情了。张材家的就说：“就是方才车轿围作成，领取裁缝工银若干两。”“凤姐听了，便收了帖子，命彩明登记。待王兴家的交过牌，得了买办的回押相符，然后方与张材家的去领。”王兴家的刚才不是领线和珠子吗，她要等到这个东西落实了，才发给裁缝的钱，让张材家的去领。这是第三件事情了。

还有第四件事情：有人说宝玉的外书房已经完工了，要买纸糊裱。“凤姐听了，即命收帖儿登记，待张材家的缴清，再发给，那人去了。”

这时，凤姐才慢慢地回过头来，跟刚才那个迟到的人说：“明儿他也睡迷了，后儿我也睡迷了，将来都没有人了。”这是一个管理的态度。我一直觉得这是作者不得了的地方，能不慌不忙地把一个眼前的事情放下，而去交代其他的事情。此时的凤姐已经有了主意，她说："本来要饶你，只是我头一次宽了，下次人就难管，不如开发的好。"她也要让对方体谅，因为管理必须有规矩，如果今天不处理，以后就没有办法管别人。"登时放下脸来，喝命：'带出去，打二十板子！'一面又掷下宁国府对牌：'出去说与来升，革他一月银米！'众人听说，又见凤姐眉立，知是恼了，不敢怠慢，拖人的，出去拖人，执牌传谕的，忙去传谕。那人身不由己，已拖出去挨了二十大板，还要进来叩谢。"

王熙凤打了迟到的人二十大板，她还要进来叩谢，这是公事公办的严格。这就是管理。如今已经立了规矩，大家以后都会自我警惕。有了这样的管理，后面也就轻松了。

我一直认为这是《红楼梦》绝妙的一回，甚至想《红楼梦》应该编成小小的册子，十二三岁的少男少女谈恋爱看一册，女强人看另一册。

鲜明的人物形象塑造

作者写王熙凤这个角色时，写出了她的很多侧面。这是塑造得非常成功的一个人物。这种成功表现在作者把她的性格演绎得非常生动、丰富。

前面我们已经看到过她对待贾瑞时心狠手辣的一面，可接下来很好玩。王熙凤正忙时，宝玉跑来了。宝玉是个永远会把你从世俗的繁忙中拉出来的小男孩。他没事就喜欢到处乱跑，王熙凤特别疼爱他，你会发现此刻王熙凤的语言跟刚才打人时完全不一样了。她跟宝玉在那里打趣，甚至有一点徇私情，这些是别人轻易看不到的。宝玉跟她说，我的书房不晓得什么时候能盖好。这时王熙凤故意逗他，说你对我好一点，我才帮你。宝玉说，我觉得应该公事公办，事情做到哪里就应该是哪里。可是王熙凤说，你不对我好一点，我不发对牌，他们要快也没有办法快。可以看到王熙凤并非是那么公正，她也有徇私的一面。而且她知道如何做到不让别人知道，这其实是很人性的东西。可厉害的是，她的这一切已经到了完全可以收放自如的程度，包括她玩弄贾瑞的时候，随时能把一切完全操控在手中。

能把一个人物写到让人又爱又恨，是小说最大的功夫。王熙凤一定有很让人敬畏、佩服的地方，也得有让人害怕的地方，这才是完整丰富的人性。有时候我想，二战以后的台湾当代小说，闭起眼睛想也想不起几个很鲜明的人物来。《红楼梦》中就有几个很鲜明的人物，王熙凤是，林黛玉也是。一部文学作品的成功常常是因为它的人物形象塑造得成功。《水浒传》也是，宋江、鲁智深、李逵，都有自己鲜明的个性与面貌；《三国演义》里面的关羽、张飞等人物，栩栩如生。我们现在对关公的敬佩、崇拜是来自《三国演义》，而不是历史中那个真实的人物。

如今的现代小说强调意识流，可我常常觉得遗憾的是，小说中的人物不容易让你记住，也很难有很多回味。读《红楼梦》里的王熙凤，你真的会觉得现实生活里某个人就是王熙凤那个样子，非常具有典型性，是因为作者实在是把这个人物写活了。

生活中的放松

处理完迟到的人，“凤姐道：‘明日再有误的，打四十，后日的六十，要挨打的，只管误！’说着，吩咐：‘散了罢。’窗外众人听说，方各自执事去了。彼时宁国、荣国两处执事，领牌交牌的，人来人往不绝，那抱愧被打之人含羞去了，这才知道凤姐利害。众人不敢偷安，自此兢兢业业，执事保全。不在话下。”

这是王熙凤处理宁国府公务时明快决断的正面表现，可是下面作者立刻就转了。“如今且说宝玉，因见今日人众，恐秦钟受了委屈，因私与他商议，要同他往凤姐处来坐。”这日做五七，来的客人特别多，宝玉就怕委屈了秦钟。秦可卿是秦钟的姐姐，秦钟是丧家的人，他要在这里打理、应酬，一定很累。宝玉是特别体贴人的，就想帮他，跟他商量说去找凤姐，秦钟不敢，就说：“他的事多，况且不喜人去，咱们去了，他岂不烦腻。”宝玉却非常自信，说：“他怎好腻我们？不相干！只管跟我来。”宝玉从小是被疼大的，秦钟则不同，秦钟是寒门子弟，只因为长得漂亮。宝玉后来让他跟着一起读书，贾母也疼他，可是如今姐姐已经去世了，而在姐姐去世这个事情中，秦钟还是很心虚的，因为他真的势单力薄。

每每看到秦钟的容貌、个性我都会想起“单薄”两个字。虽然有人爱他、疼他，但总感觉他的福分很浅，而且他也没宝玉那么有分寸，姐姐正办着丧礼呢，他就在庙里和一个尼姑乱搞。秦钟的个性在小说里描绘不多，只是一个清秀、可爱、腼腆的男孩子，其实福分不是那么厚重。在这个时候，秦钟有点怯怯的，而宝玉是公子哥，根本不怕，“说着，便拉了秦钟，直至抱厦”。

凤姐正在吃饭，看见他们来了，笑道：“好长腿子，快上来罢。”这种话王熙凤绝对不会在公众场合讲，完全是对她疼爱的人才说的，还让他们上她的炕，有种很亲的感觉。可见这个女强人绝对有她很人性、很可爱的一面。本来她刚刚下令打完人，可宝玉一来，凤姐的态度马上变了，女性温柔、妩媚、温暖的一面立刻就表现出来了。这个时候宝玉来找她，对她而言是放松、是休息。宝玉来跟她闹，是她生活里一件快乐的小事情。

王熙凤温暖、调皮的一面

这是文学中最聪明的写法，从这里我们可以学习如何去观察一个人的各个方面。身边常有那种动辄就接上亿生意的女强人，一坐下来旁边的人会紧张得不得了，可如果你跟她说最近有没有去游泳的时候，她忽然就放松了，能跟你谈她生活中的很多事情。“快上来罢”，意思是说你们跟我一起吃饭，宝玉就说：“我们偏了。”这个口语现在不用了，其实是客气地说：“不好意思，我们已经吃过了。”一方面是拒绝，说不吃了，你不用再忙了；另一方面是说你还没有吃，我们却都先吃了。“偏”是清朝京话里面的一个礼貌用语。

凤姐道：“在这边外头吃的，还是那边吃的？”宝玉道：“这边同那些浑人吃什么！”宝玉对那些来来往往的客人根本看不上眼，对那种人情世故的伪装应酬非常厌烦，他当然不会跟那些人混在一起吃，甚至把秦钟也从那些人身边拉走。“原是那边，我们两个同老太太吃了来的。”宝玉是和贾母吃了饭后来的。

凤姐吃完饭，宁国府的一个媳妇来领牌支取香灯。可见王熙凤连吃饭的时候都这么忙。凤姐笑道：“我算着你们今儿该来支取，总不见来，想是忘了。这会子到底来取，要忘了，自然是你们包出来，都便宜了我。”凤姐的记忆力相当好，哪天该支取什么账目她都一清二楚，对方却忘了，所以赶在最后才跑来把钱领走。这时她不再是刚才喝令打人时横眉怒目的模样，而是表现出调皮的一面。这下总经理在跟她的员工开玩笑了，气氛一下子宽松了。

那媳妇高兴得什么似的，忙笑道："何尝不是忘了，方才想起来，再迟一步，也领不成了。"凤姐前面交代过，凡有领牌回事的，只在午初刻，这个时候她在吃中饭。牌子大都领过了，下午她就不处理这些事情了，所以这个领香灯钱的人如果晚到一刻，就误时了，凤姐就不会给她钱，这些对话都跟前面的规定有关。作者在此安排这一段插曲，目的是为了透露王熙凤不在大庭广众之下表露的另一面。其实她不是永远板起脸来做事情的，她也有可爱、温暖、调皮的时候。她知道分寸，也知道场合，该严格的严格，该轻松的轻松，因为绝对的严格也不是最好的管理方法。

秦钟根本就是个没见过世面的男孩，看到人拿牌就能领钱，就问："你们两府里都是这牌，倘或别人私弄一个，支了银子跑了，怎样？"凤姐笑道："依你说，都没王法了？"从他们的对话中，你能看到出身不同的人，管事和不管事的人之间的差别。事实上，办事人的牌子跟管理者的牌子对上了才能领钱，类似于今天的密码，过去的兵符也是这样。王熙凤有点笑秦钟见识短，也懒得跟他仔细解释。

宝玉又问："怎么咱们家没人领牌子做东西？"荣府不是在给宝玉盖书房吗？宝玉很关心，想问这件事。凤姐道："人家来领的时候，你还做梦呢。"秦钟和宝玉从来没有经历过这样的事情，所以会问这些话。作者一直在讲这个家族里是女人在管家，男人都没什么用，这里也透露出来一部分。王熙凤是卯正二刻开始上班的，那时宝玉还在睡觉。忙人和闲人之间的对比，让人觉得凤姐真是很辛苦。

宝玉向王熙凤撒娇

然后，她就问宝玉说："你们这夜书多早晚才念呢？"其实宝玉并不是那么爱读书的，他只是有别的名目，才说希望有一个晚上可以读书的书房。所以家里就忙着帮他张罗盖书房，其实已经竣工，开始糊纸了。凤姐都知道，却故意问他，宝玉就说我希望越早越好，凤姐就逗他说：请我一请啊，你请我吃顿饭，或者看个电影，包管就快了。凤姐在公众场合是不会这么讲话的，显然是在跟宝玉开玩笑，说你请我一下我就做了。

王熙凤是故意说所有的权都在我手上，要快要慢也要看我，如果我不发钱，就没有办法完工，你也没有办法去读书。可是宝玉他想这个事情应该有客观发展的时间，该做到哪里自然就有了。凤姐就笑着说，就是他们要做也得要东西，拦不住我不给对牌是难的。宝玉这才懂。你可以看看宝玉的反应——"便猴向凤姐身上"，"猴在她身上"，就是在她身上滚，开始抓凤姐，挠凤姐，宝玉身上的孩子气全出来了。这个字用得极巧妙，用任何的动词都没有这个名词更好。我常常觉得男孩子真的是猴急，在她身上蹭来蹭去地开始撒娇。

此时凤姐的反应好好玩："我乏的身子上生疼，还搁的住揉搓。"她真是累的不得了，一大早就在办事情。她说："你放心罢，今儿才领了纸，裱糊去了。"纸一糊好，这个书房就可以用了。

这一段插曲是王熙凤协理宁国府过程中的一件小事，可如果少了这件事，你只觉得王熙凤的为人厉害，厉害得干巴巴的。有了这一段，我们在王熙凤的厉害里看到了人性和温暖。宝玉和秦钟还是小男孩，不知世事，不能苛责他们去操心大事、担当重任，可是我们设想一下，这两个十三四岁的小男孩再长六岁，长到王熙凤这么大，也不见得能担当王熙凤的任务，因为他们根本没经过训练。王熙凤完全是被训练出来的，具备处理事情的能力。曹雪芹晚年回忆自己家族的时候，其实有很大的感慨，《红楼梦》第三回宝玉一出场，便暗喻自己一事无成，觉得很惭愧，比起这个家族里的女性来，好像什么事也没有做，没有真正担当起家族的重担。

林如海去世

“正闹着”，这三个字是说王熙凤本来就是在跟这两个男孩子在玩。此时又进来一个插曲。前文说贾琏带了黛玉去探黛玉父亲的病，现在随去的小厮昭儿回来了。王熙凤就问贾琏和黛玉现在到了哪里，路上怎么样。昭儿特别提到，林姑老爷已经没了，说贾琏和林黛玉一行短时间回不来了，因为要办丧事，还要把黛玉父亲的灵柩送回苏州，特别让昭儿回来报平安，还让他带些衣服之类的东西过去。

这时凤姐向宝玉笑道：“你林妹妹可在咱们家住长了。”这之前林黛玉在贾家好像一直只是借住，因为父亲还在，可现在林黛玉真的成了孤儿了，势必要跟外祖母长住到出嫁。王熙凤知道宝玉喜欢黛玉，就想逗逗他，她觉得宝玉会高兴。可是宝玉的反应不一样，宝玉道：“了不得，想来这几日，他不知哭的怎样呢！”说着，蹙眉长叹。宝玉就是这样，他只有叹气难过，和对方一起悲哀，他也不知道该怎么办，这是典型的宝玉的个性。宝玉永远是体谅人的，他总是想到对方在这个时候有多难过。

古今中外这么多小说，恐怕没有一个男人会像宝玉，连女性像宝玉的都不多，他总在为别人想，他不见得能帮到别人，可是他能做到随时用自己的心去体会别人的心，像菩萨一样，充满着对世间所有人的悲悯。

“凤姐见昭儿回来，因当着人，未及细问贾琏。”昭儿可能是王熙凤安插在贾琏身边的眼线，因为王熙凤是一个嫉妒心很强的女性。这个嫉妒也可以理解为她太强势，希望随时掌控丈夫的一切，贾琏的一举一动都在她的掌握之中。在过去的礼教里，女性受到很大的约束，很多地方不方便去，她就会想尽办法弄清楚贾琏到底干了些什么。贾琏也很可怜，一直想逃避，后来竟然想到用很卑劣的手段整治王熙凤，所以王熙凤想真正控制丈夫也很难。此时的王熙凤很想打听贾琏一路上有些什么状况，可是因为宝玉、秦钟在旁边，她不方便问。

王熙凤真正关心的人其实是贾琏：“心中自是记挂，待要回去，争奈事情繁杂，一时去了，恐有些失误，惹人笑话。少不得耐到晚上回来。”王熙凤急着想知道丈夫在路上的表现，可是因为事情太繁杂，怕自己走后出了什么事不好，就一直忍到晚上。“复令昭儿进来，细问一路平安信息。连夜打点大毛衣服，和平儿亲自检点包裹，再细细追想所需何物，一并包藏，交付昭儿。”

办完了这些事务，才是重点，“又细细吩咐昭儿：‘好生在外小心伏侍，不要惹你二爷生气；时时劝他少吃酒，别勾引他认的混帐老婆。’”最后一句最重要，她其实很清楚自己的丈夫，贾琏没事就在外面勾搭女人，可是她不说自己的丈夫不好。过去的豪门女性，在处理丈夫的浪荡事时，一定是指责下人的，说你们不要勾引他跟坏女人混在一起。因为是贵族身份，她不能骂贾琏，只能骂昭儿。这是很奇特的指责方法，点出了王熙凤作为一个强势女性，在婚姻爱情方面的状态。她还吓唬昭儿说：“果然有这些事，回来打折你的腿。”说来说去，最倒霉的还是昭儿。按说你男人要在外面拈花惹草，关人家下人什么事，可是当时的伦理就是这样，因为你是眼线，是看守人，有重大的责任。可见这些下人很倒霉，常常无辜被责骂。

“赶说完了，天已四更将尽，总睡下又走了困，不觉又是天明鸡唱，忙梳洗过宁府中来。”王熙凤白天很忙，夜里还在打理贾琏的行装，到了四更天，已经快黎明了，又睡不着，过一会儿又去宁府上班去了。

这部分夹写了宝玉来找王熙凤、昭儿回来，可是主线一直定位在王熙凤的忙碌上。接下来就有一点像快板，很快地交代各种事情，一遍遍地回到写王熙凤的忙碌状态中。

北静王见宝玉

“那贾珍因见发引日近，亲自坐车，带了阴阳司吏，往铁槛寺来踏看寄灵所在。”“发引”就是出殡，真正要埋葬了，入土的日子越来越近，贾珍亲自坐车带了看风水的人来到铁槛寺，看将来要寄灵的地方。这个丧事会有很多重要的人物到场，所以贾珍要先看看庙里的情况。铁槛寺是贾家的家庙。此名来自宋朝诗人范成大曾经写过的一句诗：“纵有千年铁门槛，终须一个土馒头。”意思是无论你怎么做门槛想要挡住死亡，死亡最终一定会来。作者用“铁槛寺”，隐喻了范成大的这句诗。

贾珍在铁槛寺里勘察，“又一一嘱咐住持色空，好生预备新鲜陈设，多请名僧，以备接灵使用。”色空是这个庙里的住持，他“忙看晚斋”，希望贾珍留在庙里用素斋。“贾珍也无心茶饭，因天晚不得进城，就在净室胡乱歇了一夜。次日早，便进城来，料理出殡之事。”

出殡的场面非常巨大，整个就在讲贾家的排场，初看会觉得像官样文章，无非谁来了、谁走了之类的。可如果说盛大的场面是远景，作者将近景推到了一个非常有趣的人物——北静王身上。很多人都认为北静王是《红楼梦》里一个非常不可思议的人。

因为贾家的特殊身份，四大郡王都来祭吊。他们身份高贵，根本不下轿子，派人祭吊一下就走了。可是不到二十岁的北静王却很特别，他虽没有下轿，但他问贾政，听说你们家有一个衔玉而生的男孩，今天应该在这里，何不请来一见。北静王很想见宝玉，所以宝玉赶快脱了孝服，换了吉服拜见他。北静王后来还出现了几次，每次都会提到宝玉，表示很想见宝玉，可是他们并没有因此发生多少交往。北静王非常神秘，他和宝玉好像有前缘，可在这一世当中因为身份悬殊，中间又很隔离，说话很客套。小说里的这种暗喻其实很难理解，你很难明白为什么作者花了这么多心思写北静王这个角色。

我很希望大家读到这一段的时候，感觉一下北静王的出场。多数根据《红楼梦》拍摄的电影、电视都没有涉及北静王，可是我觉得他是小说里一个非常重要的角色。他总是隔几章就出现一次，对宝玉很关心，可又总是给人很疏远的感觉。作者安排北静王到底是出于什么样的心理或者目的，我们并不完全知晓，但有一点可以肯定，他绝对不是等闲之辈，不是像其他郡王那样只是起点缀作用的人物，他和宝玉之间好像有很深的缘分。

出殡的巨大场面

我们先看一下整个出殡的场面。贾珍“一面又派人先往铁槛寺，连夜另外修饰停灵之处，并厨茶等项，接灵人口”。因为所有的人都要到铁槛寺祭吊，铁槛寺要先布置起来，安排好各项事务。“里面凤姐见日期有限，也预先逐细分派料理，一面又派荣府中车轿人从，跟王夫人送殡，又顾自己送殡去占下处。”接下来讲到凤姐处理的一连串事情，像电影的蒙太奇剪接，节奏越来越快，表示凤姐越来越忙。

“目今正值缮国公诰命亡故，王、邢二夫人又去打祭送殡；西安郡王妃华诞，送寿礼；镇国公诰命生了长男，预备贺礼；又有胞兄王仁连家眷回南，一面写家信禀叩父母，并带往之物；又有迎春染病，每日请医服药，看医生启帖、症源、药案等事，亦难尽述。”

这一连串的事情，其实都不是重点，不见得一定要知道内容如何，可是让人感觉到王熙凤真的好忙啊：有人生了孩子要去送礼；有人去世了要去祭吊；有人过生日要送寿礼；哥哥要回南方，赶快带东西给爸爸妈妈；迎春又病了，给她请医生看病。“又兼发引在迩，因此忙的凤姐茶饭也没工夫吃得，坐卧不能清净。”凤姐忙到了这样的程度。她回到荣国府，宁国府的人就跟到荣国府，因为很多事情还没有料理完；她回到宁国府，荣国府的人又找到宁国府。王熙凤往来于两府之间，十分忙碌。作者写作的方法从比较缓慢地细节叙述王熙凤怎么点名、早上怎么到宁国府安排事情，变得节奏越来越快。

“凤姐如此，心中倒十分欢喜。”这才是真正的女强人，她就喜欢忙，一旦让她闲下来她会很难过的。她天生喜欢挑战自己，有这么多难事让她处理，觉得无比快乐。“并不偷安推托，恐落人褒贬，因此日夜不暇，筹划得十分的整肃。于是合族上下，无不称叹者。”她不会因为忙就少做一点，或者推托偷懒，她是爱面子的人，生怕一有闪失遭人嘲笑，一切事情都能规划好、做好，上上下下的人都非常佩服。

“这日伴宿之夕，里面两班小戏并耍百戏的，与亲朋堂客伴宿，尤氏犹卧于内室，一应张罗款待，独是凤姐一人，周全承应。”守灵过去叫“伴宿”，移灵之前要守灵。那天晚上就请了两班小戏，还有杂耍。从汉朝开始杂技都被称为百戏。尤氏仍卧病不起，所有的事情全靠王熙凤一个人张罗，她独挑重担，竟有条不紊。“合族中虽有许多妯娌，但或有羞口的，或有羞脚的，或有不惯见人的，或有惧贵怯官的，种种之类，俱不及凤姐举止舒徐，言语慷慨，珍贵宽大。”“羞口”，就是见人不敢讲话；“羞脚”，连走路都扭捏，连人都不敢见。可王熙凤却落落大方，且处事软硬兼施、恩威并济、张弛有度。另外她不娇气、不扭捏、不狭隘，没有个人的情绪，办事总是有大局观，只有如此，才可以处理大事情。凤姐“因此也不把众人放在眼里，挥霍指示，任其所为，目若无人”。她这么聪明能干，自然不把一般人放在眼里。

不难发现，这一回表面上是在写秦可卿的丧事，真正的主角却是王熙凤。

文学呈现官派丧礼

“一夜中灯明火彩，客送官迎，那百般热闹，自不用说的。至天明，吉时已到，一班六十四名青衣请灵。”人们守了一夜的灵，热闹华丽。天亮时要移灵了，先由六十四名青衣，即乐队来请灵。

前面铭旌上大书：

奉天洪建兆年不易之朝诰封一等宁国公冢孙妇防护内廷紫禁道御前侍卫龙禁尉享强寿贾门秦氏宜人之灵位。

这是作者编出来的，他不方便写朝代，就写“不易之朝”，意思是不会改变、永远执政的朝代；“诰封”，就是皇帝所封；“一等宁国公冢孙妇”，还要追溯到高祖——封为一等公爵的宁国公，“冢孙妇”就是嫡长孙的媳妇；然后是贾蓉的官位：“防护内廷紫禁道御前侍卫龙禁尉。”古代非常讲究官位、名衔，所以列出来一长串，从家族最伟大的人开始，一代一代算来。“享强寿”这个词现在不太用了，就是寿终于强健之年的意思。古时候如果一个人还很年轻就去世了，反而会用“享强寿”这种字眼。秦可卿不到二十岁就死了，这其中含有在很强健的时候就去世的意思。古代的文字实在是很“绕”，再不吉利、再不好的事，也要把它变成好事。

“一应执事陈设，皆系现赶着新做出来的，一色光艳夺目。”所有的刀斧、旗子都是新赶做的，非常鲜艳。“宝珠自行未嫁女之礼，又摔丧驾灵，十分哀苦。”宝珠就是那个自愿做秦可卿义女的丫头，在灵前一路摔瓦片，磕头哭泣。

下面的文字就是作者在用文学的手法，让读者感受到这个丧礼的排场有多么惊人：“那时官客送殡的，有镇国公牛清之孙、现袭一等伯牛继宗，理国公柳彪之孙、现袭一等子柳芳，齐国公陈翼之孙、世袭三品威镇将军陈瑞文，治国公马魁之孙、世袭三品威远将军马尚，修国公侯晓明之孙、世袭一等子侯孝康；缮国公诰命亡故，故其孙石光珠守孝，不曾来得。”秦可卿是出身贫寒的普通女子，这里的排场绝对不是她可以享用的，这里表现的只是贾家的官场地位。作者特别提到：“这六家与宁、荣二家，当日所称‘八公’的便是。”点出这个朝代开国的时候有八个公爵，似乎隐喻清朝的八旗，贾家占了两公，现在除了缮国公因诰命亡故，他的孙子守孝不能来，其他的六家都到了。

这还不止，接下来是：“南安郡王之孙，西宁郡王之孙，忠靖侯史鼎，平原侯之孙、世袭二等男蒋子宁，定城侯之孙、世袭二等男兼京营游击谢鲸，襄阳侯之孙、世袭二等男戚建辉，景田侯之孙、五城兵马司裘良。余者锦卿伯公子韩奇，神武将军公子冯紫英，陈也俊、卫若兰等诸王孙公子，不可枚数。”

我希望大家通过读这段交代能够明白，作者之所以写这么多人，是因为他要通过这样的场面铺排来反映这个家族的非同小可。作者用文学的手法让你知道，这个丧礼已经豪华得到了惊人的程度。

而且，接下来北静王要出场。南安郡王、西宁郡王派来的都是孙子，因为这些王爷身份比公爵还高，可是北静王亲自来了。所以我觉得这里很特别，他跟宝玉特殊的缘分作者要在这里侧写出来。

侧写北静王

“堂客算来亦有十来顶大轿，三四十小轿，连家下大小轿车辆，不下百十余乘。连前面各色执事、陈设、百耍，浩浩荡荡，一带摆三四里远。走不多时，路旁彩棚高搭，设席张筵，和音奏乐，俱是各家路祭。”中国古代有个习俗，一个地位显赫的人死后，亲戚朋友会在路边摆“路祭”，路旁彩棚高搭，设席张筵，还伴有音乐。受民众爱戴的地方官去世的时候，民间的彩棚也会一路搭下去，以表示人们对他的敬意与哀悼。

“第一座是东平王府祭棚，第二座是南安郡王祭棚，第三座是西宁郡王，第四座是北静郡王的。原来这四王，当日惟北静王功高，及今子孙犹袭王爵。现今北静王水溶，年未弱冠，生得形容秀美，情性谦和。”这里对北静王有特别的描述，他很年轻，不到二十岁。“近闻宁国公冢孙妇告殂，因想当日彼此祖父相与之情，同难同荣，难以异姓相视，因此不以王位自居，前日已曾探丧上祭，如今又设路奠，命麾下各官，在此伺候。自己五更入朝，公事已毕，便换了素服，坐大轿，鸣锣张伞而来，至棚前落轿。手下各官，两旁拥侍；军民人众，不得往还。”因为他是王爷，他来了要清道，大家都要肃静回避。北静王的到来有点特殊，他其实没有必要亲临这个丧事，他自称是念着从前祖父与荣、宁二公的交情，可是接下来的内容就明显与此无关了，我觉得这是非常有趣的一段。

“一时只见宁府大殡浩浩荡荡、压地银山一般从北而至。早有宁府开路传事人看见，连忙回去报与贾珍。贾珍急命前面驻扎，同贾赦、贾政三人连忙迎来，以国礼相见。”因为这些人的官位都没有北静王大，所以对他以国礼相见。那水溶也不下轿，“在轿内欠身含笑答礼，仍以世交称呼接待，并不妄自尊大”。然后贾珍就说：“犬妇之丧，累蒙郡驾下临，荫生辈何以克当。”这是非常谦卑的说法，一个儿媳妇死掉，王爷亲自到场，怎么担当得起。北静王让人代他祭奠，贾赦等人还礼，礼毕又来谢恩。

“水溶十分谦逊，因问贾政道：‘那一位是衔宝而诞者？’”显然，他不是来祭吊的，是来见宝玉的。作者有意在写一些东西，因为作者不会粗心到写一个王爷来祭吊，忽然又问另外一件事。北静王说：“几次要见一见，却为杂冗所阻，想今日是来的，何不请来一会？”这在旧时的礼数上也很奇特。北静王是《红楼梦》里一个非常特殊的人物，到现在还没有人好好地研究过他，但我一直觉得他绝对不是无缘无故出现的。

“贾政听说，忙回去，急命宝玉脱去孝服，领他前来。那宝玉素日就曾听得父兄亲友人等说闲话，赞水溶是个贤王，且生得才貌双全，风流潇洒，每不以官俗国体所缚。每思相会，只是父亲拘束严密，无由得会，今见反来叫他，自是欢喜。”北静王水溶不受所谓国家礼法的束缚，待人亲切，所以宝玉也想见他，觉得好像喜欢这个人，但因为父亲管得严，他也不敢要求去拜谒北静王，今天没有想到北静王也知道他，还点名要见他，宝玉当然很高兴。

“一面走，一面早瞥见那水溶坐在轿内，好个仪表人材。”这一段描绘大家要特别注意，我第一次看的时候并不觉得这一段有什么特别，因为后面北静王又出现，常常是同样的姿态，北静王常常没事就要来问宝玉怎么样了。

这是很奇特的生命与生命的关联，人世间有一种知己，可能彼此没有过多的接触，可是内心有一种向往。宝玉觉得北静王是一个美好的生命，北静王也觉得宝玉是一个美好的生命，但彼此间由于身份的原因又不能够过分接近，两人之间就会产生一种很奇特的情感牵连。在《红楼梦》里，宝玉和黛玉的情感、和妙玉的情感、和秦钟的情感，各不相同。人的情感并不是一个单一的状态，甚至会有一些很深很深的情，虽然没有任何事情发生，但它却始终存在一种向往。这种向往很难解释，你只是觉得在你的生命里有另外一个美好的生命存在，你会因此变得快乐、安心。我们总觉得有情就要有事情发生，可是北静王和宝玉之间，从头到尾都没有事件发生，只是轿内轿外面对，谈一些事，北静王拿一个东西送给宝玉，彼此之间是一种淡淡的交往关系。

繁华中的感伤之雾

十四回写王熙凤协理宁国府，写秦可卿去世时带出了一件喜事，在十六回里也透露出一点端倪：元春要回家了，要开始盖大观园。《红楼梦》的情节发展到繁华的巅峰，感伤性也越来越强。鲁迅在《中国小说史略》里说，《红楼梦》最不可思议的是："悲凉之雾，遍被华林。"他说《红楼梦》仿佛是开满繁花的树林，里面却弥漫着感伤的雾气。这部小说奇在越写到繁华处越让你觉得伤感。我们现在明白了，那是因为曹雪芹是在被抄家之后写出的繁华，所以繁华蒙上了幻灭的感伤。

我一直希望大家能在《红楼梦》里看到文学技巧，将来读不同种类的文学作品时，可以据此来判断作者在编织上的用心与才华。《红楼梦》大概是古今中外最好的一个小说范例，你几乎很少看到一部小说能把人物写得这么生动，情节编织得如此丰富。写完王熙凤打人，紧接着写她和宝玉玩闹，以及昭儿进来汇报，笔下的人物很丰满，读起来越来越觉得有趣。这一回结尾处出现的北静王，也构成文学里非常有意味的悬疑，作者既存心要写，可又不直说，读者不知道他到底在影射什么。

粗心的读者会忽略北静王这个人物，粗心的评论者也不会评论，可是他绝不会无缘无故地出现，他到底在《红楼梦》里面是一个什么样的象征与暗喻，还有待我们去探索。但这个角色好像很重要，对于宝玉来讲，北静王是一个生命里面高不可攀的理想。

第十五回

王凤姐弄权铁槛寺
秦鲸卿得趣馒头庵

不受后有的缘分

到了第十五回，大家对《红楼梦》的编排和结构越来越熟悉了，我希望大家能改变对《红楼梦》一个很表象的看法——以为《红楼梦》是宝、黛、钗之间的三角恋爱故事。可读到第十五回，大家发现没有？宝钗和黛玉好久都没有出现了，真正的主轴是贾府的繁华生活。

另外一个更重要的主轴是第一回和第二回里提到的，曾经在灵河岸边修行的一块石头，要到人间来经历繁华。当他要下凡时，曾跟他有过很深缘分的绛珠草说，她也要下凡，下凡的目的是把这块石头曾经灌溉她的水用眼泪全部还掉。下凡的人不只是宝玉和黛玉，这个家族里面所有的人也一起下凡了。所以在太虚幻境里面说，这一干有过前世缘分的冤孽，让他们全部下凡，在人世间了了这前世的缘分。

如果用《红楼梦》的哲学来看，这一世当中你所遇见的人都是有缘分的，缘分最深的应该是夫妻、父子、母女。在第十四回结尾出场的北静王，他跟宝玉的缘分非常奇特。北静王久闻有一个衔玉而生的男孩子，他很想见这个人。宝玉也常常听人讲北静王不以王爷之尊倨傲，对人非常谦和，也很想见他。在秦可卿的丧礼中他们见过一面，见面的时候，北静王问宝玉，他诞生时含在口中的玉在哪里，宝玉就解下玉来给北静王看。他们之间只是很客套地讲了几句话，但你会感觉到北静王与宝玉之间的缘，是很不容易理解的缘分。这里是在呼应第一回和第二回提到的神话世界里的缘。

我们常常只注意到缘的深浅、缘的长短，然而，缘有时候会让人感觉是一种难解难分的纠缠，就像一对亲子关系，他们本来有很深的缘，可相互总是处不好，这就是一种纠缠。有人称之为冤家，不是冤家不聚头。夫妻也有这种状况，爱恨纠缠无法离开。《红楼梦》中讲的缘非常特殊，往往是我们用世俗的逻辑无法解释又无法理解的。大家最容易忽略的就是北静王与宝玉之间这种非常淡的缘，这种缘分可能只是彼此的擦肩而过，一生之中会在某个旅途当中偶然碰到，交谈几句，可能连姓名都不知道就分开了。然而很奇怪的是，在你的生命里，那个画面常常会再现。

我曾跟朋友讲过，在希腊克里特岛上碰到过一个中年的妇人，她在那里失声痛哭，旁边有好多人坐着看，我就跑过去安慰她。我也不会讲希腊文，可是那件事情我至今记得。我总觉得有一个缘分，只是要我在那个时刻出现安慰她一下，她一定也觉得很奇怪，不知道从哪里跑来的一个东方人忽然来跟她讲了一些听不懂的话。我的意思是，有时候缘分是一种心事，你觉得有个地方似曾来过，见到一个人似曾相识，这都是缘。这个缘很可能没有后续，即佛经里面常常讲到的“不受后有”，已经了了，最后见一下面，以后就没有了。

宝玉跟北静王相见以后没有后续了。俩人见面的情形，会让你觉得他们似曾相识。北静王要看那块玉，仿佛他们前世曾经在那块玉里有一种不可知的关系。他看了玉以后又亲自替宝玉戴好，回过头来跟贾政讲，我们这种人出生在富贵人家，祖父母宠爱得不得了，所以容易被溺爱，要好好地教养他，这是客套话。可是他很想见宝玉是真的，宝玉也觉得这个北静王相貌非凡。这是生命里一刹那间出现的缘分，自己也不见得能够解释。所以《红楼梦》的精彩不完全在于我们所提到的缘分很深的宝钗、黛玉和宝玉的关系。第十五回是很有趣的一回，其中有两个人物跟宝玉可能只有短短的缘分。一个是尊贵非凡的北静王，另一个是乡野姑娘二丫头。

缘分告别时的淡淡哀伤

北静王见了宝玉后要告别了，贾赦、贾政、贾珍站在一旁恭送北静王离开。北静王很谦虚，他说秦可卿已登仙界，就不论人间的辈分了。虽然贵为王爷，也不能比灵车先行，他先让灵车走后，自己才离开。

可是，接下来你会感到这个丧事简直办得像郊游一样，在很多地方看到宝玉和秦钟像是在游玩。秦钟更荒谬，这是他姐姐的丧礼，你却丝毫感受不到他的悲哀，他跑到庙里调戏尼姑智能儿。这些小孩子对丧事没有特别的感觉，尽管死去的是亲人。

富贵人家很少到乡下去，种田的犁什么的他们没有见过，不知道是什么玩意儿，就拿起来把玩儿。这让人忽然想起了刘姥姥进贾府的情形，她看到钟不知道是什么东西，吓了一大跳，因为当时乡下没有钟表。作者一直在用一种平等的视角写人世，无论富贵贫贱，各有各的“不知”。富贵人家有钟，穷人看了觉得自卑，而宝玉到乡下去的时候，跟刘姥姥进荣国府没有太大的差别，他同样什么都不知道。他看到一个手摇的纺纱车，非常感兴趣，就跑去摇，结果一个女孩子出来训了他一顿。宝玉身边的随从就说，你怎么如此放肆！宝玉是什么样的人物，你这个乡下女孩子敢骂他？屋里面的人这时叫二丫头赶快过去，女孩子就走了。二丫头大概是这个农家的女儿，那个纺纱车可能是她常用的。这个有钱的少爷乱动她的纺纱车，就那么一摇，可能把她费心费力纺了一天的纱全摇乱了，所以她才发脾气的。

宝玉觉得二丫头很特别，这个特别不是他在富贵人家看到的穿绫罗绸缎的美，而是一种朴素的、乡村的、皮肤黝黑的、健康自然的美，宝玉看呆了。宝玉在那个农家呆了一阵子，走时凤姐打点赏钱，农家人出来谢凤姐时，宝玉没有见到二丫头，很怅然。对于宝玉来讲，北静王是一个遗憾，二丫头也是一个遗憾。有些人，有缘见面，不受后有。宝玉在与这种缘分告别的时刻，总有一种淡淡的哀伤。所以大家可以感觉到，十五回里面为什么会写北静王和二丫头？这两个人身份完全不同，一个高贵非凡，一个普通平凡，可是对宝玉来讲，他们都是生命中可能结伴而行的对象，这种相伴可能短到只有一两分钟而已。

佛教里面常说两个人同船过河要几百年的修行得来，意思是要五百年才修得同船共渡，这种说法提醒我们珍惜偶然的相遇与分别，宝玉一直在体会这种东西，大家如今聚在一起听我说《红楼梦》大概也是很深的缘分。

我们不知道，到底是什么因果使人世间每个个体的生命跟周遭所有的生命联在一起，而《红楼梦》真正要讲的正是人在世间可知与不可知的缘分。尤其是宝玉，他对自己一生深深浅浅的缘分有一种珍惜。

你看在二丫头摇纺车的时候，秦钟就跟宝玉说："此卿大有意趣。"意思说这个女孩真漂亮。秦钟是一个内心蓬勃着一种欲望、正在发育的男孩子，他没事就去招惹小尼姑智能儿，当他看到二丫头摇纺车时又说出这种话来。可宝玉则比秦钟有教养，有分寸，他认为，这个时候不能去调戏一个乡下女孩子。这里其实是在对比宝玉的用情，他与秦钟是不一样的。秦钟的言行很容易发展成低级趣味的调戏，可宝玉走的时候没有看到二丫头，感觉有一点惆怅，我不知道这时大家是不是能感觉到情跟欲的不同。他并不是占有，只是觉得似曾相识，而这个缘分又是那么浅，让他有点哀伤。宝玉个性中有关"情"的部分常常让人感觉很难解释，你会觉得他有情，可并不滥情，如果没有秦钟作对比，你感觉不出来。当天晚上秦钟按着尼姑智能儿在床上乱搞，宝玉跑来坏他的好事。从这里可以看到秦钟是沉溺在欲望之中难以自拔的状态，宝玉却不是。他跟北静王的交谈、跟二丫头的交谈都是人和人的那个前世缘分的深情。

一清如水的缘分

我们来细读一下北静王跟宝玉的相会，非常非常淡，几乎没有留下什么痕迹。第一次、第二次读《红楼梦》的朋友常常注意不到，可是不知道为什么，我这几年看《红楼梦》的时候，北静王这个人物常常会跳出来。我觉得他和宝玉的关系中有一种很完美的东西，仿佛人世间的缘分都不存在了，干净到一清如水。这种人与人之间平淡若水的交往，好像只是做当下的接触，而不再有以后的纠缠，这种缘分非常清净。二丫头也是如此。尊贵非凡的宝玉到了农家，二丫头根本没把他当回事，所以会训斥他乱动东西。宝玉在秦可卿出殡这天碰到了两个让他无法忘却的人，一个是北静王，一个是二丫头，两个人的身份、性别不一样，但跟宝玉之间有一种深情。

我们先看一下北静王："话说宝玉举目见北静王水溶头上戴着洁白簪缨银翅王帽，穿着江牙海水五爪坐龙白蟒袍，系着碧玉红鞓带，面如美玉，目似明星，真好秀丽人物。"水溶是北静王的名字。他戴着插有银翅的官帽。我们看戏，会看到官员袍子的下端有一些波浪状的图案，叫作江牙海水。北静王是开国四大王爷之一，因为功劳特别高，所以一直到第三代还世袭王位。"鞓"这个字我们现在不太用了，就是一种皮革。翻译成现在的话就是染成红色的皮带。北静王皮肤白皙，面如美玉，眼睛像天上的星星一样。

《红楼梦》中仔细地描绘一个出场的人物时，这个人就是下凡之人。宝玉举目去看等于是在认前世的缘分。《红楼梦》一开头的神话就是讲天上有仙缘的人全部下凡，他们在人世间当然都是秀丽人物，因为他们身上有前世的仙机。

"宝玉忙抢上来参见，水溶连忙从轿内伸出手来挽住。"他并没有下轿，他跟宝玉的身体是有距离的。可是他从轿内伸出手来把宝玉挽住，不让他跪下来，两人最亲密的接触仅此而已。然后他也看宝玉了："见宝玉戴着束发银冠，勒着双龙出海抹额，穿着白蟒箭袖，围着攒珠银带，面若春花，目如点漆。"这一节里，北静王跟宝玉都是银白色的着装，除了皮带是红色外，基本上是白的。作者对色彩非常敏感，因为他们之间的缘分洁净——没有纠缠，所以在视觉上也是干净的。宝玉常常穿大红，有时候也着葱绿。可是这一天是白蟒箭袖。北静王和宝玉从服装到面容都非常相似，如果一个人可以转世成好几个人，你会觉得北静王依稀也是宝玉同一个缘分的转世。不知道为什么，读《红楼梦》读得越多，越觉得北静王和宝玉的亲，不是纠缠，而是同一个生命状态，好像孪生兄弟一样。

水溶笑道："名不虚传，果然如'宝'似'玉'。"读《红楼梦》，你常常会觉得不只是宝玉，很多人都一直在寻找生命里的知己。这个知己很难解释，只是芸芸众生中某些生命在刹那之间的那种洁净的缘分。当他讲"名不虚传、如宝似玉"时，你会感觉到北静王多年以来一直期待着遇到一个同他一样品貌非凡的人。这种感觉通常不是那么容易感受得到，一旦纠缠在现实当中的时候，这种品貌非凡也会被弄得污浊，可是宝玉和北静王的会面特别洁净。

宝玉心中完美的形象

北静王"因问：'衔的那宝贝在那里？'宝玉见问，连忙从内衣里取了，递与过去"。宝玉那块玉是在内衣当中护着的，他把带着自己体温的玉递给了北静王。当然我们觉得这里有一种亲近。"水溶细细的看了，又念了那上头的字，因问：'果灵验否？'贾政忙道：'虽如此说，只是未曾试过。'水溶一面极口称奇道异，一面理好彩绦，亲自与宝玉带上，又携手问宝玉几岁，读何书。宝玉一一答应。"他们相差的年岁并不大，水溶还未若冠，大概十八九岁，宝玉大概十四五岁。可是因为水溶的王爷身份，所以他像长辈一样关心宝玉。

"水溶见他语言清楚，谈吐有致，一面又向贾政笑道：'令郎真乃龙驹凤雏，非小王在世翁前唐突，将来“雏凤清于老凤声”，未可量也。’”水溶觉得宝玉这么小的年纪，讲话大大方方、清清楚楚，便向贾政赞美宝玉，说这孩子是龙凤之质，品质非凡。这里的“小王”是指他自己，“世翁”指贾政，因贾政与北静王父辈、祖辈的交情，所以称他为世翁，有时候叫世伯。“唐突”就是冒撞的意思，因为他说“雏凤清于老凤声”，意思是说这个孩子将来的成就恐怕比父亲要高，所以他用了“唐突”二字。其实赞美一个孩子比父亲还好，那父亲是很高兴的，可是在人情世故上必须用“唐突”这个词，这是贵族的语言。李商隐为幕府主人写诗的时候曾经用“雏凤清于老凤声”来赞美他的孩子，后来人们就常常用这一句诗赞美一个家族里面年轻一代会比老一代更好，成就更高。

“贾政忙赔笑道：‘犬子岂敢谬承金奖。赖藩郡余祯，果如是言，亦荫生辈之幸矣。’”贾政说家里这个不成才的小孩怎敢劳您加以这样的奖励。“藩郡”是指北静王，“祯”是吉祥的意思，“赖藩郡余祯”，用今天的话来说就是托郡王的福，如果真如您所说的那样，也算是我们这一辈的幸福。贾政自称荫生辈，古人称“荫生”并不见得一定对老师，在老师面前自称为荫生，就是我受了你知识上的恩惠，后来受教于人都谦称为荫生。

“水溶又道：‘只是一件，令郎如是资格，想老太夫人、夫人辈自然钟爱极矣；但吾辈后生，甚不宜钟溺，钟溺，则未免荒失学业。昔小王曾蹈此辙，想令郎亦未必不如是也。’”北静王特别叮咛，说宝玉这样漂亮、聪明，在家里一定被宠得不得了，但这样的孩子实际上不宜太过宠爱。如宠爱太过，他就不好好读书了，以前我自己就曾经犯过这样的错。这里你会不会觉得北静王与宝玉非常相似？他只比宝玉大几岁，他们彼此感觉似曾相识，两人有一种难以解释的亲，是因为他们有同样的成长经历。

"若令郎在家，难以用功，不妨常到寒第。小王虽不才，却多蒙海上众名士凡至都者，未有不另垂青目，是以寒第高人颇聚。令郎常去谈会谈会，则学问可以日进矣。"北静王表示，宝玉可以到他的家里。因为北静王很有名，四海之内的精英分子只要到京城来，都会到他的府上，他的家是时下的精英们常常聚会的地方，倘若宝玉能常来，一定会有所进益。

这里用了一个典故——"垂青目"，讲的是魏晋时竹林七贤中阮籍的故事。阮籍有一个怪癖，对于他喜欢的人，他会让你看到他的黑眼珠，叫青眼；而他不喜欢的人，只能看到他的白眼珠，叫白眼。当时嵇康的哥哥嵇喜是一个非常讨厌的人，他去拜见阮籍，只看到阮籍的白眼，回去很生气，跟嵇康说了。嵇康笑了，就带了酒和琴去见阮籍，一边喝酒一边弹琴，立刻就看到了阮籍的青眼。"垂青目"就是看得起的意思。

"贾政忙鞠躬答应。"大家注意，北静王跟宝玉的见面，和贾政的见面，好像是两种不同的状态。他见到宝玉，问宝玉衔的那个宝贝在哪里，他想看。他跟贾政说话的时候，就说要好好教育宝玉，不要荒废学业，带有一点八股味道。

"水溶又将腕上一串念珠卸了下来，递与宝玉道：'今日初会仓促，竟无敬贺之物，此即前日圣上亲赐鹡鸰香念珠一串，权为贺敬之礼。'"过去见面都有见面礼，北静王没有想到今天会与宝玉见面，没有敬贺之物，就把自己正戴着的一串佛珠卸了下来，这是前几天皇帝刚赐给他的一串念珠。有的版本叫"蕶苓"香，现在一般考证是鹡鸰香。鹡鸰是一种鸟，传说是特别懂友爱的动物，做巢或找食物时会彼此帮忙。在台北的"故宫博物院"现在还留下一幅很有名的书法，是唐玄宗写的《鹡鸰颂》，专门歌颂友情的。这里北静王把鹡鸰香念珠赐给宝玉，意指他们两个是非常亲的兄弟。现在并没有考证出香木当中有没有鹡鸰香，有可能是曹雪芹杜撰的。可是关于鹡鸰的典故是有的，《诗经》里也有“鹡鸰”这两个字，用来代表兄弟友爱之情。

“宝玉连忙接了，回身奉与贾政。”这也是礼节，郡王赐的东西，自己拿了以后要赶快交给父亲。“贾政与宝玉一齐谢过。”

这时，送殡的队伍停着不能动，因为王爷驾到，此时人们都要肃静回避。“于是贾赦、贾珍等一齐上来请回舆。”他们想让王爷的车先走，可北静王拒绝了。水溶道：“逝者已登仙界，非碌碌你我尘寰中之人也。小王虽上叨天恩，虚邀郡袭，岂可越仙辆而进也？”运灵柩的车子叫作辆，“仙辆”就是灵车。北静王说，自己虽然受到皇帝这么大的恩宠，能够继承郡王的身份，但不能够越灵车而先行。

“贾赦等见执意不从，只得告辞谢恩回来，命手下掩乐停音，滔滔然将殡过完。”“滔滔然”用得非常好，形容出殡队伍浩浩荡荡，简直像条大河一样。过完以后，水溶才回轿离开。大家发现没有，北静王身上丝毫没有王爷的那种趾高气扬或者非常做作的感觉。他那么年轻、聪明、俊美，又是如此谦卑，如此完美，这种完美是宝玉的理想。宝玉也试图让自己的生命成为这样的状态，那种虽身处富贵又不失矜持与谦卑的生命状态。这一段写得非常美，把宝玉的人生向往用北静王的形象诠释出来了。

纵有千年铁门槛，终须一个土馒头

出殡到了乡下，不再是王爷之间的交往，而变成农村了。这里的铺排、对比都是文学上非常精彩的写法。

“且说宁府送殡，一路热闹非常。刚至城门前，又有贾赦、贾政、贾珍等诸同僚属下各家祭棚接祭，一一的谢过，然后出城，竟奔铁槛寺大路行来。”出殡的最终目的地在铁槛寺。铁槛寺是贾家在乡下的家庙，是宁国公、荣国公当年设的。因为家里人口众多，光是仆人就很多，所有人去世的时候都要有一个停灵的地方，贾家就设了铁槛寺这个家庙。“铁槛”即铁门槛。古代的人家里面都有一个门槛，家族的地位越高门槛就越高。在唐宋文学里开始用“门槛”做比喻：是指人怕死，所以要把门槛做得很高，而且要用铁来做，以此挡住死亡。“铁门槛”变成人与死亡之间的屏障。宋朝范成大写诗说：“纵有千年铁门槛，终须一个土馒头。”意思是说哪怕设了最好的门槛，死亡最后还是会来临。十五回里有两个寺庙的名字，一个是铁槛寺，一个是馒头庵，这两个名字都来自于范成大的诗句。作者用的很多名词实际上都在暗示秦可卿的死亡，可是你有没有感觉到，在如此热闹的场面里，我们已经几乎要忘掉这是秦可卿的丧事了，那些风光与排场原来就是作秀。

“彼时贾珍带贾蓉来到诸长辈前，让坐轿上马。”要出城了，到铁槛寺的路可能是黄土路，所以请长辈和女眷上轿，男客上马。“因而贾赦一辈的，各自上了车轿；贾珍一辈的，也将要上马。”贾赦一辈年纪大一点，就坐轿子，贾珍一辈要骑马。“凤姐儿因记挂着宝玉，怕他在郊外纵性逞强，不服家人的话，贾政管不着这些小事，惟恐有个失闪，难见贾母，因此便命小厮来唤宝玉。宝玉只得来到他车前。凤姐笑道：‘好兄弟，你是个尊贵人，女孩儿一样的人品，别学他们猴在马上。下来，咱们姐儿两个坐车，岂不好？’宝玉听说，忙下了马，爬入凤姐车上，二人说笑前来。”照理讲，年轻的男孩子是要骑马的，可因为贾母最疼宝玉，凤姐最担心的就是宝玉，不敢有一点闪失，所以要宝玉跟她一起坐车。

贵族与农家的对比

“不一时，只见从那边两骑马压地飞来，离凤姐车不远，一齐蹿下来，扶车回说：‘这里有下处，奶奶请歇更衣。’”大家对此可能不太明白，其实是因为郊外的房舍非常少，要走很久才会有一户农家，所以要专门安排了人前面探路回来通报。通报的人快马来回，说前面有一个地方可以休息。“更衣”是如厕的委婉说法。因为路很远，有人专门看哪里有农家，可以上厕所，先去打扫干净，然后借用别人的地方休息一下。当然他们也可能需要换衣服。“凤姐急命请邢夫人、王夫人的示下。”凤姐不敢做主，请示王夫人和邢夫人要不要休息，上上厕所。“那人回说：‘太太们说不用歇了，叫奶奶自便罢。’凤姐听了，便命歇了再走。众小厮听了，一带辕马，岔出人群，往北飞走。”他们离开了出殡的队伍。

“宝玉在车内，急命请秦相公。”宝玉这个时候最疼的是秦钟，他随时惦记着秦钟。“那时秦钟正骑马随着他父亲的轿，忽见宝玉的小厮跑来，请他去打尖。”“打尖”也是休息的意思。更衣、打尖都有休息的意思。我们现在常用一个词叫“解手”，这是北方的俗语，古代常常强迫移民，把一些人拉到外面去垦荒，担心这些人半路会跑，所以他们的手是被绑着的，只有上厕所的时候才会解开，所以叫解手。

“秦钟看时，只见凤姐儿的车往北而去，后面拉着宝玉的马，搭着鞍笼，便知宝玉同凤姐坐车，自己也便带马赶上来，同入一庄门内。早有家人将众庄汉撵尽。”你可以看到贾家的声势之大，因为贾家女人们要来上厕所，所有的男人都被赶走了。“那庄的人家无多房舍，婆娘们无处回避，只得由他们去了。”因为总共没几间房子，女人没有地方躲。“那些村姑庄妇见了凤姐、宝玉、秦钟的人品衣服，礼数款段，岂有不爱看的？”村妇们看他们穿的衣服、长的样子，看他们的言行举止态度，觉得简直就像看戏一样。

作者在写了北静王之后再写这一段，很明显是在对比，就是这些贵族身份的人忽然来到农家，农家的人怎么看他们。作者在回忆自己一生的繁华时，用的是一种平等的视角，这种视角让我们认识到每一个生命都有自己立足的角度。

谁知盘中餐，粒粒皆辛苦

“一时凤姐进入茅堂，因命宝玉等先出去玩玩。宝玉等会意，因同秦钟出来，带着小厮们各处游玩。”下面就是他看到的庄院景象：“凡庄农动用之物，皆不曾见过。宝玉一见了锹、镢、锄、犁等物，皆以为奇，不知何项所使，其名为何。”我们常常讲乡下人是土包子，可是贵族到了乡下也一样是土包子，作者一直在对比。他用出殡这件事情穿起了上至北静王下至二丫头这两种不同的生命状态，这是文学中不得了的对比手法。若不细看你根本不知道为什么十五回会把两种截然不同的生命放在一起，北静王富贵荣华的仪表与气质跟二丫头民间乡野的朴素与大气，原本各自有其生命的定位。

“小厮从旁一一的告诉了名色，说明原委。宝玉听了，因点头叹道：‘怪道古人诗上说：谁知盘中餐，粒粒皆辛苦。正为此也。’”宝玉这个富家公子其实对人世间有很深的情，这种深情不只是对人，对物也是。所以他才会说，怪不得古诗里面讲天天吃的每一粒米都是人家辛辛苦苦种出来的。过去在他心目中，这只是一个概念，如今他很真切地感受到了。

宝玉有时候无法无天，不爱读书，可是如果有好的教育——不是贾代儒每天要求背书的教育，而是带他到乡村、到自然——他的感受会完全不同。宝玉并不是真不爱读书，当他真正认识这些农具的时候，李绅的诗句就自动蹦出来了。这是宝玉非常可爱的地方，他其实是一个可造之才，他对人性有悲悯，也有很高的悟性，从不以富家公子的自大待人。

不同生命的遗憾

“一面说，一面又至一间房前，只见炕上有个纺车，宝玉又问小厮们：‘这又是什么？’”大概贾家出殡时这一家人在劳动，可富贵人家来了要上厕所，忽然被赶走，不准做工了。宝玉问这是什么东西，大家说是纺车。“宝玉听说，便上来拧转作耍，自为有趣。”“自为有趣”四个字是讲他觉得很好玩，他把纺车当作了一件玩具，可是纺车的主人二丫头很生气，她辛苦一天纺的线，弄乱了怎么办？“只见一个约有十七八岁的村庄丫头，跑了来乱嚷：‘别动坏了！’众小厮忙断喝拦阻。”

一个乡下女孩子竟然敢这样触怒大户人家的公子哥儿，一般可能会被拖出去打一顿，可宝玉的反应是：“忙丢开手，赔笑说道：‘我因为没见过这个，所以试他一试。’”宝玉的赔笑是最可爱的。他总是感觉自己对人有亏欠，丝毫不觉得这个小女孩触怒了他，也不认为自己有权有势就可以对人颐指气使。他反而赔笑，觉得对不起。如果你回到清朝初年，知道一个王爷跟民间的距离有多大，你才会了解宝玉的可爱。宝玉的赔笑在那个年代几乎没有，连他身边的小厮都可以那么颐指气使。

“那丫头道：‘你们那里会弄这个，站开了，我纺与你瞧。’”“站开了”三个字也用得极好，完全是乡下人的口气。其实乡下人有乡下人的自信与大气，二丫头虽是一个农家女孩，可是她朴素、大方、健康、不做作。二丫头只在这一回里出现了一下，之后就没有了，可是我仿佛觉得，宝玉的一生里总是有一个二丫头出现，因为在他的人生里，难得感受到一个乡下女孩子的生命状态，而这种生命状态恰恰是他的遗憾。因为他生在富贵人家，永远不可能有二丫头那种大大咧咧，脸上黑里透红的状态。人们常常以为只有贫穷才是遗憾，其实富贵也是遗憾。我们会觉得生命怎么活其实都是一种遗憾。这是曹雪芹了不起的地方。他用平等的视角写出人在不同生命状态里不同的遗憾，你能明显感觉到宝玉这一天多么希望变成二丫头身边的某一个人。无论宝玉怎么活，你都能感觉到他那种怅然，因为只有一种生命状态是如此单薄和不足，于是他对每一种不同的生命状态才有了珍惜，有了尊重。

生命自有高贵

可秦钟此时的反应却与宝玉不同，甚至有点让人讨厌，给人感觉小家子气。所以后来他死了，我也不怎么同情他。第一次出场他就扭扭捏捏，什么东西都怕。宝玉疼他，其实他有很好的机会，可以受很好的教育，可以上进，可以把自己放在一个比较尊贵的位置。可是你看，姐姐出殡，他却在庙里调戏小尼姑，现在看到二丫头，他又说：“此卿大有意趣。”话语中带有一种轻薄。宝玉对人有一种尊重，可秦钟不是，他身上有一种人性里的卑微气息。“宝玉一把推开，笑道：‘该死的！再胡说，我就打了。’”

“说着，只见那丫头纺起线来。”不知那个时候宝玉是什么感觉，他大概从来没有看过女人纺纱。“宝玉正要说话时，只听那边老婆子叫道：‘二丫头，快过来！’”可能是她妈妈或者奶奶吓坏了，觉得你二丫头怎么可以抛头露面去招惹富家公子。若得罪了可能被打一顿，或者被看上了也不得了。古时候平民百姓认为如果被贵族看上，这一辈子就算完了，悲剧就开始了，宁可好好在农家嫁个农民，所以这一声喊其实颇有深意。“那丫头听见，丢下纺车，一径去了。”

二丫头只出现在这一段，可是作者的用心让你觉得精彩，若少掉这一段，好多东西就不见了。在宝玉一生中，北静王、二丫头变成了他生命里两个很奇特的对比关系。他觉得人世间那么多可爱的人，你用多少爱都爱不完，而如此不同的爱，对北静王的仰慕，对二丫头的心疼，都是宝玉的深情。宝玉的深情其实不容易懂，我一直在解释说他并不是滥情。

“宝玉怅然无趣。”他觉得遗憾，因为他想跟二丫头多讲讲话。二丫头其实也是高不可攀的，这个“高”是她生命中自有的高贵。她是一个出生农家，地位卑微的女孩，可是对宝玉来讲，她也高不可攀，因为他没有办法接近她。

“只见凤姐儿打发人来，叫他两个进去。凤姐洗了手，换衣服抖灰，问他们换不换。宝玉不换，只得罢了。”凤姐觉得在路上的体面很重要，到了铁槛寺也要见人，就很讲究。“家下仆妇们将带着行路的茶壶茶杯、十锦屉盒、各样小食端来，凤姐等吃过茶，待他们收拾完备，便起身上车。”家人还准备了野餐的东西，十锦屉盒就是用锦盒装起来的一盒盒小点心和食物。你可以看到官家出门时的场面，有多少仆人在伺候，换洗的衣服、吃的东西都得带着。

“外面旺儿预备下赏封，赏了本村主人。庄妇等来叩赏。凤姐并不在意，宝玉却留心看时，内中并无二丫头。”显然，他是在找她，他觉得生命里刹那间的缘分不见了，内心有一种怅然，有一种遗憾。只有宝玉对人才有这种深情，秦钟就不一样，刚才他还觉得这个姐姐长得挺有味道的，可很快他就忘了，可见他是不定性的，可宝玉却感觉跟二丫头仿佛一生一世有缘。所以不管缘深、缘浅、缘长、缘短，在宝玉看来都是平等的，并不因为是短暂的缘分就轻率处理，也同样要慎重。

“一时上了车，出来走不多远，只见迎头二丫头怀里抱着他小兄弟，同着几个小女孩子，说笑而来。”这个画面真是精彩，宝玉不能跟二丫头再讲话了，因为他坐在凤姐身边，以他的身份不能随便去跟人家搭话，他们只能擦肩而过了。这也是作者厉害的地方，他让你看到生命各有各的归属，而遗憾的反而是宝玉。“宝玉恨不得下车跟了他去，料是众人不依的，少不得以目相送。”宝玉永远觉得生命里有一个什么东西没有完成。大家当然不会允许他做这种傻事，此时他只能无声地告别，以目相送，“争奈车轻马快，一时转眼无踪。”

这段写宝玉跟二丫头短暂的见面，也在写人与人之间的那一种非常奇特的缘分。其实人在生命的每一天，都可能碰到这样的事情，匆匆见面又匆匆告别。古今中外很少有文学家能写出人生的这种状况，在此作者有一种大悲悯。宝玉和二丫头生命里都有不能完成的部分，有遗憾，也有珍重。大概这里宝玉也是来“了”一个东西。“了”这个字很玄，必须先有舍弃的“了”，然后才能有了悟的“了”。

铁槛寺与馒头庵

“走不多时，仍又跟上大殡了。”因为灵车走得很慢，所以他们岔出去之后很快就又追上了。一般作家写出殡就是出殡，不会岔出去写一个二丫头，可是曹雪芹会去写一个小插曲，然后再绕回来。“早有前面法鼓金铙，幢幡宝盖——铁槛寺接灵众僧齐至。少时入寺中，另演佛事，重设香坛。”因为要在这里寄灵，所以要举行仪式，重设香坛。“安灵于内殿偏室之中，宝珠安于理寝室相伴。”秦可卿的义女宝珠负责陪灵。“外面贾珍款待一应亲友，也有扰饭的，也有不吃饭而辞的。”有人在贾府时就走了，有人一直送灵到铁槛寺后就走了，还有人继续留下来吃饭的。“从公侯伯子男一起一起的散去，至未末时分方才散尽了。”送殡的有公爵、伯爵、侯爵，辈分高的先走。“里面的堂客，皆是凤姐张罗接待，先从显官诰命散起，也到晌午大错时方散尽了。”“堂客”就是内眷，从最大官员的夫人开始散去，过了中午很久以后才散完。“只有几个亲戚是至近的，等做过三日安灵道场方去。”

宝玉和秦钟住下来了。“那时邢、王二夫人知凤姐必不能来家，也便就要进城。王夫人要带宝玉去，宝玉乍到郊外，那里肯回去，只要跟凤姐住着。”因为这些小孩平常在家里被管得太严，根本不能随便出门，一出门就有一大堆随从，这次出殡对他们来说就是郊游，他们就想借着这个机会好好玩玩。“王夫人无法，只得交与凤姐，便回来了。”

铁槛寺原是宁国公、荣国公当日修造。大户人家要准备香火地亩布施，就是买一块地盖庙，把周围的土地租给农民，交的租子布施给庙里做香火，“以备族中老了人口”，古代用“老了”替代“死”这个字。如果京城里有人死了，就把遗体寄放在铁槛寺，所以铁槛寺相当于贾府的私家殡仪馆。“其中阴阳两宅，俱已预备妥贴，好为送灵人口寄居。”“阴宅”是寄灵所在，“阳宅”是送灵的人住的房子。可是后来贾家“后辈人口繁盛”，已经多到有三百多人，“其中贫富不一，或性情参商”，“参商”是天上两颗永远不相见的星星，“有那家业艰难安分的，便住在这里了；有那尚排场有钱势的，只说这里不方便，一定另外或村庄或尼庵寻个下处，为事毕宴退之所。”

“族中诸人皆权在铁槛寺下榻，独有凤姐嫌不方便，因而早遣人来，和馒头庵的姑子净虚说了，腾出两间房子来作下处。”她觉得尼姑庵比较干净，也比较方便，所以她就不住铁槛寺，要住在馒头庵。宝玉和秦钟就跟她去住馒头庵。

王熙凤包揽诉讼

作者当然是有意在对比“铁槛”与“馒头”这两个名称的寓意，可是好的文学家不希望他的作品太像寓言或哲学，所以他笔锋一转，说这个馒头庵本来叫作水月庵，因为馒头做得好吃，所以大家叫它馒头庵。如果作者在这里说因为人死后都要归于一个坟冢，所以叫馒头庵，反而有一点俗气。这种文学上的真真假假可能是《红楼梦》最有趣的地方，作者一直在讲：假做真时真亦假。他最喜欢玩的就是真假游戏，这种游戏让我们感受到生命中常常以假为真的荒谬。

凤姐就在馒头庵里住下，见到了主持净虚，就和她聊天。净虚讲了一个很有趣的事，说城里一个非常有钱的大财主姓张，有个女儿叫金哥，从小就许给了一个守备的儿子。后来张家又认识了另外一个家族李衙内，李衙内的家世更好，张家就希望把女儿嫁到李家去。两家为了亲事起了纷争，闹到法庭去了。一个老尼姑竟然会去管这种事。她求凤姐去跟节度使讲一讲，让那个守备家把婚事退了，金哥就可以顺利地嫁给李衙内。

这跟秦可卿出殡完全没有关联，而是出殡过程中带出的贵族人家复杂的关系，特别是跟他们有关的和尚庙、尼姑庵，原来根本不像我们想得那么简单，这个净虚，实际上既不净也不虚。她求凤姐，凤姐就大胆地借贾琏的名义发了一封信，把这个事办了，收了人家三千两银子，贾琏一点儿都不知道。

对于王熙凤来说，秦可卿的死亡是一个关键，从此，她开始协理宁国府。前面说过她管家管得好，可是正因为此，她的胆子越来越大，包括开始包揽诉讼。当然，这对她来讲也是很简单的事，因为贾家声势在外，只要用贾家的名义发一封函，那些做官的就不敢不遵守，之后很快银子就送来了。后来这样的事情她越办越多。我们说王熙凤这样一个女孩子一步步地向权力靠拢，并不是她一开始就懂得玩弄权势，而是因为家世在背后支撑，随便发一个信函就有三千两的进账。作者非常小心地在让我们看这些豪门贵族是如何不知不觉地走上违法道路的。贪赃枉法之心往往是在不知不觉中日渐累积起来的。借着秦可卿的丧事，作者一步一步把这样的事件推了出来。

从凤姐眼中看智能儿

秦钟的爸爸秦业因为年迈多病，不能留在这里，当然女儿的丧事，父亲其实不是那么重要，所以也就离开了，命秦钟等待安灵，在这边住三天。秦钟就跟凤姐、宝玉到了水月庵。

净虚有两个徒弟，一个叫智善，一个叫智能儿，两个徒弟出来迎接，大家见过。下面的内容很有趣，小尼姑智能儿爱上了秦钟，跟秦钟有一些暧昧关系。作者先用凤姐非常锐利的眼睛观察，发现智能儿这个小尼姑好久不见，越来越漂亮了："凤姐另至净室，更衣净手毕，见智能儿越发长高了，模样儿越发出息了，因说道：'你们师徒怎么这些日子也不往我们那里去？'"

前面说到净虚跟智能儿到贾府领过月供的银子，智能儿在贾府和惜春一起玩儿。惜春当时还说，我以后剃了头发跟你一样去当尼姑。那时候智能儿还小。《红楼梦》里写的这些人，都正在发育的年龄，可能一阵子不见她就长大了。凤姐觉得当年还是个小孩子的智能儿，现在已经有少女的模样了，说你们怎么这几日不往我们那里去，呼应着前面和惜春游玩的那个小智能儿的感觉。

净虚道："可是这几天都没工夫，因胡老爷府里产了公子，太太送了十两银子来这里，叫请几位师父念三日《血盆经》，忙的没个空儿，就没来请奶奶的安。"净虚跟凤姐的关系是比较熟络的，她这几年每个月都要到贾府去支领供养的银子，支领的时候大概都从凤姐这儿拿钱，跟凤姐的关系比较密切，所以净虚才会拜托凤姐办事情。

少男少女的调情戏

“不言老尼陪着凤姐。且说秦钟、宝玉二人正在殿上顽耍。”下面一段完全是宝玉、秦钟、智能儿三个少男少女在嬉戏。作者的笔法非常奇特，明明是在写出殡，可是却包含了对人性的观照，即使在出殡的时候也跟平常并没有任何区别。宝玉很聪明，早就看出知道秦钟和智能儿在挤眉弄眼，大概私底下已经要好了，就故意逗他们。宝玉笑着说：“能儿来了。”秦钟就说：“理那东西作什么？”秦钟的个性很奇怪，他一直很卑微，后来因为宝玉护着他、疼他，他又有点拿大。他私下调戏智能儿，可是当宝玉说她来了的时候，他又会说她根本不算什么。

小孩子有时候就是这样，明明对一个人特别好，可在公众面前又表示跟她没什么，可见秦钟是个平凡的少年，他和宝玉不同，宝玉对所有人心存尊重，而秦钟却时好时坏，他平时怯生生的，可一旦有人撑腰，他就要拿大。打架的时候，擦破一点皮他会哭着闹着撒娇，因为他知道宝玉疼他。宝玉和秦钟相处时间很短，在第十六回中秦钟就死了。我常常想秦钟的命就是两个字——福薄。宝玉那么疼他，贾母和凤姐也疼他，可是他受不了那个福。下面这段已经开始埋下秦钟悲剧的伏笔。他是很怯弱的人，身体不结实，有女儿般弱不禁风的感觉。

宝玉就笑了，故意讽刺他说：“你别弄鬼，那一日在老太太屋里，一个人没有，你搂着他作什么？这会子还哄我。”宝玉是明眼人，他已经看得很清楚。宝玉这时候和秦钟有点像恋爱的感觉，很疼秦钟，可是秦钟在爱另外一个女孩子，宝玉竟也觉得理所当然。宝玉的个性里有一种宽阔，这种宽阔是对人性的一种理解，而且是与生俱来的理解，这也就是我们讲的深情，他不计较这些事。

秦钟笑道："这可是没有的话。"你看，秦钟就是不敢承认，不敢面对自己做的事情。宝玉笑道："有没有也不管你，你只叫住他，倒碗茶来我吃，就丢开手。"秦钟笑道："这又奇了，你叫他倒去，还怕他不倒？何必要我说呢。"这一段在写小儿女之间很无聊的对话，可是我觉得其中有很有趣的东西。宝玉的地位明显比秦钟高，他是一个富家公子，大家都宠他，如果他要智能儿倒杯茶，智能儿马上会去倒。可是他特地让秦钟叫智能儿倒茶，是因为他觉得秦钟和智能儿间有种特别的关系。这个时候你能看到宝玉从来没想过要霸占秦钟，他认为秦钟和智能儿在一起很好，借此机会鼓励他们好好地在一起。

宝玉道："我叫他倒，是无情意的；不及你叫他倒的，是有情意的。"一个十几岁的男孩子讲出来的话很特别，无聊的交谈中透露出宝玉性格中非常奇特的一面，人世间那些世俗的嫉妒、吃醋、霸占之心，宝玉都没有，他觉得只要有情就是好的。秦钟爱上了智能儿，他也觉得蛮好。秦钟被逼得没有办法，就说："能儿，倒碗茶来给我。"

情深的遗憾

"那智能儿自幼在荣府走动，无人不识，因常与宝玉、秦钟玩笑。他如今大了，渐知风月，便看上了秦钟人物风流，那秦钟也极爱他妍媚。"用"妍媚"来形容一个尼姑是非常有意思的。一个正在发育的少女，即使剃了头发，肌肤、眉眼之间那种少女的感觉还是呼之欲出，所以作者特别用了"妍媚"两个字，这其中不只是漂亮，还有女性的妩媚。"二人虽未上手，却已情投意合了。今智能见了秦钟，心眼俱开，走去倒了茶来。”“心眼俱开”，这个词用得极好。他们一个月只能见一次，而且越大越难有什么接触了，因为到了某个年龄，彼此的防范就会多。因为丧事，智能儿见到了想见的人，她非常开心。

这一切宝玉都看在眼里，便有意去促成这件事，在他看来，人彼此有情是件好事。当然，宝玉也很矛盾，常常不知如何自处。又是北静王，又是秦钟，又是二丫头，又是黛玉，他觉得每一个情都深，可是每一个情都是遗憾，到最后都有一点无奈的感觉。他在欣赏别人的情时，有一种置身事外的幸福感。

茶倒来了，秦钟就笑着说：“给我。”宝玉也说：“给我！”完全是两个小男孩在争抢的感觉，其实宝玉是在玩儿，因为他有自信，他是在宠爱中长大的，他的最大愿望是自己得到的爱能与所有人分享。他这是在逗秦钟。

智能儿抿嘴笑道：“一碗茶也争，我难道手里有蜜！”这种语言很难写，写不好会觉得轻佻，写得好就刚好是这个年龄的小男孩小女孩间争夺的感觉，分寸很难把握。“宝玉先抢得了，吃着，方要问话，只见智善来叫智能去摆茶碟子。一时，来请他两个去吃茶果点心。”智善比较老实，或许也没有那么妍媚吧，所以没有人去惹她。她叫智能儿去摆茶碟子，要请宝玉、秦钟两个人去吃茶果、点心。“他两个那里吃这东西，坐一坐，仍出来玩耍。”这种富家公子都已经吃惯了非常讲究的食品，根本不在意这种庙里面的东西。

下面跳开了，插进来另外一场戏，写凤姐在大堂上跟净虚聊天。

同一时间两种禁忌的逾越

这一段完全像电影的剪接手法，先写宝玉、秦钟和智能儿，再写凤姐和净虚，再回到宝玉、秦钟和智能儿，再回到凤姐和净虚，同一时间两组人在演戏。如果说北静王和二丫头是一组对比，那么现在更明显的是，同一时间在发生两件事：一边是纵情，一边是违法，两种不同的对禁忌的逾越。智能儿逾越禁忌谈恋爱，净虚逾越禁忌包揽诉讼。

凤姐怎么去处理这件事？“凤姐亦略坐片时，便回至净室歇息，老尼相送。此时众婆娘、媳妇见无事，都陆续散了，自去歇息，跟前不过几个心腹常侍小婢。”老尼姑就赶快趁机求情了，她说道：“我正有一事，要到府里求太太，先请奶奶一个示下。”这个老尼姑非常聪明，她表示我不一定是求你，我是要求王夫人，可是她当然知道是王熙凤在管家，她要先告诉凤姐，让她知道一下，这样有一个缓冲。实际上王熙凤最后根本没有跟王夫人讲，自己就办好了。这也是老尼姑的历练，她经常来往于这些官家，也许包揽诉讼之类的事情早就做过很多。出家人有时候是最好的身份掩护，很多违法乱纪之事常拿他们来打掩护，西方也是一样，主教、神父常常扮演类似角色。

凤姐问是什么事。老尼道：“阿弥陀佛！只因当日我先在长安县内善才庵内出家的时节，那时有个施主姓张，是大财主。他有个女儿，小名金哥，那年都来我庙里进香，不想遇见了长安府府太爷的小舅子李衙内。那李衙内一心看上，要娶金哥，打发人来求亲，不想金哥已受了原任长安守备的公子的聘定。”

这里牵涉到一个官名——“衙内”，《红楼梦》中的官名常常是杜撰的。

像衙内这个官名，是唐末宋初时用的，我们读《水浒传》时常常看到这个称谓。唐朝有很多节度使，节度使初置时，作为军事统帅，主要掌管军事、防御外敌，而没有管理州县民政的职责，后来渐渐总揽一区的军、民、财、政，所辖区内各州刺史均为其节制。节度使居住的内衙的卫城叫“衙城”，等于是节度使的办公和居住地，位置很重要。衙城，最早写作是牙城。管理衙城的人是节度使最亲信的人，常常是义子——唐末的时候人们喜欢收义子来做衙内。戏台上经常出现的衙内都是为非作歹、看到美女就抢回家的十三太保的那种角色。作者这里引用了一个古代的官名，称之为李衙内，是说他是有权势的家族中的年轻男孩子。“守备”，明清两朝官职名，城市镇守武官。

净虚的老谋深算

实际上，就是这个姓张的财主本来将女儿许给守备的儿子，可现在又被另一个有权有势的李衙内看上，净虚说张家是旧时的施主，但实际上或许她从中也得好处。尼姑又说：“张家若退亲，又怕守备不依，因此说已有了人家。谁知李公子执意不依。”对张家财主来讲，女儿嫁给哪一家都好，可是两边都是做官的，两边都不让。“不想守备家听了此信，也不管青红皂白，便来作践辱骂：‘一个女儿许几家’，偏不许退定礼，就打官司告状起来。那张家急了，只得着人上京来寻门路，赌气偏要退定礼。”张家只好到京城里找更大的官，看是否能把这件事摆平。

净虚说，长安的节度使，就是长安最大的官，是云光老爷，如果他出面说话，一定可以让守备退婚。而云光跟贾府关系最好，所以想求贾家出面帮忙解决。我们都觉得出家人不应该管这些事，可是净虚竟然把这些关系搞得如此清楚，知道求谁才有用。净虚请求："求太太与老爷说声，打发一封书去，求云老爷和那守备说声，不怕那守备不依。"为什么？守备是节度使手下的官，长官出面了，他不得不答应。"若是肯行，张家连倾家孝顺，也就情愿。"这里是在暗示不是要你们白帮忙，会有好处的。"倾家孝顺"，就是他们愿意拿很多钱出来的意思。

凤姐听了笑道："这事倒不大，只是太太再不管这样的事。"你看，凤姐的厉害就表现在这里，她先说王夫人根本不管这样的事。老尼道："太太不管，奶奶可以主张了。"老尼姑非常老练，她其实是步步为营的，有意先抬出王夫人，凤姐现在既然挡了，她就直接求凤姐了。凤姐听了笑道："我也不等银子使，也不做这样的事。"凤姐很清楚地说明，我现在不急着用钱；如果要管，就不会白给你管，此处一语双关。老尼姑听了，就"打去妄想"说，那就不要求了吧！半晌像自言自语似的叹道："虽如此说，张家已知我来求府里，如今不管这事，张家不知道没工夫管这事，不希罕他的谢礼，倒像府里连这点子手段也没有的一般。"一句话我们就知道了这个老尼姑的厉害，这是激将法，她知道这种有权有势的家族最怕人家说你管不了事。果然，好强的凤姐被激将起来就说，她非管不可。

这里面都是人情世故。宝玉、秦钟、智能儿在那边天真烂漫，是情欲之思；这边净虚和王熙凤在玩另外一种游戏，是老谋深算。作者通过秦可卿的丧礼表现出人性非常有趣的东西，并且恰好在馒头庵里发生。如果"馒头庵"真是"土馒头"的暗示的话，你会觉得这变成是一个绝妙的讽刺。唐朝的王梵志诗里讲："城外土馒头，馅草在城里。"意思是城外一个个土馒头里面的馅儿是哪里来的？都是城里面的人。这是禅宗里非常狠的偈语，意思是说，你不要觉得那些土馒头跟我们无关，我们每个人都会走向死亡。现在我们看，在馒头庵这种清净之地发生情欲与包揽诉讼之事，你会发现人其实很难觉悟。

人性欲望不自觉地呈现

“凤姐听了这话，便发了兴头，说道：‘你是素日知道我的，从来不信什么是阴司地狱报应的，凭是什么事，我说要行就行。你叫他拿三千银子来，我就替他出这口气。’”“发了兴头”就是被激将起来了，因为好强，她一定要表现表现了。一般人不太敢这么直率地讲，可是凤姐的厉害、泼辣就在这里，她明确地对尼姑庵里的主持说，根本不相信什么阴司报应，她接这个事了。这段对话读的时候真是让人汗毛直竖，你会意识到原来人性里有这么多不自觉的东西。刚才倒茶的那场戏和这里包揽诉讼这场戏都让人看到人性中无奈的一面。我相信作者是有意这么写的。

“老尼听说，喜不自禁。”她一看王熙凤上当了，忙说：“有，有！这个不难。”因为王熙凤已经摆明了要三千两银子。凤姐又道：“我比不得他们扯篷拉牵的图银子。”凤姐当然要说，你不要搞错了，我这么有钱，哪里会在乎你这三千两银子。“扯篷拉牵的”是指贩夫走卒，地位低下的人的意思。“这三千银子，不过是给打发说去的小厮作盘缠使用，赚几个辛苦钱，我一个钱也不要他的。便是三万两，我此刻也拿的出来。”因为要派人到长安去送信，王熙凤就说这三千两银子是给送信小厮的。当然，她哪里会给一个小厮三千两银子，能给二十两都不得了了。

事实上，这三千两银子后来真的到了王熙凤手里。有一次来人了，贾琏刚好在场，王熙凤问谁来了，平儿非常聪明，就说香菱来了，然后就胡扯了一会儿。贾琏走后王熙凤就问平儿说，香菱没事跑来干什么？平儿就说，哪里有什么香菱，是旺儿媳妇，偏偏这个时候送了三千两银子的利银来。你看，凤姐已经把三千两银子放高利贷了，人家把利息送来了。可以看出，后来王熙凤的胆子越来越大，不但包揽诉讼，还放高利贷，人性不自觉的贪欲慢慢地呈现出来了。

老尼连忙答应，又说道："既如此，奶奶明日就开恩，也罢了。"意思是你明天就赶快处理一下这个事情。凤姐道："你瞧瞧我忙的，那一处少了我？既应你了，自然快快的了结。"凤姐讲这种话的时候是最得意的，宁国府需要她，荣国府需要她，办丧事别人都走了，她还要留下来继续办事情，显得她多么重要。老尼道："这点子事，在别人的跟前，就忙的不知怎么样，若是奶奶跟前，再添上些，也不够奶奶一发挥的。只是俗语说的'能者多劳'，太太因大小事见奶奶妥帖，率性都推给奶奶了，奶奶也要保重金体才是。"老尼姑开始拍马屁了，给她一个漂亮的赞誉——"能者多劳"。大家发现没有，老尼姑的成功不是偶然的，庙里香火盛跟她的做人有关，她懂得怎么去弄钱，怎么去把人弄得服服帖帖的，特别会讲好听的话。

"一路话，奉承的凤姐越发受用，也不顾劳乏，更攀谈起来。"每个人都爱听好话，而好强的凤姐尤其如此，她要别人捧她，她要别人看到她做事的能力。可是我们看到，所有人最大的优点、最能干的部分，恰恰也是她的软肋，老尼姑利用了她的致命伤。人是很难做到非常清醒的，凤姐虽然聪明，可是在这个时候，她完全感觉不到老尼姑给她设了一个圈套，她一下子就掉进去了。

作者写到此又开始像电影里的剪接了，又切回到秦钟和智能儿。在十五回的后半段有两条线，一条线是净虚和凤姐，一条线是智能儿和秦钟、宝玉，两条线在同一个时间交替进行。为什么要交替？多读几次《红楼梦》，我们最后肯定会问，作者为什么要把凤姐和净虚，智能儿和秦钟这两段完全不相干的内容放在一起？一个是司法案件，一个是情欲错乱，怎么会在一起讲？作者要写的是同一个东西，就是人不自觉的欲望。秦钟不自觉的欲望，凤姐不自觉的欲望，都在这个时候萌芽。他们不知道人之所以为人的原因，甚至连修行中的净虚也不知道，最后都犯了大错。在一个土馒头里谈人世间的占有、欲望，包括秦钟马上就死到临头了，还玩得不亦乐乎，可见《红楼梦》的警醒时刻都在。

秦钟调戏智能儿

这时人们已完全忘了秦可卿，也忘了丧事。丧事好像一个嘉年华，晚上就有人在庙里胡搞起来了。“谁想秦钟趁黑无人，来寻智能。刚至后面房内，只见智能独在房中洗茶碗。”小尼姑很苦的，尤其是从穷人家卖过来的话，要不断劳作。智能儿大概也很想脱离这个地方，因为她从早到晚一直在忙，前面提到她和秦钟讲两句话就被智善叫去做事情了。

“秦钟跑来，便搂着亲嘴。”作者的描写很大胆，尤其在那个年代。我们会觉得，这样写好像是对佛门不敬，怎么能写他们在尼姑庵里做这样的事情？可是作者早已看穿了人性，反而没有任何隐讳。其实历史上此类事很多，唐玄宗爱上寿王妃，是公公爱上了儿媳妇，后来寿王妃出家，住在道观，然后唐玄宗重新把她娶进宫来，就是杨贵妃。唐太宗驾崩后，武则天做了尼姑，高宗跟她有私情，又把她接出来变成妃子。作者太了解人性，也太了解当时上流社会的真相。在上层社会里，所谓的佛法就是一个仪式，并不是真正的清修，这些现在读来也蛮触目惊心的。

另外作者笔下呈现的是我一直强调的平等，他认为不能把智能儿当成出家人，她就是一个少女，只是剃了头发而已。她做尼姑不过是因为家里穷。她很无辜，她也有向往爱情的权利。如果你从一个保守的角度看，《红楼梦》里有很多对禁忌的逾越，可是从现代的角度看，我们会觉得作者在那个年代就非常大胆地挑战了传统的看法，他可能会说，为什么尼姑就不可以谈恋爱？从现代主义的角度上看，《红楼梦》有很多活泼的东西。

智能儿的反应当然不一样，自己的身份毕竟是一个在佛门里面清修的尼姑。智能急得跺着脚说："这算什么！再这么，我就叫唤。"她做出的是一个遵守道德的反应，她要抗拒。可是她没有拒绝，因为她也爱秦钟。这是作者幽微的写法，不喜欢一个人的抗拒和喜欢一个人的抗拒是不一样的。智能儿跺脚，然后就骂，可是她不叫出来，因为她知道，叫出来就完了。

秦钟求道："好人，我已急死了。"什么急死了？就是那克制不住的欲望，他要求智能儿跟他上床。"急死了"直写少年情欲。有没有发现，贾瑞身上的东西又跑出来了。秦钟说："你今儿再不依，我就死在这里。"可见，他前面已经要求过，智能儿都拒绝了。智能道："你想怎样？除非等我出了这牢坑，离了这些人，才依你。"她把她自己住的这个尼姑庵叫作牢坑，可见她并不是心甘情愿地在这里修行的。

现在还有一出戏。曾有出家人很激烈地反对演这个戏，叫《思凡》，就是讲一个尼姑在庙里一面拜菩萨，一面拜罗汉，却一直在讲她自己可怜的情欲，最后要下山逃走。那一出戏是非常动人的，我们知道并非所有出家人都是如此，如果是一个真正从信仰出发的修行，就不存在这个问题。可《思凡》的问题是她是被强迫的。因此所有的观众对她有很大的同情，其实跟智能这一场戏非常像。

此时，一边是秦钟的欲望，一边是智能儿的悲苦，你若用悲悯的心情看，这出戏就不只是调情了，而让你觉得里面有智能儿的痛苦。但秦钟是一个不可依靠的人，即使他这一次上了手，走了大概也就忘掉了。他不是一个有定性的人，智能儿对此似乎也有所觉察，觉得自己现在之所以如此吸引他全是因为他还没有上手，也不肯轻易地依他。

秦钟道："这也容易，只是远水救不得近渴。"秦钟的语言是少年最直率的语言，"近渴"是什么？就是他的欲望。"说着，一口吹了灯，满屋漆黑，将智能抱到炕上，就云雨起来。"这是作者极大胆的写法，包括了对修行的漠视，对礼教的颠覆。你会觉得有一点悲悯，有一点无奈，可是那时人根本控制不了自己。

最好玩的是，这个时候宝玉跑来了。"正在得趣，只见一个人进来，将他二人按住，也不作声。二人不知是谁，唬的不敢动一动。"这种事情在尼姑庵里发生，真是不得了的大事，所以两个人都快吓昏了。"只听那人'嗤'的一声，掌不住笑了，二人听声，知是宝玉。"宝玉总是在做这种调皮的事。他跟秦钟住在一起，秦钟不见了，他去找，然后就发现了他们两个好。宝玉很厚道，他在调皮，同时也在警告他们，免得真被别人发现，那后果简直是不堪设想。他去吓他们，又不能太过分，所以用了一个调皮的方法把他们按在那里。秦钟是一个傻瓜，体谅不到宝玉这个时候出现的原因，连忙起来，抱怨道："这算什么？"宝玉笑道："你倒不依，咱们就叫喊起来。"他的意思是说，你别傻了，这个时候你还抱怨我，我们现在叫起来，如果来了人，看你怎么办？

"羞的智能趁黑地跑了。宝玉拉了秦钟出来道：'你可还和我强？'"前面曾提到，宝玉对秦钟说，那天在老太太房间没有人的时候，你搂着智能儿干吗，秦钟愣说没有。秦钟无法，笑道："好人！你只别嚷的众人知道，你要怎样，我都依。"他向宝玉撒娇了。宝玉就笑着说："这会子也不用说，等一会睡下，再细细的算帐。"这都是作者写作的微妙之处，因为宝玉和秦钟这个时候是爱人的关系。这里很调皮地表现了少男少女之间性的混乱。作者很隐晦地讲到这一句，只说等一下睡下再细细算账，也不讲到底发生了什么事。

怅惘的结局

"一时宽衣安歇的时节，凤姐在里间，秦钟、宝玉在外间，满地下皆是家下婆子，打铺坐更。"秦钟刚才的举动真是非常大胆，人在情欲发生的时候完全不顾大体。凤姐也有可能会问，秦钟跑到哪里去了，宝玉去把他抓回来，也有一部分是顾及这些。

"凤姐因怕通灵玉失落，便等宝玉睡下，命人拿来塞在自己枕边。"凤姐很细心，连小事都想得那么周全。"宝玉不知与秦钟算何帐目，未见真切，未曾记得，此系疑案，不敢纂创。"这是作者一个十分调皮的写法，到底他们算了什么账？我没有看见，不敢乱讲。作者这么表达，其实特别想说他们到底算了什么账。如果他不讲这一句，读者大概也不会特别注意那一句话的重要。作者在这里透露出人性中非常有趣的东西，他完全知道这些小男孩、小女孩在一起会搞些什么名堂。

到第二天早上，贾母、王夫人不放心，就打发人来看宝玉，说多穿两件衣服赶快回去吧。可是宝玉不肯回去，因为外面好玩。秦钟在恋着智能儿，更不想回去。凤姐呢，也有她的想法，觉得多住一天表示她尽责，贾珍委托她办丧事，三天安灵她都在场了。同时，她又想趁机办一下净虚托她的那件事情。三个人都有自己的想法。凤姐对宝玉道："我事都完了，你要逛，少不得率性辛苦一日罢了，明儿可是定要走的了。"宝玉听说，千姐姐万姐姐地央求："只住一日，明儿必回去的。"于是又住了一夜。

"凤姐便命悄悄将昨日老尼之事，说与来旺儿。"来旺是她贴身的管家，听她一说，"心中俱已明白，急忙进城，找着主文的相公"。"主文的相公"就是我们今天所谓的"代书"，帮人家写文书的。"假托贾琏所嘱，修书一封，连夜往长安县来。"王熙凤非常大胆，她要拿这三千两银子，不能用自己的名字，假托她丈夫的名义写信给人家。"不过百里路程，两日工夫俱已妥帖。"信送到节度使云光那里，云光看到是贾府来的信，上面有贾琏的印信，"久见贾府之情，这一点小事，岂有不允之理"。立刻就给办了。"给了回书，旺儿回来。且不在话下。"

"却说凤姐等又过一日，次日方别了老尼，着他三日后往府里去讨信。"她告诉老尼姑净虚，说事情已经办了，三天后来贾府看结果。当然，王熙凤这里的意思其实是说要她送钱来。不送钱来，是不会告诉你事情的结果的。

另外作者又交代："那秦钟与智能百般不忍分离，背地里多少幽期密约，俱不用细述，只得含情而别。"这是两个小儿女的恋爱。

第十六回

贾元春才选凤藻宫
秦鲸卿夭逝黄泉路

赞美与哀叹也是一种执着

作者在第十五回中使用了很多对比手法。讲到对比，我会想到中国古代文学里一个很重要的基础形式——对联。它用对仗的方式构成两种不同角度的视野和观察，譬如上联是春，下联就是秋；上联是天，下联就是地。我觉得在这样的表达里，如果一个人看到了天，他同时就看到了地；如果他看到了春，也就看到了秋；他看到了高，也就看到了低。在古典文学结构上，对仗的形式经常是在提醒我们关注生命的两种状态。《红楼梦》的回目就是对联，比如十六回，“贾元春才选凤藻宫，秦鲸卿夭逝黄泉路”。“贾元春”和“秦鲸卿”是两个名字，是对仗的。一个是生命到了极盛时期，因为才情貌美被选凤藻宫，封为贵妃；另外一个竟然在这么年轻的时候就夭折了。“才选”与“夭逝”是对仗的，“凤藻宫”和“黄泉路”也是对仗的。对联的形式里隐含着对生命的观察。

在第十六回里，贾元春的生命达到巅峰，要回家省亲，此时也是贾家的鼎盛时期。皇帝恩赐嫁到皇宫里的女儿回家省亲，富贵和恩宠都达到了极点。可是，秦钟这么年轻，竟然病死，最后消失了。两个生命的对比让你看到繁华与幻灭本来就是一体的两面，我们对荣华富贵的赞叹，对年少命薄的哀叹，其实也是同一个东西，也许，我们的赞美与哀叹本身也是一种执着。

其实“对仗”这种文学形式早在《诗经》里就存在了。《诗经》里有很多“昔我往矣，杨柳依依；今我来思，雨雪霏霏”之类的句子，它总是用两个不同景象的对比来告诉你，生命在繁华之后就有凋零，所以要平等地来看待繁华的快乐和凋零的哀伤。这样就比较容易理解为什么在章回小说里，尤其是《红楼梦》，每一章的回目就是一副对联，而且常是两个不同的生命。贾元春回来省亲的时候，秦钟已经死了，她根本没有见过这个人，甚至不知道这个人的存在。可是就在这边的一个生命达到极盛时，另外一边的一个生命却在消亡。

我们可以看到，作者第十六回里一直用这两条主线在穿。同时，这一回里还把上一回智能儿跟秦钟的事情与王熙凤私自包揽诉讼的案件做了一个了结。

也许到了第十六回，你才觉得《红楼梦》开始的部分已经告一段落，这之前贾家的华贵已达到了巅峰，第十五、十六回是一个转折。秦可卿死亡、贾元春封贵妃是贾家盛衰之间的重点。这里的对比非常多，丧事之后的喜事交错在一起。

怯弱福薄的秦钟

“话说宝玉见收拾了外书房，约定与秦钟读夜书。”前面宝玉曾问凤姐书房什么时候可以盖好，因为宝玉想跟秦钟有更多的时间待在一起，他大概也是借机好玩。“偏那秦钟秉赋最弱，因在郊外受了些风霜，又与智能儿偷期绻缱未免失于调养，回来时便咳嗽伤风，懒进饮食，大有不胜之态。遂不敢出门，只在家中养息。”秦钟从小自卑胆怯，受到宝玉这么大的宠爱，贾母、凤姐也都宠他，可是他自己却不知道如何去消受这个福，有时候讲话没有分寸，有时候又情欲泛滥。姐姐过世，到铁槛寺送灵，他还跟智能偷情，提心吊胆地胡搞乱搞，觉也没睡好。秦钟身子本来就弱，纵欲和受寒，又使他失去了身体的平衡。从中医的理论讲，生病是因为失去调养，免疫系统坏掉了。其实秦钟一出场就有不胜之态，连穿件衣服都薄薄的，没有办法承担什么东西就叫“不胜”，秦钟一直给人一种飘忽、不厚重的感觉。

“宝玉便扫了兴头，只得付于无可奈何，且自静候大愈时再约。”宝玉很好玩，做什么事是要有同伴一起的。照理讲，读书是自己的事，而在他这里就变成了一个借口，他要以此为由找玩伴。秦钟是他第一个同性的玩伴，因为他是贵族，一般人不能随便到他家里来，他总跟贾母、凤姐、王夫人这些女性们在一起，没有同龄、同性的玩伴。和秦钟的要好说明宝玉其实很寂寞，所以他跟秦钟的感情很特别。这部分交代了十五回的结尾，秦钟跟智能儿这条线，还没有完全结束，到十六回后面还有一个结尾。

青春的单纯与深情

接下来是凤姐的事。她假借丈夫贾琏的名义写的信竟然奏效，可见贾家的权势之大。她就叫来了老尼姑，净虚又到张家报告此事。果然那个守备碍于节度使的面子，忍气吞声，接受了张家退回的聘礼，算是退了亲。

“谁知那张家父母如此畏势贪财，却养了一个知义多情的女儿，闻得父母退了前夫，他便一条麻绳悄悄的自缢了。”这里作者是在对比，张家父母贪财爱势，很希望巴结一个有权有势的亲家。本来守备已经是官了，可是遇到李衙内后，见其权势更大，就希望女儿嫁给李衙内。女儿金哥跟父母不同，是一个非常单纯的少女，她听说父母为了贪权势退了前夫的婚约，觉得很不应该。其实对于这个前夫，她也未必熟悉，因为过去的女孩子没有出嫁之前，跟未婚夫并无交往。但她知义多情，竟因此自缢了。然后作者又特别交代说：“那守备之子闻得金哥自缢，他也是个极多情的，遂也投河而死，不负妻义。”

金哥的故事在《红楼梦》里不是一个重要的事件，但你如果仔细去读，可以感受到作者的用意，感觉到《红楼梦》中无所不在的情深。曹雪芹在他的小说中基本上是歌颂青春的，他觉得青春本身有一种不知人间世故的单纯。中国的古典小说很少让少年做主角，因为总觉得他们嘴上无毛，办事不牢，对青春多持一种比较排斥或批判的态度。在戏台上，主角很少是小生，大部分是老生，因为只有经历了很多人生的磨难，才有一种生命的苍凉，这是中国美学的奇特之处。中国的山水画主角也大多是老人，拄着根拐杖在山里访友之类的，很少是青少年。

曹雪芹的《红楼梦》有一种特殊的美学，它是在为青春翻案，他重的情是少年之情，他觉得那里面有一种天真，虽然会经常犯错，但绝对不是世故。他不喜欢成人的世界里用现实的功利去衡量一切生命的现象，所以很多时候他会把成人和青春的世界拿来做对比。

金哥不是主角，可是作者赞美她是知义多情的女儿。作者一向要讲的就是“深情”，觉得这些人是有缘分的。在这一世成不成夫妻不重要，而是自己应该有所坚持和完成。《红楼梦》对于情的描绘，与其他古典文学差别非常大。《水浒》也好，《三国》也好，都在写人情世故，很少写到少男少女的情。《红楼梦》在所谓的四大才子书里，是最特别的一本书，因为它始终在写一个“情”字，可是“情”在儒家礼教里是最受压抑的，很少有人去歌颂少年男女的情，因为这是被禁止的。男女的婚姻是父母包办的，根本不用见面，无情可言，只是伦理而已。从这些部分我们大概可以看到《红楼梦》在中国历史上所具有的不可替代的地位，它是以情作为重点来书写的。

金哥和守备的儿子都自杀了，张家父母本想攀附权贵，没想到女儿死了，而有权有势的李衙内也没有得到人。“张李两家没趣，真是人财两空。这里凤姐却坐享了三千两。”后面的其他事跟凤姐也无关了，而王夫人、邢夫人、贾琏却连一点消息也不知道。“自此凤姐胆识愈壮，以后有了这样的事，便恣意的作为起来，也不消多记。”这只是一个开始，接下来王熙凤做了很多类似的事。可以看到，贾家后来的败落是一步一步累积起来的，所有的贪赃枉法并不见得一开始就有意，多是在不知不觉间慢慢累积形成的。

贾家对皇家威仪的恐惧

“一日，正是贾政生辰，宁、荣二处人丁都齐集庆贺，闹热非常。忽有门吏忙忙进来，至席前报说：‘有六宫都太监夏老爷来降旨。’”古代称皇宫中妃嫔住的地方为“六宫”，大家最熟悉的应该是《长恨歌》里的“六宫粉黛无颜色”。“都太监”这个名称古代并没有，是作者杜撰的，像太监的总管。来的正是管六宫的都太监夏老爷。

顿时，所有的人都吓坏了。皇宫里面一有太监来，做官的人就紧张，因为可能发生的是提升之类的好事，也可能是杀头之类的坏事。下面这段你会感觉到贾母并家人都十分紧张，战战兢兢的，因为皇恩可以浩荡，但也能够杀人不眨眼。“唬的贾赦、贾政等一干人不知是何消息，忙止了戏文，撤去酒席，摆了香案，启中门跪接。”因为皇帝的诏书要到，就如同皇帝亲自到了一样，所以要立刻摆香案，然后启中门，像迎接神仙一样。过去的大户人家都有三个门，黛玉来贾府时走的是角门，开启正门一定是有非常重要的事情发生了。

“早见六宫都太监夏守忠乘马而至，前后左右又有许多内监跟从。那夏守忠也不曾负诏捧敕。”他是来传口谕的。“诏”、“敕”是皇帝批的公文，“口谕”就是用讲话的方式传达皇帝的旨意，大概因为多少有点像私事，就没有负诏捧敕。“至檐下下马，满面笑容，走至厅上，南面而立，口内说：‘特旨：立刻宣贾政入朝，在临敬殿陛见。’”夏太监到了正堂，下了马，大家察言观色，觉得情况还好，大概是喜事吧。这其实是在描绘贾家众人面对皇威时的紧张情绪。皇帝口谕，召贾政立刻入朝，在临敬殿陛见。“陛”指的是帝王宫殿的台阶，“陛下”意即在台阶之下，后来专指皇帝。

“说毕，也不及吃茶，便乘马去了。”此处可见皇室的威风，就这样匆匆忙忙来了一遭，可是贾家上下大为紧张忙碌。“贾政等不知是何兆头，只得急忙忙去更衣入朝。”作者使用有点悬疑的手法来写这一段，其实写的是面对皇室权威贾家上上下下忐忑不安的心情。

元春晋封凤藻宫尚书

“贾母等合家人等，心中皆惶惶不定，不住的使人飞马来往探信。”他们让自己家里的快马在皇宫四周一直跑，有什么信息就赶快回报。“有两个时辰工夫，忽见赖大等三四个管家喘吁吁跑进仪门报喜，又说：‘奉老爷命，速请老太太带领太太等进朝谢恩’等语。”这个时候读者大概猜到一点了，因为假如只是贾政封官，不至于要女眷进宫。让贾母、王夫人等进宫，显然是跟贾元春有关的，如果她封为贵妃，那她的母亲、祖母就都是诰命夫人，是要进朝谢恩的。

“那时贾母正心神不定，在大堂廊下伫立，邢夫人、王夫人、尤氏、李纨、凤姐、迎春姊妹以及薛姨妈等皆在一处，听如此说，贾母便唤进赖大来细问端的。”贾母是这个家族的大族长，这种时候她格外紧张。听到这样一个回报，知道是喜事，可是到底是什么喜事，希望知道得更清楚些。赖大就禀告说：“小的们只在临敬门外伺候，里头的信息一概不能得知。后来还是夏太监出来报喜，说咱们家大小姐晋封为凤藻宫尚书，加封贤德妃。后来老爷出来也如此吩咐小的。如今老爷又往东宫去了，速请老太太领着太太们去谢恩。”

“尚书”是古代一个官名，尚书其实是男人做的官，可是三国时候的魏国曾经封过“女尚书”，因为曹操很重视女性的才能。这个尚书是否跟男性一样管实际的政务，或者只是一个妃嫔的位阶和名称，现在已不太可考。明清根本没有这个体例，所以作者是借用古代的说法，用了“凤藻宫尚书”这样的名字。“凤藻宫”，古代也没有这个宫，听起来很像是一个皇后、贵妃住的华丽宫殿，“凤”指皇后，“藻”是才华的意思，或者装饰很漂亮的梁柱也可以叫藻。

“贾母等听了方心神安定，不免又都洋洋喜气盈腮。于是都按品大妆起来。”因为贾母、王夫人、邢夫人、尤氏各人丈夫的官品是不同的，所以要按不同的地位来化妆，服饰和帽子也有区别，这叫“按品大妆”。古代这种礼仪非常严格，不能越级。“贾母带领邢夫人、王夫人、尤氏，一共四乘大轿入朝。”只有四乘大轿，连王熙凤都不能去的。

这是贾元春封为贵妃之后要回来省亲的一个前奏，贾家嫁到皇宫里的这个女儿声势浩大，生命走到巅峰的状态。可是接下来作者就开始写秦钟了，我希望大家注意作者的对比写法，就像一部电影的剪接有固定手法一样，《红楼梦》的对比也有规则，它一直在对比富贵和凋零、荣华与幻灭，这两者之间的交错构成了《红楼梦》极其独特的调子。

悲凉之雾，遍被华林

鲁迅在《中国小说史略》里形容《红楼梦》“悲凉之雾，遍被华林”，意思是它就像开满花的树林，这么美的树林中却有悲凉之雾在流动。鲁迅看出了《红楼梦》最美的地方刚好在于华丽和哀伤的组合。比如这一回，如果把秦钟这部分去掉，就只有华丽，如果把贾元春这部分去掉，就只有哀伤。在作者笔下，它们是交织在一起的。

下面这一段切回到智能儿与秦钟：“谁知近日水月庵的智能私逃进城，找至秦钟家下，看视秦钟，不意被秦业知觉。”智能儿有些思凡了，她和秦钟已经爱到难分难舍的地步，就私自逃出了水月庵，去找秦钟。秦钟的父亲秦业发觉了此事，当然觉得这是伤天害理的事，儿子怎么会把一个小尼姑勾引到家里来。我们不知道，如果是一个普通女孩子，秦业会怎么反应，大概在那个时代也是不允许的，何况来的是一个尼姑。秦业“将智能逐出，将秦钟打了一顿，自己气的老病发了，三五日光景呜呼死了”。

姐姐走了，父亲去世，接着就是秦钟去世，只半年时间秦家的人就死光了。这个家曾经仗着秦可卿的嫁入豪门，有过繁华的光景，然后又因秦钟受宝玉疼爱也有过福分，可是到最后，毕竟是福薄，整个没落了，三口人陆续衰亡。然而贾家这边却处在极其鼎盛的时期，大家要注意，这又是一个对比。

“秦钟本自怯弱，又带病未愈，受了笞杖。今见老父气死了，此时痛悔无及，又添了许多症候。”这里已经引出秦钟将要死亡的征兆，本来这个小男孩就没有见过世面，也从来没有承担过家里的重担，忽然连续发生这么多事情，他一下子就慌了，根本不知道怎么办。

“因此宝玉心中，怅然如有所失。”宝玉很难过，看来他们是不能一起读书了。“虽闻得元春晋封之事，亦未解得愁闷。”元春是宝玉的亲姐姐，亲姐姐被封为贵妃，这种荣华富贵事并不能宽释他因秦钟而陷入的愁闷。宝玉一直在同时观照生命中的繁华与富贵、凋零与哀伤，而他身上的深情因子也往往使他在荣华富贵里会特别牵挂那个凋零与哀伤。宝玉常常在最热闹的时候，比如看戏庆祝什么事情的时候，忽然离场，去到路边烧纸，哀悼一个别人都已经忘掉的人，这是宝玉非常特别的个性。“贾母等如何谢恩，如何回家，亲朋如何来庆贺，宁、荣两处近日如何热闹，众人如何得意，独他一个，视有如无，毫不曾介意。”贾家有大喜之事，所有的王爷、公侯伯子男等都来送礼庆贺，唯独宝玉对这件事丝毫没有感觉。

所以，大家要注意到一点，宝玉是孤独的，人世间的荣华富贵对他来讲没有任何意义，他活在贾府的荣华中，可他知道，这终究不过是一场戏而已。“因此众人嘲他越发呆了。”别人都笑他，觉得他简直是一个呆子，姐姐做贵妃了也不知道高兴。其实他不是呆，人世间别人所执着、眷恋的东西，对他来讲是空的。如果他真是一块天上的石头来经历繁华，他先天就带着一种感觉：所有的荣华富贵都不过是过眼云烟，他迟早要回到天上，做回灵河岸边的一块石头。作者在自己经历了人生繁华与幻灭之后，这样写宝玉，其实是在点醒世人，如果以这样的眼界去看人世间的一切，心情大概就如同宝玉，在繁华里会有一种难以言喻的孤独感。

注定的仙缘

这里插进了一段：贾琏陪黛玉把父亲的灵柩送回了苏州，他们要回来了。宝玉已经很久没有见黛玉了，她和宝玉的缘分是最深的。黛玉再次出现，宝玉看到她时，作者使用的字眼一样不是描述的。我们讲过，宝玉每次见到的黛玉，都没有关于她头上戴什么、身上穿什么的描绘，连见北静王都有描绘，可宝、黛永远是素面相见。《诗经》里面讲，素面相见是人与人最本质的相见，没有任何外在的东西。

其中一段写得非常精彩。前面讲到北静王那么疼宝玉，就从手上把皇帝赐的鹡鸰香念珠脱下来送给了宝玉。等于是圣上所赐，宝玉拿到这个东西当然也很珍惜。现在，这么久没有见到黛玉了，他就把这个东西给了黛玉，说这是皇帝亲赐给北静王的。可是黛玉的反应很奇怪，她说：“什么臭男人拿过的！我不要他。”这是极精彩的描绘，说明黛玉跟北静王无缘。在黛玉的世界里，根本没有什么王爷，在宝玉的世界里，黛玉的这种超脱也变得高不可攀。黛玉就是天上的那一棵绛珠草，她下凡只是为还眼泪，跟所有人都无关。

很小时看这一段我就吓一跳，黛玉就是很特别，她对于人世间认为珍贵的东西都不在意。宝玉之所以爱黛玉也因为这个，因为她比宝玉还纯粹。宝玉对他姐姐封贵妃不在意，黛玉对皇帝的赏赐也不在意，这两个人是注定的仙缘。有很多人总想把《红楼梦》改成最后黛玉嫁给宝玉了，大概就是不太懂仙缘的含义。仙缘在人间是不会完成的，它只是天上的缘分而已。

情爱深处，即为平安

大家可以看一下这段的描写："且喜贾琏与黛玉回来，先遣人来报信，明日就可到家，宝玉听了，方略有些喜意。"因为秦钟的原因，宝玉一直不开心，即使姐姐封了贵妃他都高兴不起来，可是现在他稍微高兴了一点，是因为黛玉要回来了。黛玉在他生命当中的分量当然不同。

"细问原由，方知贾雨村亦进京陛见。"贾雨村，也是我们忘了很久的一个人，他曾经做过官，后来因得罪了大官又被革官除名。"皆由王子腾屡上保本，此来候补京缺。与贾琏是同宗弟兄，又与黛玉有师徒之谊，故同路作伴而来。"这里可以看到官场的牵连，贾雨村本来做不了官，因为他是黛玉的老师，攀上了贾府，送黛玉进京时认识了贾政，然后又利用王家的关系，才有了给皇帝的一封封推荐信，这里是在讲官官相护。只有你与官场有牵连勾挂的时候你才有机会。本来他是在南方做官，现在升迁进京，已经到了中央了。

“林如海已葬入祖坟了，诸事停妥，贾琏方进京的。本该出月到家，因闻得元春喜信，遂昼夜兼程而进，一路俱各平安。”本来还要晚一点到的，可是在半路上听到元春封了贵妃的消息，就加快进度往回赶，第二天就能到了。“宝玉只问得黛玉‘平安’二字，余者也就不在意了。”这一段写得极好，其实一个人对另外一个人的关心，到最后只有“平安”二字。

我跟很多朋友提过，汉诗里面说的“上言加餐饭”，其实是写给最珍爱的人的话。因为最爱的人，已经不再说你爱我、我爱你之类的话了。反而会是好好吃饭，健康平安。讲得很淡，可是不容易体会。我们对于所谓的情爱，有很多外在的装饰，可是情爱深处，其实就是平安。宝玉虽然年轻，可是他知道这个，所以他不在意别的。

“好容易盼至明日午错，果报：‘琏二爷和林姑娘进府了。’见面时彼此悲喜交接。”《红楼梦》大概就是悲喜交接吧，总是一个悲的事情接着一个喜的事情，一个喜的事情后面又接着一个悲的事情，人生到了最后领悟也不过就是悲喜交集。

黛玉超逸的美

宝玉悲的是林黛玉的父亲去世了，喜的是林黛玉又回来了，是啼笑皆非的感觉：“未免又大哭一场，后又致喜庆之词。”黛玉的父亲过世，大家要哀悼；接下来又说姐姐做了贵妃，大家又要庆贺。生命就交错在这两种状态里。

“宝玉心中品度黛玉，越发出落的超逸了。”他们很久没见了，因为正值发育的年龄，几个月半年时间就感觉有很大的变化。宝玉心中“品度”黛玉，好像也不是看，这是他最熟悉的人，是在前世有缘分的人，他们之间有一种生命上的默契，所以用了“品”字。人们常说品诗品画，都是最精深的美才用“品”。我们说品茶，它不是喝茶，“喝”是利用，“品”是欣赏。

你有没有注意，对黛玉作者完全没有描绘，只是“超逸”两个字。“超逸”很抽象，“超”是跟别人不一样，“逸”也是跟别人不一样。“逸”这个字很难懂，在宋元以后这个字才出来。中国绘画里认为好画有三品：“神品”、“妙品”和“能品”，到宋元以后加了“逸品”。“逸品”就是没有办法归纳在神、妙和能里，神、妙、能都是技巧很好的，“逸品”可能技巧不好，但它就是不一样。“逸”这个字最早是逃走的意思，是个兔子在跑，现在我们还沿用逃逸这个说法。隐居之士不愿意接受人世的拘束规范与名利牵绊，他会逃离世俗间，把自己藏起来，这叫作“逸”。用“超逸”形容黛玉，因为她跟人世间所有的人都不一样。比如王熙凤就是活在人间的，她活得非常热闹，所有人间的利禄她都想要；而黛玉是所有人间的东西都不在意，这就是“逸”。

“黛玉又带了许多书籍来，忙着打扫卧室，安插器具，又将些纸笔等物分送给宝钗、迎春、宝玉等人。”你看黛玉也不太喜欢带其他的东西，比如女孩子用的化妆品之类的，只是带了很多书，其实这都是黛玉的性格，她身上就有隐士之风。宝玉这么久没有见黛玉，觉得很想念，可是又说不出这样的话来，大概是想表示他对黛玉最大的珍惜与爱吧？“宝玉又将北静王所赠鹡鸰香串珍重取出来，转赠黛玉。”他觉得这是他最珍贵的东西，因为是皇帝给北静王，而北静王又给他的。精彩的是，黛玉说：

“什么臭男人拿过的！我不要他。”

不讲这一句话绝不是黛玉。黛玉的性格里有一种东西，就是超凡脱俗，在她眼中没有皇帝，也没有北静王。那么尊贵非凡的北静王，在黛玉的口中变得一文不值，因为他们没有缘分。宝玉的世界里面有北静王、黛玉、二丫头，还有秦钟，他们与宝玉都有深深浅浅的缘分，可黛玉就不可能跟北静王等人有缘，因为这是世俗的王位，对黛玉没有任何意义。“遂掷而不取。宝玉只得收回，暂且无话。”这部分看起来跟小说的情节毫无关系，可是写出了非常非常美好的一种人性。

王熙凤在丈夫面前撒娇

下面就写到贾琏和王熙凤了。王熙凤也很想念丈夫贾琏，可是他们那种年轻夫妻之间的调笑，和宝玉、黛玉的交往非常不同。我们在此又可以见识王熙凤的厉害了，凤姐在贾琏面前把丈夫不在家的时候她怎么管家，怎么辛苦，怎么被人家委屈一系列事情，讲得洋洋洒洒。黛玉的话很少，王熙凤的话很多。王熙凤当然是一个强势的女人，可是她又在丈夫面前装得非常弱，要丈夫疼她。

“贾琏自回家参见过众人，回至房中。”贾琏按照礼节先拜见贾母、王夫人等后，才回到自己房里。“正值凤姐近日多事之时，无片刻闲暇之工，见贾琏远路归来，少不得拨冗接待，房内并无外人，便笑道：‘国舅老爷大喜！国舅老爷一路风尘辛苦。小的听见昨日的头起报马来，说今日大驾归府，略预备了一杯水酒掸尘，不知赐光谬领否？’”

这番话像不像戏台上的表演？简直不像王熙凤的语言。元春是贾琏的妹妹，所以王熙凤称呼贾琏为国舅，说你们家有贵妃娘娘了。忽然如此咬文嚼字，完全不是王熙凤的风格，这是她在跟丈夫开玩笑。其实王熙凤平时对贾琏很凶，管得很严，这时她完全用戏台上的口吻，言必称“小的”、“臣妾”，把个贾琏捧得不亦乐乎。贾琏也觉得好玩，就笑着说：“岂敢岂敢，多承多承。”也完全是戏台上的对话，可是很合适，因为小夫妻之间会有像演戏一样的关系，最有趣的是把比较深的感情，用这样轻松的方式表达。

“一面平儿与众丫环参拜毕，献茶。贾琏遂问别后家中的诸事，又谢凤姐的操持劳碌。”过去的父系社会毕竟还是以男主人为中心的，虽然这个家根本就是王熙凤在管，贾琏是一个窝囊废，可是他回来还是要问有没有什么事情。

后面凤姐的一大段话讲得漂亮得不得了，完全是在贾琏面前做戏。她道：“我那里照管得这些事！见识又浅，口角又笨，心肠又直率，人家给个棒槌，我就认作‘针’。”这是北方的俗语，意思是说自己很笨。“针”是双关语，指真假的“真”，表示人家对你做坏事你都当成好的，太天真的意思。“脸又软，搁不住人给两句好话，心里就慈悲了。况且又没经历过大事，胆子又小，太太略有些不自在，就吓的我连觉也睡不着了。”王熙凤是在丈夫面前撒娇。“我苦辞了几回，太太又不容辞，倒反说我图受用，不肯习学了。”其实是她自己一味想要抓权，王夫人叫她不要接，可是她好强硬要接的。“殊不知我是捻着一把汗儿呢。一句也不敢多说，一步也不敢多走。你是知道的，咱们家所有的这些管家奶奶们，那一位是好缠的？”她反而在告状了：“错一点儿，他们就笑话打趣，偏一点儿，他们就指桑说槐的抱怨。‘坐山观虎斗’，‘借剑杀人’，‘引风吹火’，‘站干岸儿’，‘推倒油瓶不扶’，都是全挂子的武艺。”“坐山观虎斗”，是说别人斗，他冷眼旁观；“借剑杀人”，就是把事情嫁祸到别人身上；“引风吹火”意思是去惹祸；“站干岸儿”，是隔岸观火，自己不惹事；“推倒油瓶不扶”，是说惹了事情以后不去收拾。其实凤姐自己做了很多这样的事情，至少“借剑杀人”的事情她肯定是做了，可是她现在说是别人在做这样的事。“况且我年轻，头等不压众，怨不得不放我在眼里。更可笑那府里忽然蓉儿媳妇死了，珍大哥又再三再四的在太太跟前跪着讨情，只要请我帮他几日。我是再四推辞，太太断不依，只得从命。”王熙凤是希望别人捧她，说你辛苦了、劳累了。“依旧被我闹了个马仰人翻，更不成个体统，至今珍大哥哥还抱怨后悔呢。”贾珍并没有抱怨，他知道王熙凤管得很好，可是王熙凤必须在丈夫面前这样说。“你这一来了，明儿你见了他，好歹描补描补，就说我年纪小，原没见过世面，谁叫大爷错委他的。”

《红楼梦》中很少有人讲这么长的话，当然，大概凤姐讲话的时候别人也不能插嘴。在整部《红楼梦》里，王熙凤那种现世的活泼非常动人，她太懂人性了，而且她把这个人性在手中把玩，玩到自己都开心得不得了。也就是说，她明明知道自己是在演戏，可是她还是很认真地演。黛玉正好相反，她从不演戏，只以本性示人。这又是对比。作者并没有特别地说他喜欢哪一个人，或者不喜欢哪一个人，对于他来讲，《红楼梦》中的这些人是他一生的缘分，黛玉是将来要在天上相见的仙缘，而王熙凤也许就是尘间的缘分。

“正说着，只听外间有人说话。”这又是一个非常精彩的对比写法。前面一段王熙凤在讲自己多么辛苦、多么委屈、多么笨，可接下来的一件事，你会发现不只王熙凤自己厉害，她手下的平儿也很厉害。如果不是特别机灵，给王熙凤当丫头，大概两天就被撵走了，因为一般人不知道如何去遮掩事情，可是王熙凤的丫头平儿、丰儿等都不简单，就像女强人手下的女秘书。

王熙凤放高利贷

凤姐便问："是谁？"平儿进来回道："姨太太打发香菱妹子来，问我一句话，我已经说了，打发他回去了。"她表示说，问的话不重要，所以凤姐不必知道。这是在遮掩，等一下你就明白到底是怎么回事了。贾琏笑道："正是呢，方才我见姨妈去，不防和一个年轻的小媳妇子撞了个对面，生的好齐整模样。我疑惑咱家并无此人，说话时因问姨妈，谁知就是上京来买的那个小丫头，名叫香菱的，竟与薛大傻子作了房里人，开了脸，越发出挑的标致了。那大傻子真玷辱了他。""开了脸"，过去结婚之前要绞脸，用两根线把脸上的汗毛全部拔掉。香菱已经不是少女，被薛蟠收作妾了，所以梳妆打扮是媳妇的样子。贾琏感慨说，这么漂亮的一个女孩子，怎么给了薛大傻子。你看，男人真是奇怪，其实贾琏自己也好不到哪里去，可是他讲到薛大傻子的时候，就觉得香菱真是一朵鲜花插在牛粪上了。

王熙凤听出了贾琏心里的酸味，说道："哎！往苏杭走了一趟回来，也该见些世面了，还是这么眼馋肚饱的。""眼馋肚饱"是什么意思？就是你已经有太太、有妾了，肚子饱饱的，眼睛还这么馋。这里透露出这对小夫妻之间既有恩爱，又有奇怪的纠缠。贾琏老想拈花惹草，王熙凤防不胜防。贾琏只称赞了一下香菱长得漂亮，王熙凤立刻醋意大发。“你若爱他，不值什么，我去拿平儿换了他来如何？”

王熙凤在场面上非常会讲话，这会儿她说，你喜欢香菱，这还不简单，你不是有一个平儿吗，就拿平儿去把香菱换过来。

“那薛老大也是‘吃着碗里看着锅里’，这一年来的光景，他为要香菱不能到手，和姨妈打了多少饥荒。也因姨妈看着香菱模样儿好还是末则，其为人行事，却又比别的女孩子不同，温柔安静，差不多的主子姑娘也跟他不上呢，故此摆酒请客的费事，明堂正道的与他作亲。过了半月，也看得马棚风一般了，说到这里，可惜了的。”“打饥荒”这个词现在不常用了，是说薛蟠跟他妈纠缠，吵着一定要把香菱弄到手。香菱不但长得漂亮，而且非常懂事，大户人家的小姐都比不上她。薛姨妈也觉得这个女孩子如能嫁给薛蟠，也是儿子的福气，可能会让薛蟠改好，所以摆了酒席，让香菱正式给薛蟠做了妾。“马棚风”是个俗语，风一吹就过了，如过眼云烟。薛蟠霸占了香菱，玩了几天也就腻了。为此，王熙凤也很为香菱感到不值。

《红楼梦》里的男性大多很糟糕，只有宝玉比较特别。我们说的绝对不是宝玉用情专一，而是说他对人的那份深情不是来自纯粹的欲望。虽然警幻仙姑说宝玉是天下第一淫人，把他的情和欲拉到一起，可是在宝玉的身上你的确能感觉到那份情的贵重，包括对二丫头，淡淡的一次见面，他会有一种怅惘。他从来没想过要霸占，如果是薛蟠，就不一样了，非买回来不可。人沉溺在权力与财富中时，总觉得欲望可以被满足，然而欲望其实是无法真正满足的，反而是宝玉的深情到最后有一种饱满。《红楼梦》让我们看到，“欲望”这个东西越满足越空虚，相反，在某些失落与遗憾里你才会有记忆，也会有深情。宝玉在人群中找不到二丫头，后来回头看到二丫头抱着弟弟走过来，那大概是人生最满足的画面，一清如水，没有任何占有之心。如果是侵占，就不会有珍惜。

下面真正暴露了王熙凤在做什么事。贾琏走后，王熙凤问平儿："方才姨妈有什么事，巴巴的打发了香菱来？"王熙凤对下面的人管得很严，她知道刚才可能有话不方便讲，所以不问，现在贾琏走了，她才问平儿到底什么事。平儿笑道："那里来的香菱，是我借他暂撒个谎。"平儿知道，这个事情不能让贾琏知道。"奶奶说说，旺儿嫂子越发连个承算也没了。"她说来旺的太太不懂事，然后走到凤姐身边，悄悄说："奶奶的那利钱银子，迟不送来，早不送来，这会子二爷在家，他且送这个来了。幸亏我在堂屋里撞见。"王熙凤在放高利贷，来旺的太太来送利银。王熙凤已经真正开始胆大妄为了。

这些都是作者有意在对比。让读者体会刚刚宝玉和黛玉见面，现在贾琏和王熙凤见面，两种关系有多么不同。仙缘或尘缘，世俗的写法与超逸的写法，也这么不同。

凤姐的能干与贾琏的无能

"说话时，贾琏已进来，凤姐便命摆上酒馔来，夫妻对坐。凤姐虽善饮，却不敢任兴，只陪侍着贾琏对饮。贾琏的乳母赵嬷嬷走来，贾琏、凤姐忙让吃酒，令其上炕去。"赵嬷嬷虽然是一个下人，可是身份不同，因为给贾琏喂过奶，身份是介乎用人跟母亲之间的，所以他们立刻请她上炕去，可是赵嬷嬷不敢。"平儿等早于炕沿下设下一杌，又有一小脚踏，赵嬷嬷在脚踏上坐了。”

“贾琏向桌上拣两盘肴馔与他放在杌上自吃。”贾琏特别夹了一些他觉得比较好吃的菜给赵嬷嬷。这时你看凤姐的反应，她道：“妈妈很嚼不动那个，倒没的矼了她的牙。”这反映出从小事到大事，家里真正的主宰是王熙凤，贾琏根本就是一做事就错，包括他给人家夹一个菜。他也是好心，可是他根本不知道老太太能吃什么。王熙凤因向平儿道：“早起我说那一碗火腿炖肘子很烂，正好给妈妈吃，你怎么不拿了去？赶着叫他们热来！”大家发现没有，在这个屋子里，女性是强势的。在处理事情的过程当中，贾琏几乎连说话的余地都没有。凤姐又道：“妈妈，你尝一尝你儿子带来的惠泉酒。”这些话听起来都非常温暖，赵嬷嬷是一个用人，可是王熙凤对她说，这是你儿子带来的，赵嬷嬷听了心里当然很舒服。

赵嬷嬷道：“我喝呢，奶奶也喝一盅，怕什么？只不要过多了就是了。我这会子跑了来，倒也不为饮酒，倒有一件正经事，奶奶好歹记在心里，疼顾我些罢。”她有事情要求王熙凤，贾琏坐在旁边是很难堪的，她说：“我们这爷，只是嘴里说的好，到了跟前就忘了。”这里透露出贾琏根本就是个窝囊人，他不怎么会办事。“幸亏我从小儿奶了你这么大。我也老了，有的是那两个儿子，你就另眼照看他们些，别人也不敢呲牙儿的。”“呲牙儿”是说如果你对一个人特别好，别人就会嫉妒、发牢骚、讲闲话。“我还再四的求了你几遍，你答应的倒好，到如今还是燥屎。”“燥屎”来自北方的一个歇后语，“燥屎——干搁着”，其实是在骂贾琏。赵嬷嬷是乡下人，所以她的语言也比较粗。“这如今又从天上跑出这一件大喜事来，那里用不着人？所以倒是来和奶奶来说是正经，靠着我们爷，只怕我还饿死了呢。”赵嬷嬷为什么来？因为知道贾元春封贵妃了，要回来省亲，贾家一定有很多地方要用人，所以就赶快跑来求王熙凤，看能否给两个儿子安排点事情做。

你看，贾琏就在旁边，如果他是一个很要强的人，大概都羞死了，因为人家明明白白地说你太太比你有用。作者这里是在做对比，王熙凤能干，办事干净利落，从不拖泥带水，底下的人都求王熙凤，根本不理贾琏了。凤姐笑道："嬷嬷你放心，两个奶哥哥都交给我。你从小儿奶的儿子，你还有什么不知他那脾气的？拿着皮肉，倒往那不相干的外人身上贴。"这话当然是有隐喻的。后来贾琏没事就在外面养女人，钱都花到外面去了。"可是现放着奶哥哥，那一个不比人强？你疼顾照看他们，谁敢说个'不'字儿？没的白便宜了外人。"王熙凤在讲自己心里的抱怨，可是她讲了以后又觉得不对，说："我这话也说错了，我们看着是'外人'，你却看着'内人'一样呢。"这是在讽刺贾琏，说他把外面的女人当内人了，"内人"当然是指太太。有时候我会想，贾琏娶到这样一个太太，真是连话都没地方讲。

从人的至情至性看省亲

"说的满屋里人都笑了。赵嬷嬷笑个不住，又念佛道：'可是屋子里跑出青天来了。'"她觉得真正有人为她做主了，可是作为贾琏的奶妈，她也要给贾琏留台阶，就说："若说'内人''外人'这些混帐原故，我们是没有，不过是脸软心慈，搁不住人求两句罢了。"凤姐笑道："可不是呢，有'内人'的他才慈软呢，他在咱们娘儿们跟前才是刚硬呢！"王熙凤还要讲自己的委屈，而事实上呢，贾琏怕她怕得要死。这两个人有点像冤家，贾琏喜欢拈花惹草，王熙凤管得很严，却是怎么防也防不住。

赵嬷嬷笑道："奶奶说的太尽情了，我也乐了，再吃一杯好酒。从此我们奶奶作了主，我就没的愁了。"她就把所有的事情托付给王熙凤了。

这些话都是在交代人和人的关系、不同人的不同性格。"贾琏此时没好意思，只是趣笑吃酒，说'胡说'二字。"他被王熙凤嘲笑了半天，也只能说"胡说"，然后命令："快盛饭来，吃碗子，还要往珍大爷那边去商议事呢。"贾琏想跑了。这两个冤家的关系很奇特，王熙凤太厉害了，身上少了某种能牵制住贾琏的温柔，所以贾琏越来越不想回家了。当然王熙凤也懂得撒娇，也懂得妩媚，可是夫妻关系发展到这种程度，贾琏总觉得那是假的。他们的关系已经很难改善了，王熙凤一直想抓住这个男人，可是贾琏却忙不迭地想往外跑。

凤姐道："可是别误了正事。才刚老爷叫你做什么？"贾琏道："就为省亲。"凤姐忙问道："省亲的事竟准了不成？"贾琏笑道："虽不十分准，也有八分准了。"凤姐笑道："可见当今隆恩。历来听书看戏，古时从来未有的。"嫁到皇宫里的妃子回家省亲是历来没有的事，这里的省亲是作者杜撰的，其实是暗喻皇帝南巡时，曹家接驾的事情。

赵嬷嬷又接口道："可是呢，我也老糊涂了。我听见上上下下吵嚷了这些日子，什么省亲不省亲，我也不理论他。如今又说省亲，到底是怎么个原故？"贾琏道："如今当今体贴万人之心，世上至大莫如'孝'字，想来父母儿女之性，皆是一理，不是贵贱上分别的。"如果贾琏这一段话是曹雪芹的看法的话，那这个看法很特别。他觉得皇帝都说以孝治天下，"孝"是最重要的一件事情，又怎能把一个女孩娶到皇宫里，让她一辈子见不到自己父母呢？这不是不孝吗？《红楼梦》的了不起就在于它教我们从人性的立场去看所有的礼法，认为礼法应该是合情的。如果不合情，这个礼法就有问题。

“当今自为日夜侍奉太上皇、皇太后，尚不能略尽孝意，因见宫里嫔、妃、才人等，皆是入宫多年，抛离父母音容，岂有不思想之理？”古代皇帝从来都没想到的问题，曹雪芹替他们想到了。他觉得一个女孩子嫁到皇宫，成为贵妃、皇后，不见得是好事，因为连天伦都没有了，这其中有他对当时道德礼法的批判。

“在儿女思想父母，是分所当然。父母在家，若只管思念儿女，竟不能见，倘因此成疾致病，甚至死亡，皆由朕躬禁锢，不能使其遂天伦之愿，亦大伤天和之事。”《红楼梦》在当时是不能公开刊行的书，“禁锢”这些字眼在当时是犯禁忌的话。“故启奏上皇、太后，每月逢二六日期，准其椒房眷属入宫请候看视。”古代皇后住的房子通常用花椒粉和泥来涂整个墙壁，因为花椒性热燥，除湿除虫而且有香味，而且花椒多子，象征皇后可以多生儿子。

“于是太上皇、皇太后大喜，深赞当今至孝纯仁，体天格物。因此二位老圣人又下旨意，说椒房眷属入宫，未免有国体仪制，母女尚不能惬怀。竟大开方便之恩，特降谕旨：椒房贵戚，除二六日入宫之恩外，凡有重宇别院之家，可以驻跸关防之处，不妨启请内廷鸾舆幸其私第，庶可略尽骨肉之情、天伦之性。”

皇宫里有很严格的规定，跟贵妃见面要行国礼，所以不能真正畅怀地谈母女的心事。这些妃子来自不同的家庭，如果是出身贵族，家里就有“重宇别院”。皇后、皇妃到民间非同小可，要跟平民隔开，必须是重宇别院。皇帝到一个地方有特别的行宫，叫作“驻跸”；旁边守卫的人叫

“关防”。如果能够有可以驻跸关防的，就可以请求皇宫内院相关的銮舆回到私第，这就叫省亲了。

“此旨一下，谁不踊跃感戴？现今周贵人的父亲已在家里动了工了，修盖省亲别院呢。又有吴贵妃的父亲吴天佑家，也往城外踏看地方去了。这岂不有八九分了？”周贵人、吴贵妃家都已经在盖省亲别院，那贾贵妃家也要开始盖了，贾元春要省亲的征兆已经很明显了。

当年接驾的风光

赵嬷嬷道：“阿弥陀佛！原来如此。这样说，咱们家也要预备接咱们大小姐了？”贾琏道：“这何用说呢！不然，这会子忙的是什么？”凤姐笑道：“若果如此，我可也见个大世面了。可恨我小几岁年纪，若早生二三十年，如今这些老人家也不驳我没见世面了。”为什么这样讲？因为王熙凤家曾经接过驾，太祖仿尧舜巡视四方时住在王家。“说起当年太祖皇帝仿舜巡的故事，比一部书还热闹，我偏没造化赶上。”实际上，康熙帝南巡时，曹雪芹家曾经接过驾。曹雪芹本人并没有赶上，在雍正年间他十几岁时，曹家就被抄家了。

赵嬷嬷道：“哎哟哟，那可是千载希逢的！那时候我才记事儿，咱们贾府正在姑苏、扬州一带监造海舫，修理海塘，只预备接驾一次，把银子都花的淌海水似的！”此处写的是历史真实，因为曹家原来是扬州这一带的巡盐御史。

凤姐忙赶快表示，她们王家也不比贾家差：“我们王府也预备过一次。那时我爷爷单管各国进贡朝贺的事，凡有的外国人来，都是我们家养活。

粤、闽、滇、浙所有的洋船货物都是我们家的。”贾府和王府随便谈一些往事都很惊人。赵嬷嬷这个时候当然要捧一下王熙凤，因为王熙凤答应帮她两个儿子找事，就说道：“那是谁不知道的？如今还有个口号儿呢，说‘东海少了白玉床，龙王来请江南王’，这说的就是奶奶府上了。”连龙王爷少了白玉床都要到王家来借，可见王家有钱到什么样的程度。

“还有如今现在江南的甄家，哎哟哟，好势派！独他家接驾四次，若不是我们亲眼看见，告诉谁谁也不信的。别讲银子成了土泥，凭是世上所有的，没有不是堆山塞海的，‘罪过可惜’四个字竟顾不得了。”讲到甄家好大的势力，为了接驾奢侈到什么程度。甄家和贾家一向是同一家。《红楼梦》中的贾家在北方，甄家在南方，其实是曹家在南方，曾经四次接驾。这里已经在铺叙贾元春要回来那种浩大的气派。后来这个家族的败落跟这件事情有很大的关系，因为贾家为了迎接贵妃回家，几乎倾家荡产。

凤姐道：“我常听见我们太爷们也这样说，岂有不信的。只希罕他家怎么就这么富贵呢？”赵嬷嬷道：“告诉奶奶一句话，也不过是拿着皇帝家的银子往皇帝身上使罢了！谁家有那些钱买这个虚热闹去？”

铺叙之后，贾蓉和贾蔷进来了。从他们言语和行动中得知，贾府已经在准备省亲这件事情了：丈量土地，决定在哪里盖别院，找谁来设计，花园里需要什么假山，什么样的土木。将来接驾的时候需要演戏，到江南去采买女孩子组建戏班，开始忙起来了。

“正说的热闹，王夫人又打发人来瞧凤姐吃了饭不曾。凤姐便知有事等着，忙忙的吃了半碗饭，漱口要走，又有二门上小厮们回：‘东府里蓉、蔷二位哥儿来了。’贾琏才漱了口，平儿捧着盆盥手，见他二人来了，便问：‘什么话？快说。’凤姐且止步稍候，听他二人回些什么。”你看，凤姐的个性就是爱管闲事儿。她已经要走了，又停下来想知道是什么事。结果，她一停步就处理了两件事，非常快，马上就定了。

凤姐的强势主导

贾蓉先回说：“我父亲打发我来回叔叔：老爷们已经议定了，从东边一带，借着东府里花园起，转至北边，一共丈量准了，三里半大，可以盖省亲别院了。已经传人画图样去了，明日就得。叔叔才回家，未免劳乏，不用过我们那边去，有话明日一早再请过去面议。”贾琏本来要过去跟贾政商量盖省亲别墅的事，因为贾元春是贾政的大女儿，贾政是这件事的主要负责人。贾琏笑着忙说：“多谢大爷费心体谅，我就不过去了。”贾蓉是晚辈，可是他在替贾珍传话，所以这个时候贾琏要很礼貌地说多谢大爷费心体谅。“正经是这个主意才省事，盖的也容易；若采置别处地方去，那更费事，且倒不成体统。”贾琏觉得这样最好，用附近的土地盖省亲别院，以后来往也比较容易。这个时候贾琏是在跟贾蓉讲话，他说的“不成体统”是说娘娘本来是要回家省亲的，如果又住在外面，就失去了省亲的意义。他说：“若老爷们再要改时，全仗大爷谏阻，万不可另寻地方。”很可能家里当时有不同的看法和意见。

接着就是贾蔷报告了。我们看到，年轻的草字辈的已经开始在外面办事了，但他们必须要向玉字辈的汇报。玉字辈的像是经理，草字辈的负责执行。贾蔷近前回说：“下姑苏聘请教习，采买女孩子，置办乐器、行头等事，大爷派了侄儿，带领着来管家儿子两个，还有单聘仁、卜固修两个清客相公，一同前往。”“教习”，古代也叫教坊，是指弹奏音乐的人；“行头”是戏班子里的刀具和衣服。单聘仁这个人出现过，是“单骗人”的谐音；卜固修就是“不顾羞”。作者给自己不喜欢的人都用这种奇怪的名字，他一直很讨厌贾家养的那一批清客，什么事情都不做，只知每天讲一些阿谀奉承的话。

贾蔷是一个十六岁的男孩子，他大概第一次得到这样的工作机会。“贾琏听了，将贾蔷打量了打量，笑道：‘你能在这个行么？这个事，虽不算甚大，里头大有藏掖的。’”“藏掖”指的是舞弊、回扣这种问题。贾蔷笑道：“只好学习着办罢了。”其实贾蔷还没有得到这个工作，给不给要看贾琏的，他就表示自己过去没有办过这种事，可是希望有这个机会学习。

“贾蓉在身旁灯影下悄拉凤姐衣襟。”贾蓉和贾蔷关系非常好，他在替贾蔷悄悄地求凤姐帮忙说话。“凤姐会意，因笑道：‘你也太操心了，难道大爷比咱们还不会用人？偏你又怕他不在行了。谁都是在行的？孩子们已长的这么大了，没吃过猪肉，也看见过猪跑。大爷派他去，原不过是个坐纛旗儿，难道认真的叫他去讲价钱会经纪去呢！依我说就很好。’”“纛旗儿”，游牧民族领袖的一个标志。台北“故宫博物院”有一张画，是元世祖出猎图，画里面有一些人在皇帝前面拿着大的、毛毛的东西，那个叫作纛旗。

贾琏道：“自然是这样。并不是我驳回，少不得替他筹算筹算。”贾琏从夹菜给赵嬷嬷开始就挨骂，现在他也完全听王熙凤的。但他要替自己找一个台阶，说不是不想让贾蔷做，只是要提醒他小心。可以看到，凤姐强势到什么程度，大小事一概都是凤姐说了算。

贾琏因问：“这一项银子动那一处的？”贾蔷道：“才也议到这里。赖爷爷说，不用从京里带下去，江南甄家还收着我们五万银子。”赖爷爷就是赖大，他们家的管家。“明日写一封书信会票，我们带去，先支三万，下剩二万存着，等置办花烛彩灯并各色帘栊帐幔的使费。”贾琏点头道：“这个主意好。”看得出来，省亲的花费是惊人的，光是个乐团就要花五万银子，那动工盖房子更是不得了的事情。

凤姐又处理第二件事情。“凤姐忙向贾蔷道：‘既这样，我有两个在行妥当人，你就带他们去办，这个便宜了你呢。’”实际上，她连这两个人的面都没有见过，名字叫什么、长什么样都不知道，这种推荐完全是出于人情。

“贾蔷忙赔笑说：‘正要和婶婶讨两个人呢，这可巧了。’因问名字。”贾蔷也是聪明人，此话当然是在奉承。贾蔷父母双亡，从小寄养在贾珍家里，这种出身使他性格变得格外机敏，很会讨巧，所以他后来在贾家也是一个很被看重的人物。

“凤姐便问赵嬷嬷，彼时赵嬷嬷已听呆了话，平儿忙笑推他，他才醒悟过来，忙说：‘一个叫赵天梁、一个叫赵天栋。’”赵嬷嬷还不知道是在讲自己的儿子，平儿推她，她才醒过来。你看凤姐脑筋转得有多快，刚才吃饭时的那个事她还记着，她本来都要去见王夫人了，只停下来一会儿，就把两件事情都办成了。所以，你不得不佩服这个女人，真是不得了。若在今天，肯定是所有企业抢着要用的总经理。

皇妃省亲的准备工作

“凤姐道：‘可别忘了，我可干我的去了。’说着便出去了，贾蓉忙送出来，又悄悄向凤姐道：‘婶子要什么东西，吩咐我开个帐给蔷兄弟带了去，叫他按帐置办了来。'”这完全是在报恩了。“凤姐笑道：‘别放你娘的屁！我的东西还没处撂呢，希罕你们鬼鬼祟祟的？’说着一径去了。”她是说她疼他们两个，根本也不需要他们的东西。这里透露出人情世故的复杂，在过去的大户人家真是要小心再小心，一旦有疏漏就会得罪人，多一点圆转就多得利益。

贾蔷也悄问贾琏：“要什么东西？顺便织来孝敬。”这完全是贿赂。贾琏笑道：“你别兴头。才学着办事，倒先学会了这把戏。我短了什么，少不得写信来告诉你，且不要论到这里。”这里当然也有一点教训的意思，说你年纪轻轻的，第一次办事情就来这一套，可是他也没有说不要。贾家后来的腐败此刻已经全部露出根基了。你可以看到这里边有很多舞弊，这个家族的亏空就在这个过程中接连发生。

说完就打发他们两个人去了。“接着回事人来，不止三四次，贾琏害乏，便传与二门上，一应不许传报，俱等明日料理。凤姐至三更时分方下来安歇，一宿无话。”

“次日贾琏起来，见过贾赦、贾政，便往宁府中来，合同老管事的人等，并几位世交门下清客相公，审察两府地方，缮画省亲殿宇，一面察度办理人丁。自此后，各行匠役齐集金、银、铜、锡以及土、木、砖、瓦之物，搬运移送不歇。”各种迹象表明，贾府要盖大观园了。

“先令匠人拆宁府会芳园墙垣楼门，直接入荣府东大院中。荣府东边所有下人一带群房尽已拆去。当日宁、荣两宅，虽有一个小巷界断不通，然这小巷亦系私地，并非官道，故可以连属。”宁国府和荣国府之间原来有墙，中间的小巷子是他们自己的土地，把墙拆掉，就把两府连在了一起。“会芳园本是从北拐角墙下引来一段活水，今亦无烦再引。其山石树木虽不敷用，东边住的乃是荣府旧园，其中竹树山石以及亭榭栏杆等物，皆可挪就前来。”新栽的树木并不好看，必须要用旧的，就直接把贾赦旧花园里的一些树移过来。“如此两处又甚近，凑来一处，省得许多财力，纵有不敷，所添亦有限。全亏一个老明公号山子野者，一一筹划起造。”“老明公”是对于学者的尊称，就是先生的意思。“山子野”是这位先生的号，大概是我们今天的建筑大师一类的人。

“贾政不惯于俗务，只凭贾赦、贾珍、贾琏、赖大、来升、林之孝、吴新登、詹光、程日兴等些人安插摆布。凡堆山凿池，起楼竖阁，种竹栽花，一应点景等事，又有山子野制度。下朝闲暇，不过各处看望看望，最要紧处和贾赦等商议便罢了。”贾政其实并不忙，因为他都交代给底下人办了。“贾赦只在家高卧，有芥豆之事，贾珍等或自去回明，或写略节；或有话说，便传呼贾琏、赖大等领命。贾蓉单管打造金银器皿。贾蔷已起身往姑苏去了。贾珍、赖大等又点人丁，开册籍，监工等事，一笔不能写到，不过是喧阗热闹非常而已。”所有的人都忙起来了。这是一个贵妃回家省亲之前家里所做的准备，排场之大到后面才能真正看到，现在只是刚刚开始。

可是，作者在贵妃要回来的繁华极盛里，忽然转过来写秦钟之死。希望大家能够体会到作者的用心，他永远让你在繁华极盛的时候看到人最终逃不掉的最本质的东西——哀伤和死亡。

秦钟萧然而逝的荒凉

“宝玉近因家中有这等大事，贾政不来问他的书，心中是件畅事；无奈秦钟之病日重一日，也着实悬心，不能乐业。这日一早起来才梳洗完毕，意欲回了贾母去望候秦钟，忽见茗烟在二门前照壁间探头缩脑，宝玉忙出来问他：‘作什么？’茗烟道：‘秦相公不中用了！’”

“宝玉听说，吓了一跳，忙问道：‘我昨儿才瞧了他来，还明明白白，怎么就不中用了？’茗烟道：‘我也不知道，才刚是他家的老头子来，特告诉我的。’宝玉听了，忙转身回明贾母。”贾母很疼宝玉，就说好生派妥当的人跟去，“到那里尽一尽同窗之情就回来，不许多耽搁了”。

“宝玉听了，忙忙的更衣出来，车犹未备，急的满地乱转。一时催促的车到，忙上了车，李贵、茗烟等跟随。来至秦钟门首，悄无一人，遂蜂拥至他内室，唬的秦钟的两个远方婶母、几个弟兄都藏之不迭。”秦钟是寒门出身，这些远亲看到宝玉来了就赶快躲，因为官家人到了。

“此时秦钟已发过两三次昏了，移床易箦多时矣。”“箦”，席子。这是一个典故，讲的是孔子有一个弟子曾参，是一个很懂礼制的人。他在临终时睡的席子是地位很高的大夫阶层的人睡过的，他就不肯，一定要换掉这张席子，觉得自己不能死在这样的席子上。“易箦”，后来指人即将死亡时要移到正厅。“移床易箦多时”，就是已经做好了入殓的准备。

“宝玉一见，便不禁失声。李贵忙劝道：‘不可不可，秦相公是弱症，未免炕上挺矼的，骨头不受用，所以暂且挪下床松散些。哥儿如此，岂不反添了他的病？’”说你这样哭，闹得他这个时候不安静。“宝玉听了，方忍住，近前见秦钟面如白蜡，合目呼吸于枕上。宝玉忙叫道：‘鲸兄！宝玉来了。’”鲸卿是“骑鲸少年”的意思，青春年少，骑着鲸鱼，是神话里的一个人物。秦钟用了“鲸卿”二字，他是名不虚传的漂亮少年，只可惜命薄。“连叫两三声，秦钟不睬。宝玉又道：‘宝玉来了。’”这里描绘宝玉的深情，毕竟这是与他有过很深缘分的人。

“那秦钟早已魂魄离身”，其实他已经死了，“只剩得一口悠悠的余气在胸，正见许多鬼判持牌提索来捉他。那秦钟魂魄那里肯就去，又记念着家中无人掌管家务，又记挂着父母还有留积下的三四千两银子，又记挂着智能尚无下落，因此百般求告鬼判。”读到这里有一种莫名的辛酸，这个小孩真的不懂无常，生命被自己白白糟蹋了，到临终的时候还觉得所有的事情都没完。他带着这么大的遗憾与怅恨坚持不肯走。

“无奈这些鬼判都不肯徇私，反叱咤秦钟道：‘亏你还是读过书的人，岂不知俗语说的：“阎王叫你三更死，谁敢留人到五更。”我们阴间上下都是铁面无私的，不比你们阳间瞻情顾意，有许多的关碍处。’”这里有点嘲讽活人的世界都在讲人情。“正闹着，那秦钟魂魄忽听见‘宝玉来了’四字，便忙又央求道：‘列位神差，略发慈悲，让我回去，和这一个好朋友说一句话就来的。’”读到这里，你会觉得深情会让金石为开，让死者复生；他已经无奈接受了死亡，可是宝玉来了，他还要回去和好朋友说说话。

“众鬼道：‘又是什么好朋友？’秦钟道：‘不瞒列位，就是荣国公孙子，小名宝玉的。’都判官听了，先就唬慌起来，忙喝骂鬼使道：‘我说你们放了他回去走走罢，你们断不依我的话，如今只等他请出个运旺时盛的人来才罢。’”民间一直相信人有所谓的“运旺时盛”，譬如现在贾元春运旺时盛，封贵妃得宠。现在宝玉也是运旺时盛，他的阳气那么盛，连阴间的判官都怕他，所以允许秦钟回去一下。

“众鬼见都判如此，也都忙了手脚，一面又抱怨道：‘你老人家先是那等雷霆电雹，原来见不得“宝玉”二字。依我们愚见，他是阳，我们是阴，怕他们也无益于我们。’”都判道：“放屁！俗语说的好，‘天下官管天下民’，自古人鬼之道却是一般，阴阳并无二理。”他是把阴阳一起看的，作者用一种嘲弄的方法，写出了死亡里面鬼与判的关系。“别管他阴，也别管他阳，没有错了的。”

这些鬼卒们听说，就把秦钟的魂放回去。秦钟“哼了一声，微开双目，见宝玉在侧，乃勉强叹道：‘怎么不早来？再迟一步，也不能见了。’”这儿写得非常凄凉，他们交往一场，到最后只是无奈。

“宝玉携手垂泪道：‘有什么话，留下两句。’秦钟道：‘并无别话。以前你我见识，自为高过世人，我今日才知自误了。’”秦钟受宠爱之后有点不知天高地厚，此时大概有些后悔。“以后还该立志功名，以荣耀显达为是。”如果秦钟重新活一次，他真的会这么做吗？大概人之将死，其言也善。到最后他忽然醒悟了。“说毕，便长叹一声，萧然长逝了。”

十六回的结尾并不是贾元春的荣华富贵，而是秦钟的死亡。为什么在贾元春要回家省亲这么繁华富贵的事情中，忽然导入秦钟的死亡？作者的目的在于让你感觉到繁华富贵的不可靠，就像宝玉对秦钟的爱一样。那个宠爱其实非常不可靠，当青春消逝的时候，是什么东西都抓不住的。

贾元春省亲回去不久也死了，繁华富贵也是那么短暂。这大概因为作者对此有过刻骨铭心的感受吧。曹雪芹生在豪门，青少年时期见识过、经历过最鼎盛的繁华，到十四五岁时家族败落，他在写作时会想起繁华忽然在一刹那间幻灭的感受。这种对比是我们应该细品的内容。

第十七回

大观园试才题对额
怡红院迷路探深幽

亲近山水自然的园林空间

为了迎接嫁出去的女儿贾元春回来省亲，贾府要修建一个很大很大的园林。

中国的建筑大部分分为两种，一种反映了儒家文化体制：对称，通常是一开间、三开间、五开间往两边扩张，然后再重复第一进、第二进、第三进。我想大家一定听说过类似“正房”、“偏房”这样的名称，上房和偏房本来是建筑物的位置，可后来也用来指一夫多妻时代里大太太住的地方和姨太太住的地方，这样一讲大家就可以明白，儒家的建筑里，人的位置与其在伦理里面的地位是相关的。因此，我们走进一个儒家建筑群，很容易知道主人在哪里，客人在哪里。

儒家建筑的好处是有规矩，非常工整、有秩序，可是它有一个坏处——非常无趣，都是直线的、对称的、平衡的。所以就出现了另外一种建筑，就是体现老庄思想的建筑园林。在这些园林建筑当中，所有的线条都变成了曲线。

荣国府、宁国府每一个建筑都是方方正正的，而大观园的，线条都是曲线。大观园的正门往北有一条笔直的路通到正殿，正殿后面就是大观楼。这个正殿、大观楼是用来迎接贵妃的地方，这条笔直的路一定是她回来时接驾的路，两旁排满了太监、迎接她的宾客。可是这条大路的两边，有很多小路，绕来绕去，这是游玩的空间。它展现出了儒家和道家两种不同建筑的规则，一个建筑是说在人世间要有君君臣臣、父父子子的规矩，另一种是让我们同时又要有休闲和解放的空间，在这种地方你可以走曲线，在里面游玩。第十七回的内容虽然是游园，其实是在利用建筑空间把人带到自然当中去。

我想很多朋友一定去过苏州，苏州最有名的就是明清时代留下来的园林，像拙政园、网师园、狮子林等。苏州当时文风很盛，出了很多读书人，他们到北方去做官，最后因为政治上不如意，便回到南方的家乡，经营一片园林。“拙政园”的“拙政”二字很明显表示他不要再谈政治，政治是他一生的噩梦，他的园林风格一定是亲近山水自然，其中没有君臣之类的人间秩序，甚至没有父子这种严格的压迫，而只是个人的一种解放。

园林是潜意识的世界

如果你去过苏州，希望此回能帮你找回游园的记忆。“游园”几乎已经变成中国古典美学中的一个很重要的象征。大家都知道明朝汤显祖最有名的戏剧叫《牡丹亭》,《牡丹亭》里面最重要的一场戏就是《游园惊梦》,十六岁的杜丽娘，被她的父亲压迫着读《十三经》，变成一个很受礼教束缚的女孩子。可是十六岁那年，她去游园时看到所有的花都在开放，春光烂漫。她忽然说我的身体怎么会这样被荒废了，在游园当中，她做了一个梦，梦到一个男孩子来跟她发生了情感的关系……

据说，当年这出戏在江南演出，导致很多女孩子自杀。我们不能想象看完一出戏为什么会自杀，因为她的生命和青春被束缚了。游园之所以成为象征，是因为它使人找回了生命里的某种本原，把人从礼教里解放出来。“礼”和“教”都是规矩，都是限定，都是禁忌，告诉你这个不可以，那个不可以，非礼勿视，非礼勿言，非礼勿动。可是在青春时刻，人随时可能为情所动，非常渴望爱，这就产生了情与理的冲突。从某种意义讲，园林把人从礼教里救出来，让人能够得到疏解。如果只从建筑史去看，园林只是一种设计风格而已，可是如果从人文角度来看，园林是对中国儒家文化的一种救赎。后来明清的戏曲小说，发生情感的故事都在花园里。

从心理学来讲，这条笔直大路直通的正殿是一个现实世界，园林是你潜意识的世界。我们在谈到审美的时候，常常谈到弗洛伊德的潜意识。就是在现实当中作为人很辛苦、很累的部分，你在休闲时会解放的那个部分，即潜意识里的自我。贾政是一个做大官的人，一生都在官场上虚伪地应酬，这一天他游园时也似乎被解救出来，还原成人的状态。

在游园的过程中，贾政刚好碰到了宝玉。宝玉因为好朋友秦钟死了，很难过，贾母就让他到花园里去走一走、玩一玩。有没有发现，花园常常是人们散心、疗伤的地方，因为花园中基本上是山水，是自然。西方人在现实世界里受伤的时候，常常会求助于宗教，中国则是求助于山水。所以我们的山水画这么发达，山水诗这么盛行，园林建筑这么发达。山水是可以帮助人们心灵痊愈的。在这一点上，东方和西方有很大的不同。东方人大多不会投身宗教，尤其在文人的世界，他们会走向山水。譬如苏东坡，他每一次政治失意，都会走向山水。到了杭州，他在西湖边说，“欲把西湖比西子，淡妆浓抹总相宜”。他告诉自己，我虽然政治上受挫、失意，可是我在西湖这个地方还可以看到这么好的山水。他其实在提醒自己，生命不论得意与失意，都可以过得很快乐，不见得得意就忘形，失意就颓丧。这实际上是讲山水哲学。

园林艺术等于是把文人向往的山水搬进园子。苏州的网师园可以说是典范。“网师”，指用网捕鱼的渔夫。屈原自杀前在汨罗江边走来走去，碰到一个渔夫划着船过来，渔夫劝他说，全世界的人都醉了，你干吗一定要独自清醒呢？全世界的人都很脏，你干吗一定要这么清高呢？劝他不要自杀。但屈原坚持他政治的洁癖、精神的洁癖，就自杀了。渔夫因这个典故变成了中国文学里非常有趣的一个象征——你不要故意对这个世界产生悲愤的感觉，你不妨跟大家一起随波逐流。渔夫代表另外一种智慧，一种要活下去的智慧，即使社会不好、时代不好，可是我们的生存是第一位的。网师园之名来源于此。造园的这个人一定是在做了官以后，觉得别人都干贪赃枉法之事，他很难过，最后退了下来，心想以后干脆捕鱼为生好了。可大家知道，网师园这么精致，住在园子里的主人不可能捕鱼为生，可是他把自己称为网师，也就是渔夫。这个园林现在已经是联合国教科文组织指定的世界文化遗产。

如果大家去纽约的话，纽约最有名的大都会博物馆在八十年代的时候，从苏州请了一大批工匠把网师园复制在博物馆的顶楼上面，连假山、芭蕉全都仿制出来了。我在台大的学报上写过这个当时仿制的介绍。网师园最有名的是它的小而精，纽约大都会博物馆复制的是网师园里最重要的一个景——殿春簃，空间很小。我们在这里看到很有趣的一点，苏州其实是一个非常繁华的商业城市，它并没有太多的自然。拙政园、网师园是在借景，借景就是用假山来代替真山，用引水来代表真的河流。

柳暗花明又一村

贾政带了一批人和宝玉进到刚刚盖好的花园，“一带翠嶂挡在前面”，他们赞美说：“好山，好山！”

作者怕读者不懂，就解释说，如果没有这个山，一进到园林便一览无余，还有什么趣味呢。这里有一个审美的态度。如果你去过巴黎的凡尔赛宫，会发现凡尔赛宫一进去就什么都看到了，整个用透视法显现它的建筑内核。这是西方建筑的美学特征，它有一种很伟大的感觉。可中国园林建筑的特征是柳暗花明又一村，不断遮盖，让你对后面的东西产生好奇，就像看章回小说，一回接一回，欲知后事，且听下回分解。西方小说没有这个东西，一开始就把结构和布局交代给你。

十七回是非常重要的一回，因为这一回不只是讲贵妃娘娘贾元春要回家省亲这件事，同时也借着园林的艺术，让我们去领略中国传统文化中的审美意义。

中国的园林很特别，它不仅仅是一个空间的艺术，同时还要加入时间的因素。比如沁芳闸这个地方，园林盖好流水引进以后，花木种上去，可花未必立刻开放，花开了不见得立刻掉落，所以此时此刻这个景是没有完成的。我四月份刚到东京看过樱花。到东京以后我们立刻找资料，日本人很有趣，他们会排名看樱花，今年第一名在什么地方，第二名在哪里，第三名在哪里。那第一名通常是新宿御苑，那里大概有一千多株的樱花，各种不同的樱花，也是按照时间排序，我们去的时候刚好是吉野樱盛放的时候，其他的有的刚开，有的刚出来一点点花苞，其间有颜色的搭配。第二名去的地方是武道馆，刚到那边我开始有点惊讶，因为这里只有几株樱花而已，可是你马上发现武道馆的樱花是种在护城河的斜坡上，所有的樱花的枝都修长地伸到水面去，樱花一凋谢花瓣全部漂在水上，所以它这个景的设计是因为水面的落花漂在那里。

我有时候跟学建筑设计的朋友聊天，觉得设计其实非常难，我们不只是在设计一个空间或造型，同时，要考虑这个空间或造型若加入了时间的因素，它会有什么样的改变。譬如园林艺术中很有名的东西是青苔，可是我想大家一定知道，苔是养出来的。在日本京都有名的寺庙——西芳寺，如今这个名字已经很少有人知道，它有另外一个名字叫“苔寺”，一天只能让二十个人进去，因为人的体温会影响苔的生长。把苔变成了一种美学，让你看斑驳的石块上苔在生长。你能否体会欣赏牡丹花与欣赏苔是两种完全不同的生命感受？苔有一种苍凉，有一种被人遗忘以后萧条的感觉，里面带着一种感伤。李白的诗《长干行》里面讲，“苔深不能扫”，说丈夫走过的路上已经长了青苔，因为很想念丈夫，妻子连丈夫走过的地都不愿意再扫了。苔是一抹记忆，是一种在生命遗憾中的很奇特的感伤。西方美学是绝对不会去养苔的，苔会干扰整个设计的完整性。可是东方的审美里，最美的部分是苔，而苔也是最难养的，因为人气太旺苔就长不出来了。如果有机会大家可以去看看西芳寺，你马上就能懂什么叫东方美学。

《红楼梦》第十七回当中很重要的一个字是“幽”，“幽”字在西方美学中很少看到，我举一些例子大家就可以明白。我们讲空谷幽兰，这里的“幽”有幽静、幽美之意，“幽”字似乎是刻意躲避，持守安静的地方。

说白了，“幽”最基本的东西，就是孤独。“空谷幽兰”是说你走到山里面闻到香味，觉得有兰花，可是你找不到，这才叫幽兰，很容易被找到的兰花不叫幽兰。西方认为华丽的才是美的，中国文化则认为不容易被发现的美才是真正动人的美，它是隐藏的。等一下大家看到宝玉为这个园子题的第一个名字就叫“曲径通幽”。

与谁同坐轩

弯弯曲曲的小路通到不可知的地方，就是“曲径通幽”。这里包含着中国审美里面蛮特殊的情境——含蓄内敛，不是外放式的美。古琴曲《幽兰操》（又称《猗兰操》）即是如此，古琴高手在弹这首曲子的时候给人的感觉是若有若无，好像听得到，又好像听不到，跟西方交响曲排山倒海而来的征服美明显不同。再举一个例子，我们进入一个五星级酒店，大多数插花的方式通常是西方的，西式插花是尽量把叶子枝干都拿掉，剩下一团一团的花，叫作花团锦簇。可是中国和日本古代的插花，都是线条式的，只有三两枝，这其实也是“幽”，“幽”永远是少，不容易发现，永远是不那么炫耀，它是一种含蓄的美。如果把握了这些原则，可以看到十七回是一篇非常完整的中国园林美学文章。

中国古代文人常常歧视工匠，所以中国古代没有建筑这个名称，一直叫作营造。比如宋代就有一本书叫《营造法式》，其实内容就是建筑学。现在学建筑的朋友有时候连碰都不去碰这些东西，因为他觉得，建筑是完成我自己设计的造型，他不喜欢“营造”这两个字，觉得营造只是去执行别人设计好的东西。实际上这是误解，过去的工匠和设计师不太分得开，像意大利的达·芬奇和米开朗基罗，他们是工匠、设计者和艺术家的混合。在《营造法式》里面可以看到，要盖一个建筑，主人会说一些想法，希望怎么盖，工匠要花很多的心思来实现、完成它。

再回到比较现实的例子，拙政园里有一个令我学建筑的朋友都叹为观止的地方——“与谁同坐轩”。园林的建筑里面有很多名称，比如靠水的建筑叫“榭”，“轩”是四面没有墙壁的房子，就是观景用的。“亭”的意思就是让你停在这个地方不要走了，因为这里是看风景的地方。拙政园里面的“与谁同坐轩”，名字很有诗意。一般的轩空间比亭子大，可是拙政园的这个轩小到只可以坐一个人，有一个扇形的窗，临着湖面。一个学建筑的朋友跟我说，这个亭子设计得真是太棒了。可是他不一定知道，“与谁同坐”其实来自苏东坡的一首词。苏东坡曾在政治最失意的时候作词追问：“与谁同坐？明月清风我。”有一次我跟一个学建筑的朋友讲到文学典故，他吓了一跳，说，做建筑还要懂文学啊。我说本来就是，你怎么可能没有人文的背景就去做设计，建筑不仅仅是视觉的，它其实更是人文的回忆。

对于走进园林的人，要理解“与谁同坐轩”，理解当年诗人的心情，仿佛是一次考试。如果你了解了这些背景，就能够感受到当年苏东坡“我今天不希望跟人在一起了，我要跟清风、明月在一起”的心境。也能知道当时于明月清风之夜坐在那个轩里，他的生命得到了多么大的解放。

这一天，宝玉跟他的爸爸贾政一起到园林中去，他爸爸要给他一个测验，让他给园中景点题名。这种考试很实在，可以检验考生以前所学的诗词、典故怎样运用到自然环境里。这一天也是宝玉展现才情的最佳时机。像拙政园的“与谁同坐轩”，就是一个非常了不得的题名，少掉“与谁同坐”这四个字，很多味道就没有了，因为它把整个文化的典故放入一个狭小的空间里。当你读到“与谁同坐”四个字时，你能明白这个轩的设计不仅仅是因为空间小，还为了人生的孤独，为了在政治失意以后回来寻找自我的状态，其间还留有一份骄傲和自负。明月、清风虽然并没有写出来，可是你如果读过苏东坡的词，体味过他的情怀，你怎么会不知道其中的意境？我想，比较深远的文化传承一般都会把文化置放在生活的每一个细节里。

所有的园林都是文学

我去江南游园的时候，最感动我的部分是我发现曾经读过的古典文学在那里都出现了。所有朋友都说你怎么走得那么慢，因为对联会让你停下来，石头上的一句诗，也会让你停下来。所有的园林都是文学。不仅是中国的园林，如果大家去日本，也可以有同样的感受。奈良的招提寺，是唐朝鉴真和尚主持建造的一座寺庙，后面的园林有好多石块，石块上都是日本古典诗人的诗句，而那些诗句都与环境有关。在网师园里面，有个地方叫“听雨轩”，这个轩四周种的全是芭蕉，雨季人们会坐在这里听雨打芭蕉的声音，它调动的是你的听觉。如果这个地方种的是其他植物，那它是不会叫“听雨轩”的。文学其实是在点景，点出风景与设计的主题。中国园林的建筑可以说是建筑师、美学家和文学家共同完成的。十七回里，建筑师完成了一个园林，可是如果宝玉不进去题名的话，它就像是一个光溜溜的身体，并不算完成，因为文学的部分还没有进来。

日本的奈良和京都之间有一个万福寺，是明朝一个姓林的和尚盖的，那里面全部是对联和匾额。挂匾额的地方一定是这个建筑的视觉焦点。台南武庙里面的“大丈夫”，我觉得是匾额中挂得最精彩的，它利用“大丈夫”三个字，把一个祭祀关公的小空间整个给放大了。匾挂在什么位置、什么高度决定了建筑物的空间比例。还有对联，右边上联，左边下联，你读完上联跨过建筑的空间去读下联，这个时候你的身体通常是在中间，这是用读文字的方法使身体维持在中间的走法，并不是在地上画了一条线说你一定要走在这里。更复杂的有刚才提到的“听雨”、“与谁同坐”，点醒你这里与景观的关系。所以接下来大家可以看到这个考试并不只是考宝玉写诗的能力，还在考察他对周遭环境的观察能力。这样的景你用什么样的文字才能匹配，这个时候我们可以看到他用字、用词的讲究。

在江南，让我印象最深的是网师园一座祭祀花神的庙里的一副长联，上联是：“风风雨雨寒寒暖暖处处寻寻觅觅”，下联是：“莺莺燕燕花花叶叶卿卿暮暮朝朝”。我在那儿站了好久，整个人都呆住了，你会忽然发现古典文学的深厚竟然积淀在一座民间的庙宇当中。我不知道这样的教育是不是比所有的学习汉语的国文教育要好。如果某天一个爸爸带着孩子游玩的时候，把这个对联念给他听了，然后孩子马上就懂得了什么叫作对仗、平衡、押韵、内涵。

文化绝对不是课本上的东西，也绝对不是考试可以考出来的东西，文化是在生活里的。所以你走到任何一个地方，你看到的文字都是文化。当我们的教育一直把精力放在考试和追求学分上，而不是着力在生活中努力去普及文化时，造成的结果是一个人不管他读到多高的学位，到最后他依然不知道文化是什么。而在一些文风深厚的地方，比如白居易、苏东坡住过的西湖，你会很惊讶一个划船的女子、一个开计程车的师傅，跟你讲话时竟然那么优雅。我去年年底到杭州西湖，上船后忽然风雨交加，划船的人就说我们今天要雨中游湖了，随口就是一句苏东坡在雨里看湖的诗。我相信他识字不多，可是这个东西变成了一种口传记忆。

我跟很多朋友提起过，一次去云门演出的时候，客家老太太唱客家的山歌，全部是诗句，“新绣罗裙两面红，一面诗词一面龙”，全部都是押韵的。我们在旁边赶紧记，她们觉得这算什么，这是我们从小就唱的，随便唱唱而已。这些我们称之为文化，“化”就是你根本感觉不到的逐渐受到的熏陶和教化。你如果能感觉到了，比如现在小孩子每天在那儿辛苦读书，就绝对不是“化”了。

园林的休闲文化

接下来我们会看到游园的意义，十四岁的宝玉和今天的男孩子一样在读书。这一天他的朋友秦钟死了，心情不好，贾母让他到花园去玩一玩。玩到一半的时候贾珍跑来告诉他：你爸爸来了，你还不赶紧走。宝玉最怕父亲，贾政对所有的人，都很温和，只有对这个儿子非常凶，儿子做的一切事情他都看不上眼，都是责骂的。当然，在父权社会，一个父亲对孩子是责之深，爱之切。

宝玉那天很倒霉，园中的路很多，他本想找一条父亲肯定不会走的路，没想到他爸爸恰好就从那条路上过来了。贾政听说宝玉读书不太用功，可是在对联诗词上有特别的才华，所以他也想试试看这个儿子是不是真的有些才情。贾政大概也觉得自己做官做得有一点木讷了，整日案牍劳形，批阅公文的人最后把性情也磨没了。

行政繁忙的人，需要一种东西把他救出来，像苏东坡、白居易，他们下班以后绝对不再谈公事，一定是唱和诗词，用诗词涵养性情，这是对自己的一种补偿。我们现在的官员文化少掉了这个东西。解放自己不一定是去喝酒，而可以用诗词养化。我们熟悉的《琵琶行》，其实是白居易碰到了一个在酒楼里弹琵琶的风尘女子，可是他们之间居然能对话，他可以说：“同是天涯沦落人，相逢何必曾相识。”白居易当时是江州司马，官位相当高，他可以跟一个曾经的青楼小姐说这样的话，你可以看到休闲文化可以玩出这样的品格来。

其实，整个园林都在讲休闲文化，休闲文化最容易考证出一个社会的文化是走向堕落还是上升。因为休闲很容易变成我们常说的“饱暖思淫欲”，但它也可以是一种高雅的追求。这些在日常生活里是看不出来的。日常生活中大家都差不多，可是周末休息的两天要做什么，是去放纵感官，追逐一些生命里面最沉沦的东西？还是去追求可以提升生命的东西？这些是一种最好的考验。

贾政这一天带着宝玉去游园了，你可以看到他们题咏山水，行走于园林之间，他们有与众不同的文化格局。

盖这个园子本来是为迎接贵妃的，照理讲，贵妃才是这个园林的主人，重要的文字、对联、题匾应该是贵妃来题。可是贵妃住在皇宫里，她只能回来一天，然而园林如果没有文字简直不像一个园林，大家就很为难。贾政说怎么办，又不能让她提前写好，因为她还没有看到园林是什么样子。代她拟好刻上去，万一贵妃不满意怎么办？这时旁边一个聪明人建议，不妨用灯、匾，把字写在灯笼上，按照对联的格式排列，贵妃回来时如果满意，就把它刻成木头的，不满意就换掉重新刻。所以这一段里面说，“各处匾额对联断不可少，亦断不可定名”。“不能少”是因为中国园林里没有文字就不算是完工，可是又不可能完全固定下来。所以，“如今且按其景致，或两字、三字、四字，虚合其意，拟了出来，暂且做灯、匾、联悬了。待贵妃游幸时，再请定名，岂不两全？”

文化的传承在游戏中完成

贾政接受了这个建议，说，今天天气不错，我们去逛一逛吧。而且贾政听学校的老师说宝玉专能对对联，“便命他跟来”。对联是古代训练孩子文字学或者音韵学的一个重要的教育方法。过去北京大学一直是提倡西学的，胡适之他们回来提倡西学的时候，精通西洋科学、语言兼及东方华学的中国第一人辜鸿铭就特别强调要做对联，他每一次在北大研究所主持考试，都要出对联。因为他觉得对联是一个对文字、对音韵最容易了解的东西，最容易测探出这个人对典故的掌握。

我记得我们小时候也常常如此，爸爸经常没事喝了一点酒就出一个联让我们来对，其实都是考试。那个时候爸爸常常讲“五月黄梅天”，我们就对了“三星白兰地”，我爸爸很生气，觉得我们乱搞，可是我觉得对得很好，因为五对三，月还对星，对得这么准，黄梅对白兰，黄色对白色，梅花对兰花，你那个是天，我这个是地。每一个字都是对的，就觉得很得意，可是那个时候老爸觉得你不正经，因为三星白兰地是他喝的酒，我们却觉得很好玩。对联其实是一种文字游戏，这个游戏在训练一个孩子对声音、节奏、对仗和平衡等很多关系的掌握。

很多的美学是在不知不觉当中完成的，我一直认为文化的普及需要很多游戏的设计者，变成游戏之后，才能真正流传下去。明朝的时候，大画家陈洪绶画了《水浒叶子》，即在酒令牌子上画水浒人物，共绘梁山泊英雄四十人，在他看来游戏当中都可以有文化。我记得曾见过苏州以前老的世家文化中打的麻将，是象牙刻出来的，后面衬一片香竹，上面的花刻得非常漂亮。一个赌具可以做到这么精致，现在当然在古董店已经卖得很贵了。其实，文化应该到庶民生活中去普及。

中国建筑的间与进

没办法，“宝玉只得随往，尚不知何意”。他不知道父亲为什么要叫他一起走。“贾政刚至园门前，只见贾珍带领许多执事人来，一旁侍立。贾政道：‘你且把园门都关上，我们先瞧了外面再进去。’”他要先从外面看看这个园林。“贾珍听说，命人将门关了。贾政先秉正看门。”贾政这个人很好玩，他名字就是个“政”字，他永远要很端正地去看什么东西。“秉正看门”，就是把自己身体站正了，然后看这个门。

他看到这个门是正门五间。中国建筑里面最重要的两个字，一个是“间”，一个是“进”。“间”指横向发展的空间，比如一个方形的房子盖好了，不够住，就会往两边发展，东房、西房建好就是三间，再出现一个东厢、西厢就是五间。古代在建筑营造法式里，“间”这个字是以奇数出现的，因为中间已经有一间，然后往两边发展，一定是对称的，所以是三间、五间、七间、九间、十一间等。发展到一定宽度以后，只好往后发展，就是“进”，重复一次是第二进，再重复就是第三进、第四进、第五进。过去做官的人家起码都是三进以上，第一进后隔着一个天井、花园，就有第二进，然后第三进。

当时的贾府是在京城，如果天子用十一间，底下大概只好排九间、七间、五间。贾家已经算是大官了，可是也只敢排五间，不能再宽。在京城里，建筑的规格是非常严格的，超规越格就会丢官，甚至被杀头。

纯粹的东方美学

“只见正门五间，上面桶瓦泥鳅脊。”“桶瓦”，我想大家现在还看得到，就是黑色的瓦像圆筒劈成半圆覆盖在屋顶上；“泥鳅脊”是讲整个屋檐上面起起伏伏像泥鳅的背一样，也有可能是说屋脊接头的地方有一种圆形像泥鳅背，所以有可能是讲墙头。“那门栏窗槅，皆是细雕新鲜花样。”可见过去的雕花非常讲究。大户人家的园林，从外面不能一眼看到。你可以透过窗格，隐隐约约地看到里面，这就是前面提到过的中国审美里面的“隐藏”。不是一览无余，也不是一点不露，而是让你透过一些缝隙，依稀看见，实际上这是一种偷窥美学。“并无朱粉涂饰；一色水磨群墙。”此处并没有色彩艳丽的感觉，“水磨”，是讲大户人家的墙。我们平常的墙是直接用砖砌成的。水磨墙则是先用木条隔成若干小格，然后填胶沙于其中。最后人工和水细磨，磨平后阴干，这种墙光滑异常，但费工费力，多为古时大户人家所有。水磨墙非常素朴，不讲究图式、彩色，本身的质感就构成美学。

“下面白石台矶，凿成西番草花样。”“西番草”是从印度传入的一种番莲花的图案，早在六朝时已经出现。唐朝盛行番莲花图案，出现在很多金银器皿上，然后延续到元明的青花瓷器上。现在我们在庙宇里面看到很多的图案，大概都是番莲花，也有叫作缠枝莲花的。“左右一望，皆雪白粉墙，下面虎皮石，随势砌去，果然不落富丽俗套，自是欢喜。”“虎皮石”，是说石头没有特别经过打磨，按照石头本身凹凹凸凸的感觉砌出坡坎来。我们要注意一点，贾政一辈子在做官，而且是富有人家的第三代，世家文化中最瞧不起的就是财大气粗，所以贾政最忌讳人家说他摆阔，因为炫耀富丽有一点庸俗，他比较喜欢素朴的东西。这个设计师可能也猜测到他的心理，尽量让这个园林很雅致，不显得过于铺张华丽。

“遂命开门，只见迎面一带翠嶂挡在前面。”进门以后首先出现的是一带翠嶂，即假山。“众清客都道：‘好山，好山！’贾政道：‘非此一山，一进来园中所有之景悉入目中，则有何趣。’”这就是我刚才提到的纯粹的东方美学。如果是凡尔赛宫，一进去就一览无余，让你感觉它是伟大的，而东方美学讲究细致、隐藏，一下就可以看完的生命都不是最美好的生命。现在的建筑设计通常是在讲空间，可是东方的园林设计真正要让你经验的是时间，而不是空间。

风月无边

很多朋友都知道，西湖很美，乾隆皇帝游了好几次，最后定出了西湖十景。有朋友问我，你去西湖那么多次，什么时候去西湖最好，其实这个问题是没有办法回答的，西湖十景其实是分布在不同的时间。“苏堤春晓”在春天是最美的，柳绿配桃红；“三潭印月”则是在中秋节的晚上，会有二十四个月亮的倒影映在水中；“断桥残雪”一定是在冬季的雪天才有的景色。只这三个景，你就会知道景色跟时间的关系了。其实当年乾隆游西湖的时候，也有在考试，考身边的随从文人。有一天，乾隆皇帝出了一个奇怪的题目，说我现在游西湖游得很快乐，我写两个字，你们看是什么意思，他就写了一个“虫”字、一个“二”字。所有的人都傻住了。其实乾隆很吊诡，繁体字的“风”(風)，去掉外面的部分就是“虫”；月亮的“月”，去掉包围结构就是“二”。他其实是说“风月”，可是这两个字都没有外围了，所以就是“风月无边”。现在看来这就是一个文字的游戏。

贾政考宝玉也用这种方法，他把文字玩成游戏了。

他们走进园林，众人说：“非胸中大有丘壑，焉想及此。”“丘”是山，“壑”是山谷，“丘壑”是在讲山水。说一个园林设计师胸怀里包容了伟大的山水，这是对人很高的赞美。《世说新语》里面讲过一个大画家顾恺之，他画当时大家公认最清高的文人谢幼舆，就把他画在了山水里面，别人一看就明白了，谢幼舆这种人物不在山水间，就无法表现出他那种高贵品格。“丘壑”二字出自这个典故，认为一个人不管是治国、读书，还是经营企业，胸中应自有丘壑。丘壑，就是有胸怀和大格局的意思。

曲径通幽、沁芳亭

他们到的第一个景点，有一块“镜面白石”，就是“迎面留题处”。贾政回头笑道：“诸公请看！此处题以何名方妙？”有人说“赛香炉”，因为古代很有名的风景之一就是庐山，庐山有一个形状很像香炉的山峰，叫香炉峰。也有人说叫“小终南”，“终南”是指终南山，传说是当时修道炼仙的人住的地方，还有人想了别的名字，其实不管“赛香炉”还是“小终南”都蛮俗气的。作者在这里特别点出，贾政旁边这些文人清客都知道，这一天贾政真正要考的是宝玉，不是他们。这些人非常聪明，知道不在这个时候抢风头，所以他们故意讲一些不太好的名字来敷衍，这样宝玉讲出来的东西就会脱颖而出。这种帮闲文人最懂得什么时候该表现，什么时候不表现。

“贾政听了，便回头命宝玉拟来。”宝玉认为，这个地方并不是正景，下面还要有很好的风景出现，不宜用太重的字。他说：“莫若直书‘曲径通幽处’。”弯弯曲曲一条小路，带我们到那个非常幽静的所在。大家都说：“是极！二世兄天分高，才情远，不似我们读腐了书的。”当然这些人是有点奉承的。贾政觉得不能随便宠坏了小孩，就说：“过赞了。他年小，不过以一知充十用，取笑罢了。”

他们接下来就进了石洞，看见“奇花闪灼，一带清流”，水开始出现了。这个园林里面有一条水流从头到尾贯穿着，不管到潇湘馆、稻香村，还是蘅芜苑，你会发现水流一直跟着。水成为园林的一个主题，它就像我们戴的珍珠项链的那一根线，有时候你看不见，可是这根线是贯穿所有珍珠的一个真正的脉络。

他们要为这个水命名。贾政想到《古文观止》里欧阳修有一篇很有名的文章《醉翁亭记》。欧阳修在做安徽滁州太守的时候，曾经盖过一个亭子。亭子盖好后，他让人用当地非常好的泉水酿了酒，然后他喝醉了。人家叫他为亭子命名，并写一篇文章，因为已经喝醉了，人变得懒散自在，他说自己醉了，就用“醉翁亭”命名。你们现在到安徽还会看到醉翁亭，它变成了文化上的一个重要记忆。贾政看到这个地方刚好有水“泻出于两峰之间”，这是《醉翁亭记》里的句子，想要用这个“泻”字。可是宝玉觉得这个地方是用来欢迎贵妃娘娘回来的，用“泻”字不好，欢迎皇家的人应该有一种贵气。而且他认为“泻”字只点出了水，没有点出花。因为这个地方不但有水，旁边还种满了花。所以，他用了两个非常漂亮的字——“沁芳”。沁芳后来就变成这条小溪的名字，沁芳亭、沁芳闸都是沿用“沁芳”二字。

“沁”这个字我们现在不太用到了，古人的诗里面“沁”字用得很多，比如宋词中的词牌“沁园春”。“沁”这个字有一点女性味，可以用来形容泪痕。沁是什么？是渗透，不知不觉慢慢地渗透。泪水浸透了衣襟也叫沁，玉上面有的痕也叫沁。“沁”是岁月久远以后不知不觉感染到的气息。“泻”是比较表面，比较粗暴的，“沁”是阴柔而美的，当然比“泻”字漂亮。“沁”下接一个“芳”字，是说水沾染了落花的香味，有花的芳香，可见古典文学的训练到最后是在生活里随处可以用的。包括以前给孩子取名字，不会那么随便翻一个琼瑶小说就全部叫海燕什么的，它里面都有特别的意义。我们那个年代班上好多比我们高一点的学长都叫胜利，因为刚好抗日战争胜利。再晚一点就叫台生，因为刚好在台湾出生。我有时候就常笑这些爸爸妈妈蛮不用功的，只是用了很普遍的共同性的东西。

十四岁的宝玉观察到了这里的景致：看水看花看落花，其实“沁芳”只有两个字，大家都觉得漂亮得不得了。我们也会发现贾政还有他身边的人都没有这个感觉，因为他们在官场太久，对于“沁”这种比较温柔的有感染力的东西，不太有感觉了。

有凤来仪

“贾政拈髯点头不语。”有没有发现，大多时候父亲赞赏孩子只是点头摸胡子，他不会讲什么好听的话。然后他说：“匾上二字容易。再作一副七言对联来。”还要继续更难的考试。宝玉“立于亭上，四顾一望，便机上心来，乃念道：绕堤柳借三篙翠，隔岸花分一脉香。”“绕堤”对“隔岸”，“柳”对“花”，“借”对“分”，“三篙”对“一脉”，“翠”对“香”，全部是工整的对仗。“三篙”是说水很深，水深了以后才会有清澈的绿色，使得旁边的柳树都增添了绿色，所以“绕堤柳借三篙翠”，柳树借了水的绿色，主题不是柳，而是水。“隔岸花分”，就是水在流，两边都是花，整条水都是香味，主题还是在一脉水。“三篙”和“一脉”是真正的主题，都是在讲水。这个对联的精彩在于它不只对仗工整，更重要的是意境、主题完全是水。

“贾政听了，点头微笑。”这是父亲最高的赞美了。

接下来，他们“出亭过池，一山一石，一花一木，莫不着意观览”。随后就到了一个新的地方，“一带粉垣，里面数楹精舍，有千百竿翠竹遮映。”“精舍”，是从佛教转出来的表述，很朴素的瓦房叫“精舍”。这个园林以自然为主，所以有一些楹舍。一提百竿翠竹，这个地方就是潇湘馆了，它的主题就是竹子。大家要注意园林的设计是有主题性的，我跟很多朋友讲说我到过新竹的科学园区十几次了，永远找不到路，因为一个馆跟另外一个馆没有任何个性上的差别。“只见入门便是曲折游廊，阶下石子漫成甬路。上面小小二三间房舍，一明两暗，里面都是合着地步打就的床几椅案。”一个小小的房舍，很适合林黛玉这样喜欢幽静的人住。

贾政笑着说：“这一处还罢了。若能月夜坐此窗下读书，不枉虚生一世。”他一天到晚都在忙公务，此刻忽然觉得很遗憾，说如果能够在有月亮的晚上，在这样的房间里读读书，就此生无憾了，意思是讲他已经没有机会了。“说毕，看着宝玉，唬的宝玉忙垂了头。”宝玉对父亲所有的眼神都很害怕。大家赶快打圆场，说这个地方应该题四个字，贾政就问哪四个字，有人说“淇水遗风”。因为《诗经》里面讲到淇水的“绿竹猗猗”，贾政就说“俗”，觉得不好。另外一个人说“睢园雅迹”。“睢园”是汉梁孝王刘武营建于睢阳的花园，也叫修竹园，全部用的是竹子。竹子中间是空的，文人常常强调虚心，做人要谦虚；竹子有节，文人讲究节操，不该要的东西不要。虚心与节操使得文人越来越爱竹子，把竹子作为君子的象征。可贾政也说“睢园雅迹”俗。

贾珍就在旁边说：“还是宝兄弟拟一个来。”贾政就骂他了，说：“他未曾作，先就要议论人家好歹，可见就是个轻薄人。”他觉得宝玉一个小孩子，怎么敢在大人面前乱讲话、乱表现。这是世家文化里对孩子的一种教养。可是宝玉认为，你既然要考我，不管好还是不好，我当然要讲真话。这其中有伦理和个人才情之间的冲突。其他人当然帮宝玉讲话，说：“议论的极是，其奈他何。”贾政忙说：“休如此纵了他。”

贾政问宝玉，刚才众人所说有没有可用的，宝玉回答：“都似不妥。”贾政就冷笑道：“怎么不妥？”宝玉道：“这是第一处行幸之处，必须颂圣方可。若用四字的匾，又有古人现成的，何必再作。”他说用“有凤来仪”。“有凤来仪”出自《尚书》，《尚书》是比《诗经》还要古老的典籍，是讲天下太平之后，政治上轨道了，经济繁荣了，治国治到最好的时候就是“箫韶九成，凤凰来仪”。“箫韶”是指音乐。做官的人不用那么忙于政事，可以坐下来听音乐了，引得凤凰也飞来一起欣赏。就是说，治国到最后不只是感化人，甚至连动物都能被感化了。这是《尚书》里非常美的一个句子。“有凤来仪”刚好讲贵妃回来，不仅仅是典故，而且气派很大。可以看到，宝玉的确没有读死书，他的才学在这些地方用得非常好。

竹子主题的结束

“众人都哄然叫妙。贾政点头道：‘畜生，畜生，可谓“管窥蠡测”矣。’”老爸赞美孩子的时候就会骂畜生。其实在民间，很多人常常用很粗的骂人的话来表示很亲昵的感觉。“管窥蠡测”，意思是在用一根管子看天空，一只水瓢在舀海水，天这么大，海这么阔，你不过只有一根管子、一只水瓢而已。贾政虽然在用典故骂宝玉，但也有一点赞美之意，说你不过是读那么一点书，可是也都用上了。然后命他：“再题一联来。”

这个地方全是竹子，主题应该是竹。宝玉就说：“宝鼎茶闲烟尚绿，幽窗棋罢指犹凉。”古代的人家里都会用鼎焚香，一方面除虫，一方面有香味。焚香就有烟，茶的热气也像烟，因为四周都是竹子，日光透过竹影照进来，烟里面都带着绿色。“宝鼎茶闲烟尚绿”，虽然没有一个“竹”字，可都是在讲竹子。“幽窗”，不那么明亮的窗，竹子像帘子一样把日光遮住了一部分，所以叫幽窗。在幽窗旁边下围棋，棋子是石头雕出来的，下完棋后指尖还留有一丝凉意，是在讲竹子的寒意。即使在炎热的夏天，如果房子四周全是竹子的话，你也会觉得有一点寒凉，所以“幽窗棋罢指犹凉”。我想，这个十四岁的宝玉在今天绝对可以比得上文学博士班的学生，他对文字、对意境的掌握如此到位，没有一个字碰到竹子，可是竹子的色彩、竹子的寒意全都出来了。

贾政照例不会赞美他，摇头说："也未见长。"然后带大家出来。这是第二个景点——潇湘馆，是竹子的主题。

贾政对宝玉的态度

此时，贾政忽然想起一事来，问贾珍道："这些院落房宇并几案桌椅，都算有了，还有那些帐幔帘子并陈设玩器古董，可也都是一处一处合式配就的？"贾珍说这个不是他负责的，是贾琏。"一时，贾琏赶来"，"忙取靴桶内靴掖装的一个纸折略节来"。古代男人穿的马靴里面有小口袋，可以放一些类似于文件的东西，一些私密的信。他从小口袋里拿出了一个账单，向贾政汇报"妆、蟒、绣、堆，刻丝、弹墨并各色绸绫大小幔子"的数量。"妆、蟒"，就是妆缎和蟒缎，是两种不同织法的缎子。"绣、堆"，绣花和堆花，是刺绣织出来的东西。"弹墨"，有点像现代的蜡染，用纸剪出很多的图案，然后贴在布上去染。

之后，他们继续游园，走过假山，隐隐露出一带黄泥筑就的矮墙。这时读者肯定会想在这种豪宅中，怎么忽然出现了一段泥墙？"墙头皆用稻茎掩护"，墙头全部是用稻秆做出来的。四周种的是杏花，"如喷火蒸霞一般"，杏花是民间非常常见的花。里面有一些茅屋，外面种的是桑、榆、槿、柘这四种农家会种的树木。里面还种了很多蔬菜，也没种花。特别提到此处有一口土井，"旁有桔槔辘轳之属"。"桔槔"是用杠杆原理压水的东西，"辘轳"是圆形的把水桶放下去再绞起来的打水装置。这个设计很有趣，明明是富贵人家的园林，可是在里面特别留了一处地方，保有一种农家的风情。这也是一种文化的审美，富贵里面隐藏着农家的朴素。

贾政很高兴，说："倒是此处有些道理。固然系人力穿凿，此时一见，未免勾引起我归农之意。""归农"只是他心理上的一个向往，他的身体早已经交给了官场。贾政接着说："我们且进去歇息歇息。"他对大家说这个地方应该怎么布置，还特别交代，这里要用竹竿在树梢上挑一个酒幌，完全模仿农家的杏花村，就是有一点像唐诗"牧童遥指杏花村"那样。而且贾珍还回说，这里不要养诸如孔雀、金丝鸟这样珍贵的鸟，就买一些鹅、鸭、鸡类，这才有农家的感觉。

对于这个景点，有人说可以叫"杏花村"。宝玉这个时候忍不住了，冷笑说："村名若用'杏花'二字，则俗陋不堪了。"一个十四岁的小孩子，这样去批评这些大人。因为宝玉觉得在创作领域，绝不是说你年纪大就一定比我好，也不是说你官位高就一定比我强。贾政是官员，总认为做人必须谨慎，人家不好你也要说好，可宝玉身上有一种率性与天真，他与父亲的冲突也常常因此而起。他说："古人诗云'柴门临水稻花香'，何不就用'稻香村'的妙？"大家听了以后都拍手叫好。

可没想到贾政一声断喝："无知的孽障！你这孩子能知道几个古人，能记得几首熟诗，也敢在老先生跟前卖弄！"这绝对是父亲的态度，他不会让一个十四岁的孩子如此嚣张。即使觉得他有才情，可是在长辈面前，也不可以这样卖弄。宝玉还冷笑，更犯了忌讳。这绝对是儒家文化的家教，做人要内敛、谨慎。

稻香村

说着，大家走进稻香村，"里面纸窗木榻，富贵气像一洗皆尽。贾政心中自是欢喜，却瞅宝玉道：‘此处如何？’”贾政一直在观察，觉得此处实现了他希望回到农家，希望朴素，不喜欢富丽的愿望。可是宝玉相反，他觉得明明是富贵人家，故意做出一番农家的景象，很做作。他跟父亲吵了起来，而且一直不肯让步，父亲已经很生气了，他还继续辩论，他说，什么是天然，天然就是浑然天成，不是明明很有钱，却故意弄一些蓑衣摆在那儿。“贾政气的喝命：‘出去！’刚出去，又喝命：‘回来！’命再题一联：‘若不通，一并打嘴！’”在这里我们可以看到父权给宝玉造成的痛苦。

宝玉在这个时候还能够作诗，他立刻把农家的主题借助《诗经》的典故讲了出来。他说：“新涨绿添浣葛处，好云香护采芹人。”把纤维状的东西在水里慢慢漂干净，叫“浣”。“葛”是一种细的麻，做夏天轻薄衣服的麻就是葛。我们现在不这么细分了，都统称麻。“新涨绿添浣葛处”，春天来了，水慢慢涨起来，水里面有一种绿色的水草样的东西在漂，其实是人在洗葛。这句诗讲的是农家要做的事情。“采芹”也是典故，《诗经·鲁颂》中有一句话：“思乐泮水，薄采其芹。”意思是泮水令人真愉快，来此采摘水芹菜。“泮水”，水名。出当时曲阜县治，西流至兖州府城，东入泗水。“薄”是语气助词，无义。“芹”是一种水芹菜，有香味。这里指每天在泮水边采一些水芹菜做着吃，虽然过着清贫简单的日子，但是很愉快，依然有一种高贵的人格。

大家有没有注意到后来住在稻香村里的人是谁？李纨。她是贾家最朴素、简洁、安分的一个女子，她一直守在家里教儿子读书，后来贾兰果然书读得很好。贾家抄家以后，复兴家族的那个人就是贾兰。这里是告诉我们，振兴家业最重要的就是读书，所以不妨浣葛采芹，不要去追逐名利，好好读书，总有出人头地的那一天。这一副对联点出了稻香村的主题。但是，贾政照例摇头说不好。

蓼汀花溆

“转过山坡，穿花度柳，抚石依泉，过了荼蘼架，再入木香棚，越牡丹亭，度芍药圃，入蔷薇院，出芭蕉坞，盘旋曲折。”转、穿、度、过、入、越、出，一连串动词告诉我们，他们经过了哪里，每一部分都有一个主题。“荼蘼”，是一种白色的花，江南很多，香味很像栀子花，枝干很脆弱，要用架子架起来，常用来形容夏天的慵懒，就是夏日里午睡时那种有阵阵香气袭来的感觉。“木香”，是一种有香味的乔木。牡丹和芍药常常被混淆，芍药是草本科的，花开得非常大，有时候大到枝干都无法支撑它，就会垂下来。人工栽培的牡丹常常以芍药作为嫁接，牡丹属灌木。特别是唐朝，他们把芍药嫁接在其他灌木上，能开出脸盆大的牡丹花。现在山西古老的建筑中还留有唐朝的那种牡丹，有非常粗的枝干。你看国画里的牡丹，一定会画两个桠，表示接枝。牡丹亭、芍药圃、蔷薇院、芭蕉坞，每一个花圃都有一个不同的主题。

“忽闻水声潺湲，泻出石洞，上则萝薜倒垂，下则落花浮荡。”这里是欣赏落花的地方，借水声带出落花。这个景有两种欣赏角度，可以坐在船上赏落花，花就在你的船边，也可以从盘道上看落花。

大家都觉得这个地方非常美，有人就说这个地方应该叫作“武陵源”。武陵源的典故出自《桃花源记》，东晋的陶渊明看到当时战乱不断，民不聊生，就编出了一个故事，说有一个打渔人，沿着开满桃花的河流走进去，在桃花林的尽头找到了一个躲避战乱的地方。也有人说应该叫“秦人旧舍”。《桃花源记》里面的故事是说，秦朝末年打仗打得很厉害，有一批人逃难，躲到这个地方以后再也没有出来过，根本不知道外面有汉朝，更不知道魏晋，所以叫作“秦人旧舍”。

宝玉就说：“这越发过露了，‘秦人旧舍’说避乱之意，如何使得？”宝玉从来不会说谎，他爸爸已经骂了他这么多次了，但他不会因为被骂而敷衍。他说：“莫若‘蓼汀花溆’四字。”“蓼”是一种草，有点像芦苇，会结一粒粒红色的小籽，鸟很喜欢吃，宋画中常有秋天的红蓼草，有小鸟落在上面，这种草生在水边，“蓼汀花溆”的意思是有落花有水草的地方。贾政听了，说他胡说，依旧没有赞美他。

流水落花

接下来他们要坐船，可是船还没有准备好，贾珍就说可以从上面的盘道进去。我特别希望大家能够了解这个园林设计的精妙，它让你从高的地方和低的地方去感受同一处景观。

“大家攀藤抚树过去。只见水上落花愈多，其水愈清，溶溶荡荡，曲折萦纡。”这里在讲落花的美。大家后面会读到，有一年的春天林黛玉在这个地方感伤，她发现所有的落花要随着水流出去，就拿了锄头和锦囊去葬花。宝玉来了，问她为什么要葬花，花掉到水里岂不是很好。她说花儿随水离开这个园林，到了外面街市，不知道要流落到怎样肮脏的去处。与其如此，不如把它们埋葬在园子里。其实，她这里讲的已经不是花，是她自己。这是园林当中看落花的地方，也让大家感觉到花不只是在盛开，同时也在凋零。园林呈现的是四季的风景，体现着时间的延续，看到落花随水漂漂荡荡而去，让你体味的是生命从繁华到凋零的过程。

香草

然后他们就走出来了，看到“柳荫中又露出一条折带朱栏板桥来，度过桥去，诸路可通，便见一所清凉瓦舍，一色水磨砖墙，清瓦花堵”。这是后来薛宝钗住的“蘅芜苑”。这个地方没有花木，全部是香草。从水的主题转到了竹子的主题，竹子的主题转到农家稻田的主题，又转到落花的主题，现在转到了全部是关于嗅觉的香草主题。

这里用了很多文字来写草。贾政不禁笑道：“有趣！只是不大认识。”中国有一部文学作品是特别喜欢写香草的，就是《楚辞》，其中尤其是屈原的自传《离骚》。很多关于香草的词汇，像这里用到的茝兰、薜荔藤萝、杜若蘅芜，全部是《楚辞》里面的用词。我们现在开始读《楚辞》的时候经常要翻《康熙字典》，因为很多字都不认识。可以感觉到，曹雪芹非常喜欢《楚辞》里面的华丽、烂漫和唯美。曹雪芹身上甚至也延续了屈原的一些个性，屈原是爱花的，他总是在身上戴满香花香草，屈原在《离骚》中说：“制芰荷以为衣兮，集芙蓉以为裳。”他的衣和裳是用荷花与芙蓉做成的。

大家都认不出来，宝玉却很得意地叫出了这些香草的名字。他说：“这些之中也有薜荔藤萝。那香的是杜若蘅芜，那一种大约是茝兰，这一种大约是清葛，那一种是金簦草，这一种是玉蕗藤，红的自然是紫芸，绿的定是青芷。”可以看到，宝玉是有他的特长的，那些他爸爸从来不鼓励他读的书，他读得非常好。宝玉接着说：“想来《离骚》、《文选》等书上所有的那些异草，也有叫作藿蒳姜荨的，也有叫作什么紫纶绛组的，还有石帆、水松、扶留等样，又有叫什么绿夷的，还有什么丹椒、蘼芜、风连。”藿蒳，我们已经不知道是什么植物了；姜荨，我一直觉得可能跟水姜有关，凡是姜科根茎一类植物，基本上都有一种香味。宝玉把《离骚》里有关香草的名字全都背出来了，他说：“如今年深岁久，人不能识。”

可他还没有讲完，贾政便喝道：“谁问你来！”贾政从来就不喜欢宝玉，觉得他是没出息的男孩子，可宝玉始终有一片属于自己的天地，这片天地来自他对大自然和人世间所有美的关心与欣赏，而这片天地几乎也是《红楼梦》的主线，《红楼梦》就用这个东西去对抗贾政的虚伪。贾政，这个名字正是“假正经”的暗示，他太做作了，宝玉却有真性情。贾政一喝骂，“唬的宝玉倒退，不敢再说”。

吟成豆蔻诗犹艳

“贾政因见两边俱是超手游廊，便顺着游廊步入。只见上面五间清厦儿卷棚，四面出廊，绿窗油壁，更比前几处清雅不同。”卷棚是一种没有连接屋脊的缝的屋顶，非常清雅。

贾政又叹气了，你发现他这一天都在叹气。贾政叹道：“此轩中煮茶操琴，亦不必再焚名香矣。”因为外面都是香草，满屋子都是香味。这里大家要注意，香味一直跟薛宝钗有关：她从小有一种热病，要吃一种药，叫作冷香丸；她身上带有一种香，这种香是大自然香草的味道；后来蘅芜苑是薛宝钗住的地方，所以薛宝钗有一点像人的嗅觉，而嗅觉是比较浓艳的感觉。林黛玉住的潇湘馆的主题是竹子，是一种光影，一种清高的东西。

到了这里，贾政说，你们觉得这个地方应该叫什么。大家就说："再莫若'兰风蕙露'贴切了。"兰和蕙都是香花。古人严格区分兰与蕙，一枝上面只有一朵花的叫作兰，一枝上面开好几朵花的叫作蕙。兰比蕙更香，虽然只有一朵花，可是它的香味非常清幽。贾政说，也只好用这四个字了。然后有一个人说自己想到了一副对联："麝兰芳霭斜阳院，杜若香飘明月洲。""麝兰"，是讲兰花，动物的分泌物叫作麝香，是一种非常香的香料。"麝兰芳霭"，斜阳照射的地方有一阵阵的香味飘来。"杜若"也是一种香草，在有明月的夜晚闻到了杜若的香味。

这副对联其实作得很差，众人说："妙则妙矣，只是'斜阳'二字不妥。"因为贵妃回来的地方，不能用不吉利的字。刚刚讲的"泻"字不好，现在又用了"斜阳"。很奇怪，他们作对联，用来用去就是"泻"啊、"斜阳"啊什么的，好像在暗示这个家族注定要败落。那人反驳道，古代有诗叫"蘼芜满院泣斜晖"。这就更有悲惨的感觉，不但是斜晖，还要哭泣。众人道："颓丧，颓丧。"另外也有一个人说，我作一副对联你们看看："三径香风飘玉蕙，一庭明月照金兰。"这个当然比前面的好。"三径"是一个典故，汉朝有一个人叫蒋诩，辞官回乡后为自己盖了一所竹子环绕的房子，他开了三条小路可以进来。一条是他自己走的，一条是给他的好朋友求仲走的，还有一条留给另外一个好朋友羊仲走，叫作三径。三径表示了以前文人的洁癖——我不是跟什么人都来往的，我住的地方只有朋友能来。注意对联的形式，三对一，径对庭，香风对明月，飘和照都是动词，然后玉蕙对金兰，这里都是典故。

"贾政拈髯沉吟，意欲也题一联。"忽然抬头看到宝玉。就说："怎么你应说话时，又不说了？还要等人请教你不成！”宝玉很倒霉，他怎么样都不对，刚才父亲骂他乱讲话，现在又说他在该说话的时候不说话。

宝玉就只好说，这个地方既没有兰，也没有麝，更没有明月、洲渚，你们刚才说那些东西干什么。

贾政当然很生气，说：“谁按着你的头，叫你必定说这些字样呢？”宝玉道：“如此说，匾上则莫若‘蘅芷清芬’四字。”这也就是后来蘅芜苑的来源。下面这副对联非常漂亮，这是宝玉才情的展示：“吟成荳蔻诗犹艳，睡足酴醾梦也香。”这两句不只对仗工整，而且其中有十分美妙的意境。“荳蔻”是一种很奇特的花，它的花在开的时候，一直是被叶子包着的。所以中国古代有个俗语叫作含胎花，就像在母亲的胎胞当中的花，意思是这样的花和果实在成熟的过程中有一点娇羞，不会整个露出来。大家一定听说过一个成语叫作“豆蔻年华”，这个成语是形容十五六岁的女孩子，娇羞得还有点不敢见人的那种感觉。荳蔻里面是一种香料，非常香。“吟成荳蔻诗犹艳”，写诗去歌颂荳蔻的美，写完以后那个诗都是艳的。将来这个地方是薛宝钗住的，薛宝钗比较丰腴，比较感官，她的美是比较强烈的，不像黛玉的美有一点淡雅的感觉，所以这里用到“艳”这个字。“睡足酴醾梦也香”，夏天午睡睡得很香的时候，忽然被一阵阵花香惊醒，好像连梦都是香的。这里面的意境，让你感觉到一种很浓艳的味道。刚才写到潇湘馆的时候，“幽窗棋罢指犹凉”是淡淡的，大家有没有感觉到完全是林黛玉的风格，现在的“睡足酴醾梦也香”，完全像薛宝钗。作者不只在写园林的景点，同时也在告诉你将来住进这个园子里的每一个人跟她住的那个院落里的风景是有关的。

宝玉惊见自己生命的源头

贾政觉得这个对联真是写得很好，就笑着说："这是套的'书成蕉叶文犹绿'，不足为奇。"唐诗"书成蕉叶文犹绿"，是讲大书法家怀素练字很勤的时候，觉得在纸上写很浪费，就用芭蕉叶来练，练完以后文章都像带了芭蕉叶的绿色。从这里转出了"吟成豆蔻诗犹艳，睡足酴醾梦也香"，可见宝玉今天的应试足够精彩，每个景点给出的句子都非常漂亮。

宝玉这一天的考试到这里大概要结束了，可是十七回非常精彩的一段是他们忽然到了正殿。正殿前面有一个大的玉石牌坊，然后就到了最大、最主要的景点——将来贵妃娘娘回来下榻的地方。这时宝玉忽然呆住了，他看到那个牌坊，就说这个地方我怎么来过。这是小说了不起的地方，我们一直看到他们在游园，但宝玉不是，在他的心里还有一个梦境。

第五回里宝玉喝醉了酒，做梦到了一个地方，叫作太虚幻境。而在梦中的那个牌坊，就是现在他看到的牌坊。在梦里，他看到牌坊上写着"太虚幻境"四个大字，可是现在，这个牌坊上面没有字，等着他来命名。他忽然呆住了。但是旁边的人并不知情，因为大家都没有他这种仙缘。

父亲觉得宝玉今天是不是被他逼得紧了，怎么忽然呆掉了，问他话，他没有听到。宝玉好像看到他生命的源头了，他忽然发现，娘娘回来原来是梦里已经注定的，这个家族注定要败落了。

《红楼梦》的了不起在于曹雪芹写出了一种感觉，这种感觉我们现实里也有。有时候我们见到一个人觉得这个人不是这一世见到的，仿佛有好几世的缘分；有时候到了一个地方，你会忽然呆住，觉得自己知道等一下转过去那边会有什么，有时甚至会不敢往前走，等你转过去就发现真的是那个景象。心理学家常常分析，人的生命中为什么会有这种超经验的东西。《红楼梦》一直在表现这个，作者认为有很多现世里的东西，不一定只是现世的，是好多的东西一直在累积，然后在最后这一刹那被释放出来。

《红楼梦》永远是在现世的游玩当中，点出你前世的来历。这个园林的修建好像有前缘，它不仅是一个建筑空间的设计，更重要的是，所有将来要住进这个园子的人所经历的一切，其实是一次从天上到人间的缘分的汇聚。种着竹子的院子林黛玉要住进来，种着香草的院子薛宝钗要住进来，怡红院将是宝玉要住的地方，好像是在洪荒当中人陆续出现了。

宝玉的女性特质

进入怡红院，众人看到的是芭蕉和海棠。海棠在古典文学里扮演了一个很重要的角色。它的色彩非常繁复，可以从浅橙色到绛红色、艳红色、紫红色，有很多的变化。书中是用芭蕉的绿和海棠的红做色彩的对比。大观园里唯一的男孩子宝玉是非常爱色彩的，他喜欢热闹，喜欢华丽的东西，所以他住的院落里布满了色泽艳丽的芭蕉和海棠。

芭蕉是园林里面常常用到的一种植物，在下雨天，尤其在江南的梅雨季节，最美的就是雨打芭蕉的声音，几乎变成了听觉的享受。芭蕉还有一种视觉上的特征，玩水墨画的人比较懂。芭蕉的叶子长老了以后，它的绿色很深，投射在白粉墙上的那一块影子是比较深的黑色，而从蕉心刚刚抽出来的叶子是非常薄的、透明的，它的影子投在墙上就是淡墨。芭蕉通常都种在白粉墙前面，这样可以欣赏到白粉墙上浓墨和淡墨的变化，仿佛是一张以芭蕉为主题的水墨抽象画。园林艺术里面其实包含了很多跟美术传统有关，跟音乐传统有关，跟非常复杂的文学传统有关的所有记忆。所以我常常觉得要真正去弄懂一个传统的文化，包括美术、戏剧这些东西，恐怕游园是最好的方式。

我常常回想 1988 年第一次去苏州园林，大概是我人生最痛苦的经验之一。进到网师园，最漂亮的一块太湖石，宋徽宗是为了采太湖石最后亡国的，太湖石是太湖里面被侵蚀最后出现很多洞的那种石头，我们叫作玲珑石，因为它有很多的洞，洞越多越漂亮，构成虚跟实之间的美感。所以有钱的人家通常会花很多钱去买一块太湖石立在庭院当中。狮子林的太湖石是最有名的，可我却看到每一个洞里面插一个扫地的扫把，我简直快要昏倒。内心最大的哀伤就是觉得已经没有人知道园林里的这些东西是多么精心地被营造出来的了。当然，现在这种情况慢慢没有了，因为开始是真正懂园林的人接手在经营。

然后大家开始命名。其中一个人就说，最好叫“崇光泛彩”。“崇光”是讲芭蕉叶子上绿色的光在流动，“泛彩”是讲海棠颜色的艳丽。宝玉听了以后认为不错，可是他觉得有点可惜，他说，这个地方种芭蕉和海棠，很明显在暗示两种色彩：红色与绿色，他觉得题名一定要把“红”和“绿”两个字镶进去。

在文学里面，“红”和“绿”这两个字要用在一起是非常不容易的。北宋南宋之交的女词人李清照，曾经用过“绿肥红瘦”，说秋天来临的时候，绿色越来越多，红色却在凋零减少。“红绿”很少人敢并用，“肥瘦”也很少人敢用，她竟用了这四个大家都不敢乱用的字。我发现很有趣的是，女性在创作上不表现则矣，一表现常常跟男性不同，因为她们的感官中有一种非常厉害的直觉。宝玉继承了李清照的传统，他希望用“红”和“绿”。其实，宝玉身上有很多女性的气质。

我们总觉得男人应该阳刚，女人应该阴柔，可是这样很可能使女性豪迈的部分难以发展，而男性温柔的部分也无法表现。现在从科学的角度来看，传统的性别划分对人其实是一种限制。

李清照的“绿肥红瘦”把当时的男词人吓了一大跳，说我们怎么不敢用这样的字。李清照虽是女性，创作里却有一种大气。她的诗词别具一格，当时并不属于主流文化。宝玉的很多文学方法其实有非常女性的部分，他的那副“吟成荳蔻诗犹艳，睡足酴醾梦也香”的对联是非常女性化的，是感官的，也就是宝玉身上的某种女性特质一直没有被剥蚀掉。虽然他父亲一直想要把他身上温柔的、缠绵的部分去掉，希望他将来可以做官，可是宝玉一直保有自己非常性情的部分。性情和礼教是对立的，礼教是做出来给别人看的，而性情是人的本性。宝玉跟他爸爸一起游园，我们就可以清楚地看出一边是礼教，一边是性情。

我们并不认为礼教不应该存在，可是如果只有礼教而没有性情，就会变成做作和虚伪；只有性情而没有礼教，就会变成滥情。二者之间有一个平衡。在大部分以男性为主体的主流文化中，在只讲礼教而无性情的社会里，《红楼梦》很明显地强调男性主流文化中要保有性情的部分。这是为什么怡红院最后用了“怡红”。“红”常常象征女性世界，“怡”就是心怡。宝玉被称为怡红公子，他喜欢红，渴望红，沉溺红，眷恋红。“红”代表宝玉的某一种真性情没有丢失掉。

走到此处，宝玉用了四个字——“红香绿玉”，完全是套用李清照的“绿肥红瘦”。海棠有香味，所以是“红香”；芭蕉像玉一样，上面有莹润的光彩，称为“绿玉”。后来被贾元春改成了“怡红快绿”，当然这样比较雅，可是我觉得“红香绿玉”是比较女性的，“怡红快绿”是比较男性的。宝玉作为一个男性写了“红香绿玉”，他的姐姐反而把它改成了“怡红快绿”。这个姐姐虽然是女性，可是做了掌权的皇妃以后，她有一种男性具有的官场气派。如果把性别跨越作为一个当代研究的重要课题，《红楼梦》是最好的一部书，它多次牵涉到性别跨越的问题。我的意思是性别并不只是一个生理上的东西，同时还是一种文化。

镜花水月

苏东坡的词需要山东大汉执铁板唱“大江东去”，因为他的词非常阳刚，非常男性。柳永的词需要十来岁的小女孩用红牙板唱“杨柳岸，晓风残月”，因为他的词非常纤细，非常女性。性别并不单指生理，也指文化上的阳刚和温柔，这两种个性在美学上都可以成立。《红楼梦》用审美的方式，跨越了世俗中的性别分界。《红楼梦》在文学、美学方面有这么多引发我们灵感的部分，是因为作者三百年前的很多观点比我们现在的社会还要超前。他从来没有把宝玉当成一个很阳刚的男孩子，相反，他觉得宝玉具备很多男性没有的细腻和缠绵。

贾宝玉要住的这个怡红院有一个特色，即房子里面这些放古董的地方全部按照古董的模样一格一格地刻出来。放花瓶的部分就做成一个花瓶的样子，这一格要放一把宝剑，就刻成宝剑的样子，当然这是最讲究的了。

宝玉的房间还有一个特色就是他的卧房后面有一面大镜子。中国古代的镜子多半是铜镜，上面镏金镀银，利用反光来照自己的面容，没有办法做到很大。西方的穿衣镜是清代乾隆年间进口的，只有皇宫贵族才用得起。镜子在文学里有象征的意义，人从镜子里会看到自己，可是镜子里的自己是一个假的自己。贾宝玉的“贾”是一个幻影，他的繁华只是镜花水月，所以他的房间会有一面大镜子。

《红楼梦》里发生了很多与这个镜子有关的故事。刘姥姥第二次进大观园的时候，喝醉了酒，就撞到了这面镜子。我们就觉得很有趣，贾宝玉的房间从来不是等闲人敢进去的，可是刘姥姥却跑进去。她看到镜子里面有一个老太太，以为是她亲家母，吓了一大跳，其实她照见的是她自己。她和镜子里的人躲来躲去，说说笑笑，最后她就去摸。镜子是冷冰冰的，这都反映出贾宝玉的房间有一个空幻的东西。镜子代表幻，它是假的。你看到的再真实的东西在镜子里都是假象。

十七回的结尾处提到了这面镜子，然后讲他们怎样从镜子背后绕出来，结束了一整天的游园过程。

第十八回 一

庆元宵贾元春归省
助情人林黛玉传诗

繁华的巅峰

《红楼梦》里繁华的巅峰就是十八回。嫁出去的女儿做了贵妃，回来省亲了，排场气派，声势浩大。可是最感伤的也在十八回，一个贵为皇妃的女儿回来，祖母、父母要跪在两边，她只能让太监把他们扶起来。一个女孩子，见了亲人却远远地不能接近，因为必须遵守皇家礼仪。他们相对无言地哭泣，女儿讲出了真话，说当年何必把我嫁到那个不得见人的地方。别人都羡慕贾家出了一个贵妃，可是大家都不知道她的哀伤。这句话大概是所有古代文学中不敢讲的，现在被曹雪芹讲出来了。曹雪芹对他的时代有很多的背叛与颠覆，因为上千年间大家都希望家里出一个皇妃或者贵妃。可是他却讲出了其中的哀伤，很多贵族的家庭借着一个女儿嫁到皇宫而去攀附变成大官，却从来没有想到女儿在皇宫里面一辈子青春被耽误，一辈子可能见不到皇帝一两次面的那种寂寞，这都是《红楼梦》中非常深刻的部分。

宝玉题的诗只是一个十四岁男孩子试着写的东西，或者精彩，或者一般，怎么可以给这么重要的建筑命名而且全部被采用了？第十八回就点出一个重点，贾元春跟宝玉感情非常深，小时候带宝玉的人正是姐姐元春。她进宫之前带着宝玉读书，宝玉认了几千个字，读了《诗经》、《楚辞》，这都是姐姐教的。元春嫁到皇宫以后，最牵挂的就是这个弟弟，每一次带信出来都先问宝玉如何，读书如何，有没有长进。此处特意用了宝玉留下来的诗词或者匾额，其实是在安慰这个没有办法再照顾弟弟的寂寞的姐姐。

宝玉对黛玉的深情

宝玉结束了这么艰难的期末考以后，旁边的一群小厮说："人人都说，你才那些诗比世人的都强。今儿得了这样的彩头，该赏我们。"宝玉就说："每一人一吊钱。"宝玉出手蛮大方的。可是他身边的这一群人，跟久他之后根本不把钱放在眼里了。宝玉身上有一个皮带，上面挂满了各种荷包，里面可能是扇子、槟榔等物。我们可别误会了，以为槟榔是我们现在吃的这种东西，槟榔产在南国，在北方是很高贵的东西，变成了礼品的象征。小厮们围上去说："谁没见那一吊钱！把这荷包赏了罢。"就把他的荷包解光了。宝玉是个很难拒绝别人的人，既然别人喜欢，他就只好说，你们都拿去吧。

宝玉回到自己的房间后，丫头袭人倒茶的时候就注意到他的荷包没有了，说："带的东西又是那起没脸的东西们解了去了。"宝玉出门时候的穿戴都是袭人准备的，这些荷包也是袭人经手的，所以她很注意。从中我们可以了解到，这种情形对于宝玉已经不是第一次了。当然，宝玉在富贵人家长大，没有艰难的感觉，可是同时我们也能看出，他为人非常豁达，在物质上是很大方的一个人。他总觉得，美好的东西就是要跟人分享的，他想都不去想小厮们拿去把它们送了，还是当了，觉得只要别人喜欢，他都愿意给。

可在这一段里有一个动人的故事，我不知道大家读了会不会跟我有同样的感觉。黛玉刚好也在，她听到了，就走过来看，因为有一个荷包是她绣给宝玉的。看了以后，她就说，我的荷包也被你送给别人了，就开始跟宝玉赌气。记不记得黛玉有一种洁癖，她的性情非常高傲，她觉得那是我对你情感的寄托，你不能够随便给别人。

宝玉还没有机会辩白，黛玉就立刻拿剪刀把正在为宝玉绣的一个香囊，“啪”地一下剪断了，说我以后再也不给你做东西了。宝玉忙走过来，解开衣服，从里面拿出一个荷包，说你瞧这是什么。原来他把黛玉绣的荷包藏在内衣里面了。记得十几岁看《红楼梦》时没有太多感觉，如今看这一段觉得非常动人。其实，一场爱情、一段感情深到这个地步的时候，它就是跟别人不一样，他把所有的荷包都戴在外面，只有黛玉的那个他藏在里面，不想让任何人拿走。读到这一部分，我们会感受到，十四岁的宝玉，十三岁的黛玉，他们注定有某种很深的情感牵连。

现在看这一段特别感动，发觉人与人的情感会纯粹与绝对到这种程度，真令人羡慕。可是情感非常难以维持，到某一个年龄，到某一个生命的转折处，好像就没有那么多坚持了，开始妥协了。

宁为玉碎的情感

林黛玉看宝玉这么珍重地把她绣的荷包戴在内衣里面，知道委屈了宝玉，可是黛玉是永远不会说对不起的，她是那个受宠的人，她永远要发脾气，就连自己做错了事她也要发脾气。所以最后哭的是黛玉，赌气的也是黛玉，然后宝玉还要跟她道歉。你在旁边看的时候，会觉得这样的关系很不公平，明明黛玉做错了事，为什么不道歉？可是真正的深情本来就没有公平可言，爱这个东西，旁观的人永远无法理解，他们有他们的语言。我一直认为这是作者最了不起的地方，他写小儿女的爱情写到这么深的程度。其实《红楼梦》读通以后，对我们会有很多实在的帮助，如果有一天你在捷运里看到两个这个年龄的男孩女孩在吵架，你就知道他们的吵架绝不是吵架，而是另外一种甜蜜，他们之间有牵挂、有争辩，还有赌气，其实人最幸福的时刻莫过于此，等到没有什么架好吵时，大概就无情可谈了。

“林黛玉见他如此珍重，带在里面，可知是怕人拿去之意，因此又自悔莽撞，未见皂白，就剪了香袋。因此又愧又气，低头一言不发。”宝玉这个时候当然有一点委屈，就气她，说：“你也不用剪，我知道你是懒怠给我东西。我连这荷包奉还，何如？”说着就把荷包丢给黛玉。

“黛玉见如此，越发气起来，声咽气堵，又汪汪的滚下泪来，拿起荷包来又剪。”黛玉的美是非常让人疼爱的，她很弱，连她的动作都是宁为玉碎的，她觉得感情这个东西如果不纯粹就不要了，宁可全部毁掉。其实她的爱当中有一种毁灭性。宝玉爱黛玉可能也正因为这个，他觉得这种纯粹性在现实世界里越来越少了。

“宝玉见他如此，忙回身抢住，笑道：‘好妹妹，饶了他罢！’”这个“饶了他”是饶了香袋还是饶了宝玉，很有趣。这个“饶了他”更重要的是，因为他心疼黛玉，不想让她再生气，每次两个人起冲突让步的一定是他。

一个十四岁的男孩子，懂情懂到这种程度，不读这些，不会知道《红楼梦》写“情”这个字写得这么深。

弱水三千，只取一瓢饮

“黛玉将剪子一摔，拭泪说道：‘你不用同我好一阵歹一阵的，要恼，就撂开手。这当了什么！’说着，赌气上床，面向里倒下拭泪。”这个场景以后大家在《红楼梦》里面常常会看到，黛玉一生气就面向床里面哭，宝玉就一直妹妹长、妹妹短地赔不是。

贾母找宝玉，大家说他在林姑娘房里，贾母很高兴，说：“好，好，好！让他姊妹们一处玩玩罢。才他老子拘了他这半天，让他开心一会子。只别叫他们拌嘴，不许扭了他。”贾母就怕他们吵架，可是宝玉和黛玉在一起很少不吵架的。感情这个东西很奇怪，得到一点，还要再多证明一点，吵架其实是一个不断证明感情的过程。一天黛玉跟宝玉闹到最厉害的时候，宝玉就对黛玉说，你不要老是怀疑这个，怀疑那个，“弱水三千，我只取一瓢饮”。黛玉就不讲话了，因为她知道宝玉讲出了最重的话。

可是黛玉总忍不住要证明，而宝玉的个性也刚好配合黛玉，他懂得赔小心，懂得去疼爱黛玉。他会在那边“妹妹”长“妹妹”短，然后一直说笑话给她听。“黛玉被宝玉缠不过，只得起来道：‘你的意思不叫我安生，我就离了你。’说着往外就走。”宝玉就死皮赖脸地说：“你到那里，我跟到那里。”一面仍拿起荷包来戴上。黛玉伸手抢道：“你说不要了，这会子又带上，我也替你怪臊的！”

十几岁的男孩女孩谈恋爱几乎都是这样，好奇怪，连吵架的语言都很像。其实这些语言非常难写，尤其是长大以后，真的会忘掉我们在青春期是怎样谈恋爱的，可是所有的情感就表现在这些小细节里面。我总觉得很特别，曹雪芹写这部书的时候已经是中年了，少小时候的故事已经离他三四十年了，他竟然可以这样清晰地让人感觉到他曾经经历过的最美好的青春。青春的记忆很奇怪，它非常美，可是到某一个年龄你就不敢再去回忆了，因为我们距离青春越来越远，不敢再用青春的方式看待自己，不信今天你回到家跟自己的老伴又剪领带又说妹妹长妹妹短地试试，你自己也会吓一大跳。曹雪芹似乎有一种感觉，让你觉得，人有一部分一直在世俗的社会里成长，可是另外有一个部分，比如青春的单纯，有可能一直在延续。

宝钗永远的遗憾

宝玉道："好妹妹，明儿另替我作个香袋儿罢。"宝玉得寸进尺，他发觉黛玉高兴了，就又提要求了。黛玉道："那也只瞧我高兴罢了。"他们的对话很像现在小孩子们说的话。

"一面二人出房，到王夫人上房中去了，可巧宝钗亦在那里。"《红楼梦》重要的内容是宝玉、黛玉、宝钗三个人的纠缠，在宝玉和黛玉这么深情的故事之后，忽然说到宝钗也在那里。可是宝钗也只能在那里而已，她根本加入不了。《红楼梦》的主线是宝玉和黛玉的爱情故事，宝钗一生最大的悲哀是她无论如何都参与不了，即使她嫁给了宝玉，也没有办法取代黛玉。那种一起长大的深情，不是现世里的婚姻可以替代的。书中常常会在写完宝玉和黛玉之间的深情后，忽然说，宝钗在那里。宝钗是非常聪明的，她和宝玉永远不会吵架，永远相敬如宾，结了婚两个人还是那样，他们之间没有宝玉和黛玉那段青梅竹马的情分。

黛玉的母亲死后，贾母很疼她，把她带在身边，那个时候黛玉大概只有十一岁多，宝玉也就十二岁，他们两个是睡在同一张床上长大的，两个人共享和分担了所有成长的记忆，这种情感别人无法取代。说它是爱情吧，也不完全是。因为有一种情感能深厚到比爱情还要高级。宝钗是后来才来的，来的时候已经十三四岁，这些人已经长大分房住了。这个时候，宝钗和宝玉说的话是受礼教限制的，但是黛玉和宝玉永远是打打闹闹的。所以我希望大家可以感觉到对作者来讲，他怀念一种情感，这个情感是现世中的关系无法取代的，包括婚姻。我的意思是婚姻也许是人世间的一个规则，可是里面并不一定有像宝玉和黛玉这样的情感。他们的情感最后并没有结局，是一个遗憾，可是它同时也是一种完成。宝钗用了各种方法，终于嫁给了宝玉，可是她是带着遗憾的，因为她并没有真正取代宝玉心中的那个人。

宝玉的佛缘妙玉

这个故事之后，又回到元春归省这条线，提到十六回讲到的那个贾蔷，这个十六岁的男孩子被派到南方去买唱戏的女孩子。

买来的十二个女孩子都是唱戏的，有一点像我们戏校的学生，她们组成的戏班被安排在梨香院，是荣国府北边的一座小房子，原是荣国公退出官场后静养的地方，薛姨妈一家人进京时也住过。

中国古代的戏班，严防男戏子和女戏子之间搭戏造成混乱，戏班通常全部是男性，或者全部是女性，所以一定会出现一种情况——反串。《红楼梦》里的十二个女孩子，有唱男角的，比如龄官，她就是反串唱花脸、老生。

除了买戏班子以外，因为大观园里面还有道观、尼姑庵、佛寺，还需要尼姑，就买了一个尼姑妙玉。妙玉是苏州人，祖先也是读书的仕宦人家，她因为从小身体不好，被送到庙里去住，其实有一点祈福的意思。长大后她家家道败落，就做了尼姑，可她是带发修行。

妙玉十八岁，在《红楼梦》里面是非常重要的一个角色。《红楼梦》人物名字有玉的非常少：宝玉、黛玉、妙玉，还有一个蒋玉菡。现在很多人考证说，《红楼梦》的作者不轻易用“玉”这个字，“玉”对他来讲有特别的意义。宝玉是含玉而生的，黛玉是跟他有仙缘的，而妙玉是宝玉的佛缘。

妙玉在《红楼梦》里面很特别，她有洁癖，非常爱干净，也很高傲。林语堂曾经讲过，十二金钗里面他最不喜欢的就是妙玉，他觉得妙玉很做作，假装清高。

妙玉其实非常爱宝玉，大家都知道，但都不敢讲，因为她是修行之人。每次红梅花开了，别人去要，妙玉连门都不开，她觉得你们哪里配要我的红梅花。大家就去拜托宝玉，不一会儿，宝玉就从庙里拿了一枝最漂亮的红梅花出来。这些地方是《红楼梦》里面的细微之处。

我并不赞同林语堂的讲法，每个人都有自己的悲剧。我们不应该说喜欢妙玉或不喜欢妙玉，妙玉的悲苦是她在修行，而在修行里她的欲望未绝，尘缘未了。今天如果一个十八岁的女孩子，在特殊的环境里修行，然后她喜欢一个人，而这个喜欢也不过是把别人要不到的梅花给了他，你会觉得她很不好吗？妙玉也跟其他人一样，没有办法完成她生命里最美好的部分。

我希望大家注意一下妙玉的出场，以及妙玉在这个小说里面扮演的角色。她是仕宦人家出身，虽然做了尼姑，性情却很高傲，她觉得要我去贾家，你们得用请帖来请我，我才去。

王夫人就说："他既是官宦小姐，自然骄傲些，就下个帖子请他何妨。"贾家对人有一种尊重。最后贾母和王夫人就下请帖，请妙玉过来，她就住到贾家去了。

贾妃省亲的盛大场面

到十月份，所有的东西都准备好了。监督管理的账目已经完成，古董古玩也陈设好了，开始采办鸟雀。你看园林还要买鹤、买孔雀，可见这个园林设计不只是我们讲的建筑，还包含了很多的布局，比如在什么地方养什么样的东西。像稻香村，它的审美主题是农家，这个地方就绝对不会养孔雀，只能养鸡鸭鹅，牡丹亭或者芍药圃才会养孔雀。演戏的这十二个女孩子也排了二十出杂戏出来。道观、尼姑庵的道姑、尼姑也学会了几卷经咒。

一个贵妃回来要做这么多的准备，然后请贾母最后定夺。"贾母等进园，色色斟酌，点缀妥当，再无一些遗漏不当之处了。"皇妃要回来，全家上下谨慎成这个样子。"贾政方择日题本，本上之日，奉朱批准奏：次年正月十五上元之日，恩准贾妃省亲。"

从十六回开始，就知道皇妃要回来，一直准备了一年多。

“贾府领了此恩旨，益发昼夜不闲，年也不曾好生过的。展眼元宵在迩，从正月初八日，就有太监出来，先看方向。”贾妃回来时怎么走，在哪里换衣服，在哪里安坐，在哪里受礼，什么地方开宴会，什么地方来休息，都要先由太监察看好。“又有巡察地方总理关防太监等，带了许多小太监出来，各处关防。”因为皇妃不能让人家随便看到，所以要用很多的帷幕把她围起来。“指示贾宅人员何处退，何处跪，何处进膳，何处启事，种种仪注不一。”这里包含着皇家出行时的威仪。

“外面又有工部官员并五城兵修道，打扫街道，撵逐闲人。”“工部”是六部之一，专门管国家重大的工程或者建筑，他们负责清理摊贩和一些违章建筑，因为皇妃回来不能不像个样子。整个城市都得动员起来。

“贾赦等督率匠人扎花灯烟火之类。”元春回来时是元宵节，那时在北方没有什么花开，可是又不能够太过肃静，所以用纸、纱扎成花绑在树上，让整棵树看起来全是花。这种做法在唐朝就开始了，武则天在冬天接待外族大使的时候就用假花，还有一种方式叫催花，用各种方式让花在冬天开。

“至十四日，俱已停妥。这一夜，上下通不曾睡。”大家都非常紧张。文章的铺排让读者觉得这大事一步一步在临近。

“至十五日五鼓，自贾母等有爵者，按品服大妆。”黎明时分，他们开始穿衣、化妆，准备迎接娘娘。“园内各处，帐舞蟠龙，帘飞彩凤，金银焕彩，珠宝争辉，鼎焚百合之香，瓶插长春之蕊，静悄无人咳嗽。贾赦等在西街门外，贾母等在荣府大门外。街头巷口，俱系围帐幙挡严。”路两旁全用帷幕围着，闲杂人等不得靠近，也没有办法看到。

“正等的不耐烦，忽一太监骑大马而来，贾母忙接入，问其消息。”

结果，太监说还早呢。他说：“未初刻用过晚膳，未正二刻还到宝灵宫拜佛，酉初刻进大明宫领宴看灯，方请旨，只怕戌初才起身呢。”皇妃也很忙，有这么多事情要做，大概晚上以后才会到，可是贾府上上下下从一大早就开始等了。

王熙凤是一个非常理性的人，她马上就说这样不是办法，老太太、太太们身体也不好，这样等下去要弄出毛病来的，所以让她们先回去，等贵妃娘娘到了再赶来也来得及。“于是贾母等暂且自便，园中悉赖凤姐照理。”

“半日静悄悄的。忽见一对红衣太监骑马缓缓的走来，至西街门下了马，将马赶出围帐之外，便垂手面西站住。半日又是一对，亦是如此。”我们看戏的时候，常常看到两个太监走出去到中间，然后分立两边，这里所描述的场景很像舞台剧，其实是一个皇家的仪式。“少时便来了十来对，方闻得隐隐细乐之声。一对对龙旌凤翣，雉羽夔头，又有销金提炉焚着御香；然后一把曲柄七凤黄金伞过来，便是冠袍带履。又有值事太监捧着香珠、绣帕、漱盂、拂尘等类。一队队过完，后面方是八个太监抬着一顶金黄绣凤版舆，缓缓行来。”这是典型的皇家排场。这里用一次一次的铺排，衬托贾贵妃的出现。

对十二金钗的描绘

我记得清朝有一个叫改琦的画家，曾经画过十二金钗的像，其中元春像给我留下的印象很深，她是十二金钗里面唯一以背面形象出现的。她坐在一把贵妃坐的椅子上，面对一片宫花，背对观众，我们完全看不到她的脸。小说里元春的出场，读者也同样始终看不到她的脸，因为大部分人都是跪着的，她的身份的特殊性使人根本没有办法看到她的真实容貌。人物雍容富贵到极致的时候，你常常会觉得没有办法描写，于是避开了正面，让她改用背面的方式出现。

到现在为止，十二金钗该出场的都出场了。作者对每一个人物的描写都不太一样，王熙凤一出场便是颜色，是声音，是响亮明快的东西。林黛玉每一次出场都没有什么具体描写，总是很抽象的，如明月清风一样的感觉。宝钗出场则永远带着香味。作者在描写这十二个不同类型的女子时，用了不同的方法。十八回是元春出场，她整个是在排场中出现的。

繁华与幻灭的交错

“贾母等连忙路旁跪下，早飞跑过几个太监来扶起，并邢、王两夫人来。”她们就要行国礼，太监把她们扶起来。这里完全是国家体制跟仪仗的感觉。

太监散去以后，才有“昭容、彩嫔等引领元春下舆”。昭容、彩嫔，是伺候皇后和贵妃的女官。元春下了车轿，有没有发现作者在此并没有形容她的长相，只是说她下车以后换了衣服，稍事休息，就进园林了。对比前面王熙凤等人的出场总会有五官的形容与描绘，元春的地位和身份决定了你根本不敢看她。

“只见园中香烟缭绕，花彩缤纷，处处灯花相映，时时细乐声喧，说不尽这太平气象，富贵风流。”就在此时，曹雪芹忽然加入了一段“石头兄”的自语：“回想当初在大荒山中，青埂峰下，那等凄凉寂寞；若不亏癞僧、跛道二人携来到此，又安能得见这般世面。”

还记得小说的第一回和第二回吗？其中写到在大荒山无稽崖青埂峰下，这些生命，包括一株草和一块石头，被一个跛脚道士和一个癞头和尚带到人间，说让它们去经历人世的繁华。在繁华盛极之下，忽然看到前世。这是《红楼梦》非常特别的写法，作者永远让你觉得现世的繁华其实是一个梦境，然后在梦境的某一个刹那，忽然看到还要回去的那个地方，这就是所谓的宿命。

在阅读《红楼梦》的过程中我们能一直隐约地体会到“假作真时真亦假”的感觉，始终觉得自己现世所拥有的东西，不管物质、财富、权力，甚至情爱，都既像是真的，又像是假的。这种恍惚的感觉是《红楼梦》非常动人的地方。

“贾妃在轿内，看此园内外如此豪华，因默默叹息奢华过费。”这是元春的心境。她在看到繁华的同时，也看到了生命的本原，面对这样的景象，在轿子里面默默叹息。

省亲别墅

其实，大观园的修建一直在影射曹雪芹家族被抄家事件。一般人会羡慕他们家接皇帝的驾，觉得是很好的事，可是人世间的吉凶祸福真的非常难料，当年曹家因为接驾，得罪了很多大官和太监，由此埋下了祸根，就是他们被抄家其实是因为接驾引发的悲剧。

随后太监跪请元春登舟坐船开始游园。游园路线是在十七回已经走过的。“清流一带，势如游龙”，元春看到，“两边石栏上，皆系水晶玻璃各色风灯，点的如银花雪浪”。风灯是古代用玻璃做成的灯，可以在空旷的户外点的，能够防风。因为纸灯笼在风里很容易燃烧，所以要用玻璃或者牛角、羊角磨成很薄的灯罩。冬天没有花叶，就用绢纱绸绫做出假花粘在枝上，“每一株悬灯数盏；更兼池中荷荇凫鹭之属，亦皆系螺蚌羽毛之类作就的”。池中的草木与动物是用贝壳、蚌类、羽毛做出来。古代园林装饰不只是种植自然植物，人工做出来的东西也非常讲究。“诸灯上下争辉，真系玻璃世界，珠宝乾坤。”

贾妃看到有很多的题词、对联。这些题词、对联是十七回里宝玉被他爸爸试才情时做出来的，小儿之戏竟然真的拿来挂在这园林当中，大家开始肯定觉得有些不合情理，可作者在这里交代了原委：

“当日这贾妃未入宫时，自幼亦系贾母教养。后来添了宝玉，贾妃乃长姊，宝玉为弱弟，贾妃每上念母年将迈，始得此弟，是以怜爱宝玉，与诸弟待之不同。”元春真正同父同母生的亲弟弟只有宝玉，贾环、探春等人是其他母亲生的。而且，贾妃从小就教宝玉读书。“三四岁时，已得贾妃手引口传，教授了几本书、数千字在腹内了。其名分虽系姊弟，其情形犹如母子。”宝玉等于是贾妃亲自带出来的，姐弟俩的关系自是特别不同。她在皇宫里面没有生育，最想念的也是这个弟弟。

“自入宫后，时时带信出来与父母说：‘千万好生扶养，不严不能成器，过严恐生不虞，且致父母之忧。’”元春每次来信谈的都是宝玉，贾政当然了解她的心情，就特别把宝玉的对联、诗词留了下来，让贾妃回来的时候感觉到她最挂念的弟弟已经长成了，可以题诗了。因为这样的原因，宝玉的题联才都被保留，贾妃游园，就等于是宝玉那场考试最后的阅卷人。

贾妃看了“蓼汀花溆”四个字，觉得有点重复，说：“‘花溆’二字便妥，何必‘蓼汀’？”大家要注意，皇家的人不能随便说话，她一开口，旁边的人就要立刻告知贾家把“蓼汀”两个字拆掉。金口玉言，这就是皇家的威仪。“侍座太监听了，忙下小舟登岸，飞传与贾政。贾政听了，即忙移换。”

“一时，舟临内岸，复弃舟上舆，便见琳宫绰约，桂殿巍峨。石牌坊上明显‘天仙宝境’四字。”正殿前有一个石牌坊，就是宝玉发呆的地方，上面题了“天仙宝境”四个字。“贾妃忙命换‘省亲别墅’四字。”大家能理解她为什么要换吗？她觉得称这个地方为“天仙宝境”太夸张了，像在说她的身份好像仙人一样。她想表明自己回来只是看爸爸妈妈，所以把它换成了一个很平实朴素的名字。过去做官的人家或者皇家贵族比较忌讳炫耀，“天仙宝境”是很炫耀的，“省亲别墅”则亲近、平和而踏实。

富贵中最辛酸的事

“于是进入行宫。但见庭燎烧空，香屑布地，火树琪花，金窗玉槛。”“燎”就是火把，可以在户外燃烧，不怕风吹，它的材料是松树、竹子还有芦苇，用布缠起来以后灌油燃烧。“香屑布地”，是说因为放鞭炮，有很多的纸屑落在地上。“火树琪花”，“琪花”是玉做成的花，是形容在放烟火。“说不尽帘卷虾须，毯铺鱼獭，鼎飘麝脑之香，屏列雉尾之扇。”“虾须帘”，就是把竹子劈成虾须一样细后做成的帘子，是最精致的手工。獭即水獭，一种水边的动物，它的皮常常用来做衣帽。“鼎飘麝脑之香，屏列雉尾之扇”，屏风是用鸟的羽毛贴上去铺出来的。“真是金门玉户神仙府，桂殿兰宫妃子家。”

“贾妃看罢，乃问：‘此殿何无匾额？’随侍太监跪启曰：‘此系正殿，外臣未敢擅拟。’贾妃点头不语。”可见，贾元春的话非常少，不到很必要的时候，她是不轻易开口说话的。皇家常常祸从口出，一点点错就不得了，甚至会被御史弹劾。他们讲话非常小心，当然也代表身份上的尊贵，在古代，身份越尊贵，越不能随便开口讲话。

这时主持礼仪的太监跪请贾妃“升座受礼”，就是请她上座，接受所有人的礼拜。“两陛乐起”，“陛”一般指宫殿的台阶，这里指台阶中间雕龙的部分。“礼仪太监二人引贾赦等，于月台下排班，殿上昭容传谕曰：‘免。’太监引贾赫等退出。”贾赦、贾政等人是元春的伯父、父亲，他们要跪下来行国礼。女官传话说免，就免拜了。“又有太监引荣国太君及女眷等自东阶升月台上排班，昭容再传谕曰：‘免’。于是引退。”贾母史太君跟所有的女眷也要跪下来拜，元春也让免礼。

“茶已三献，贾妃降座，乐止。退入侧殿更衣，方备省亲车驾出园，至贾母正室。”我觉得这一段大概是最辛酸的。她是一个贵妃，戴着凤冠霞帔，好像在演戏一样，不断地说“免”。现在她到了贾母正室，“欲行家礼，贾母等俱跪止不迭”。从家庭关系上说，元春是晚辈，可是贾母等人赶快跪下来，说不可以，已经是皇妃了，不能再行家礼了。我不知道大家能不能感觉到这其间的悲哀，一个十几岁的女孩子嫁到宫里，回来时跟自己的亲人也不能够再有亲近的感觉了。这一段是《红楼梦》里最繁华也是最辛酸的一段，让人感觉到富贵里面不为外人所知的哀伤。

“贾妃满眼垂泪，方彼此上前厮见，一手搀贾母，一手搀王夫人，三个人满心里皆有许多话，只是俱说不出，只管呜咽对泣。”她们相对而泣，却不敢说话，因为怕说错话。“邢夫人、李纨、王熙凤、迎、探、惜三姊妹等，俱在旁围绕，垂泪无言。”她们陪着一起哭，没有一个人敢讲话。如果在平时，王熙凤一定会打圆场，让大家开心起来，可是她现在也不敢讲话了，她知道这不是一般的场面。

哭到最后，先讲话的一定是贾妃。贾妃忍住悲伤，勉强自己笑出来，安慰贾母和王夫人，跟她们说：“当日既送我到那不得见人的去处，好容易今日回家，娘儿们一会，不说说笑笑，反倒哭起来。一会子我去了，又不知多早晚才来！”

“说到这句，不禁又哽咽起来。”

隔帘含泪见贾政

“邢夫人等忙上来解劝。贾母等让贾妃归座，又逐次一一见过，又不免哭泣一番。”从十六岁嫁到宫中，她连个哭的地方和机会都没有，回到家好像让贾妃在宫里多年的委屈终于有地方哭出来了。好像元春整个的省亲是在哭泣里完成的。

“东西府掌家执事人丁在厅外行礼，及两府掌家执事媳妇领丫环等行礼毕。贾妃因问：‘薛姨妈、宝钗、黛玉因何不见？’王夫人启曰：‘外眷无职，未敢擅入。’贾妃听了，忙命快请。”这时薛姨妈和宝钗、黛玉她们才进来。

刚才见的都是女眷，下面贾政这个亲爸爸要见女儿了。他们见面时，中间隔着帘子。“贾政至帘外问安，贾妃垂帘行参等事。”贾政是不能看到元春的，即使他是她的父亲。“隔帘含泪谓其父曰：‘田舍之家，虽齑盐布帛，终能聚天伦之乐；今虽富贵已极，骨肉各方，然终无意趣！’”元春说，那些农民家庭虽然吃的是野菜，穿的是布衣，可是他们一家人可以一辈子在一起。今天我们可算是富贵已极，但是骨肉分散，又有什么意思呢？不知道贾政在帘外的感觉是什么。当初就是父亲做主把女儿嫁进宫去的。《红楼梦》中，贾家的富贵跟这个女儿嫁到皇宫有关，贾妃死后，这个家族就没落了。

贾政只好含泪说：“臣，草莽寒门，鸠群鸦属之中，岂意得征凤鸾之瑞。”我们家地位很低微，怎么可能想到家里出来一位贵妃，这当然是谦虚的说法。“今贵人上沐天恩，下昭祖德，此皆山川日月之精奇、祖宗之遗德钟于一人，幸及政夫妇。”爸爸不敢叫女儿，要称呼贵人。贾政说的都是很冠冕堂皇的漂亮话，可是元春讲的都是很性情的话，可见她跟贾政的角度是完全不同的。贾政觉得，你今天能够被皇帝选为贵妃，是祖先的恩德，要把它当成一件很光荣的事情。接下来他还表示，自己和太太们都希望能一辈子肝脑涂地上报皇恩。这话是希望贾妃回宫以后转达给皇帝的：“忠于厥职外，愿我后万寿千秋。”跪在帘外的贾政，这样跟女儿讲话，这是一个很奇怪的场景。然后他还特别叮咛，“贵妃切勿以政夫妇残黎为念”，不要想念父母，你应该好好照顾皇帝，“业业兢兢，勤慎恭肃，以侍上殿，不负上体贴眷爱如此之隆恩也”。

那他的女儿也嘱咐他：“只以国事为重，暇时保养，切勿记念。”

贾政又特别跟她讲：“园中所有亭台轩馆，皆是宝玉所题。”平常他老是骂宝玉，可现在还是要告诉他的姐姐，你这个弟弟不错，书也读得很好。“如果有一二稍可寓目者，请别赐名为幸。”意思是说有好的可以留下来，不好的就改一改。“元妃听了宝玉能题，便含笑说：‘进益了。’”

元春非常疼宝玉。下面我们就会看到，她违反了皇室礼仪，召宝玉进见了。

携手揽于怀内

按理，宝玉已经是一个成年男子，是不能与贾妃见面的，可是元春特别召见了宝玉。“贾妃见宝、林二人益发比别姊妹不同，真是姣花软玉一般。因问：‘宝玉为何不进见？’贾母乃启：‘无谕，外男不敢擅入。’元妃命快引进来。小太监出去引宝玉进来，先行国礼毕，元妃命他近前，携手揽于怀内。”刚才她没有办法放下她的身段，可是看到这个弟弟的时候，她情不自禁把宝玉揽在怀里，有一种非常动人的亲情。“又抚其头颈，笑道：‘比先竟长了好些……’”元春就抚摸着宝玉的头和脖子。在儒家文化“君君臣臣父父子子”的严格秩序里，这种动作是最不能轻易做的，身体的接触非常缺乏。而这个时候，元春好像已经忘掉了眼前这么多的太监和宫中这么多的规矩，一下就把弟弟抱在了怀里。她一定在想，干吗要去做那个贵妃，她更希望做一个姐姐，去疼爱弟弟，这是多么温暖的事。

恐怕只有曹雪芹这样经历过繁华的人才会这样对比，前面是虚假的礼仪，眼下才是真情的流露。《红楼梦》虽然描写的是贵族文化，其实它始终在批判贵族文化。

“一语未终，泪如雨下。”元春又哭了，因为亲情从此隔断。她也知道，今后再也不可能把宝玉抱在怀里，即使下一次回来也没有这种机会了。这一次她有一点越礼，宝玉已经成年，有礼数相隔，可是她都顾不上了。

这时，“尤氏、凤姐等上来启道：‘筵宴齐备，请贵妃游幸。’元妃等起身，命宝玉导引”。照理讲，贵妃游幸，旁边不可以有男客的，可是她特别叫宝玉带路，她怕宝玉又走了。她在用她的特权表示她疼这个弟弟。

“遂同诸人步至园门前。早见灯光火树之中，诸般罗列非常。进园来，先从‘有凤来仪’、‘红香绿玉’、‘杏帘在望’、‘蘅芷清芬’等处，登楼步阁，涉水缘山，百般眺览徘徊。一处处铺陈不一，一桩桩点缀新奇，贾妃极加奖赞，又劝：‘以后不可太奢，此皆过分之极。’”

然后到了正殿，特别传谕免礼归坐，如果再用国礼的话真是连饭都吃不成。“大开筵宴。贾母等在下相陪，尤氏、李纨、凤姐等亲捧羹把盏。”大家有没有发现之前贾母一直是坐上座的，可是现在坐在下座，因为皇妃回来了，这个孙女如今是主人，贾母要在下座相陪。

“元妃乃命传笔砚伺候。”她要开始题名。

东方园林最后完成于文学

前面已经提到过，东方园林跟西方的建筑非常不同，它最后要完成于文学，建筑落成之后必须有文学的加入。元妃在吃饭的同时就开始题对联、题字，要为这个园林做最后的定夺。第一个匾额是“顾恩思义”，这其中含有皇家气派，意思是无论你今天得到什么样的荣华富贵，都要知道报恩。宝玉在写对联的时候是从性情出发，可是元妃的身份不同，她要以皇家的身份去写。

下面的对联是：“天地启宏慈，赤子苍头同感戴；古今垂旷典，九州万国被恩荣。”这一副对联非常像我们在妈祖庙里看到的对联，神庙里的对联大多是讲一种天地无私的慈爱。“天地启宏慈”，天地的爱是最大的爱，让所有的生命可以源源不绝地生长。“赤子苍头”是指老百姓，每个人都要感戴自己的父母，可所有的老百姓要共同感戴的是天与地。“古今垂旷典”，从古代一直到现在有一个最重要的传统。“九州万国被恩荣”，全部会得到天地的恩荣。这里当然也是在讲皇室，把恩典扩大到天地的恩典，因为皇室已到了人间的巅峰了。所以要把皇帝称为天子，还有一个天比他更大，所以他也要去感戴天给予他的这种恩荣。

接着，她给整个园林赐名“大观园”，“有凤来仪”赐名“潇湘馆”，“红香绿玉”改成“怡红快绿”，“蘅芷清芬”赐名“蘅芜苑”，“杏帘在望”赐名“浣葛山庄”，后来改名为“稻香村”。

正楼就叫作“大观楼”，东面的飞楼叫作“缀锦阁”，西面的斜楼叫作“含芳阁”。然后又赐了“蓼风轩”、“藕香榭”、“紫菱洲”、“荇叶渚”等名。“又有四字的匾额十数个，诸如‘梨花春雨’、‘桐剪秋风’、‘荻芦夜雪’等名。”这就有点像乾隆皇帝游西湖时定的十景。雨中赏梨花最好的地方叫作“梨花春雨”。梨花是淡绿的蕊，在雨中，蕊里的绿色会被雨浸湿而渗透出来，唐诗里面就有“一树梨花春带雨”。“桐剪秋风”，是说这个地方种的都是梧桐树，梧桐的叶子很大，秋天掉下来的时候，与空气摩擦，会发出一种声音。李后主的词中写道：“寂寞梧桐，深院锁清秋。”跟秋天有关。“荻芦夜雪”，是冬天的景色，荻芦就是芦花，芦花的白絮加上夜晚的雪花，是欣赏白色冬景的地方。

她说，有些原有的匾写得不错，不要摘去。接着就提笔写了一首诗赞美大观园：“衔山抱水建来精，多少工夫筑始成。天上人间诸景备，芳园应锡大观名。”“锡”就是赐的意思。写完以后她就对着探春、迎春这些姐妹们笑了，说：“我素乏捷才，不长于吟咏，妹辈素所深知。今夜聊以塞责，不负斯景而已。”她说，我的才华不高，也不善于吟咏，你们对我的情况都很了解。游园不能没有文学，这是世家文化的习惯。

大观园的诗词游戏

接下来还要写诗、考试。元春特别要考的一个人当然是宝玉。她说：“前所题之联虽佳，如今再各赋五言律一首，使我当面试过，方不负我自幼教授之苦心。”律诗是最难作的，里面有很严格的格律。元春让其他人只写一首就好了，而要宝玉多写几个，她要再即兴考一次试看一看。

迎春写了《旷性怡情》：“园成景备特精奇，奉命羞题额旷怡。谁信世间有此境，游来宁不畅神思？”迎春其实很不会作诗，也不太敢表现。这里就很明显地表示说我是奉命不得已而作，很害羞。诗里完全可以看出迎春的个性，她在十二金钗里面是最木讷的一个人，没有主见，外号叫“二木头”。我们注意一下，迎春有没有才气是一回事，可是不管怎么样这是一首诗，里面有押韵，有节奏，有对仗，这就是古代文化训练的结果。

探春是贾家四个女孩里面才华最高的。林语堂曾讲，十二钗里最喜欢的是探春，因为探春很上进。探春非常能干、懂事，可是她的亲妈妈赵姨娘总使她觉得很丢脸，后来她就嫁到很远的地方去了。探春写道：“名园筑出势巍巍，奉命偏惭学浅微。精妙一时言不出，果然万物生光辉。”她觉得这么漂亮的一个园林，好处一下子讲不出来，只觉得万物都在发光一样。

我们知道惜春是贾家四姊妹里年龄最小的，这时大概只有十一二岁。

她写道："山水横拖千里外，楼台高起五云中。园修日月光辉里，景夺文章造化功。"惜春会画画，后来大观园图就是惜春画出来的，她写的诗有点像山水画。

下面是李纨写的："秀水明山抱复回，风流文采胜蓬莱。绿裁歌扇迷芳草，红衬湘裙舞落梅。珠玉自应传盛世，神仙何幸下瑶台。名园一自邀游赏，未许凡人到此来。""神仙何幸下瑶台"是指元春，今天我们多么有幸，你竟然肯从仙境下来跟我们在一起。李纨的诗很工整。她的丈夫早死，自己守寡带着儿子，她其实也很有才华，可是不太外露，总是比较内敛含蓄，也比较压抑自己。

黛玉、宝钗诗中呈现的个性

最有才华的两个人是薛宝钗和林黛玉。我们读《红楼梦》，会看到她们的很多文学作品，这两个人永远在比赛。薛宝钗永远在写富贵的感觉，林黛玉永远要写感伤的感觉。可到底是黎明美，还是黄昏美，你很难比较，这两种美太不相同了。所以，林黛玉和薛宝钗永远是宝玉的两难，他很多时候不知怎么办。

我们先看薛宝钗的诗《凝晖钟瑞》："芳园筑向帝城西，华日祥云笼罩奇。高柳喜迁莺出谷，修篁时待凤来仪。文风已著宸游夕，孝道应隆归省时。睿藻仙才盈彩笔，自惭何敢再为辞。""高柳喜迁莺出谷"，黄莺从幽谷里面忽然冒起来，飞到了柳树上，是快乐、喜气的感觉。"修篁时待凤来仪"，一竿一竿非常漂亮的新长成的竹子叫作"篁"，修篁等待凤凰飞下来。"文风已著宸游夕"，皇后住的宫殿叫"宸宫"，你已经贵为皇后了，还愿意回家来探望父母，这是孝道。一共八句，七句都在赞美元春，最后一句说自己哪里敢写诗。这就是宝钗的个性，她绝对不抢风头，不表现自己，她觉得今天的主角是元春，她写的诗全部是歌颂元春的。

林黛玉写的是《世外仙源》：“名园筑何处，仙境别红尘。借得山川秀，添来景物新。香融金谷酒，花媚玉堂人。何幸邀恩宠，宫车过往频。”黛玉不要写人间的东西，她认为这么美的风景是跟人间无关的。金谷园是西晋石崇盖于洛阳的一座大花园，是中国古代的名园。黛玉的诗中也有一种贵气，可是这种贵气不是让自己卑微地去赞美元春——黛玉的个性是永远不会觉得别人比她更高。她是天上的绛珠草下凡，是真正的仙，一首《世外仙源》把她的品格全写出来了。

大家写完了，都呈给元妃看，元妃就称赞一番，又笑了说：“终是薛、林二妹之作与众不同，非愚姊妹可同列者。”她夸赞薛宝钗和林黛玉的诗作，当然也有一部分是谦虚，因为她是贾家的大姐，薛、林二人是外客，要说她们写得最好。

可大家看，“原来林黛玉安心今夜大展奇才”，因为她是一个诗写得很好的人，“不想贾妃只命一匾一咏”，根本没有办法施展她的才华，“倒不好违谕多作，只胡乱作一首五言律应景罢了”。

可此时最好玩的是宝玉很惨，因为他是姐姐要考的重点对象，因此便忙得不可开交，宝钗就有点想去帮忙的意思。“彼时宝玉尚未作完，只刚作了‘潇湘馆’与‘蘅芜苑’二首，正作‘怡红院’一首，起草内有‘绿玉春犹卷’一句。”前面讲过，怡红院里面种了芭蕉，芭蕉的绿色有点像玉的莹润感觉，所以“绿玉”常常用来形容芭蕉。宝钗赶快过来说，你原来写了“红香绿玉”，贾妃不喜欢，改成了“怡红快绿”，你干吗又写“绿玉”？一定要去触她的霉头。《红楼梦》中随时都在表现人物的性格，宝钗很在意别人的看法。黛玉不是这样，别人再不喜欢，她也照旧做。这里可以看到人物个性明显的不同。

被宝钗一说，宝玉很委屈，他擦了汗说，我想不出其他的字了。宝钗就有点作弊了，说：“你只把‘绿玉’的‘玉’字改作‘蜡’字就是了。”宝玉就说：“‘绿蜡’可有出处？”这个时候他想不起来什么叫作“绿蜡”。

宝钗就嘲笑他，今天不过作几首诗而已，你就已经慌到什么都想不起来了，倘若有一天你要考进士做官，皇帝金殿对策的时候，岂不是更加要忘记了？然后她就告诉宝玉，唐朝钱珝有一首咏芭蕉的诗，头一句就是“冷烛无烟绿蜡干”。大家有没有感觉到这些小女孩、小男孩今天看起来很不简单，才十三四岁就满脑子典故。他们真的读了很多书，而且也想到如何把典故用在生活里面。宝玉听了很开心，说：“该死，该死！现成眼前之物偏倒想不起来，真可谓‘一字师’了。从此后我只叫你师父，再不叫姊姊了。”宝钗悄悄地笑道：“还不快作上去，只管姊姊妹妹的。谁是你姊姊？那上头穿黄袍的才是你姊姊！你又认我这姊姊来了。”

这一段很好玩，宝玉爱热闹，可关键时刻写不出来了，此时是宝钗，接下来是黛玉，宝玉用了两个枪手来作弊。宝玉很高兴地就用了这些现成的东西。这也是曹雪芹一直在他的小说里歌颂女性的原因。他觉得自己一生当中碰到最有才华的人都是女人，而不是男人。这其中含有一种反主流文化的东西，这是在我们文化里很少有的。你会发现贾宝玉写了这么多的诗，结果里面写得最好的是女性写的。这种事历史上只在一个人身上发生过，那就是李清照的丈夫赵明诚。赵明诚每次写诗写词，都把李清照的东西夹在里面，最后别人总说这个写得最好，他就很得意地说这是我太太写的。在封建社会，男性很少觉得太太有才华是得意的事，可是赵明诚很奇特，能真正地欣赏女性的才华。

宝钗怕耽误宝玉工夫就抽身走了，宝玉只得续作，一共有了三首。“此时林黛玉未得展其抱负，自是不快。因见宝玉独作四律，大费神思，何不代他作两首，也省他些精神不到之处。”他们之间的关系真的很特别，宝钗只是给宝玉提供一个典故，可黛玉是真的关心他，担心他交不了卷会很难堪，觉得应该帮帮他。

从繁华到哀伤

“想着，便也走至宝玉前，悄问：‘可都有了？’宝玉道：‘才有三首，只少“杏帘在望”一首了。’黛玉道：‘既如此，你只抄录前三首罢。赶你写完那三首，我也替你作出这首了。’说毕，低头一想，早已吟成一律，便写在纸条上，搓成个团子，掷在他跟前。宝玉打开一看，只觉此首比自己所作的三首高过十倍，真是喜出望外，遂忙恭楷呈上。”这是作者有意在对比，宝玉不如黛玉有才华。这么写是出于曹雪芹对女性的仰慕心理。

宝玉一共呈了四首诗：《有凤来仪》、《蘅芷清芬》、《怡红快绿》、《杏帘在望》。贾妃看完后特别高兴，说《杏帘在望》写得最好，而这一首恰好就是林黛玉写的：“杏帘招客引，在望有山庄。菱荇鹅儿水，桑榆燕子梁。一畦春韭绿，十里稻花香。盛世无饥馁，何须耕织忙。”看完这首诗，贾妃就命令将“浣葛山庄”改为“稻香村”。

接下来他们看戏，演了四出戏：《豪宴》、《乞巧》、《仙缘》、《离魂》。

唱戏的女孩子里面有一个叫龄官的，戏演得非常好，贾妃就命赏她，然后叫龄官再唱一出。贾蔷命令她说，你唱《游园》、《惊梦》两出，可是龄官说那不是我本功的戏，不肯唱。这个女孩子才十一二岁，就这么有个性，她觉得自己是个艺术家，不能因赏去唱自己不拿手的戏。龄官是《红楼梦》中一个很重要的角色。《红楼梦》里面让人喜欢的人物都是有个性的，林黛玉、龄官、妙玉，都有自己的主张，有自己的见解，她们的生命样式不是跟着别人的看法去走的，《红楼梦》是一部反世俗的书。

在第十八回里，我们看到了元春省亲这样一个大场面，同时又点出了元妃与家人亲情上的落寞与哀伤。文学里写繁华容易，写哀伤也容易，可是把繁华写到哀伤里就非常难了。只有富贵与幻灭同时经历过、体验过的人，才会同时看到这两样东西。

第十九回 —

情切切良宵花解语
意绵绵静日玉生香

寻常日子的描绘

《红楼梦》是一部长篇小说，不可能是一个高潮接着另一个高潮，而是要去描绘几个高潮之间的家常与平淡，这是小说或者戏剧中最难处理的部分。

《红楼梦》中，我很喜欢读十九回和二十回，这两回没什么大事发生。元春省亲结束回皇宫去了，余下的东西收了三天才收完，大家都有点疲倦。又觉得还在过年，最好不要有什么其他重要的事发生，所以赌博的赌博，看戏的看戏。作者只是在写日常生活，而作家的功力正是在写这种平凡无奇的事情时，才开始显现出来。

现在的年轻朋友已经不太了解旧历年，过去要到旧历的二月初二才算过完年。元春回来是正月十五，眼下年还没有过去，王熙凤在忙碌地收东西，可是宝玉很闲，他也不知道要干什么，只好东逛西逛。

袭人家里派人来请求贾母，可不可以放一天假，让袭人回家跟家人见个面。这里我们可能不太了解，因为我们现在雇的菲佣也是有假的，但过去的用人是没有假的，都是买来的，况且袭人卖给贾家做丫鬟是签了卖身契的，但贾府对下人厚道，也就准了。

袭人回家以后，宝玉更无聊了，就跟小丫头们掷骰子或者玩围棋，也觉得没什么趣味。后来东府的贾珍就请他过去看戏。他正要出门的时候皇宫里边送了糖蒸酥酪过来，酥酪大概有一点像今天的奶酪这类的东西，宝玉记得袭人非常爱吃，就说留着等袭人晚上回来吃。

我们今天吃一个很好吃的东西，很少会说菲佣玛丽亚今天不在，我们留着等玛丽亚回来再吃。我们在读这部小说的时候，不太会注意到宝玉的个性真的非常奇怪，作为一个养尊处优的富贵公子，竟时刻惦念着他底下的这些丫头。等一下大家会看到十九回里糖蒸酥酪出现了三次，贯穿三个故事，非常有趣。这是我最佩服《红楼梦》的地方。我觉得写娘娘回来的排场并不难写，真正难写的其实是这种小事情。一个糖蒸酥酪，有的作家写写就忘掉了，可作者会用这个糖蒸酥酪贯穿十九回的三个事件。

繁华热闹到如此不堪

宝玉到了贾珍家里，此时薛蟠、贾蔷、贾琏这些人都在，全是些爱热闹的男孩子，所以点的戏很有趣，四出戏都是热闹得不得了的。也许我们现在不太了解，过去的戏曲常常分成两种，一种是比较优雅的，文词比较雅致，唱腔很细腻的，像《西厢记》、《牡丹亭》一类的戏，这是要听的戏，也叫文戏。另一种是要看的戏，就是武戏。

他们点了四出戏：一个叫《丁郎认父》，是明朝的戏。讲明代严嵩专权，害死忠臣杜鸾，并查抄杜家。杜鸾之子杜文学发配湖广，改名胡文学。

一日，文学浪迹大街，与年老辞官之胡丞相相遇。胡丞相见他神态非凡，又为同姓，便供他攻读诗文。胡丞相无子，只有一女凤英，于是让文学入赘。胡文学身在胡府，却心念举家不幸，终日郁郁不乐。丞相便命家僮随其街头散心。文学出逃时，曾有妻室且身怀有孕。数年后其子长大，起名丁郎，奉母命来湖广寻父。走前其母将相认的半片菱花交与丁郎。丁郎来至湖广，巧遇文学在大街上行走，同乡苗青急命丁郎拦马认父。文学问明丁郎家世，又见半片菱花，确系己子无疑，但恐露破绽，反忍痛责打丁郎冒认官亲。苗青甚为不平，让丁郎前往胡府喊冤，复被家人拉至花园殴打，致昏迷不醒。适胡凤英为母花园降香，见情用姜汤灌醒丁郎。丁郎出示菱花，说明原委，凤英以子相认，后禀明其父，责文学无情，文学向其认错，父子团聚。

第二出是《黄伯央大摆阴魂阵》，也叫《孙膑下山》，是战国的戏。讲的是燕将乐毅的师父黄伯央，布迷魂阵困住了齐将孙膑，后来鬼谷子下山，帮助徒弟孙膑破了阵，又是舞台上一出热闹打斗的戏。第三出戏《孙行者大闹天宫》，也是我们现在喜欢看的，非常多的身段，尤其小猴子在舞台上翻滚起来时非常好看。第四出戏就是《姜子牙斩将封神》，也是武打的戏，有点像现在的武侠片，所以很热闹。

宝玉刚好是不喜欢看这种热闹戏的人，他喜欢优雅细腻的东西。我们看十八回贾妃省亲，点的戏都是《游园》、《惊梦》这一类的戏。可是在这一天你可以看到是因为贾珍、薛蟠他们在主导，所以大概就是比较“好莱坞”系统的东西，“黑客”人物什么的就出来了，整个舞台上热闹非凡。作者在这里表现了一种很有趣的对富贵人家摆排场、搞热闹戏很隐讳的批判，这种批判你不太容易看出来，因为宝玉觉得演戏怎么演得热闹繁华到这种不堪的地步。他用了两个字——“不堪”，意思是有点粗俗了，就是把人性中最贪欲的东西刺激出来了，缺少一个安静的力量。

在传统的戏剧里，其实常常有流行这样一种说法，真正懂戏的人是去听戏，而不是去看戏。我自己并不完全赞成这样的说法，我觉得戏剧有它好看的部分，光听是不够的。因为过去觉得听戏很难，是一个考验。现在我们有时候看昆曲，字幕打出来你都不一定看得懂，你都跟不下去，因为它的唱腔很多部分用的都是古音，我们很难听明白。所以过去认为，要闭着眼睛跟着戏打拍子，体会唱腔的韵味，才是懂戏的高手。可是我想戏剧本来就有听觉的快乐，也有视觉的快乐。我小时候跟母亲看戏，就很爱看翻滚热闹的东西，刀马旦出来时踢的花枪，能够每一枪都很准确，我就觉得好棒。

宝玉不喜欢这种粗俗的热闹就悄悄离席了。“先是进内去和尤氏和丫鬟姬妾说笑了一回，便出二门来。尤氏等仍料他出来看戏，遂也不曾照管。贾珍、贾琏、薛蟠等只顾猜枚行令，百般作乐，也不理论，纵一时不见他在座，只道在里边去了，故也不问。”“枚”是一人把一些东西放在手里，让对方猜有几个，被猜中了这个人就输钱。“行令”就是传酒令，酒令停在谁的手上谁就被罚酒。跟宝玉的小厮们也都跑掉了，“更有或嫖或饮的，都私散了”。

这个时候宝玉是孤独的，当他孤独的时候会想什么呢？“宝玉见一个人没有，因想‘这里素日有个小书房内，曾挂着一幅美人，极画的得神。今日这般热闹，想那里那美人自然是寂寞的，须得我去望慰他一回。’”这种写法非常奇特，简直令人惊讶，可这就应该是宝玉的心思。他觉得连画里的女子都是寂寞的，都应该好好地心疼和珍惜，陪陪这个美人。

宝玉身上一直有一种呆气，这种呆气就是他对人间的深情。

“想着，便往书房里来。刚到窗前，闻得房内有呻吟之韵。宝玉倒唬了一跳：敢是美人活了不成？”宝玉大概从来不觉得什么东西是没有生命的，所以当他听到声音时，他的第一反应是画中美人是不是活过来了，他就大着胆子“舔破窗纸，向内一看”。

得理饶人

下面的故事也很有趣。作者写道：“那轴美人却不曾活，却是茗烟按着一个女孩子，也干那警幻所训之事。”记得第五回中宝玉第一次性幻想，他到了一个太虚幻境，警幻仙姑觉得他无法领悟，就把她的妹妹兼美推给宝玉，教他这件事情。警幻仙姑一直在书里面代表一个教导“性”的女性。“宝玉禁不住大叫：‘了不得！’一脚踹进门去，将那两个唬开了，抖衣而颤。茗烟见是宝玉，忙跪求不迭。宝玉道：‘青天白日，这是怎么说。珍大爷知道，你是死是活？’”就是说如果贾珍知道你们两个在这里乱搞，一定会把你们活活打死。茗烟这个时候大概已经知道他不会死，因为来的是宝玉。用人知道宝玉的个性，也不怕他。

可有趣的是宝玉的反应，接下来宝玉就看了看那个丫头，“虽不标致，倒还白净，些微亦有动人处，羞的脸红耳赤，低首无言”。大概作者觉得“白净”这两个字很重要，就是人都很尊贵，生下来没有什么肮脏，也没有什么污秽。这种描绘非常奇特，宝玉身上有一种天生的对人的怜爱与珍惜，这种情感跟我们讲的爱情不一样，也不是一般意义上的好色，只是觉得每个人都该有他的尊贵。“宝玉跺脚道：‘还不快跑！’

一语提醒了丫头，飞也似去了。”

“宝玉又赶出去，叫道：‘你别怕，我是不告诉人的。’”结果宝玉又觉得这样不太妥当，担心她被吓坏了，跑出去自杀，所以紧跟着跑出去冲她喊。所以你要细看这些地方，我记得小时候读，根本一下子跳过这几行，因为本来以为还会继续有比较大胆的描述，后来发现没有了，觉得有点扫兴。现在其实你会觉得这处书写的动人。这一段把宝玉的个性完完全全写出来了，这就是他对人的原谅、宽恕与担待。他不但没有责骂她，没有得理不饶人，相反，他怕这个女孩子害怕，怕她受伤，怕她受了耻辱后想不开，他还要追出去再加一句。这件事情从礼教来讲，当然是活活打死他们，都没有人会讲话，因为是他们自己做错了，可是宝玉让人感动的是，他懂得人没有不犯错的，知道人性里面欲望的脆弱和无法把持。宝玉追出来说的这一句话，不是好作家绝对写不出来。

有时候在碰到一个必须处罚别人的情况，我会检查自己能不能担待对方，有没有这一句话，多一句话就会让对方不那么受伤。年轻的时候不容易懂这些，到某一个年龄你会觉得多加这一句话，让对方不觉得可耻或卑微，这大概是做人方面最费力的事，但是是必要的涵养。这样一句话让我们知道了什么叫作宽厚与宽恕、担待与包容。当然，从另外一个角度说，这完全不像一个主人的做法，这样下去，他以后怎么能管住下人呢？这是有现实困境的。可是作者不管这些，他就是在写宝玉的一种真性情。《红楼梦》让我们看到了情、礼、法三者难以周全的一面，宝玉是个多情的人，他觉得如果没有真情，礼与法就变得残酷、虚伪。

每一个生命都有典故

“急的茗烟在后叫：‘祖宗，这是分明告诉人了！’”宝玉也没有骂茗烟，他问茗烟：“那丫头十几岁了？”茗烟道：“大不过十六七岁了。”宝玉就叹了一口气说：“连他的岁数也不问问，别的自然越发不知了。可见他白认得你了。可怜！”你可以看到宝玉还是心疼那个女孩子，他觉得女孩子都是尊贵的，男人应该懂得心疼她，而不是去糟蹋她，把她当一个物件对待。

这其中有非常现代的观念。《金瓶梅》和《红楼梦》最大的不同在于作者对于女性的态度。在《金瓶梅》里，女性是玩物，男欢女爱完全像技巧和游戏。《红楼梦》重在写情，而不是写性，它基本上认为性并不重要，情这个东西很可贵，所以他才会问这些话。

我们读《红楼梦》，经常有一种感动，现实世界里也常常有人对人的糟蹋——当有爱、有情的时候你不珍惜，就是糟蹋。宝玉的那句“可怜”在这里讲得很委婉，意思是说人跟动物一样，是有兽性的，可当人把欲望变成兽性的时候其实是非常可怜的。如果将兽性的部分提升一点，多一点人的尊贵，把它上升为一种疼惜，那才是比较可爱也比较温暖的情感，所以宝玉常常会有这种很奇特的想法。

然后宝玉又问茗烟这个女孩叫什么名字，茗烟就说她的名字很奇怪，她妈妈怀她的时候做了一个梦，梦到一个五色不断循环的“卍”字图案，就叫“卍儿”。“卍”字图案是连绵不断的意思。六千年前的两河流域文明时期的作品里就有这个符号，所以是一个出现得非常早的符号，最早代表旋转，是幸福的象征。佛教里法轮常转的符号就是“卍”，我们看到古代很多纺织品，女孩子衣服的滚边上面都有。“卍儿”后来在这个小说里面常常出现，是个命很好的丫头。宝玉听了，说：“真也新奇，想必他将来有些造化。”宝玉觉得，每一个生命，不管贵贱，都有他的典故，都有他的来历。他觉得人要珍惜人，没有一个生命是可以随便糟蹋的，这就是对生命本身的尊重。

我自己在第一次读《红楼梦》的时候根本读不懂，就觉得这个地方宝玉偷看到小厮跟卍儿做爱应该多写一点，至少让我们觉得好看，可作者只是短短几句就这样交代过去，他要写的是人与人的平等、生命对生命的尊重。

宝玉与袭人的深情心事

宝玉感觉无聊，就问茗烟有什么地方可以去玩。茗烟说，我偷偷带你到城外面去。宝玉说不妥，因为很多人随时都会询问宝玉到哪里去了。他说，我们还是到比较熟、比较近的地方去吧。其实他心里已经有主意了。大家有没有发现他一直惦念着一个人——袭人。袭人虽然是丫头，可是又像姐姐，又像妈妈，又像妻子，她是在宝玉身边真正照顾他所有生活细节的人。而《红楼梦》里面母性最强的一个女性大概就是袭人了。袭人不在的时候，宝玉有一点怅然若失，因为所有习惯的东西忽然不见了。记不记得宝玉要去上学的那一段，袭人有多周到？如果身边有一个丫头如此地照料你的话，你肯定是须臾不能离开了。

所以宝玉就跟茗烟讲，我们去袭人家好不好。在过去，一个公子哥儿到丫头家里去，这是了不得的事，有失身份。所以茗烟说要是被家人知道后会挨打。宝玉说不要怕，有我。于是两个人偷偷摸摸去了袭人家。

袭人因为家里穷，从小被卖到贾府，签的是卖身契，是一辈子都不能够赎身的。她的哥哥嫂嫂用卖她的钱做生意赚了点钱，想把袭人赎回去嫁人。这一天接她回家，就是为了商议此事。对此，袭人的态度是不回去，她说，你们当初没有钱就把我卖了，现在有钱又要赎我出来。你们卖我的时候哪里想过我去给人家当丫头的下场，幸好卖到贾府这样的厚道人家，他们不打我不骂我，你们又要让我回来。

第五回中，与宝玉第一个发生性关系的就是袭人，所以袭人觉得她这一辈子跟定宝玉了。她也不要妻子的名分，只当是一个陪房的丫头。她跟哥哥嫂嫂说着就哭了。刚好这个时候宝玉来了。

袭人“忙跑出来迎着宝玉，一把拉着问：‘你怎么来了？’宝玉笑道：‘我怪闷的，来瞧瞧你作什么呢。’”我们现在可以明白宝玉为什么觉得这一天所有的事情都很无聊了，因为他一直在挂念袭人。

“袭人听了，才放下心来，‘嗐’了一声，笑道：‘你也忒胡闹了，可作什么来呢！’”在古代，这种富家公子是不能到丫鬟家里的。袭人一面又问茗烟：“还有谁跟来？”茗烟笑道：“别人都不知，就只我们两个。”袭人听了又吓了一大跳。因为宝玉出来至少要有四个人跟在身边，现在正值过年时节，外面这么多人马车辆，万一碰到如何得了。她就骂茗烟：“这还了得！倘或碰见了人，或是遇见老爷，街上人挤车碰，马有个闪失，也是玩得的！你们的胆子比斗还大。都是茗烟调唆的，回去我定告诉嬷嬷们打你。”

茗烟撅了嘴抱怨说：“二爷骂着打着，叫我带了来，这会子推到我身上。我说别来罢。不然，我们还去罢。”袭人的哥哥花自芳忙劝：“罢了，既是来了，也不用多说了。只是茅檐草舍，又窄又脏，爷怎么坐呢？”宝玉那样的身份打扮，到穷人家连个坐的地方都找不到。

袭人的妈妈也迎出来，进去之后发现她们家还有几个女孩子坐在那边，我们知道古代有陌生男客进门，女孩子要赶紧躲避，可穷人家房子小，根本无处躲，那几个女孩子很害羞、很尴尬，不敢抬头看宝玉。家里人不知如何招待宝玉才好。袭人说：“你们不用白忙，我自然知道。果子也不用摆，也不敢乱给东西吃。”

袭人“一面说，一面将自己的坐褥拿来铺在一个炕上，宝玉坐了；用自己的脚炉垫了脚；向荷包内取出两个梅花香饼儿来，又将自己的手炉掀开焚上，仍盖好，放与宝玉怀内；然后将自己的茶杯斟了茶，送与宝玉”。注意“自己”这个词的重复。袭人觉得这个家里脏乱，只有她的东西宝玉还可以用。连续四五个“自己”，可以清楚地看到宝玉和袭人的关系，她绝对不让宝玉受委屈。

这时袭人妈妈齐齐整整摆了一桌子果品。可是这些东西，宝玉是不能吃的。袭人笑道：“既来了，没有空去之礼，好歹尝一点儿，也是来我家一趟。”这是礼节。“说着，便拈了几个松子穰，吹去细皮，用手帕托着送与宝玉。”是送，而不是递，这是一种很恭敬的姿态。从这些动作的描写，可以看到袭人细心到什么程度，也可以理解为什么宝玉会这么疼袭人，会把皇宫送来的糖蒸酥酪留给袭人吃。他们之间的情感已不是主人与仆人的情感。

“宝玉看见袭人两眼微红，粉光融滑。”宝玉注意到袭人哭过了，就悄悄问她：“好好的哭什么？”袭人笑着说：“何尝哭，才迷了眼揉的。”袭人永远不会说自己受苦的事情。

宝玉偷偷说，赶快回家吧，我留了好东西给你吃。袭人赶紧跟他说，不要大声讲，旁边的人听到还以为我们是什么关系呢。这些都是两个人的悄悄话，有悄悄话就有私事，有深情的东西。一个人你可以跟他讲悄悄话的时候，你们之间的情感就是深的。这一段整个都在写宝玉和袭人之间的一种非常私密的关系，也可以看到宝玉从尊重出发的一种包容。《红楼梦》之所以成为二十世纪乃至二十一世纪的重要文学作品，原因就是它在很多地方带给我们观念上的更新与启发。让我们认识到现实社会里面，尽管有阶级、性别、年龄、贫富构成很多的等级，可是宝玉一直希望人可以回到原点，即人与人之间能平等相待、彼此尊重。

吃掉糖蒸酥酪的李嬷嬷

宝玉回家了，故事转移到了宝玉的奶妈李嬷嬷身上。宝玉大了，奶妈失去了重要性，李嬷嬷却不知道自己的位置在哪里，还常常跑来要证明她的重要，闹出一些事情来。

"宝玉自出了门，他房中这些丫环们都越性恣意的玩笑，也有赶围棋的，也有掷骰抹牌的，嗑了一地瓜子皮。"这个时候李嬷嬷来了，抓到了一个机会批评这些丫头们。

"李嬷嬷拄拐进来请安，瞧瞧宝玉，见宝玉不在家，丫头们只顾玩闹，十分看不过。因叹道：'只从我出去了，不大进来，你们越发没个样儿。'"她觉得自己依然很重要，放不下从前的身段。然后她骂道："那宝玉是个丈八的灯台——照见人家，照不见自家的。只知嫌人家脏，这是他的屋子，由着你们糟蹋，越不成体统了。"

“这些丫头们明知宝玉不讲究这些，二则李嬷嬷已是告老解事出去的了，如今管他们不着，因此只顾玩，并不理他。”丫头们越不理她，她就越气，因为她的重要性不能被证明。所以又开始唠唠叨叨“宝玉如今一顿吃多少饭”、“什么时辰睡觉”等语。“丫头们总胡乱答应。有的说：‘好一个讨厌的老货！’”大家都觉得你已经退休了，根本不该再管事。不在其位不谋其政，这个人生的大智慧，我们常常不容易把握。

看大家都烦她，李奶妈也觉得无趣，走来走去就看到了那个糖蒸酥酪。“李嬷嬷又问道：‘这盖碗里是酥酪，怎不送与我去？我就吃了罢。’说毕，拿匙就吃。一个丫头道：‘快别动！那是说了给袭人留着的，回来又惹气了。你老人家自己承认，别带累我们受气。’”因为前面有因李嬷嬷偷喝枫露茶丫头被骂的事，所以丫头们觉得你如果又吃了这个东西，你就要自己担当，不要到时候连累别人。

“李嬷嬷听了，又气又愧。”她本来是要证明她的重要性的，想不到惹来了恰好相反的结果。她便说：“我不信他这样坏了。且别说我吃了一碗牛奶，就是再比这值钱的，也是应该的。难道待袭人比我还重？”人生最痛苦的就是这种比较，觉得我以前多么重要，现在怎么会连一个丫头都不如？“难道他不想想怎么长大了？我的血变的奶，吃的长这么大，如今我吃他一碗牛奶，他就生气了？我偏吃了，怎么样！”

她就赌气把那一碗酥酪都吃了。还说：“你们看袭人不知怎样，那是我手里调理出来的毛丫头，什么阿物儿！”“阿物儿”的意思是“什么东西”之类的。你如果听到一个前任经理在骂现任经理，说要不是当初我聘你进来如何如何……也会觉得很难听。所以你看《红楼梦》的有趣就是，里面的故事在现实生活里可以一再重演，所以《红楼梦》为什么我们会觉得一直可以重看，它有很多人生智慧在里面。这个智慧不是说应该怎么处理，而是告诉你这些现象一直存在，因为今天一样有李妈妈、袭人这样的角色。

有一个丫头笑着说："他们不会说话，怨不得你老人家生气。宝玉还时常送东西孝敬你老去，岂有为这个不自在的。"这是一个懂事的丫头，可是李奶妈真是不会做人，她还是继续生气："你们也不必妆狐媚子哄我，打量上次为茶撵茜雪的事我不知道呢。明儿有了不是，我再来领！"她把这个丫头又骂一顿。人家对她不好，她发急，人家对她好，她还是赌气，说你别拍我马屁。"说着，赌气去了。"

袭人的细腻大方

袭人回来以后，宝玉忙命取糖蒸酥酪来，丫鬟们回说李嬷嬷吃了。"宝玉才要说话，袭人便忙笑着：'原来是留的这个，多谢费心。前儿我吃的时候好吃，吃过了好肚子疼，足的吐了才好。他吃了倒好，搁在这里白糟蹋了。'"轻描淡写，一件事情就摆平了。人生的智慧，并不一定就是知识，智慧是一种"懂得"，是一种对人性的了解与担待。《红楼梦》是一本智慧的书，它不只是学校里教的训诂文字或者音韵之类的问题，里面的人情世故特别丰富。袭人不识字，也没读过书，可是她为人处事通达、大方，能够随机应变地将大事化小、小事化了。

我曾被邀请到新加坡去讲四十回的《红楼梦》，那里的教育部门规定所有华文学校的学生，在高中毕业时，要读四十回《红楼梦》。我相信这个规定不只是从文学出发，而是因为里面有这个族群的文化，几乎包含了所有的人情世故，所有文化的智慧。

袭人还怕宝玉不相信自己的话，就说想吃栗子，“你替我剥栗子，我去铺床。”因为她必须找到一件事情转移宝玉的注意力。所以有时候会蛮怀念袭人，她具有把大事变小，小事变无的智慧。“宝玉听了，信以为真，方把酥酪丢开，取栗子来，自向灯前检剥。”至此，我们完全不觉得他们是主仆关系，而真的像是姐弟。这是宝玉最可爱的地方，也是人情中最温暖的部分。

守分的态度

下面是宝玉入睡前和袭人的一段对话。宝玉到袭人家时看到家中坐着几个女孩子，她们看到宝玉进来很害羞，低着头不说话了。宝玉现在想起来，就问袭人，那个穿红衣服的女孩是她的什么人。袭人说，是她的姨表姐妹。宝玉听了，就赞叹了一下。袭人说：“叹什么？我知道你心里的缘故，想是说他那里配穿红？”当时红衣服是比较贵重的，贵族人家都穿红的，宝玉的衣服很多是大红的缎子上面绣金。袭人是从身份去想的，她说我们穷人家的小孩子就不配穿红吗？宝玉跟她讲，那样好的人不穿红，谁配穿红。他说我是觉得这么漂亮的女孩子，要是也来我们家多好。袭人又多心了，说在我们家我是做奴才的命，难道别人也要做奴才不成。很明显，两个人的身份不同，想法不同。宝玉急了，说：“你又多心了。我说往咱们家来，必定是奴才不成？说亲戚就使不得？”袭人道：“那也般配不上。”过去讲究门当户对，袭人很守分，不会越礼。

宝玉说不过袭人，就不肯再说了，只在那边剥栗子。袭人平常不太这么讲话的，可是因为今天家里说要给她赎身，让她嫁人，她有一点难过，回来才对宝玉讲了这些重话。看到宝玉不高兴，心里感到很愧疚，就说："怎么不言语了？想是我才冒撞冲犯了你，明儿赌气花几两银子，买他们进来就是了。"这话也让人感觉到两家地位相差之大。对贾府来讲，如果觉得哪一家的女孩子好，花几两银子买来就是。前面讲过，薛蟠喜欢香菱，香菱已经有未婚夫了，他也硬把人家买来了。宝玉当然不是这样的人，就笑着说："你说的话怎么叫我答言呢？我不过赞他好，正该生在这深堂大院里，没的我们这种浊物倒生在这里。"这是宝玉身上非常特别的东西，他是一个公子哥儿，却总觉得生在这个富贵人家的是一群浊物，那些清灵的人儿反在民间。

《红楼梦》里面有反阶级的东西，在那个年代，出身贵族的曹雪芹，根本就没有自己是钟灵毓秀的感觉，反而觉得民间到处都是精彩的人。这是一种自觉，也是一种忏悔。有点类似西方启蒙运动时期卢梭的《忏悔录》，对生命有一种很深刻的反省。

袭人说："他虽没这造化，倒也是娇生惯养的呢，我姨爹姨娘的宝贝。如今十七岁，各样的嫁妆都齐备了，明年就出嫁。"宝玉最感难过的就是女孩子出嫁，他觉得女孩子很尊贵，应该疼惜，可是女孩子遇到男人以后，就被糟蹋了，一个个变得俗不可耐。这是他的怪僻。这次听到"出嫁"二字，"不禁'嗐'了两声"。宝玉很反对封建社会中以父权为中心的男性沙文主义，那"出嫁"会变成一个很大的恐慌，因为不知道她们会碰到什么样的男人。

害怕生命的无常与孤独

“正不自在，又听袭人叹道：‘只从我来这几年，姊妹们都不得在一处。如今我要回去了，他们又都去了。’”袭人在试探宝玉。宝玉听了袭人的话，吓了一大跳，因为他认为袭人会一辈子跟他在一起，没想到袭人竟然讲出这样的话来。下面就引出了一段袭人借这个问题对宝玉的劝导。

“宝玉听了这话内有文章，不觉吃一惊，忙丢下栗子，问道：‘怎么，你如今要回去了？’袭人道：‘我今儿听见我妈和哥哥商议，教我再耐烦一年，明年他们上来，就赎我出去的呢。’宝玉听了这话，越发怔了，因问：‘为什么要赎你？’袭人道：‘这话奇了！我又比不得是你这里家生子儿，一家子都在别处，独我一个人在这里，怎么是个了局？’”“家生子”就是奴才的儿子，譬如俘虏来的军人或者罪犯被派到某人家里做奴才，这种奴才是世世代代的奴才，他在这个家中结婚，他的儿女都是奴才。袭人的意思是说，我是你们买来的，并不是世世代代都要做奴才的。“了局”是说我不能在你们家待一辈子，我也要结婚嫁人啊。

宝玉道：“我不叫你去也难。”宝玉想得很天真。他想，我不让你走，你也走不了。袭人道：“从来没这道理。便是朝廷宫里，也有个定例，或几年一选，几年一入，也没有个长远留下人的理，别说你咧！”

“宝玉想一想，果然有理。又道：‘老太太不放你也难。’袭人道：‘为什么不放？我果然是个最难得的，或者感动了老太太、太太，必不放我出去的，设或多给我们家几两银子，留下我，然或有之；我却也不过是个平常的人，比我强的，多而且多。自我从小儿来了，跟着老太太，先伏侍了史大姑娘几年，如今又伏侍了你几年。如今我们家来赎，正是该叫去的，只怕连身价也不要，就开恩叫我去呢。若说为伏侍的你好，不叫我去，断然没有的事。那伏侍的好，是分内应当，不是什么奇功。我去了，仍旧有好的来了，不是没了我就不成事。'”我觉得袭人是很适合搞政治的人。她觉得她在，就好好地照顾宝玉，她不在，也会有更好的人来照顾宝玉，这个世界少了她，不会有什么大的改变。袭人的守分是很特别的，其实宝玉非常疼她，但她从来不会得意忘形。话虽讲得很平实，可这也是大智慧。

宝玉听了这些话，心里当然很难过。“竟是有去的理，无留的理，心内越发急了，因又道：‘虽然如此说，我只一心留下你，不怕老太太不和你母亲说。多多给你母亲些银子，他也不好意思接你了。'”宝玉没办法，只好用这一招了。

袭人道：“我妈自然不敢强。且慢说和他好说，又多给银子；就便不好和他说，一个钱也不给，安心要强留下我，他也不敢不依。但只是咱们家从没干过这倚势仗贵霸道的事。这比不得别的东西，因为你喜欢，加十倍利弄了来给你，那卖的人不得吃亏，可以行得。如今无故平空留下我，于你又无益，反叫我们骨肉分离，这件事，老太太、太太断不肯行的。”意思是说一个丫头到了十七八岁该结婚了，你不能一直留着她，耽误人家一辈子的事情，贾家不是这样的人，不会仗着有钱有势就做这种霸道的事。

袭人娓娓道来，宝玉已经快疯了，最关心他的姐姐竟然要丢下他走了。我记得小时候很害怕妈妈或者比你大很多的姐姐说她要走，不要你了，真的吓得要死，心里还真相信。可以理解宝玉这个时候内心非常恐慌，没有袭人他怎么办，他有一种生命整个要空掉的感觉。可是《红楼梦》

一直在讲无常，好像小孩子长大的过程就是最后领悟没有什么东西会永远在一起的过程，宝玉一直有一种非常强烈的愿望，就是要好好在一起不能分开。

“宝玉听了，思忖半晌，乃说道：‘依你说，你是去定了？’袭人道：‘去定了。’宝玉听了自思道：‘谁知这样一个人，这样薄情无义。’乃叹道：‘早知道都是要去的，我就不该弄了来，临了剩我一个孤鬼。’说着，便赌气上床睡去了。”宝玉很孩子气，他害怕孤独，害怕生命到最后只剩下自己一个人。既然以后要孤单，何必开始？宝玉常常会有这种想法。

他上了床，别人都以为他睡觉了，而事实上他没有睡。下面交代了袭人自己的心思。

一辈子跟定了宝玉的深情

袭人的母亲、兄长要给她赎身，她说至死也不回去。“当日原是你们没饭吃，就剩我还值几两银子。”当时的袭人很懂事，觉得家里这么穷，卖了我，家人至少还可以活下去。“如今幸而卖到这个地方”，注意“幸而”这两个字，因为大部分卖出去做丫头的，经常挨打受骂。“吃穿和主人一样，又不朝打暮骂。况且如今爹虽没了，你们却又整理的家成业就，复了元气。若果然还艰难，把我赎出来，再多掏澄几个钱，也还罢了，其实又不难了。这会子又赎我作什么？权当我死了，再也不必起赎我的念头！”这是一个女孩子讲得很绝的话了。但是她有一件心事无法讲出来，就是她已经爱上了宝玉，她要一生一世和宝玉在一起。《红楼梦》里面所谓的“爱”，不是我们一般认为的很狭隘、世俗的爱情，而是人与人之间的亲近。两人相处得这么好，她觉得这个男孩子善良，她愿意一辈子好好照顾他。

袭人的妈妈和哥哥看她这样固执、坚定，知道她不愿意赎身出来。“况且原是卖倒的死契，明仗着贾宅是慈善宽厚之家，不过求一求，只怕身价银一并赏了，这是有的事呢。”袭人的家人想贪便宜，觉得贾家反正是好人，愿意开恩让她出来，也不要赎身的银子，不是赚了吗？袭人再嫁时又可以得一笔聘礼。他们是有现实上的算计的。可是没有想到，袭人根本就不愿意。袭人觉得在贾府做丫头，比一般寒薄人家的小姐还尊贵，穷人家的小姐不一定这么被看重。所以“母子两个也就死心不赎了”。

袭人觉得也许可以借这个机会劝谏宝玉，因为她发现宝玉很怕她离开，这有点像家里妈妈的诡计。小时候妈妈常说我要走了，不管你了，你吓死了，她又说你明天好好上课她就不走。袭人还想跟宝玉讲话，可是发现这个男孩子躺在床上半天不吱声，她心里就有点不安了。我不知道大家能不能懂得这种不安，一个做姐姐或妈妈的人，忽然发现孩子躺在那儿半天不讲话，就会不安。所以袭人就过来推宝玉，“只见宝玉泪痕满面”。宝玉已经哭得一塌糊涂了，他以为袭人真的要走了，所以这也是宝玉的深情，而且呆呆的，他也完全不会觉得别人是在骗他。

宝玉心底的孤独

袭人笑着说：“这有什么伤心的，你果然留我，我自然不出去了。”她心疼他，赶快改口。宝玉听了，觉得话里大有文章，就说：“你倒说说，我还要怎么留你，我自己也难说了。”

袭人就说："咱们素日好处，再不用说。但今日你安心留我，不在这上头。我另说出两三件事来，你果然依了我，就是你真心留我了，刀搁在脖子上，我也是不出去的了。"

宝玉最好玩的是在这种时候完全像小孩子的赖皮，马上说："你说，那几件？我都依你。好姐姐，好亲姐姐，别说两三件，就是两三百件，我也依。"

下面一段，我觉得是《红楼梦》里面最漂亮的句子："只求你们同看着我，守着我，等我有一日化成了飞灰；——飞灰还不好，灰还有形迹，还有知识。——等我化成一股轻烟，风一吹便散了的时候，你们也管不得我，我也顾不得你们了。那时凭我去，我也凭你们爱那里去就去了。"

大家有没有觉得这是《红楼梦》最重要的调性，作者整个的感伤都在这里。生命最后是一个无常，所有生命的因果只是暂时的依靠，现世的爱、温暖与眷恋，到最后都会像烟一样散掉。宝玉的心底有一种别人无法了解的孤独，他觉得生命到最后其实没有什么能留住，就像灰一样，甚至比灰还要轻，也像烟一样在风里面就散掉了，那个时候谁也管不了谁，在茫茫的大荒里面散开。可是现在他有一种眷恋，他希望她们守着他，看着他，跟他在一起。如果从现代文学的角度来看，这一段是最好的白话文，把它编成歌词也是很现代、很漂亮的。

宝玉讲到了自己最深的心事。可是你看袭人马上捂住他的嘴，因为她生活在现世里，有现世的忌讳，况且现在正在过年，不能讲死这件事情。袭人说："这是头一件要改的。"她要宝玉以后不要老是讲死亡、感伤、未来之类的东西。宝玉说："改了，再要说，你就拧嘴。"事实上，后来宝玉还是常常说这些，因为这是他对生命的深层感受。宝玉是天上的一块石头下凡来到人间，迟早要回到天上，依然成为一块石头。人跟人的相处就是一个缘分，缘有长、有短、有深、有浅，但没有什么缘分没有终了。他对现世的眷爱、执着是因为他知道迟早有一天这些东西要散的，再深的情和眷恋也没有用，都留不住。他现在留住袭人，不要她回家，可是他知道，有一天大家都会没有家，这其实是宿命里一种大荒的状态，他讲的那段话是《红楼梦》中最深的哲学。

公子无缘，优伶有福

“还有什么？”宝玉就问第二件。袭人说：“第二件，你真喜读书也罢，假喜也罢，只是在老爷跟前或在别人跟前，你别只管批驳诮谤，只作出个喜读书的样子来，也教老爷少生些气，在人前也好说嘴。”宝玉最不喜欢读书人，他觉得当时的读书人都是读死书，然后去应试做官，他给他们取了一个名字叫“禄蠹”，表示这些人整天想着做官，像蛀虫一样拼命钻营。这个认识很特别，因为世家文化中，小孩子生下来就是准备要做官的。你可以看到台湾很多老建筑上的一些美术图案，大概离不开蝙蝠、鹿、寿桃这些东西，就是福、禄、寿，人活着追求的就是这三样东西，禄是其中非常重要的一个，就是做官，在古代一做官你什么都有了。袭人看到宝玉常常为读书的事情被爸爸打骂，她就想劝他不论是不是真的喜欢读书，至少装装样子，也不要老骂读书人。“这些话，怎么怨得老爷不气，不时时打你。叫别人怎么想你？”

宝玉也答应了，说：“再不说了。那原是那小时不知天高地厚，信心胡说，如今再不敢说了。还有什么？”他很着急，他想袭人提的事情他全依了，她就不会走了，他希望赶快了结这件事。

第三件很奇怪，是关于宝玉的一些怪习惯。宝玉常常吃女人化妆用的胭脂。古代的胭脂是把花放在臼中反复杵槌，再滤去杂汁，敷在指甲上、嘴唇上或者做腮红用的，有一点甜香。宝玉喜欢帮丫头们调胭脂、上胭脂，因为这个事情他父亲打他，觉得他没出息。袭人就趁这个机会劝他，说：“再不许吃人嘴上擦的胭脂了，与那爱红的毛病儿。”宝玉就说：“都改，都改。再有什么，快说。”他着急得不得了。其实他根本没有改，等一下，就又偷偷帮人家调胭脂了。

袭人就说：“再也没有了。只是百事检点些，不任意任情的就是了。你若果都依了，便拿八人轿也抬不出我去了。”最尊贵的人坐八人大轿，女性结婚的时候也坐八人抬的轿，表示尊贵。宝玉笑道：“你在这里长远了，不怕没八人轿你坐。”他故意用了双关语，意思是说我当然会娶你的。可是袭人说：“这我可不希罕。有那个福气，没有那个道理。纵坐了，也没甚趣。”她说，就是你对我好，我有这个福气，可是我知道，自己是陪房丫头，不可能被明媒正娶的。袭人有自知之明，她明白自己的身份，永远不让自己有幻想，这大概是袭人既沉静也快乐的原因。

大家记不记得第五回，宝玉到了太虚幻境打开很多抽屉，看到很多人的命运，里面有一个是袭人的命运，就是“堪羡优伶有福，谁知公子无缘”。其实宝玉最后没有娶到袭人，袭人最后嫁给了蒋玉菡，一个唱戏的男孩子。《红楼梦》讲的无常是说我们人活在世的时候，有很多的预期跟假设，这个预期跟假设最后常常也会变成执着，可实际上我们不知道那个预期跟假设是不是一定完成，用最大的热情跟愿力希望完成，是一种深情，可是最后大概要有一个随缘。随缘是知道最后的结局，可能像宝玉说的像轻烟一样在风中散去。佛经也常常讲发愿跟随缘，发愿是发大愿，觉得一定要这样子，对它有很大的热情，可是等到事情不能如愿的时候，就要随缘。

情切切良宵花解语

他们两个人说着话，丫头秋纹进来了，说："快三更了，该睡了。"宝玉就赶快让人取表来看几点了，"果然针已指到亥时"，亥时是晚上九点到十一点的时候，"快三更了"，应是接近十一点了。我们现在觉得不算晚，可是古人一般是早睡的，大概八九点就上床睡觉了。宝玉"方从新盥漱，宽衣安歇"。

袭人这一天和宝玉聊了这么久，可见他们真是很亲。我们读普鲁斯特的《追忆似水年华》，里面有好大一段写普鲁斯特小的时候，睡觉前想尽办法让妈妈在他床边留久一点。小孩子很在意那段时间，因为他知道妈妈平常很忙，但睡觉前妈妈一定会来跟他讲几句话，念一点《圣经》里的故事，亲一亲他的额头，然后才走。他每次都尽量把这段时间拖得久一点。那是他婴幼儿时期最深的一个记忆。这天袭人和宝玉在那里一唱一搭，真像一个大姐姐或妈妈跟一个孩子一样。

"至次日清晨，袭人起来，便觉身体发重，头疼目涨，四肢火热。先时还挫挣的住，次后捱不住，只要睡着，因而和衣躺在炕上。"宝玉很着急，赶快报告贾母，传医生来看诊。医生看了以后说："不过偶感风寒，吃一两剂药疏散疏散就好了。"

宝玉闲得无聊，心说去看看黛玉吧。大家可以看到第十九回一直没有什么大事情发生，有种静悄悄的天长地久的感觉。“情切切良宵花解语”，说花袭人特别懂事，“意绵绵静日玉生香”，这个玉是讲黛玉，好像身体里都散发出香味来。从这一回的回目来看，就是在讲一种没有事情发生的淡淡的感觉。

青梅竹马的肌肤之亲

接下来的这一段写得极好，我一直觉得宝玉和黛玉有点像十四五岁那段时间的恋爱，离不开，见了面又会吵，所有这些在这一段里完全表现出来了。

“彼时黛玉自在床上歇午，丫环们皆出去自便，满屋内静悄悄的。宝玉揭起绣线软帘，进入里间。只见黛玉睡在那里，忙走上来推他道：‘好妹妹，才吃了饭，又睡觉。’”这一段有一个有趣的对比，那边袭人是姐姐，这边黛玉是妹妹；在那边他是被照顾、被疼爱的，在这边他是要照顾人的。人世间大概也就是这样一种爱与被爱的关系，他把所有袭人给他的爱，又拿到这边努力去照顾黛玉，黛玉却又不领情，觉得烦死了。

宝玉觉得吃了饭以后马上睡觉对肠胃不好，况且黛玉常常胃疼，所以他就闹她，不让她睡。黛玉见是宝玉，就说：“你且出去逛逛。我前儿闹了一夜，今儿还没有歇过来，浑身酸疼。”黛玉心思很多，经常失眠，所以她有时候白天也需要休息。宝玉就说：“酸疼事小，怕睡出病来。我替你解闷儿，混过困去就好了。”宝玉和黛玉是从小睡在一张床上长大的，这种亲其实不是爱情，因为童年的知己是不可替代的。他们俩一在一起，童年的记忆就会重新出现。黛玉连眼睛都不睁，她合着眼说：“我不困，只略歇歇儿，你且别处去闹会子再来。”黛玉知道宝玉很喜欢自己，她假装不在意，每次都要说，你不要在我这边，你到别人那边去。宝玉也非常好玩儿，推她说：“我往那里去呢，见了别人就怪腻的。”当你牵挂一个人的时候，看别的什么人都觉得很腻。不管宝玉到哪里，想来想去最后还是要到黛玉这里来。

黛玉也觉得宝玉讲话很滑稽，就“嗤”地一声笑了，说：“你既要在这里，那边去老老实实的坐着，咱们说话儿。”宝玉道：“我也歪着。”又见没有枕头，就说：“咱们在一个枕头上罢。”宝玉不会跟其他任何人说，我们在一个枕头上睡，只有黛玉，因为他们是一起长大的。薛宝钗一直不太懂这两个人为什么这么要好，因为宝钗来的时候，他们已经长大了，有了男女之分。宝玉与宝钗一直相敬如宾，始终不可能这么亲。

黛玉说：“放屁！外头不是枕头？拿一个来枕着。”她明明知道宝玉喜欢她，故意要跟她睡在一起，可是她就是要点破。宝玉就只走到外面看了一看，回来说：“那个我不要，也不知是那个脏婆子的。”他就是要闹黛玉，就是要跟黛玉睡在一个枕头上。

黛玉听了，睁开眼睛。之前黛玉一直是闭着眼睛的，这是一种很奇怪的安全感。可以想一下，哪一个人是可以跟你一起睡一个枕头的，哪一个人进来的时候你是可以一直闭着眼睛讲话的。平常有人来时我们一定会睁开眼睛坐起来，可是黛玉一直闭着眼睛。这个时候，她只好睁开眼睛，起身笑道：“真真你就是我命中的‘妖魔星’！请枕这一个！”就把自己的枕头推给宝玉，自己再拿一个来枕。这些动作里面有一种“亲”，这个“亲”很不容易被察觉。有时候，作为第三者你不知道这两个人之间怎么会有这么多的悄悄话，这么多的小动作，他们之间有一种别人无法参与的亲密，共享过生命中的很多细节的那种快乐是无法替代的。

“二人对面倒下。黛玉因看见宝玉左边腮上有钮扣大小的一块血渍，便欠身凑近前来，以手抚之，细看。”黛玉以为宝玉是不小心被指甲刮破了脸，流了血，就想帮他去擦。结果不是，是宝玉帮女孩子调胭脂时不小心蹭上的。现在的女人如果发现与自己亲密的男人白衬衫上有一个口红印，就没完没了。然而黛玉却没有觉得有任何不对。

情之脉脉，意之绵绵

她“便用自己的帕子替他揩拭了”。黛玉本是有洁癖的人，爱干净到了极点，可是她用自己的手帕替宝玉擦了胭脂斑痕。这都是“亲”，黛玉一生当中唯一用自己的手帕去给别人擦污渍的，大概只有宝玉了。然后口内说：“你又干这些事了，干也罢了，必定还要带出幌子来，便是舅舅看不见，别人又当奇事。”要注意这句话，就是大家都把宝玉替丫头弄胭脂这件事，当成一个八卦到《壹周刊》去传的，有人就是喜欢把这些事，当一个不得了的大事，吹到舅舅耳里，“又使大家不干净惹气”。因为贾政觉得儿子做这种事传出去非常丢脸。

可你细看的时候，你会知道黛玉没有觉得这些事有什么了不得。她只是说你又干这些事，还要留下痕迹，到时候又被舅舅打。她的关心很奇怪，别人会骂宝玉不该帮丫头调胭脂，可是黛玉说你做这些事情不要带出幌子来好不好。我们会发现爱的层次差别这么大。其实黛玉和宝玉的个性非常接近，不喜欢遵守世俗的礼教，为什么宝玉始终不会跟宝钗这么亲？就因为宝钗会指责他做这些事，可黛玉不会。

宝玉有一搭没一搭的，没怎么在意黛玉的话："宝玉总未听见这些话，只闻得一股幽香，却是从黛玉袖中发出，闻之令人醉魂酥骨。"美到别人不觉得美，我们常常用一个词来形容——"幽美"。"幽香"也是，黛玉身上的美、身上的香是有点让你感觉不到的。这里对比前面有一段写到宝钗身上的香味，宝玉闻到了，就问她擦了什么东西。宝钗说因为吃了冷香丸，所以身上有一股香味。那种冷香气味比较重。黛玉身上什么也没有，她身上有一种天然的幽香，淡淡的。我对此的理解是，对于和自己有最亲关系的人，我们会有一个嗅觉的记忆。嗅觉记忆是我们长大以后常常容易忘记的，可它是童年非常早的记忆，比如母亲身上的味道。我觉得这里宝玉闻到黛玉散发出来的幽香，也是嗅觉记忆的再现。

"宝玉一把便将黛玉的袖拉住，要瞧笼着何物。黛玉笑道：'冬寒十月，谁带什么香呢。'宝玉笑道：'既然如此，这香是那里来的？'黛玉道：'连我也不知道。想必是柜子里头的香气，衣服上熏染的也未可知。'"古人说："不自美方为美。"不觉得自己美才是到了美的最高境界。黛玉从来不觉得自己漂亮、美或者香，她不想谈这些，也不知道到底是什么香。

宝玉就说："这香的气味奇怪，不是那些香饼子、香球子、香袋子的香。"那黛玉当然就要呼应宝钗那一段，黛玉永远有一个对手，永远有一个要比较的人，就是宝钗。她冷笑着说："难道我也有什么'罗汉''真人'给我些香不成？便是得了奇香，也没有亲哥哥、亲兄弟弄了花儿、朵儿、霜儿、雪儿替我炮制。我有的是些俗香罢了。"宝玉当然知道黛玉在讽刺他，就说："凡我说一句，你就拉上这么些，不给你个利害，也不知道，从今儿可不饶你了。"

宝玉说着，"翻身起来，将两只手呵了两口，便伸向黛玉胳肢窝内两肋下乱挠”。《红楼梦》很好玩，有很多人从奇怪的角度去研究。前一段时间我看到有个外国人写了一篇博士论文，就是讲黛玉的怕痒，他考证了半天，就因为黛玉怕痒这件事，拿了个博士学位。这里好玩的是我刚才提到的：宝玉与黛玉睡同一个枕头；黛玉用她的手帕替宝玉擦脸上的胭脂；宝玉闻黛玉袖口里面的香味；又翻身起来用手去挠她的胳肢窝，这些都是两个人身体的接触。宝玉跟别的人再好也没有这些动作，而这些动作是小孩子才会有的。这些铺排和描写都在说明这两个人的关系是没有人可以替代的。宝玉和袭人也很好，甚至发生了性关系，可是他跟袭人也不会如此，他跟黛玉最亲。“亲”有时候比“爱”还要深，亲到别人不可取代时，才会有这样的身体动作。

两小无猜的情意

黛玉“便笑的喘不过气来”，“口里说：‘宝玉！你再闹，我就恼了。’宝玉方住了手，笑问道：‘你还说这些不说了？’黛玉笑道：‘再不敢了。’一面理鬓。笑道：‘我有奇香，你有“暖香”没有？’宝玉见问，一时解不来，因问：‘什么“暖香”？’黛玉点头叹笑道：‘蠢才，蠢才！你有玉，人家就有金来配你；人家有“冷香”，你就没有“暖香”去配？’”前面有一回说宝玉去探望宝钗，大家看宝玉的玉，宝钗的丫头莺儿就说小姐身上有金锁，宝玉一定要看，宝钗就从内衣里取出金锁来，说小时候生病，别人就送了这个金锁。丫鬟还说金锁和宝玉上面的字是一对儿。这当然是暗示她和宝玉的关系。黛玉知道后心里很难过，宝玉有玉，宝钗有金锁，而她什么都没有。

“宝玉方听出来，宝玉笑道：‘方才求饶，如今更说狠了。’说着，又去伸手。黛玉忙笑道：‘好哥哥，我可不敢了。’宝玉笑道：‘饶你，只把袖子我闻一闻。’说着，便拉了袖子笼在面上，闻个不住。”这些细节都在说明两个人完全像小孩子，是真正的两小无猜，其实人到了某一个年龄，就不可能再有这样的动作了，因为总觉得有一种界限和禁忌。从心理学的角度看，我觉得是宝玉一直不想长大，他一直在回忆童年美好的东西。这个回忆的凭借就是黛玉，因为只有黛玉是跟他一起长大的。他老爸要是看到他的这些动作大概又要揍他一顿了，他爸爸觉得十四五岁应该是一个大人了，可是宝玉觉得自己还是孩子。小说非常真实地写出了人的两难：一方面是成长，一方面是对过去的回忆和眷恋。

宝玉作为贵族小孩，从小照顾他的是用人，他的母亲王夫人也跟他很疏远，因为她是贵夫人，不会抱着孩子喂奶，也不会有那种特别亲密的举止，和他真正一起长大的是黛玉，在碧纱橱里的一张床上一起长大的。他一直想要在黛玉身上找回那种身体上的亲近。

十九回是在写爱的丰富的层次、情感的细腻的层次，让我们感觉到，人世间的情本就是非常多重的。

“黛玉夺了手道：‘这可该去了。’宝玉笑道：‘去？不能。咱们斯斯文文的躺着说话儿。’说着，复又倒下。黛玉也倒下，用手帕子盖上脸。”两个人的动作完全像幼稚园的孩子。“宝玉有一搭没一搭的说些鬼话，黛玉只不理。宝玉问他几岁上京，路上见何景致古迹，扬州有何遗迹故事，土俗民风。黛玉只不答。”宝玉为什么唠唠叨叨一直讲？因为他怕黛玉睡着了生病，所以费尽心机不让她睡觉，这个情比对袭人的还要深。宝玉哄她道：“你们扬州衙门里有一件大故事，你可知道？”然后他讲了一个荒谬不经的笑话，就是为了不让黛玉睡着。

意绵绵静日玉生香

宝玉讲的这个笑话很无聊，有一点像网络笑话。他说扬州以前有一座黛山，山上有一个洞叫林子洞。聪明人一看就知道他是在讲林黛玉，可黛玉这个时候却很傻，没想到宝玉在逗她。他说洞里面有一群耗子，有一天这些耗子说，已经腊月初七了，腊月初八要吃腊八粥，我们应该去偷各种东西回来明天煮。耗子王就下令，谁去偷糯米，谁去偷红枣，谁去偷栗子，最后说到偷芋头。江南有一种芋头为香芋。香芋没有耗子去偷。后来一个长得小小的、身体很弱的小耗子就说，我去偷香芋。别的耗子就问它怎么偷？它说，我用法术把自己也变成一个香芋，滚在香芋堆中把香芋一个一个运出来。然后它摇身一变，变成一个漂亮的女孩子。大家就说，变错了，变错了，你应该变成一个香芋，怎么变成了一个小姐？它说，你们哪里知道，盐课林老爷家的小姐才是真正的“香玉”呢。

“盐课林老爷”就是林黛玉的爸爸林如海，宝玉利用“芋”和“玉”的谐音来编排黛玉的笑话。这个笑话并不精彩，宝玉就是故意混，让黛玉不要睡觉。黛玉听到最后，才知道是在笑她，“翻身爬起来，按着宝玉笑道：‘我把你烂了嘴的！我就知道你是编我呢。’说着，便拧的宝玉连连央告，说：‘好妹妹，饶我罢，再不敢了！我因为闻你香，忽然想起这个故典来。’黛玉笑道：‘饶骂了人，还说是故典呢。’”

注意下面，“一语未了，只见宝钗走来。”不知道大家有没有发现，在宝玉、黛玉打打闹闹的时候，宝钗总会走进来。其实我觉得宝钗一直有一个悲哀，就是她无法参与宝玉和黛玉之间的亲密，看到两个人在床上闹成一团，这个时候宝钗其实很落寞。

宝钗一来，大家就很正经了。宝钗说："谁说故典呢？我也听听。"黛玉笑道："你瞧瞧，有谁！他饶骂了人，还说是故典。"宝钗就说："原来是宝兄弟，怨不得他，他肚子里的故典原多。只是可惜一件，凡该用故典之时，他偏就忘了。"她在讽刺宝玉在元春省亲那天作诗时忘记典故的事。从宝钗的话语可以感觉到，他们是有隔阂的，她对宝玉永远是庄重的，没有办法像黛玉和宝玉那样亲昵。

再回头看一下十九回的回目，"情切切良宵花解语，意绵绵静日玉生香"。这两句的第一个字是"情"跟"意"，十九回整个在讲人世间的情意：宝玉和袭人的情意，宝玉和黛玉的情意。这种情意本身是可以扩大的，如果宝钗真正大度的话，也许也可以加入。我常跟朋友讲，十九、二十回是最让人百看不厌的，因为它没有大事发生，只有日常生活的悠远、情意的深长，这是作者写得最好的部分。

第二十回

王熙凤正言弹妒意
林黛玉俏语谑娇音

可以读一辈子的书

大家可能常常会听别人讲,《红楼梦》是可以读一辈子的书。的确很奇怪,一本小说你看过一次,很少有欲望想看第二次、第三次。但《红楼梦》除了情节的起伏、故事的编排都很精妙以外,还有很重要的一个特点就是对每个人物的描写都很细致,让人在不同的年龄阅读,都会有不同的领悟。很多人物,比如像李奶妈这样的人,第一次、第二次阅读时是不会注意的,人们一开始总是关注林黛玉、薛宝钗、贾宝玉这些人,可是等你自己也到了那个年龄,就会觉得李奶妈这样的人物也很有趣。在十九回、二十回里都有她的故事,我们当然会觉得她好讨厌啊,一个唠唠叨叨的人。可等到二十回大家看一下,作者是怎么去写这个李奶妈时,他也不让你觉得她只是讨厌而已。其实她是一个有点过了时的人,过去曾经重要,宝玉长大后,她忽然觉得自己不再被重视,内心里有种荒凉。其实要对每一个人的人生都有这样的关心,才能写好这部小说。

阅读《红楼梦》给我们带来的最大好处是可以使我们对人、人性多一些了解,多一些懂得。懂得以后不是要去抓别人的小辫子,而是学会对别人的宽容。人都有脆弱的地方，全看你怎么去担待。李奶妈闹的时候，别人都对她没办法，因为李奶妈心里的结，别人很难解开：你对她强硬，她觉得你看不起她；你对她软弱，她又觉得你在故意拍她的马屁。她已经到了一个骑虎难下的尴尬境地，我想大家一定知道这样的人恐怕只有王熙凤才能摆平。王熙凤可以三两句话就让她服服帖帖的，这绝对是一种智慧。难怪作者要不断地赞美女性，贾府上上下下很多繁杂的家事全靠女性打理，其中尤其能锻炼出女性细致、体贴的部分。

文字的感动

根据《红楼梦》改编的戏剧、电影大部分是失败的，因为电影和戏剧没办法像小说这样不厌其烦地去描述生活的细节，只能抓住最重要的几个场景，可是场景和场景之间，作者写得最好的、最深厚的人情部分完全没有办法体现。这就会少掉很多细节，少掉很多人性上的东西。电视和电影也不可能用十几分钟去拍黛玉把手帕蒙在脸上不理宝玉的细节。

文学中的重点很难说，有时候清淡如水的描绘也是一个重点。比如，宝玉说有一天自己化成了飞灰，或者是比灰还要轻，像烟一样在风里散掉，在电影里是很难表现的，在小说中却是非常美的表达。不同的艺术形态，会有不同的表达特性，文字的描述有它特别的美。当我们读书时，会忽然停一下，觉得一个男孩子在十四岁时，怎么能把对死亡的感觉讲得这么深、这么透，用白话把他对生命无常的感觉，完全表达出来了，句子还写得非常漂亮。

宝玉正在林黛玉房中讲“耗子精”，宝钗撞进来，讽刺宝玉元宵不知

“绿蜡”之典。古代写诗处处要用典故，这个典故可能来自《诗经》、《楚辞》，也可能来自唐诗、宋词。目的是训练小孩子读书时多记忆、背诵一些东西。这当然也有它的坏处，就是说当人们创作时，因为要找典故，性情反而不真了。

宝钗写诗和黛玉写诗非常不一样，宝钗很用功，记忆力又好，写诗非常遵守古人的典故。黛玉的诗也写得极好，很多地方却不用典故，或者大胆破除古人的典故，甚至有时都不押韵。宝钗的美在于守规矩，黛玉的美在于不守规矩。宝钗像一部字典，黛玉像一首诗。我们有时候会比较喜欢诗而不喜欢字典，但其实两者很难比较，字典有时候也蛮重要的。

“三个人正在房中互相讥刺取笑。”在情感中，“三”是一个很有趣的数字，会有比较，会有心机的存在，大家都在较劲。“忽听他房中嚷起来。”古代贵族家族的礼教很严，讲话都是轻声细语的，一听到大呼小叫，就知道一定发生了什么事情。“大家侧耳听了一听”，林黛玉特别敏感，对宝玉说：“这是你妈妈和袭人叫呢。”

李奶妈对袭人的谩骂

黛玉说：“那袭人也罢了，你妈妈再要认真排场他，可见老背晦了。”李奶妈成天来闹，大家都司空见惯了。袭人是最懂事的人，如果她连袭人都骂，那就说明她真的老到完全不知道跟现实怎么相处。

宝玉怕袭人受委屈，就要赶过去，宝钗很懂事，也顾大体，她怕宝玉摆出主子的脸色，所以忙一把拉住他：“你别和你妈妈吵才是，他老糊涂了，倒要让他一步为是。”宝玉说：“我知道了。”说完便赶到怡红院要处理这件事。

李奶妈正拄着拐棍骂袭人：“忘了本的小娼妇！”这有点像泼妇骂街。有人说《红楼梦》是贵族文学，可我觉得《红楼梦》对普通平民、对社会边缘人物也写得极好，语言非常活泼。黛玉、宝钗的语言是贵族的语言，可是当写到李奶妈的时候，语言就泼辣起来了。

作者是从李奶妈的角度写这场戏的。从别人的角度看，觉得这李奶妈是老糊涂、老背晦，可是从她自己的角度来看，一个人到了这把年纪，在社会中找不到自己存在的价值，是非常痛苦的。她唯一能够证明自己的，就是常常骂别人“忘本”。袭人年纪小，被贾家买来的时候，调教她的一定是李奶妈这些人，所以她说你这个“忘了本的小娼妇”。这已经完全是谩骂了。当一个人生气的时候，语言特别能体现出他的教养。袭人怎么会跟娼妇挂起钩来？可是在李奶妈的意识里面，最坏的人就是娼妇，她就用这个词骂她，为出一口狠气，口不择言了。“我抬举起你来，这会子我来了，你大模大样的躺在炕上，见我来也不理一理。一心只想妆狐媚子哄宝玉，哄的宝玉不理我，听你们的话。”袭人生病了，很重，刚服了药，正盖着被子焐汗，她是委屈的。现实中人与人冲突起来时，态度常常是不理性的。李奶妈摆明就是来骂袭人的，即使袭人没有生病躺在床上，热情地欢迎她，相信还是会被大骂一顿的，只是她会找另外一个理由。所谓“老背晦”，就是你对她怎么样都不行。当她对自己的生命没有信心的时候，其实是非常令人哀伤的——她要不断在生活里寻找证明，从而造成这种困境。其实，《红楼梦》的好看就在这里，它让你对自己的行为有所反省，想想自己有没有在气头上的时候口不择言，把无辜的人牵连进去；或者有没有预设一个敌人，对人产生误解。

生命失去自信以后的悲凉

李奶妈的孤独、哀伤，以及失去自信之后的痛苦，全部展露出来了："你不过是几两臭银子买来的毛丫头，这屋里你就作耗，如何使得！"她要穷根究本，说你出身低微，不过是贾家随便花几个银子买来的。当然李奶妈自己也是这类人，不过是贾家花几两银子雇来给宝玉喂奶的。有时候人很有趣，在侮辱另外一个人的时候，也侮辱了自己，最后自己也认同了被侮辱的角色。"好不好拉出去配一个小子，看你还妖精似的哄宝玉不哄！"贾家大部分犯了错误的丫头，会被拉出去配一个小厮或是农民，或是拉车的人，潦潦草草了此一生。这么重的话就已经是恶毒的攻击了。

袭人以为李嬷嬷不过为她躺着生气，就起来分辩。袭人是最懂事的丫头，她不会随便跟人吵架，也不会因为别人讲了很难听的话立刻跟人吵架。她解释说："病了，才出汗，蒙着头，原没看见你老人家。"

可是，袭人一分辩，李奶妈更加生气，就继续骂。袭人"由不得又愧又委屈，禁不住哭起来"。这是袭人不常有的表现。袭人从来不利用宝玉爱她这个特权，她很谨慎，可是她这个时候也忍不住哭了。

宝玉"少不得替袭人分辨病了吃药等话，又说：'你不信，只问别的丫头们。'"刚才宝钗叮咛宝玉不要骂李奶妈，宝玉也只好跟她耐心解释。

这一下李奶妈更气了，说："你只护着那起狐狸，那里认得我了。"十四岁的宝玉，当然不会懂得李奶妈这个时候需要的不是讲道理，而是关心与支持。李奶妈觉得自己是孤独的，宝玉站在丫头一边，忽略了她。

如果宝玉随便说袭人两句，事情也就平息了，可他偏还要去保护袭人，这令李奶妈更加痛苦。

“叫我问谁去？谁不帮着你呢，谁不是袭人拿下马来的！”意思是说你们都是一伙的。李奶妈的痛苦在于她自己觉得跟这一群十几岁的少男少女们没办法沟通了。

下面的话不知道她每天要讲多少次，“我把你奶了这么大”永远是她的一个把柄。如果你曾对他人有恩，最好忘掉，不然这“恩”最后会变成你自己的痛苦，觉得别人忘恩负义。其实没什么“忘”与“负”的问题，是你自己觉得你有恩有义；也没有什么恩与义，不过是在那个时候，你刚好可以给了人一个方便。

王熙凤处理事情的机智

这一场戏继续演下去。李奶妈说：“把你奶了这么大，到如今吃不着奶了，把我丢在一旁，逞着丫头们要我的强。”一面说一面哭起来了，她的确有被遗忘、被冷落的痛苦。

黛玉、宝钗也过来了，劝她：“妈妈，你老人家担待他们一点子就完了。”可是越劝李奶妈越会闹，因为这样她越有机会诉苦。因为她寂寞。

这时一定要出来一个人了，那就是王熙凤。王熙凤有明快地处理事情的能力，遇上这种事情，只有她能办得漂漂亮亮的。

“可巧凤姐正在上房算完输赢帐，听到后面声嚷动，便知是李妈妈老病发了，排揎宝玉的人。”李奶妈常常到宝玉那里闹，王熙凤完全了解。王熙凤还知道，这个李奶妈不止因为昨天酥酪的事情生气，而且为今天赌博输了钱生气，她一定要找人骂一骂，排揎排揎。读到这里我们多半会会心一笑，作者太了解人了——很郁闷的事情堆积到一定程度的时候就要爆发。“不迁怒”，说起来容易，做起来非常难。

王熙凤“便连忙赶过来，拉了李妈妈，笑道：‘好妈妈，别生气。’”古代过年的时候不能发脾气，不能骂人，不能讲不吉利的话，否则认为后面一年都会不顺。她先讲规矩，然后又说：“大节下，老太太才喜欢了一日。”把贾母搬了出来，说贾母今天高高兴兴的，你如果闹出去，让贾母知道了，又惹她不高兴。她讲出的两句话，都是可以压住李妈妈的。“你是个老人家，别人高声，你还要管他们呢；难道你还不知道规矩。”这是在捧她，可也是在警告她。然后她又给李奶妈一个台阶：“你只说谁不好，我替你打他。我家里烧的滚热的野鸡，快来跟我吃酒去。”这么一说，李奶妈多么有面子。“一面说，一面拉着走，又叫：‘丰儿，替你李奶奶拿着拐棍子，擦眼泪的手帕子。’”她如此细心，让李奶妈觉得好舒服。“那李妈妈脚不沾地跟了凤姐走了。”一面还说：“我也不要这老命了，越性今儿没了规矩，闹一场子，讨个没脸，强如受那娼妇蹄子的气！”虽然有了面子，要离开了，这些话她当然还是要说的。大家都觉得好高兴，说凤姐真厉害，终于把这老家伙给弄走了。

我希望大家读这一段的时候能体会到作者的细心，他不仅是客观描述，还让你觉得她那种哀伤无法排解。如果是在其他的小说里，李奶妈这样的角色可能会让人觉得讨厌到了极点，不会对她有一点点的同情与谅解。可是《红楼梦》让我们体会到这类角色的痛苦，作者在客观的描述里隐含着对人的同情。

二十回写了两个被冷落的人，一个是李奶妈，还有一个是赵姨娘。

曹雪芹笔下最卑微的人物

赵姨娘前面还很少看到，她原是一个丫头，后来被宝玉的爸爸贾政收房，就变成了妾。女儿就是非常能干的探春，儿子是贾环，就是宝玉的弟弟。我们看到这种丫头收房的妾，在这种大户人家有点像李奶妈，她身份也很特别。她本来是一个用人，可是生了一个小姐和一个公子之后，就被尊称为姨娘了——母以子贵。可是你看到她的出身还不会变，因为毕竟不是大户人家出身。所以我们会看到这种尴尬。二十回里面写的是富贵人家当中受冷落的角色，他们心里面的哀伤跟不快。

二十回的主题其实在写两个我们很难同情的人，我们会觉得她们两个人活该，这两个人就是老糊涂、老背晦。可是其实我们有时候不懂得一个平凡的人的委屈。我以前在教书的时候，在班上常常看到几个亮丽的学生，能干、聪明，口齿又伶俐，被选出来做班代表；但有时候你会忽然发现有一个学生到现在连他的名字都不太记得，他大概就是这种边缘的角色。你会觉得他不是没有长处，是你没有办法发现他的长处，所以他会躲起来，好像大家最后也就主动地遗忘了他。我觉得这个人就有点像我们等一下看到的赵姨娘，其实是被冷落的。《红楼梦》会把这些人拿出来写，我觉得是它了不起的地方。你可以看到作者写李奶妈的这一段，不下于写黛玉或者宝钗。它很重要，能让你觉得她也是大观园里的一分子，她的不快乐也会变成所有人的不快乐。

我们读《红楼梦》的时候，最后读到的几乎是一个大家庭，也是一个大社会整体的那种感觉，我觉得那是一种平等观，这个非常非常难写。因为我自己写小说时会觉得特别喜欢哪几个人，便一直在写这几个人，往往忽略掉其中几个比较卑微或平凡的角色。可是《红楼梦》会把这些人写得非常非常好。俄国的小说家陀思妥耶夫斯基一直提醒说，如果你要做一个作家，你对笔下任何一个最卑微的人物都不可掉以轻心。

宝玉看到李奶妈走了，也在叹气：“这又不知是那里的帐，只拣软的排揎。昨儿又不知是那个姑娘得罪了，上在他帐上。”宝玉讲这一句话的时候，没有想到可能又得罪了人。

“一句未了，晴雯在旁笑道：‘谁又不疯了，得罪他作什么！便得罪了他，就有本事承任，不犯着带累别人！’”晴雯的个性是很火辣的，是个喜欢惹事的丫头。

袭人赶快拉着宝玉，说：“为我得罪了一个老奶奶，你这会子又为我得罪这些人，这还不够我受的，还只是拉别人。”这就是袭人，她不要宝玉为了安慰她招惹别人。

“宝玉见他这般病势，又添了这些烦恼，连忙忍气吞声，安慰他仍旧睡下出汗。”前面讲过，宝玉和袭人相处，是姐姐与弟弟的关系，所以“自己守着他，歪在旁边，劝他只养着病，别想着些没要紧的事生气”。

袭人就冷笑着说：“要为这些事生气，这屋里一刻站不得了。”宝玉的房子里那么多的丫头、下人，互相之间钩心斗角，每天大大小小的吵架是不断的，幸好有袭人在，常常就把这些事情大事化小，小事化了。她接着说：“但只是天长日久，只管这样，可叫人怎么样才好呢。”这一句话是担心李奶妈，袭人也觉得李奶妈没有改善的可能了，如果每天要这样闹一下，那也真是烦人，又不能每天找王熙凤出面处理。“时常我劝你，别为我们得罪人，你只顾一时为我们那样，他们都记在心里，遇着坎儿，说的好说不好听，大家什么意思。”宝玉很疼他的丫头，常常为她们怪罪底下的人，底下的人又反过来骂了这些丫头们。

宝玉亲自照顾生病的袭人

你的优异、你的漂亮、你的得宠，也可能是灾难的开始。袭人是非常懂这些的，她做事分寸的拿捏和谨慎都在这里。“一面说，一面禁不住流泪，又怕宝玉烦恼，只得又勉强忍着。”

“一时杂使的老婆子煎了二和药来。宝玉见他才有汗意，不肯叫他起来，自己便端着，就枕与他吃了。”这样的画面非常动人——就是很懂事的小男孩对常年照顾他的一个姐姐的一份深情，扶着她就在枕头上吃药。这都是《红楼梦》中写得最好的小细节，稍不注意就可能忽略。

宝玉命令小丫头们铺炕，袭人就说：“你吃饭不吃饭，到底老太太、太太跟前坐一会子，和姑娘们玩一会子再回来。我就静静的躺一躺也好。”她想把他支开，因为宝玉一直守在她身旁，别人又要说闲话了。“宝玉听说，只得替她去了簪鬟，看他躺下，自往上房来。”

宝玉在上房陪贾母吃完饭，因挂念着袭人，就回来了。“见袭人朦朦睡去。自己要睡，天色尚早。”宝玉房里有一大堆的丫头，大家可能连名字都没有记全，宝玉给每个丫头都起了很美的名字。晴雯、绮霞、秋纹、碧痕在寻热闹，鸳鸯、琥珀也去玩耍了。

屋里只有麝月一个人在，宝玉就问：“你怎么不同他们玩去？”麝月说：“没有钱。”宝玉就说：“床底下堆着那么些，还不够你输的？”宝玉房里的丫头有很多零用钱，尤其是过年的时候。麝月当然不是因为没有钱才没去，她说：“都玩去了，这屋里交给谁呢？”她说袭人病了，屋子里因为过年点了这么多的油灯，煎药煮茶的火也烧着，没人照顾，万一着了怎么办。大家可以看到麝月的懂事，她觉得屋子里很危险，没有人看着不行，宝玉听了，叹了口气说："又是一个袭人。"

宝玉帮麝月篦头

宝玉就笑着说："我在这里坐着，你放心去罢。"宝玉完全不觉得自己是主人，反而觉得麝月这么可爱，这么懂事，他想帮帮她。

麝月就说："你既在这里，越发不用去了，咱们两个，说话玩笑岂不好？"宝玉说："咱两个作什么呢？怪没意思的。也罢了，早上你说头痒，这会子没什么事，我替你篦头罢。"篦子类似梳子，齿纹非常细密。古人不像我们现在常常洗头，而头发又长，要保持头发整洁，他们就用篦子篦，把脏东西刮下来。

麝月觉得这样也好，"将文具镜匣搬来，卸去钗钏，打开头发，宝玉拿篦子替他一一的梳篦。"这个场景如果被宝玉的老爸看到，恐怕又要挨一顿打了。我常常觉得宝玉这个人你不深究则已，深究的话会发现这个男孩子蛮奇怪的，他长大的过程就是一直在照顾这些丫头，他很开心地为她们做任何事。《红楼梦》第一回曾说过天上有很多东西一起下凡到人间，像宝玉房里的丫头也是前世跟他有缘分的。

"只篦了三五下，只见晴雯忙忙走进来取钱。一见了他两个，便冷笑道：'哦，交杯盏还没吃，倒上头了！'"过去结婚有吃交杯酒的仪式，吃完交杯酒后上头——把头发散开，然后入洞房。

宝玉笑着说："你来，我也替你篦一篦。"宝玉在今天肯定会成为美发师，他很喜欢帮女孩子做梳头打扮之类的事情，他爸爸为此恨得牙痒痒的。从另外一个角度看，我们可以看出现实社会把人分了很多等，读书做官才是第一等人。可宝玉却不这么认为，他觉得替人家把头梳好，也很了不起。

那晴雯就说："我没那么大福。"说着，拿了钱，便摔帘子出去了。

"二人在镜内相视"，彼此看了一眼，会心一笑。我觉得这个画面非常漂亮，《红楼梦》的电影或电视大多没有拍到这个细节，这才是最有情趣的地方。宝玉向镜子里的麝月说："满屋里就只是他磨牙。"其实宝玉身边的丫头都比较懂事，晴雯只是个性不同些，脾气比较硬。袭人是木讷敦厚的，晴雯是火热外向的，她有点侠肝义胆的味道，宝玉每次碰到大的灾难时都是晴雯来挡。

"麝月听说，忙也向镜中摆手。"麝月知道晴雯耳聪目明，又没走多远，很可能被她听见，又要惹事。"宝玉会意。忽听'唿'一声帘子响，晴雯又跑进来问道：'我怎么磨牙了？咱们倒得说说。'"

麝月很懂事，笑了说："你去你的罢，又来问人了。"那晴雯就笑着说："你又护着。你们那瞒神弄鬼的，我知道。等我捞回本儿来，再说话。"说着就出去了。"宝玉通了头，命麝月悄悄的伏侍他睡下，不肯惊动袭人。一宿无话。""通了头"就是现在我们看洗发精广告，梳子一放上去就掉下来的那种感觉，很顺，没有打结。

我们可以感觉到《红楼梦》中写得最好的就是这种地方。寻常日子，可我们能看到每个人个性化的动作、表情，全部都是画面。这个东西要是拍电影，也不很难拍，除非是非常笨的导演，其实脚本作者都已经写好了。连表情动作的节奏感都有了，分镜头都有了。

亲近古典

我一直觉得《红楼梦》很像是许许多多短篇构成的一个长篇，它本身的结构是不是一定要去连接不是绝对重要的。有时候我自己喜欢那些像线装拆开来的版本，很轻，随便带其中的一本，在旅行当中看一点看一点，都会有一些不同的领悟。就像刚才讲到李奶妈那一段，或者袭人生病那一段，其实都是可以独立出来的。它是用很多短篇连起来。能够在路上随时这样一点一点地看蛮好。在年轻一代的经验当中，会觉得离《红楼梦》越来越远，可是我一直有一个蛮大的愿望：《红楼梦》如果能够慢慢变成年轻一代很熟悉的一部书，其实可以学到很多很多的东西。

在法国有一本常常拿来跟《红楼梦》比较的书就是普鲁斯特的《追忆似水年华》，他也是写他们在法国古老贵族家里这些事情，那本书现在经由各种不同的版本，让年轻一代不会跟它脱节。最近台湾出版了漫画本的《追忆似水年华》。当然开始很多读《追忆似水年华》的人觉得它是法文里面最漂亮的语言，都不见得赞成有漫画本。我在台湾的漫画本出版的时候，替它写了一个序，我觉得很好。任何古典的东西，在下一代中间形成了断层，好像变成了一个代沟，是很可惜的事。也许一个人在儿童时期，青少年的时期，读着《追忆似水年华》这样一个漫画本，长大以后，会有兴趣去把这部书真正找来看。《红楼梦》也许同样需要一些准备的工作，就是可能在儿童时期、青少年时期对于这本书的熟悉，至少不会害怕，不会恐惧，等到长大以后再读《红楼梦》的时候，会有一个可以连接的过程。我想，一个古典的东西怎么去做现代的准备，是非常有挑战性的一件事。

不过，我想我们的科技发达，不管是电脑还是电视上面，怎样去把这些古典文化变成游戏，它才可能在青少年的心里生根，所以如果大家有兴趣，可以带着自己更年轻的一些朋友们去读《红楼梦》。不管是中学或者青少年的这些教育，其实怎样去亲近古典大概是蛮重要的一件事。现在包括《古文观止》、唐诗、宋词，我一直都觉得如果有人去把它们设计变成一个电脑游戏，大概都是好方法。我以前曾跟一个年轻朋友试过把故宫十张最好的画，用游戏的方法做成光碟，让大家可以在电脑上玩，假设自己是里面一艘船，然后去走这八百厘米的长卷，中间有很多游戏的规则。有人认为这会伤害古典的庄严与伟大，我觉得其实没有那么严重。真正的伤害是年轻一代再也不去碰这个东西了，重要的是他们还可以在生活里面亲近这个东西。就像蒙娜丽莎有拼图游戏，你到卢浮宫都可以买到，青少年从几岁就开始回家拼那个蒙娜丽莎的像，有一天他长大了，他到卢浮宫，对这幅画他就会有感觉。

宝玉的弟弟贾环

“至次日清晨起来，袭人已是夜间发了汗，觉得轻省了些，只吃些米汤静养。”后来又有好几场写到感冒的戏，他们的习惯是感冒后不吃油腻的东西，只喝米汤，静养几天便好。

“宝玉放了心。因饭后走到薛姨妈这边来闲逛。彼时正月内，学房中放年学，闺阁中忌针凿，却都是闲时。因贾环也过来玩。”贾环的母亲是赵姨娘，是庶出。现在没有这种观念了，小孩子出生后都是平等的。可是过去的区分非常严格，甚至在相亲的时候，都会打探对方是正出还是庶出，庶出的人在身份上常常低人一等。

贾环是宝玉的弟弟，论理也是个公子，也应该很尊贵。可是由于出身以及他妈妈的个性，他的性格在成长过程中变得非常扭曲。宝玉走出来永远漂漂亮亮、大大方方的；贾环永远是畏畏缩缩的、小里小气的。心理学上讲到，如果前面有一个男孩表现非常杰出的时候，第二个男孩的个性会被压住，会有一个“结”，他会一直想要去突破，去对抗那个阴影。

贾环的第一次出场是这样的：“贾环也过来玩，正遇见宝钗、香菱、莺儿三个赶围棋作耍。”这个围棋并不是我们现在下的围棋，有点像五子棋，可以用来赌博。“贾环见了也要玩。宝钗素习看他亦如宝玉，并没他意。今儿听他要玩，让他上来坐了，一处玩。”因为是庶出，一般人对待贾环不会像对待宝玉一样，可是宝钗对人公平，她对待贾环和对待宝玉是一样的。

“一磊十个钱，头一回自己赢了，心中十分欢喜。后来接连输了几盘，便有些着急。”贾环有点输不起。宝玉从来不觉得输赢有什么关系，他甚至希望输——丫头们高兴了，他也就高兴了，可是贾环不是。

“赶着这盘正该自己掷骰子，若掷个七点便赢，若掷个六点，下该莺儿掷三点就赢了。因拿起骰子来，狠命一掷，一个作定了五，那一个乱转。莺儿拍着手只叫‘幺’，贾环便瞪着眼，‘六——七——八’混叫。那骰子偏生转出幺来。”有时候觉得贾环真的好可怜。李奶妈、赵姨娘、贾环，都是社会里的“幺”，他们都很卑微，他们不是宝玉，不是宝钗，不是挥霍大方得起的人。

“贾环急了，伸手便抓起骰子来，然后就拿钱，说是个六点。”他不肯认输，还要作弊。莺儿很看不起他这样，说：“分明是幺！”

宝钗见贾环急了，就制止莺儿说：“越大越没规矩，难道爷们要赖你？还不放下钱来呢！”宝钗当然要为贾环遮挡一下。

莺儿很委屈，明明是贾环作弊，自己却挨骂。“不敢啧声，只得放下钱来。”然而她不服气，口内嘟囔说：“一个作爷的，还赖我们这几个钱，连我也不放在眼里。”这话虽重，可是贾环已经听过不知多少次了，贾环越来越卑微其实跟经常听到这种话有关。也是他个性真的不够大气，连一个丫头都对他说这种话。

卑微者

好，接下来莺儿便拿他来跟宝玉比了：“前儿和宝玉玩，他输了那些也没着急。下剩的钱，还是几个小丫头们一抢，他一笑就罢了。”事实虽如此，可这话在贾环听来就是伤害了。李奶妈的“结”、贾环的“结”都是卑微。我们在生活里面最不容易注意到卑微者的痛苦，我们总觉得他是自找的，可是真的不一定是自找的，多数时候是一次一次压抑、侮辱的累积，最后他就自我认同了这个卑微的角色。接下来贾环就直接说：“我拿什么比宝玉呢。”贾环内心的痛苦暴露无遗，这是作者了不起的地方，他厚道到能体贴卑微者的内心痛苦。

我们读到这几段的时候，应该特别回头去看看身边一些自己从来没有留意到的人。有些人的生命是幸运的，会在很多的场合让人看到、注意到，然而并不是所有的生命都能如此。如果要为这一回定一个名字，我觉得应该叫“卑微者的生命”，提醒我们卑微者的生命怎样才能被照顾。

莺儿拿贾环与宝玉比较，当然是无心的，但这却造成贾环非常大的痛苦。贾环尽管拿到了钱，可是他心里也很讨厌自己。一个卑微者，你在侮辱他、骂他的时候，其实他比你还要讨厌他自己，可是他没有办法，他好像没有别的选择。这个时候宝钗连忙断喝住，她非常严厉地制止莺儿，一个丫头对贾环这样讲话是非常不礼貌的。

可已经挡不住了，贾环就说："我拿什么比宝玉呢。你们怕他，都和他好，都欺负我不是太太养的。"太太是指王夫人，宝玉是正房王夫人生的，而他是姨娘生的。"说着，便哭了。"我们可以从贾环的语言中看到，他变成今天这样一个角色，不是一天两天造成的。在心理学上，最后他一定会对抗宝玉——我故意跟宝玉不一样，宝玉是高贵的，那我就是卑贱的。刚才提到在心理学上所谓"老二个性"的部分，非常有趣。后来发现很多身边的人都会这么说，你上面有一个哥哥或者一个姐姐表现很出色，他对你就是一个阴影。我哥哥是在初中的时候练健身，漂亮得不得了，后来读军校，在家里开舞会，所有的女孩子都送照片给他。我就想我绝对不要走他那一条路。因为我知道再怎么练健身也比不上他那个肌肉，我就完全走另外一条路，自己去弄文学了。所以我们兄弟感情很好，他有的那个部分我完全没有，我在搞的东西他也完全不懂。贾环的痛苦在于他一直要跟宝玉比，他没有发现自己的特征。《红楼梦》让我们意识到，对于每一个生命来说，重要的是找到自己的特色，找到自己一个别人无法取代的长处。可惜贾环失去了这样的机会。

宝钗劝他说："好兄弟，快别说这话儿，人家笑话你。"因为这种话上不了台面。然后宝钗又骂莺儿，这个时候，宝玉来了。

宝玉看到贾环在哭，问是怎么了，贾环不敢回答。古代家庭里，大哥的身份是非常重要的。宝玉其实不是大哥，他前面还有一个哥哥贾珠，可是早夭了，所以宝玉成了贾环的大哥。“宝钗素知他家规矩，凡作兄弟的，都怕哥哥。却不知那宝玉是不要人怕他的。”可有趣的是，宝玉觉得，为什么要让一个人怕另一个人呢，他从来不摆这些威风，觉得人跟人相处重要的是情，“怕”就失去了情感，是特别没意思的事。宝玉想：“弟兄们一并都有父母教训，何必我多事，反生疏了。况且我是正出，他是庶出，饶这样还有人背后谈论，还禁得辖治他了。”他觉得上面有父母教育，不必自己多事。他不喜欢教训人，而且认为管多了反令兄弟生疏。所以，宝玉反而特别担待、照顾贾环。这是宝玉的可爱之处：处在有权有势、幸福者的位置，却能够去体会、照顾卑微者的心情。

写到这里，作者就跳出情节，单说宝玉。“更有个呆意思存在心里。”这个呆想法是：“因他自幼姊妹丛中长大，亲姊妹有元春、探春，堂姊妹有迎春、惜春，亲戚中又有史湘云、林黛玉、薛宝钗等诸人。他便料定，原来天生人为万物之灵，凡山川日月之精气，只钟于女儿，须眉男子不过是些渣滓浊沫而已。”他心目中，精彩的都是女子，男子根本不重要，干吗还要去管呢！“弟兄之间不过尽其大概的情理就罢了，并不想自己是丈夫，须要为子弟之表率。是以贾环等都不怕他，却怕贾母，才让他三分。”贾环这些男孩子根本不怕宝玉，只是在贾母面前做做样子而已。

卑微者的悲哀痛苦

宝玉就说：“大正月里哭什么？”他在跟贾环讲道理，而不是教训他：“这里不好，你别处玩去。你天天念书，倒念糊涂了。”下面的话其实是宝玉豁达的人生观：“比如这件东西不好，横竖那一件好，就弃了这件取那个。难道你守着这个东西哭一会子就好了不成？你原是来乐的，既不能取乐，就往别处去再寻乐，玩一会子。你如今自招烦恼，难道算取乐玩了不成？不如快去为是呢。”宝玉觉得天地这么大，好东西多的是，总有你喜欢的，你为什么一定要跟你不喜欢或让你不快乐的事物搅在一起呢？你自己要懂得怎么去相处。这里既不能取乐，你就到别处寻乐去。

“贾环听了，只得回来。”可是贾环回到家，问题才真正发生。他母亲赵姨娘看他哭过，又一脸生气的样子，就问他：“又是在那里垫了踹窝来了？”这是非常粗俗的话，意思是你没事跑出去，在哪里又被人家整了。赵姨娘在贾府里是一个上不上下不下的角色，夫人小姐没有把她当成主人，丫头又觉得她跟她们不同，可能到哪儿都碰钉子。

贾环赌博作弊抢丫头的钱，自己也不好意思讲，就说：“同宝姐姐玩的，莺儿欺负我，赖我的钱，宝玉哥哥撵我来了。”

赵姨娘对着他的脸吐了一口唾沫：“谁叫你上高台攀去了？下流没脸的东西！那里玩不得？谁叫你跑了去讨没意思！”这里包含着非常强的自卑感，她虽然在骂她的孩子，其实骂的是她自己。“谁叫你上高台攀去”，意思是我们根本就是卑贱的人，高攀不上，没有办法和那些人在一起。在这个大户人家中，类似贾元春回来这样的正式场合，赵姨娘是不可能出场的。她讲话又那么粗，真的重要场合，不知又捅什么娄子，所以常常会被藏在角落里。她越来越闷，闷到最后就变成酸，酸其实是一种委屈，生命没有得到伸展。这时她看到别人所有的幸福和美好，都会不舒服。

赵姨娘生了两个孩子，她对待女儿探春也是一样。探春非常优秀，诗写得好，管家管得好，可是赵姨娘常常跑去闹她，讽刺她说你跟我们不一样了。后来探春远嫁，跟她完全断绝了关系。赵姨娘以后还会有几次出场，她的存在一直让我们感觉到一种痛苦。在这样的一个社会里，她的身份很尴尬，没有归宿。如果她要变成主子的角色，是要有一些教养的，至少不会对孩子吐痰、责骂，这些都不应该是母亲对孩子应该有的行为，可她骂得这么难听，是因为她的痛苦，因为她觉得自己就是下流没脸的。可能有时候她也被人家这样骂，所以就回过头来骂自己的儿子。在这样的情况下，贾环童年的教育根本没有机会健康起来。

读了《红楼梦》的这个部分，在生活里你看到一个人有贾环这种反应的时候，就会猜到很可能他的成长曾经很艰难，一定有什么样卑微的记忆使他没有办法开朗或者健康起来，没办法跟别人好好玩在一起，没办法表现自己的长处，找到自己的特征。我有时候也想，我如果是贾环，回到家里妈妈劈头就骂，诸如下流没脸的东西一类的话，大概一生都会受伤害。

二十回里面写的卑微者的角色非常让人痛心。有一本小说我一直很喜欢，就是俄国的陀思妥耶夫斯基写的长篇小说《被侮辱与被损害的》，里面写的全部是俄国当时社会里最被侮辱、最被损害的那一批卑微者。那本小说写得极好，如果作者本身不懂这个东西，他没有办法写出来。有时候我们在蛮健康的环境中长大，也不太懂这个。《红楼梦》教我了解到真的有人可能是在这样的环境长大，贾环这部分其实可以当成教育里非常有趣的课题来看。

被损害与被侮辱的

赵姨娘骂贾环的时候，正好凤姐在窗外听到了。发现没有，王熙凤永远用一种开朗的方法处理事情，她从小在大户人家长大，心理非常健康，从来不觉得有什么事情需要躲藏、遮掩，就隔窗说："大正月又怎么了？环兄弟小孩子家，一半点儿错了，你只教导他，说这些淡话作什么！"意思是你应该教他怎么做人、怎么处事，干吗又扯出这些东西来——这些东西在这种大家族里很忌讳。注意下面这一句："凭他怎么去，还有太太、老爷管他呢，就大口啐他！他现在是主子，不好了，横竖有教导他的人，与你什么相干！"这话的意思是只是借你生这个孩子而已，你根本是不配管他。古代的规矩是，所有孩子的母亲不一定是亲生母亲，而是正房。这时你大概可以懂得赵姨娘的痛苦了——明明是自己亲生的儿子，可是她却没有权利管。王熙凤指责她，说你根本是一个丫头，贾环不管怎么样也是一个爷，你凭什么去骂一个爷。这话很伤人。

作者让我们看到人的卑微都是有原因的。读到这里，我们会感觉到其实赵姨娘很令人同情，在这个府里，她地位尴尬，日子过得很苦，根本没有收入，可能每个月就几两银子，完全像一个用人。这些卑微慢慢累积成恨，随后恨又变成报复。赵姨娘的报复很奇怪，她的报复对象常常是自己的孩子。《红楼梦》里，贾环和探春常常是赵姨娘侮辱的对象。

我一直不认为《红楼梦》是贵族文学，我觉得它写贾元春省亲时的繁华固然写得好，但写卑微者的痛苦更写得动人。

人的尊贵与压抑

王熙凤把赵姨娘批了一顿，又说："环兄弟，出来，跟我玩去。"贾环一向怕凤姐，比怕王夫人还要厉害，"听见叫他，忙唯唯的出来。赵姨娘也不敢啧声。”这就是王熙凤管家的威严。王熙凤又跟贾环说：“你也是个没气性的！”她觉得贾环完全不像个贵族家庭的男孩子，没有个性，被妈妈骂成这样，竟然也受了。“时常说给你：要吃，要喝，要玩，要笑，只爱同那一个姐姐、妹妹、哥哥、嫂子玩，就同那个玩。你不听我的话，反叫这些人教的歪心邪意，狐媚子霸道的。”这话是讲给赵姨娘听的。赵姨娘在里面听到自然难受，将来她还会报复在自己的儿子和女儿身上。人世间的因果有时候永远解不了，会累积成痛苦。

王熙凤教育贾环：“自己不尊重，要往下流走，安着坏心，还只管怨人家偏心。输了几个钱？就这么个样儿！”这倒是真话。其实人最重要的本性是自尊，贾环是一个主子，跟丫头抢钱，已经很没有尊严了。

“贾环见问，只得诺诺的回说：‘输了一二百。’凤姐道：‘亏你还是爷，输了一二百钱就这样！’”凤姐是真看不起他，觉得贾环真是小家子气。她回头向丫鬟丰儿说：“去取一吊钱来，姑娘们都在后头玩呢，把他送了玩去。——你明儿再这么下流狐媚子，我先打了你，打发人告诉学里，皮不揭了你的！”所有人都说贾环不尊贵，可贾环从来就是被当成比主人低卑的人对待的，他怎么可能尊贵得起来，怎么能堂堂正正地像一个真正的主子呢？

世家文化里人的尊贵与压抑是非常难解释的，要忽然把一个处于卑微地位的人送到一个高台面上，他可能连衣服都不知道怎么穿，也根本没办法活出自己的个性，没办法找到自信。这其实是一个非常痛苦的状态。王熙凤说：“为你这个不尊重，恨的你哥哥牙痒，不是我拦着，窝心脚把你的肠子抓出来呢。”凤姐的话一向是泼辣的，她本身就像男人一样，处事非常豪爽大气，她觉得一个男孩子还这个样子，真是叫人快疯掉了。王熙凤自己的家世极好，又嫁到了同样势力强大的贾家，她永远不会理解人是有委屈的。

作者其实很用心，在十八回繁华一过，十九、二十回就写李奶妈、贾环、赵姨娘这些比较底层的人，然后才说，宝玉跟宝钗正在玩儿的时候，史大姑娘来了。

喜欢男装的史湘云

十二金钗是轮流出场的，史湘云直到现在才出场。在《红楼梦》十二金钗里面，她是许多人都非常喜欢的一个角色，她有一点现代感，喜欢男装。她是贾母家里的人，因为从小爸爸妈妈过世，贾母很疼她，就把她带在身边，有点像黛玉的经历。但她个性豪爽，又大大咧咧，糊里糊涂的，就是特别典型的射手座的个性。

史湘云是《红楼梦》里非常重要的角色，现在很多红学考证认为，宝玉最后娶的不是宝钗，而是史湘云。因为《红楼梦》里面一直有金玉良姻的暗示，表示宝玉要跟一个有金的人结婚。宝钗有一个金锁，史湘云有一个金麒麟。《红楼梦》有一章的回目叫“因麒麟伏白首双星”，说因为这个金麒麟，将来会有白首双星，意即白头到老。作者只写到八十回，后面续写的人大概有点意会不到，就让宝玉和宝钗结婚了，变成另外一个金玉良缘的故事。

小儿女之间的恋爱

宝玉和史湘云很熟，小时候一起长大，他很喜欢这个女孩子。“宝玉听了，抬身就走。宝钗笑道：‘等着，咱们两个一齐走，瞧瞧他去。’说着，下了炕，同宝玉一齐来至贾母这边。”史湘云到了贾府第一个拜见的是贾母，因为她是史太君的侄孙女。“只见史湘云大笑大说的，见他两个来，忙问好厮见。”她的行为举止像个男孩子。

“正值林黛玉在旁，因问宝玉：‘在那里的？’宝玉便说：‘在宝姐姐家的。’黛玉冷笑道：‘我说你亏在那里绊住，不然早就飞了来了。’”黛玉只要听说宝玉在宝钗那儿心里就不舒服。她认为宝钗的存在，对她是一个威胁，心里总是有疙瘩，因为宝钗太完美。

宝玉就笑了说：“只许同你玩，替你解闷儿。不过偶然去他那里一趟，就说这话。”很像十四五岁少年谈恋爱时会有的吵架。林黛玉说：“好没意思的话！去不去管我什么事，我又没叫你替我解闷儿。可许你从此不理我呢！”说着赌气回房去了，典型的林黛玉的反应。

黛玉一生气，宝玉就很担心，很难过，本来应该陪着史湘云玩的，可是他赶快跟过来，问：“好好的又生气了？就是我说错了，你到底也还坐在那里，和别人说笑一会子。又来自己纳闷。”宝玉也知道黛玉的脾气，她一生气他一定去赔不是、赔小心。

林黛玉道：“你管我呢！”宝玉笑道：“我自然不敢管你，只没有个看着你自己作践了身子呢。”生气容易生病，黛玉身体不好是宝玉的一个结。黛玉说：“我作践坏了身子，我死，与你何干！”人的情感到了某种程度，常常会用这种话去证明，只有对最亲的人才会讲这些话。宝玉说：“何苦来，大正月里，死了活了的。”黛玉就说：“偏说死！我这会子就死！你怕死，你长命百岁的，如何？”我记得十几岁时读《红楼梦》，觉得好奇怪：这个林黛玉怎么那么爱闹事？其实我那时候不懂，他们两个人的关系一定是讲这样的话的，两个人亲到这种程度，大概也没有什么别的话好讲，最后就只能用这种话来表现了。

宝玉笑道："要像只管这样闹，我还怕死呢？倒不如死了干净。"黛玉忙道："正是了，要是这样闹，不如死了干净。"宝玉道："我说我自己死了干净，别听错了话，赖人。"

初恋时的毁灭性情感

"正说着，宝钗走来道：'史大妹妹等你呢。'说着，便推宝玉走了。"宝钗是非常有心机的，只是她的心机不太容易被发现。她觉得现在是最好的介入时机，就把宝玉推走，让黛玉生气。这三个人的关系非常微妙。黛玉天真浪漫，她生气或高兴都会直接表现出来，可是宝钗是深藏不露的。黛玉和宝玉其实没有真的生气，他们表达爱的方式就是吵架，然而这时，黛玉"越发气闷，只向窗前流泪"。

可你注意下面："没两盏茶的工夫，宝玉仍来了。"他就是离不开。这种知己的关系非常动人，是第三者绝对没有办法懂的。这时最好不去打扰。他们有自己相互的了解，有自己解不开的纠缠。

"林黛玉见了，越发哽哽噎噎的哭个不住。"每一次她委屈，宝玉都在旁边赔不是，然而这一次，宝玉竟然被宝钗给弄走了，黛玉更觉委屈。"宝玉见了这样，知难挽回，打叠起千百样的腻语温言来劝慰。"宝玉想了很多好话安慰黛玉，"不料自己未张口，只见黛玉先说道：'你又来作什么？横竖如今有人和你玩，比我又会念，又会作，又会写，又会说笑，又怕你生气，拉了你去，你又作什么来？死活凭我去罢了！'"发现了吗，黛玉根本气的是宝钗。她本来一直觉得自己是一个很独特的女子，从小读书很多，诗写得极好。可是没有想到来了一个薛宝钗，才华不在她之下，她就对自己的特色有点失去信心。这里也点出了宝钗的心机，如果不细心看的话，看不出来宝钗想抢宝玉。黛玉是知道的，所以才说，她爱你，关心你，怕你生气赶快把你拉走了，你干吗要回来，让我去死算了。

我觉得黛玉的感情是有毁灭性的。一段感情深到某种程度，很难没有毁灭性。青少年之间的感情，有点像初恋，纯粹到不能有一点杂质，宁为玉碎，不为瓦全。所以，梁山伯与祝英台的故事，罗密欧与朱丽叶的故事，都是毁灭性的故事。这种毁灭性就是要或者不要，中间没有妥协。然而，当人到了一定的年龄以后就会知道，感情在现实当中不是这样绝对的，也不是出现一点杂质就能毁灭掉的。可是宁为玉碎的美每个人都不会忘掉，无论看多少次《梁山伯与祝英台》，读多少遍《罗密欧与朱丽叶》，你还是会被感动，那是只有在十五六岁时才会发生的情感。黛玉最后不可能和宝玉变成平常夫妻，因为他们的爱太特别了，是宁为玉碎的毁灭性的爱。黛玉大概也不计较一定要在现世里拥有宝玉，她在她的精神世界里完成了。

我为的是我的心

宝玉听了，忙上来悄悄地说：“你这么个明白人，难道连‘亲不间疏，先不僭后’也不知道？我虽糊涂，却明白这两句话。头一件，咱们是姑舅姊妹，宝姐姐是两姨姊妹，论亲戚，他比你疏。第二件，你先来，咱们两个一桌吃，一床睡，长的这么大了，他是才来的，岂有个为他疏你的？”

宝玉讲出了真话：和黛玉是亲的，和宝钗是疏的。又用亲戚的关系来说明，古代社会里，两姨姊妹自不如姑舅姊妹亲。宝玉被逼急了，讲出这么真情的话来，黛玉反而不好意思，因为这好像是在逼宝玉表态，说你到底是爱她还是爱我。林黛玉就啐他一口说："我难道为叫你疏他？我成了个什么人了呢？我为的是我的心。"她也不是说不要宝玉和宝钗在一起，也不是说她嫉妒，她只说，我为了我的心。黛玉作为来自神话世界的一株草，她要把自己该还的东西还完。后来，她死前焚稿断痴情，就是跟这块石头上辈子的缘分在这一世必须了结。《红楼梦》一直在暗示，人世间没有还掉的东西，会在心里瘀成一个结，必须把它还掉，包括各种债，物质是债，情感也是债，迟早要还。所以，黛玉说："我为的是我的心。"

宝玉就说："我也为的是你的心。难道你就知你的心，不知我的心不成？"这个句子如今已经成了最八股的恋爱句式了，可是读到这里，你会赞叹这部小说的作者敢于这么不避俗套地表达。其实感情到了最深的时候，能讲的话好像也就是这些。宝玉疼爱黛玉，他在前世就不断给她浇水，把她救活，如今他还是关心她，觉得她是最亲的一个。"林黛玉听了，低头一语不发。"

所有的比较都是痛苦

宝玉这么疼她，这么爱她，黛玉也知道自己没有什么好抱怨的。可她在没有任何话可讲的时候，就会说一件完全无关紧要的事，她忽然说："你只怨人行动嗔怪了你，你再不知道你自己怄人难受。就拿今日天气比，分明今儿冷得这样，你怎么倒反把个青肷披风脱了呢？"她忽然转了，说你知道自己有多怪，你看今天明明天气冷，你却把披风脱了。黛玉讲的是无关紧要的话，可你有没有发现，这句话一讲，两个人就好了。小儿女的恋爱是非常不可解的，斗气、吵架、关爱，一会儿一变，旁人真的看不懂。然而，这种牛头不对马嘴的语言，其实是非常独特的深情。

宝玉就笑着说："何尝不穿着，见你一恼，我一炮燥就脱了。"这个回答也很有趣，宝玉看到黛玉生气了，心里着急，不顾天冷，把披风一脱就跟了过来。他展现的是小孩子的性情，可是里面又有一种深情。林黛玉就叹了一口气，说："回来伤了风，又该饥着吵吃的了。"

二人正说着，史湘云走来，说："爱哥哥，林姐姐，你们天天一处玩，我好容易来了，也不理我一理儿。"史湘云是南方人，不会发卷舌音，把"二"念成"爱"，这是小说里唯一透露出江南语言的地方。林黛玉故意嘲笑她："偏是咬舌子爱说话，连个'二'哥哥也叫不出来，只是'爱'哥哥'爱'哥哥的。回来赶围棋儿，又该你闹'幺爱三四五'了。"黛玉其实很顽皮，她只跟宝玉在一起的时候，才闹气。宝玉就笑了说："你学惯了他，明儿连你还咬起来呢。"

史湘云听黛玉嘲笑她，就说："他再不放人一点儿，专挑人的不好。你便比世人好，也不犯着见一个打趣一个。"黛玉有一种洁癖，有一种孤高，所以她对别人身上的缺陷很敏感，她看到后会去调笑。史湘云就说："指出一个人来，你敢挑他，我就服你。"黛玉忙问是谁，湘云说："你敢挑宝姐姐短处，就算你是好的。我算不如你，他怎么不及你呢。"这是黛玉最心痛的结。人很难不生比较之心，有时候自己认为自己忘了，豁达了，可是那个结并不那么容易解开。作者大概也是想让我们知道宿命里的"结"是要自己去了结的，我们永远不可能不让别人提起某个人，而你自己永远不要提这个人的名字，恐怕也还是“结”。所以到最后我们会发现，生命里的开悟、了悟，其实是自己把那个结打开。当然，黛玉是带着这个“结”来到人间的，这个“结”对她来讲注定是一生的纠缠。

黛玉就冷笑道：“我当是谁，原来是他！我那里敢挑他呢。”这话讲得简直让人胆战心惊。第一个胆战心惊的人就是宝玉，好不容易一件事情完了，又一件事情要开始。宝玉吓坏了，“不等说完，忙用话分开”。

湘云就笑着说：“这一辈子，我自然比不上你。我只保佑着明儿得一个咬舌的林姐夫，时时刻刻你可听‘爱’、‘厄’去。阿弥陀佛，那才现在我眼里！”湘云的可爱之处就在这里，所以湘云没有痛苦，她竟然就明明白白地说我这一辈子比不上你，大家都笑翻了。